Ruth Jones

ROMAN

Für immer wir

Aus dem amerikanischen Englisch
von Julia Walther

HarperCollins

Die Originalausgabe erschien 2022 unter dem Titel
Love Untold bei Bantam Press (Penguin), London.

1. Auflage 2024

Deutsche Erstausgabe

Gesetzt aus der Adobe Garamond Pro
von GGP Media GmbH, Pößneck
Druck und Bindung von CPI books GmbH, Leck
Printed in Germany
ISBN 978-3-365-00447-0
www.harpercollins.de

Klimaneutral
Druckprodukt
ClimatePartner.com/15109-2009-1001

FSC
MIX
Papier
FSC® C083411

Für meine geliebte Mum, Hannah Jones,
die dieser Welt so viel Freude schenkt

PROLOG

Februar 1968

Zum Schutz gegen die Kälte kauert sie sich im Unterstand an der Aberavon Promenade auf der Sitzbank zusammen. Der Wind pfeift eisig durch ihre vielen Kleiderschichten, doch nichts kann ihre aufgeregte Freude dämpfen. Sie zieht ihren dunkelblauen Lederhandschuh ein Stück zurück, um auf die Uhr sehen zu können. Es ist immer noch früh, zu früh, um befürchten zu müssen, dass er nicht kommt. Wobei das natürlich durchaus möglich ist. Sie kennt seine Absichten nicht. Sie weiß nur, dass er seine Hand fest um den Zettel mit ihrer Nachricht geschlossen hat. Und sie ist hier, wie versprochen.

»Ich hab einen Schirm mitgebracht, wobei sich der Regen ja bisher zurückhält.«

Sie erkennt die Stimme sofort.

Sie dreht sich um.

Und da steht er.

»Komm, setz dich«, sagt sie nervös. »Ich habe uns was Warmes zu trinken mitgebracht.«

Sie gießt Kaffee aus der Thermoskanne in zwei Tassen.

»Das hätten wir vor achtzehn Jahren tun sollen.«

»Besser spät als nie!«, scherzt sie im Versuch, die schmerzhafte Erinnerung an jene schreckliche Nacht zu überdecken.

Die grauen Wellen branden an die walisische Küste. Die Promenade ist wie leer gefegt, abgesehen von zwei Spaziergängern mit Hund, die den Kopf zum Schutz gegen die Kälte gesenkt halten und nichts von diesem wunderbaren, längst überfälligen Wiedersehen bemerken, das nur wenige Meter von ihnen entfernt stattfindet.

2022

1

Grace

»Alles in Ordnung bei Ihnen?«

Grace kannte den Mann nicht. Vermutlich ein Tourist. Auch den Hund hatte sie noch nie gesehen – war das ein Schnauzer?

»Ja, danke!«, rief sie fröhlich zurück, während sie zügig weiter ins Wasser hineinging in der Hoffnung, seine Sorge damit zu zerstreuen. Doch statt sich zu verziehen, zögerte er.

»Sind Sie sicher, dass das nicht gefährlich ist?«, rief er.

Oje, dachte Grace, ein pflichtbewusster Mitbürger, und sie unterdrückte den Impuls, ihm zu sagen, dass er sich gefälligst verpissen solle. Stattdessen durchschnitt sie nun das Wasser mit gleichmäßigen Brustschwimmzügen. Das Meer lag heute ganz ruhig da. Wie sie es liebte, weit hinauszuschwimmen! Ihr ganz persönlicher Infinity-Pool, denn die Irische See erstreckte sich meilenweit vor ihr, voller Möglichkeiten. Wie oft hatte sie schon gedacht: Was würde wohl passieren, wenn ich einfach immer weiterschwimme?

Nun hörte sie Rufe vom Ufer her, diesmal eine Frauenstimme. »Entschuldigung! Hallooo? Ich glaube, Sie sollten jetzt wirklich umkehren, hören Sie?«

Oh Mann, verzieht euch!, dachte Grace und pflügte weiter mit kräftigen Zügen durchs Wasser.

Meistens ging sie mindestens dreimal die Woche schwimmen, normalerweise in ihrem Außenpool, aber manchmal auch im Meer, als Belohnung. Das tat sie, seit sie vor vierundfünfzig Jahren nach Dylan's

Quay gezogen war. Wenn sie jemandem erzählte, dass sie regelmäßig im Meer schwimmen ging, glaubte man ihr nicht. Wenn sie jemandem erzählte, dass sie einen eigenen Pool besaß, hielt man sie für sehr reich, und die Leute dachten sofort an spanische Villen und Mosaikfliesen und Liegestühle. Doch bei Grace' Pool handelte es sich einfach nur um ein freistehendes Metallgerüst mit Segeltuch – sozusagen eine tiefere, breitere Ausgabe eines Kinderplanschbeckens, wie es die Rugbyspieler einst nach einem Spiel benutzten. Es war eine hässliche, zweckmäßige Konstruktion, die die untere Hälfte ihres Gartens einnahm, doch Grace liebte ihren Pool, und Schwimmen hielt sie fit. Was mit neunundachtzig eine beachtliche Leistung war.

Als sie ihren üblichen Wendepunkt erreichte – eine große, birnenförmige, rot-weiß gestreifte Boje –, hielt sie kurz inne und trat einige Sekunden lang Wasser. Sie betrachtete die Schönheit des weiten Ozeans und holte tief Luft, ehe sie sich auf den Rücken legte, um sich noch ein wenig treiben zu lassen. In etwas mehr als zwei Monaten wurde sie neunzig. Neunzig Jahre alt! »Du lieber Gott«, flüsterte sie und starrte in den wolkenlosen Sommerhimmel hinauf. »Wie konnte das passieren?«

Niemand antwortete ihr, außer einer missmutigen Raubmöwe, die zu ihr hinunterblickte und verächtlich kreischte. Eine Minute lang lag Grace so auf dem Rücken, vom Meer getragen, und ließ das Wasser sanft an ihre Haut schwappen. Das hier war der beste Ort, um Probleme zu lösen und Entscheidungen zu treffen. Seit mehreren Tagen dachte sie nun schon intensiv nach: über eine Sache, die sie einfach nicht losließ. Wenn sie ihre Idee in die Tat umsetzte, würde das viel Ärger bedeuten. Aber wenn sie es nicht tat … dann würde sie sich nie verzeihen, es nicht wenigstens versucht zu haben. Es war durchaus verlockend, sich für ein unkompliziertes Leben zu entscheiden und das Ganze einfach wieder zu vergessen. Schließlich war es dafür noch nicht zu spät – sie hatte mit niemandem darüber gesprochen: John wusste nichts davon, und ihre Enkelin Elin auch nicht.

Bei der Vorstellung, Elin davon zu erzählen, verzog Grace das Gesicht.

Dann drehte sie sich wieder auf den Bauch und begann zurückzuschwimmen. Verärgert stellte sie fest, dass sich inzwischen ein kleines Empfangskomitee am Ufer versammelt hatte. Zu dem Mann mit dem Schnauzer hatten sich drei weitere Personen, vermutlich seine Frau und zwei Söhne, gesellt. Die Frau lief wild gestikulierend auf den Wellensaum zu, gefolgt von ihrem Mann. *Iesu Mawr*, dachte Grace, sie wollen mich retten.

Und tatsächlich: Als Grace gerade die letzten Schwimmzüge tat, wateten die beiden bis zu den Knien ins Wasser und packten sie links und rechts an den Armen. »Keine Panik«, keuchte die Frau, als sie Grace an den Strand zogen. »Bald sind Sie in Sicherheit und wieder trocken.«

Grace wollte aus Prinzip nicht das Klischee »Missmutige Alte Dame« erfüllen. Sie war grundsätzlich höflich und versuchte stets, anderen mit Respekt zu begegnen, egal wie unterschiedlich deren Weltsicht im Vergleich zu ihrer sein mochte. Doch eines konnte sie partout nicht ausstehen, und das war, bevormundet zu werden. Obwohl sie natürlich wusste, dass diese freundlichen Feriengäste glaubten, eine gute Tat zu vollbringen, konnte sie ihren Ärger nicht verbergen. »LASSEN SIE MICH LOS!«, herrschte sie die beiden an und schubste die Frau etwas zu heftig weg, sodass sie im Sand landete.

»Ist ja schon gut«, sagte der Mann. »Wir sollten jetzt ganz ruhig bleiben, nicht wahr?«

»Ich glaube, sie ist … du weißt schon.« Die Frau rappelte sich auf, klopfte den Sand ab und warf ihrem Mann dabei einen vielsagenden Blick zu.

»Was genau, glauben Sie, bin ich?«, fragte Grace, etwas lauter als beabsichtigt, aber sie hatte Wasser im Ohr. Sie legte den Kopf schief und klopfte ein paarmal dagegen, um die Flüssigkeit zu entfernen. Grace wusste, dies würde die Annahme der Frau lediglich bestätigen, eine verrückte Neunzigjährige vor sich zu haben.

»WO WOHNEN SIE, MEINE LIEBE?«, brüllte die Frau betont langsam und deutlich.

Grace antwortete in derselben Lautstärke und im selben Tempo. »UNGEFÄHR FÜNF MINUTEN ZU FUẞ VON HIER, MEINE LIEBE.«

»Mensch, Lyn, die macht sich nur lustig«, nörgelte der Mann.

»Dad, kriegen wir ein Eis?«

»Na los, Lyn«, sagte Grace, »ab mit Ihnen, und kaufen Sie Ihren Söhnen ein Eis.« Sie zog sich ihre mobile Umkleidekabine – im Grunde ein langer, selbst genähter Frottee-Poncho – über den Kopf und begann sich auszuziehen. Lyn schien hin- und hergerissen zu sein, ob sie bleiben oder ihrer Familie folgen sollte, die der ganzen Seniorinnen-Rettungsaktion überdrüssig geworden war und den Strand hinaufging. Grace half ihr bei der Entscheidung, indem sie dümmlich grinsend flüsterte: »Ich bin jetzt splitterfasernackt, Lyn. Woll'n Sie mal sehen?« Die Frau brauchte keine weitere Ermunterung, sondern machte auf dem Absatz kehrt und marschierte davon, wobei der Sand ihre Schritte ausbremste. »Unglaublich, da will man mal jemandem helfen!«, schimpfte sie empört vor sich hin.

Grace lachte leise, während sie mit geübten Griffen ihre Unterhose und den BH anzog. Nur ihr Kopf schaute oben aus dem Poncho heraus, während sie sich rasch vollends ankleidete. Sollte ich es mal bis neunzig schaffen, hatte sie immer gesagt, dann hoffe ich, immer noch ohne Stock gehen und meinen BH selbst schließen zu können. Dieses Ziel hatte sie eindeutig übertroffen: Abgesehen vom Schwimmen machte sie nach wie vor zweimal die Woche Yoga, kam problemlos die steilen Hügel von Dylan's Quay hinauf und fuhr einmal im Monat nach Aberystwyth. Die Angestellten von Cadwallader House – einem Pflegeheim am Ort, das ihr sehr am Herzen lag – wurden nie müde, ihr zu versichern: »Grace Meredith, Sie sind ein Phänomen und ein leuchtendes Beispiel für uns alle.«

Grace trocknete sich den Kopf mit einem Handtuch ab, kämmte ihre Haare und sammelte ihre Sachen ein. Ihre Lippen schmeckten herrlich salzig, ehe sie großzügig Balsam auftrug. Sie liebte das Prickeln auf ihrer Haut nach einem Bad im Meer – es belebte sie, gab ihr das Gefühl, quicklebendig zu sein, was sie inzwischen nicht mehr als selbstverständlich betrachtete. Oben an der Treppe zum Strand setzte sie sich auf eine bunt angestrichene Bank, um eine Runde zu verschnaufen und die Aussicht zu betrachten. Dylan's Quay, seit nun mehr als fünf Jahrzehnten ihre geliebte Heimatstadt. Es gab auf der ganzen Welt keinen schöneren Ort.

Aus der Seitentasche ihres kleinen Rucksacks holte Grace die Grußkarte, die sie nun schon seit zwei Tagen mit sich herumtrug, und betrachtete sie zum x-ten Mal. Das Motiv stammte aus einem Gemälde der Brecon Beacons – eine Winterlandschaft mit verschneiten Gipfeln und klaren, deutlichen Linien. Doch es war nicht das Bild, das Grace in seinen Bann zog: Es war das, was auf der Rückseite aufgedruckt stand. Der Name.

Einen Moment lang schloss sie die Augen und holte tief Luft. Es hatte keinen Sinn. Der Gedanke würde sie einfach nicht loslassen, viel zu lange schon lag sie nachts wach und quälte sich damit herum. Sie musste ihn einfach mit jemandem teilen, um einen frischen Blick darauf zu bekommen. Sosehr sie sich auch davor scheute, sie würde mit John reden müssen. Grace steckte die Karte zurück in ihren Rucksack und machte sich mit zügigen Schritten auf den Weg den Berg hinauf.

2

Elin

In Cardiff, zwei Autostunden östlich von Dylan's Quay, stand Grace' einundfünfzigjährige Enkelin in ihrer Küche und starrte auf eine von Post-its übersäte Frühstückstheke. Jedes pinkfarbene Quadrat trug einen Namen der Gästeliste, die Elin Matthews in der Hand hielt. Momentan beschäftigte sie die Frage, wo sie eine ältliche Cousine und eine sehr gute Freundin der Familie platzieren sollte. »Setz die beiden doch einfach nebeneinander!«, schlug ihr Ehemann Greg entnervt vor, weil ein weiterer Sonntagmorgen für die Planung dieser verdammten Feier draufging. »Ich verstehe nicht, wo das Problem ist!«

»Das Problem, Greg«, erwiderte Elin, in gleichermaßen gereiztem Tonfall, »ist, dass die beiden in ihrer politischen Einstellung Welten trennen. Und das Letzte, was ich am neunzigsten Geburtstag meiner Großmutter gebrauchen kann, ist ein Scharmützel zwischen zwei Greisinnen!«

Das eigentliche Problem hatte natürlich nichts mit dem Sitzplan zu tun. Das eigentliche Problem war, dass die Party eine Überraschung werden sollte. Und der Grund *dafür* wiederum war, dass Grama Grace kategorisch verkündet hatte, keine verdammte Party zu *wollen.* »Bloß kein Haufen Theater und Quatsch wegen einer dummen alten Frau wie mir!«, hatte sie gegrummelt.

Elin hatte erwidert, das sei gemein und undankbar. »Die Leute wollen dich feiern, Grama Grace! Nimm ihnen nicht die Gelegenheit, das zu tun!«

»Na, das können sie auch gemütlich von zu Hause aus«, hatte Grace zurückgegeben. Und damit war das Thema erledigt gewesen. Zumindest für Grace.

Doch Elin hatte – wie gewöhnlich – das Gefühl, es besser zu wissen, ihre Großmutter sei einfach nur bescheiden, glaubte sie. »Am Tag selbst wird sie begeistert sein!«, hatte sie verkündet und sich geärgert, als Greg zweifelnd eine Augenbraue hochzog. Den Anflug von Verunsicherung ignorierend, hatte sie sich in die Planung der Party gestürzt. Was ihr große Freude bereitete, denn Organisieren – sprich, etwas unter Kontrolle zu haben – war Elins Lieblingsbeschäftigung. Zugegeben, das Ganze war leichter gesagt als getan. Sich für eine Teeparty am Nachmittag zu entscheiden, war kein Problem. Selbst einen geeigneten Ort zu finden, war einfach – das Brookfield Hotel in Dylan's Quay am 2. September, Grace' Geburtstag.

Es war die Gästeliste, die sie vor die größte Herausforderung stellte. Seit sie mit der Planung begonnen hatte, waren bereits drei der potenziellen Gäste verstorben. Nicht überraschend, schließlich hatten die schon die Neunzig weit überschritten. Erschwerend kam hinzu, dass, wann immer Elin dachte, sie hätte die Liste endlich fertig, ihr noch jemand aus der Vergangenheit ihrer Großmutter einfiel, den sie gerne einladen wollte. Und dann waren da noch die Einwohner von Dylan's Quay, zum Beispiel der Fensterputzer oder der Straßenkehrer: Grace unterhielt sich grundsätzlich mit allen und vermittelte jedem das Gefühl, er sei ihr Freund. Wie sollte Elin da priorisieren?

Es wäre natürlich hilfreich gewesen, hätte sie John um Unterstützung bitten können. Doch John, der im Grunde Elins Stief-Großvater war, hätte sich garantiert verplappert und Grace von dem Plan erzählt: Schließlich gab es zwischen den beiden keine Geheimnisse.

»Was, bitte schön, ist denn ein Scharmützel?«, wollte die sechzehnjährige Beca von ihren Eltern wissen. Sie hing seit dem Frühstück in der Küche herum, dankbar für jede Ablenkung vom Lernen für ihre Geografieabschlussprüfung. Selbst die öden Details, wer beim Geburtstagstee ihrer Urgroßmutter wo sitzen sollte, erschienen ihr immer noch interessanter als die Entstehung von Gletscherlandschaften.

»›Scharmützel‹ ist ein altmodischer Ausdruck für ein kämpferisches Gerangel«, erklärte Greg lächelnd. »Und deine altmodische Mutter ist wie immer übervorsichtig.«

»Bin ich nicht! Ich will nur, dass alle Spaß haben, das ist alles!«

Greg küsste seine Frau auf den Kopf, als er mit Becas leerer Müslischüssel auf dem Weg zur Spülmaschine an ihr vorbeiging. »Das weiß ich doch, Schatz. Aber diese Party vereinnahmt so langsam dein ganzes Leben. *Und* meines, wenn ich's mir recht überlege.«

»Und *meines*«, murmelte Beca.

»Ähm … Entschuldigung, junge Dame!«, sagte Elin in einem Tonfall, den Beca nur zu gut kannte. »Das Einzige, was *dein* Leben momentan vereinnahmen sollte, ist deine Abschlussprüfung morgen.«

Beca rollte mit den Augen.

Elin wandte ihre Aufmerksamkeit wieder der Sitzordnung zu und seufzte frustriert. Sie war allergisch auf Asymmetrie. Sie mochte es, wenn die Dinge im Gleichgewicht waren, ordentlich und akkurat, und diese beiden einzelnen Gäste machten ihr zu schaffen.

»Setz sie doch einfach irgendwo dazu«, schlug Greg vor. »Am besten an einen Tisch voller dünner Gäste, dann haben sie mehr Ellbogenfreiheit. Ich geh eine Runde joggen.«

»Bitte sei bis zwei zurück. Du musst Beca zum Thema Wasserversorgung und -verbrauch abfragen. Wenn *ich* das mache, schreit sie nur rum.«

»Ich muss überhaupt nicht abgefragt werden!«, stöhnte Beca prompt, die es hasste, wie ihre Mutter sich in ihre Prüfungsvorbereitung einmischte. Vor allem, weil sie gar nicht wirklich lernte und nicht auffliegen wollte.

»Lass uns keine Zeit mit Streitereien verschwenden, Bec.« Elin versuchte, sich ihre Verärgerung nicht anhören zu lassen. Heute mussten sie um jeden Preis Streit vermeiden. Beca hatte nur noch diese eine Prüfung, und danach konnten sie alle entspannen.

»Bis nachher!«, rief Greg, und die Haustür fiel ins Schloss.

Doch Elin antwortete nicht. Sie war schon wieder tief in ihrer Planung und einer Welt voller Post-its versunken.

3
Grace

Die erhabene Erscheinung von Cadwallader House täuschte über das eher funktionale, klinische Innere, das Altenheime mitunter so an sich haben, hinweg. Das Gebäude thronte hoch über Dylan's Quay in einem von Tannen umgebenen Gelände und brüstete sich mit zweiunddreißig Zimmern, alle mit Meer- oder Bergblick. Früher war das Haus der Landsitz eines ortsansässigen Wohltäters und Schifffahrtsmagnaten gewesen, der es per Testament der Gemeinde überlassen hatte. Seit zwanzig Jahren war es nun ein gut geführtes, freundliches Seniorenheim. Alle Besucher bestaunten ausnahmslos die riesigen bodentiefen Fenster, durch die man einen Blick auf die Stadt und die Küste von Westwales hatte. Durch sie strömte auch viel Licht in die Zimmer, was der Seele guttat und das nicht ganz so wohltuende, eher praktische Mobiliar wettmachte, ebenso wie die Geländer, Treppenlifte und Sicherheitsgitter – nicht schön, aber notwendig.

Grace besuchte das Cadwallader House seit über drei Jahren regelmäßig und kannte mehr oder weniger jeden der Bewohner persönlich. Zwei von ihnen lagen ihr allerdings ganz besonders am Herzen: ihr geliebter John natürlich und seine jüngere Schwester Cynthia, Cissie genannt. Die drei kannten sich schon ihr ganzes Leben lang, und so viele Jahre hatte Grace gedacht, gemeinsam seien sie unbesiegbar. Was natürlich nicht so war. Die Zeit forderte früher oder später von einem jeden ihren Tribut. Cissie zog als Erste ins Cadwallader House, nachdem ihr Geist so abgedriftet war, dass als einziger Weg nur noch die

Vollzeitpflege blieb. Was für eine herzzerreißende Entscheidung das gewesen war! Grace und John hatten noch weitere achtzehn Monate zusammengewohnt, doch Johns Gleichgewichtssinn verschlechterte sich rapide, was immer wieder zu Stürzen führte. Und so beschlossen sie widerwillig, dass auch er ins Cadwallader House ziehen müsse, zu Cissie. Natürlich war es beruhigend für Grace, sie gut versorgt zu wissen, doch der Auszug hatte eine klaffende Lücke in ihrem Zuhause hinterlassen. Die beiden fehlten ihr mehr, als sie je zugeben würde. Das war auch der Grund, weshalb sie im Cadwallader House so regelmäßig ein und aus ging – mindestens einmal am Tag kam sie zu Besuch. Selbst während der Corona-Pandemie bestand Grace' tägliches Sportprogramm aus einem Spaziergang, hoch zum Cadwallader House, wo sie im Garten stand und den beiden durch ihre jeweiligen Fenster zuwinkte. Als das Leben wieder so etwas Ähnliches wie Normalität annahm und sie das Gebäude wieder betreten durfte, erkundigten sich die Pflegerinnen und Pfleger häufig, wann sie denn ebenfalls einziehen würde. Doch Grace lehnte das Angebot stets mit einem höflichen Lächeln ab. Sie wusste, dass John hin- und hergerissen war: Einerseits fände er es wunderbar, wieder mit ihr unter einem Dach zu wohnen, andererseits bewunderte er die Tatsache, dass sich seine *annwyl* Grace mit neunundachtzig immer noch ihre Unabhängigkeit bewahrte. Cissie, die Gute, hatte in dieser Angelegenheit keine eigene Meinung. Nicht mehr.

An diesem Nachmittag saß Cissie in ihrem Stuhl am Fenster, sah hinaus und redete mit sich selbst in einer Sprache, die nur sie verstand. Ihr Zimmer wirkte fröhlich. John und Grace hatten ihr Möglichstes getan, es mit Kissen und Decken in kräftigen Farben, mit frischen Blumen und Duftzerstäubern aufzuhellen. Gerahmte Fotos füllten Wände und Regale mit dem Lächeln längst vergangener Zeiten: Momente aus glücklicheren Tagen ihres langen Lebens. Eines dieser Bilder war eine Schwarz-Weiß-Aufnahme von ihrer Hochzeit mit Syd. Da war Cissie gerade mal zwanzig gewesen. Aber inzwischen erkannte sie Syds Gesicht ebenso wenig wie das von Grace oder John.

Heute war sie ganz in Lila, die Pfleger hatten ihr ein hübsches Kleid angezogen, das ihr einmal richtig gut gepasst hatte. Nun aber hüllte es ihre schrumpfende Gestalt in viel zu viel Stoff. An ihren winzigen Füßen trug sie die Wollsocken, die Grace ihr zu Weihnachten gestrickt hatte, und darüber mit Fell gefütterte Hausschuhe. Draußen war Sommer, doch Cissies Körper war für Kälte anfällig, selbst an den heißesten Tagen.

»Sie hat heute eine Maniküre bekommen«, sagte John und zog zwei Stühle heran. »Stimmt's, meine Schöne?« Seine Schwester lächelte ihn an. Ihr Gesicht war immer noch hübsch, und ihre Augen glänzten, trotz der Krankheit, die in ihrem Kopf Einzug gehalten hatte und sie Tag für Tag weiter von der Welt der anderen entfernte.

»Na, dann lass mal sehen!« Grace bewunderte Cissies lackierte Nägel. »Sehr schick! Da stellst du mich echt in den Schatten!«

»Und sie hat dir was gekauft, hab ich recht, Ciss?«, sagte John und zog ein in rosafarbenes Papier eingeschlagenes Päckchen unter Cissies Stuhl hervor. Er legte es Cissie in den Schoß in der Hoffnung, sie würde verstehen und das Geschenk Grace überreichen. Doch ihr Gehirn konnte die Aufgabe, die er ihr gestellt hatte, nicht verarbeiten. Liebevoll streichelte sie das Päckchen.

»Oh, vielen Dank, *cariad*«, sagte Grace und spielte mit, indem sie vorsichtig das Geschenk nahm. Cissie sah zu, wie Grace es auspackte, bis zwischen den Lagen dünnen Seidenpapiers ein Kopftuch mit einem Muster aus kupferroten und gelben Quadraten auftauchte. »Wow!«, rief Grace und wickelte sich das Tuch um den Kopf. »Wie Audrey Hepburn, findet ihr nicht?«

Cissie schnaufte vor Freude, ehe sie eine ihrer wenigen zusammenhängenden Äußerungen machte: »Hübsch, hübsch.«

John drückte Grace' Hand.

Sie blieben über zwei Stunden bei Cissie. Die Pflegerin brachte ihnen Tee und einige Stücke selbst gebackenen Kuchen, und dann legte Grace die CD mit den Klassikern aus den Fünfzigerjahren ein, die Cissie immer zum Lächeln brachte. Es war inzwischen ihr festes Ritual, und es bot sowohl ihr als auch John eine kurze, aber kostbare Auszeit von dem Schmerz, Cissie an diese für sie beide unerreichbare Welt zu verlieren. Ihre Verwandlung, wenn sie mitsang, war eine solche Freude. Schon beim ersten Stück fiel Cissie jedes Mal sofort ein und machte dann weiter, egal ob Elvis Presley oder Frank Sinatra sang. Dabei artikulierte sie die Texte so klar, dass Grace manchmal versucht war zu sagen: *Das ist doch alles nur gespielt, oder? Du tust doch nur so?*

*

John begleitete sie zur Tür und ein Stück die Auffahrt hinunter, wobei er sehr viel langsamer unterwegs war als Grace und sich auf seinen Gehwagen stützen musste.

»Komm schon, Captain Tom.« Grace war überzeugt, je weniger man Senioren in Watte packte, desto mobiler blieben sie – schließlich war sie selbst das beste Beispiel dafür. »Beca hat morgen ihre letzte Abschlussprüfung.«

»Mensch, die ist aber schnell groß geworden, was?«

»Ja, das ist sie wirklich.« Grace' Stimme wurde leiser. Sollte sie es ihm erzählen?

Wie immer konnte er ihre Gedanken lesen. »Also gut, komm schon, Grace Meredith. Spuck's aus.«

»Was denn?«, fragte Grace zurück, wohlwissend, wie sinnlos es war, ahnungslos zu tun. Er sah sie abwartend an. Also holte sie tief Luft, schloss die Augen und erzählte es ihm.

»Ich glaube, ich habe Alys gefunden.«

Ihre Stimme zitterte, und John blieb stumm, während er die Neuigkeit verdaute.

»Sie wohnt in *Brecon*, John. Achtzig und ein paar zerquetschte Meilen von hier entfernt. Ist das zu fassen? Ich hatte angenommen, dass sie irgendwo im Ausland leben würde, oder, schlimmer noch, vielleicht …«

»Hey, jetzt mal ganz langsam, meine Liebe. Du bist zu schnell für mich.«

Grace holte noch einmal tief Luft, um sich zu sammeln. Dann berichtete sie ruhig, wie sie Anfang der Woche ein kleines Dankeschön von Dolly Hughes bekommen hatte.

»Dolly Hughes?«

»Aus dem Yoga. Die, die Windhunde rettet.«

»Ach ja. Und weiter?«

»Also, ich hatte für sie die Hunde gehütet, als sie ihren grauen Star hat operieren lassen. Deshalb hat sie mir ein Früchtebrot gebacken, um sich zu bedanken, und hat das hier mitgeschickt.«

Grace holte die Brecon-Beacons-Grußkarte aus ihrem Rucksack.

John nahm sie und starrte sie einige Augenblicke lang an. »Jetzt komm ich nicht mehr mit«, sagte er.

»Dreh sie um. Du musst die Rückseite anschauen.«

Er tat wie geheißen. Auf dem schlichten, gedruckten Aufkleber stand: *Arcadia Gallery, Brecon. Aus einem Gemälde der ortsansässigen Künstlerin Alys Meredith.*

»Das bedeutet überhaupt nichts«, sagte er schließlich und reichte ihr die Karte zurück. »Das könnte irgendwer sein.«

»Aber Alys hat immer gerne Berge gemalt, oder? Und es ist ungewöhnlich, ›Alys‹ so zu schreiben, oder nicht? Auf die walisische Art?«

»Nicht wirklich, meine Beste. Wir *sind* hier schließlich in Wales.«

»Jedenfalls« – Grace machte eine Pause, aber sie konnte ihm nicht in die Augen sehen – »überlege ich gerade, ob ich mich bei ihr melden soll.«

»Nein.« Das Wort war ausgesprochen, ehe er Zeit gehabt hatte nachzudenken.

Rasch griff er nach ihrer Hand und fügte mit fester, klarer Stimme hinzu: »Was sie dir angetan hat, Grace, und Elin – das war schrecklich.«

»Das ist dreißig Jahre her«, gab Grace zurück. Es lag eine Entschlossenheit in ihrem Tonfall, die er selten gehört hatte. »John, ich bin fast neunzig. Und Alys ist meine Tochter!«

»Die kleine Beca glaubt, die Frau sei tot! Weiß nicht mal, dass sie überhaupt eine Großmutter hat.«

Grace schüttelte den Kopf. »Nun, Elin wollte das so – das musste ich respektieren, oder?«

»Ach, Gracie, Gracie …« Dieses ganze Thema nahm John offensichtlich wesentlich mehr mit, als sie erwartet hatte.

»Hör zu, du hast ja recht«, sagte sie nun, etwas leiser. »Vermutlich ist das gar nicht meine Alys, und selbst wenn doch, wird sie wahrscheinlich gar nicht antworten …«

»Du hast ihr schon geschrieben?«

»Noch nicht«, flüsterte sie.

»Tu's nicht, Gracie. *Tu's nicht!* Warum willst du dir das antun?« Seine übliche Ruhe und Gelassenheit waren verschwunden. In seinen freundlichen Augen glänzten Tränen.

Sie seufzte. Vielleicht hatte er recht.

»Ich nehme mal an, du hast über all das noch nicht mit Elin gesprochen?«, erkundigte er sich vorsichtig.

»Natürlich nicht!« Bei der Vorstellung schlich sich eine Spur Hysterie in ihre Stimme. »Sie würde völlig ausrasten.«

»Nun, es kommt nicht oft vor, dass ich mit deiner Enkelin einer Meinung bin.« Er lächelte. »Aber ich glaube, in diesem Fall hätte sie guten Grund dazu.« Dann zog er sie an sich und gab ihr einen beruhigenden Kuss auf die Wange, während sie seinen seit Jahrzehnten vertrauten Duft nach Brylcreem und Palmolive-Seife einatmete.

»John, ich liebe dich.«

Und John antwortete, wie er es immer tat, auf Walisisch: »*Caru ti 'fyd,* Grace.«

4

Beca

»BRING MICH NICHT DAZU, ZU DIR HOCHZUKOMMEN …«

Beca schloss eine Wette mit sich selbst ab, was ihre Mutter als Nächstes rufen würde.

»… WIR STARTEN IN FÜNFZEHN MINUTEN.«

Fast richtig, dachte Beca. Nur mit der Zeit hatte sie falschgelegen, sie hatte *fünf* Minuten Spielraum erwartet, nicht fünfzehn. Aber das waren gute Nachrichten. Noch ganze zehn Minuten länger im Bett. Beca schloss die Augen und zog sich die Decke über den Kopf. Eigentlich hätte sie aus dem Bett springen sollen, es kaum erwarten können, dass der heutige Tag überstanden war, dass sie die Schule endlich hinter sich hatte. Doch bei der Vorstellung, in einem Raum voller stumm vor sich hin kritzelnder Sechzehnjähriger zu sitzen und ein Blatt mit lauter Fragen anzustarren, die sie sowieso nicht beantworten konnte, wurde Beca Matthews übel. Bis Mittag würde sie ihren neunzehnten Prüfungsbogen abgegeben haben und durch die neunzehnte Prüfung gerasselt sein. Das wusste sie, ohne den Hauch eines Zweifels.

Die Schüler im Jahr über ihr jammerten immer noch über die Tatsache, dass sie *ihre* Abschlussprüfungen letzten Sommer nicht schreiben konnten *wegen des blöden Corona*, wie es einige nannten. Weshalb sollte man *freiwillig* eine Prüfung schreiben wollen? Beca hielt den Jahrgang über ihr für bescheuert. Sie hätte alles dafür gegeben, ihre ganzen Scheißnoten einfach von einem Algorithmus berechnen zu lassen – wobei, wie ihre Mutter ja so gern betonte: »Bei dir, meine liebe Beca, würde das keinen Unterschied machen, denn du gibst dir *so oder so* keine Mühe!« Sie versuchte, sich an eine Zeit zu erinnern, als ihre Mutter sie auch mal gelobt hatte, statt immer nur zu schimpfen. Hin und wieder war das durchaus vorgekommen, die Frau war schließlich kein Monster. Es war nur so, dass Anerkennung nicht zu ihrer Grundeinstellung passte.

Als Beca beim Klavierspielen die erste Stufe geschafft hatte, war ihre Mutter definitiv stolz gewesen. Und bei der zweiten, dritten und vierten auch. Als sie bei der fünften eine Auszeichnung erhielt, hatte sie sogar geweint. *Geweint!* Die Freude währte natürlich nicht lange, denn als die dazugehörige Theorieprüfung kam, war Beca mit Pauken und Trompeten durchgerasselt. Da hatte ihre Mutter mal wieder diesen schrecklichen, enttäuschten Seufzer ausgestoßen, den sie so gut beherrschte. »Aber so was liegt mir einfach nicht«, hatte sich Beca jammernd verteidigt. »Musiktheorie ist genauso schlimm wie Mathe!« Ein großer Fehler, denn daraufhin hatte ihre Mutter lediglich dieselbe alte Platte aufgelegt wie immer. *Du bist nicht gut in Mathe, weil du dich weigerst zuzuhören!*

Das stimmte nicht. Sie kam mit dem Unterricht einfach nicht klar. Sie konnte die Logik nicht nachvollziehen. Ihre Mutter hatte sie im Lauf der Jahre zu allen möglichen Spezialisten und Psychologen geschleppt, um die Wurzel des Übels zu finden. War es ADHS? Eine Depression? Dyslexie? Asperger? Als würde eine Diagnose irgendwie Elins Frust mildern. Als würde ein Stempel, der das Versagen ihrer Tochter auf so ziemlich jedem Gebiet erklärte, ihnen auch gleich den Schlüssel liefern, um das Problem zu lösen.

»Vielleicht hat sie gar kein *Problem*«, hatte ihr Vater einmal während einer der vielen elterlichen Unterhaltungen im Flüsterton zu äußern gewagt, von denen sie glaubten, Beca würde sie nicht hören. »Vielleicht ist sie einfach …«

»Wage es ja nicht, das auch nur zu denken, Greg!«, hatte ihre Mutter ihn angefahren.

»Was denn?«

»Unsere Tochter ist nicht … *dumm.*« Sie hatte das letzte Wort ausgespuckt, als handelte es sich um *Psychopathin* oder *Mörderin.*

»Ich wollte *künstlerisch veranlagt* sagen«, murmelte er daraufhin.

Doch ihre Mutter hatte gar nicht richtig zugehört. »Sie war ja bei den ganzen verdammten Tests! Sie ist weder autistisch noch sonst was!«

»Elin, jetzt beruhig dich mal. Ich habe gesagt, künstlerisch veranlagt, verdammt noch mal.«

Dann war ein Streit entbrannt, in dem ihr Dad zur Verteidigung seiner Tochter vorgebracht hatte, dass sie wunderschöne Bilder malte, Klavier spielen konnte und zeichnen auch. Dann konnte sie eben keine quadratische Gleichung lösen oder beantworten, wer Winston Churchill war, ja und?! Sie war Künstlerin!

In diesem Moment hatte Beca ihren Vater dafür geliebt, auch wenn seine Einschätzung nicht stimmte. Ja, sie war nicht schlecht in Kunst, aber van Gogh war sie ganz sicher auch nicht.

»Mein Gott, Beca, du bist ja noch nicht mal angezogen!«, kreischte ihre Mutter, als sie in Becas Halbschlaftraum platzte und mit einem Ruck die Jalousien hochzog. »Du bringst mich zur Verzweiflung, echt. Und jetzt KOMM ENDLICH!«

Als Elin ihr die Bettdecke wegzog, wie an fast jedem Morgen, kreischte Beca zurück: »Das ist Misshandlung! Das ist eine Verletzung meiner Menschenrechte!«

»Schuluniform! Sofort!« Elin hob den dunkelblauen Rock und das Poloshirt auf, die seit gestern auf dem Fußboden lagen, und warf sie ihr zu. »Ich werde dieses Zimmer erst wieder verlassen, wenn du das angezogen hast.«

»Du bist doch total verrückt.«

»Du kannst mich nennen, wie du willst, Beca Matthews. Du hast die Verantwortung, diese Prüfungen zu beenden, und das wirst du auch tun!«

Zehn Minuten später waren sie in Elins Škoda auf dem Weg zur St. Stephen's Highschool. Sie unternahmen diese Fahrt zur Schule seit fünf Jahren gemeinsam. Keinen einzigen Schultag hatte Becca verpasst – ihre Anwesenheit war lückenlos. Was aber nicht im Geringsten mit irgendeinem Pflichtbewusstsein ihrerseits zu tun hatte, sondern ausschließlich mit der Entschlossenheit ihrer Mutter. »Wir müssen mit gutem Beispiel vorangehen«, hatte sie stets gesagt, immer mit einem entschuldigenden Lächeln, das Beca nahelegte, die Dinge doch auch mal aus der Perspektive ihrer Mutter zu sehen und mit ihr an einem Strang zu ziehen.

Denn Becas Mutter war Mrs. Elin Matthews.

Und Mrs. Elin Matthews war die Rektorin der St. Stephen's Highschool.

*

Die Tochter der Schulleiterin zu sein brachte seine ganz eigenen Nachteile mit sich. Niemand wagte es, mit der Tochter der Schulleiterin über jemanden zu lästern oder ein Geheimnis zu teilen, aus Angst, verpetzt zu werden. Und niemand wagte es, die Tochter der Schulleiterin zu Hause zu besuchen, weil es auch das Haus der Schulleiterin war. Deshalb war es die beste und sicherste Strategie, die Tochter der Schulleiterin komplett zu meiden. Inzwischen hatte sich Beca daran gewöhnt. Dieser freundschaftslose Zustand begleitete sie durch ihre ganze Highschool-Zeit hindurch. Man konnte nicht sagen, dass irgendjemand gemein zu ihr wäre – das war der Vorteil an ihrer Stellung –, doch die anderen behandelten sie mit einer Art distanziertem Respekt. Sie wurde wahrgenommen, aber nie mit einbezogen. Angelächelt, aber beim Lachen nie dabei. So war es einfach.

Zur Wahrheit gehörte allerdings auch, dass Beca eigentlich ganz gern allein war. Nicht dass sie die anderen Mädchen an der Schule nicht leiden konnte oder die Jungs. Sie fand sie nur alle ein bisschen … eintönig. Sie zogen sich gleich an, mochten die gleiche Musik, hatten keine wirkliche Meinung – zumindest keine, die aufregend oder unkonventionell war. Darum hatte sie nicht wirklich das Gefühl, etwas zu verpassen. Beca wusste, dass sie anders war. Aber warum war anders *schlecht?* Allein kriegte sie so viel mehr geschafft: Allein konnte Beca sich in die Welt eines Buches vertiefen. Oder das E-Piano in ihrem Zimmer spielen. Stundenlang, mit Kopfhörern, ohne dass ihre Eltern je hörten, was sie spielte, aber immer davon ausgingen, es sei Klassik. Denn auf dem Notenhalter standen Werke von Komponisten, die ihre Mutter bekanntermaßen liebte: Mahler, Mozart und Brahms. Und falls ihre Mutter oder ihr Vater zufällig an der Zimmertür vorbeikamen oder heimlich hineinspähten, sahen und hörten sie ja nur die samtigen Anschläge der Tasten, während Beca sich mit Fingerfertigkeit und Geschwindigkeit durch Dur, Moll und Arpeggios arbeitete. Und sie beglückwünschten sich dazu, dass ihre Tochter eine solch versierte klassische Pianistin war. Doch was Beca *wirklich* spielte, war alles andere als Klassik: Was Beca *wirklich* spielte, war komplett improvisiert, während sie sich in den Noten und Tonartwechseln verlor. Die Augen geschlossen, ließ sie sich von der Musik in eine Welt transportieren, die nur sie kannte, wo sie alles Zeitgefühl verlor und erst aufhörte, wenn ihre Mutter ihr sanft auf die Schulter tippte, um sich zu erkundigen, was sie zum Abendessen haben wollte. Das weckte sie aus ihrem trance-ähnlichen Zustand und holte sie zurück in die langweilige Gegenwart ihres Lebens.

»Bist du sicher, dass ich dich nicht an der Aula absetzen soll?«, fragte Elin vorsichtig.

»Nein, passt schon.« Beca stieg aus dem Auto. »Tschüss, Mum.«

Die einzige Bedingung, die Beca ihrer Mutter im Gegenzug für den gemeinsamen Schulweg gestellt hatte, war, zwei Straßen entfernt abgesetzt zu werden. Die Vorstellung, jemand könnte sie dabei beobachten, wie sie aus dem Auto der Schulleiterin stieg, ließ sie bis zu den Haarwurzeln erröten. »Was für einen Unterschied macht das denn?«, hatte Elin wissen wollen. »Es weiß doch jeder, dass du meine Tochter bist!« Doch hätte ihre Mutter sich dieser Forderung verweigert, wäre Beca gar nicht erst ins Auto gestiegen.

Als sie gerade die Beifahrertür schließen wollte, hielt Elin sie auf. »Becs?«

»Was denn?« Beca wusste genau, was jetzt kam, und sie beobachtete, wie ihre Mutter mit ihren Gefühlen kämpfte.

»Ich bin, weißt du …«

Beca sah sich um, ob auch niemand Zeuge wurde. Sie konnte es nicht erwarten, möglichst schnell vom Auto ihrer Mutter wegzukommen. »Mum, ich muss los«, nuschelte sie und schlug die Autotür zu.

»Viel Glück! Gib alles!«, rief Elin.

Beca schluckte mühsam. Ihr war lieber, wenn ihre Mutter sauer auf sie war oder enttäuscht von ihr. Es war viel einfacher, mit einer wütenden Mutter umzugehen als mit einer traurigen. Sie wusste, dass Elin es gut meinte und sich dafür schalt, als Elternteil versagt zu haben, mehr, als sie je zugab. Als Beca in Richtung Schule ging, drehte sie sich nicht um, aus Angst, das Gesicht ihrer Mutter zu sehen, verloren und beklommen. Beim Vorbeifahren hupte Elin kurz, und Beca hob die Hand zu einem halbherzigen Winken.

Als sie das Haupttor erreichte, betrachtete Beca die altersmüden Gebäude, die Schüler in ihren identischen Uniformen, die in alle Richtungen wuselten wie tausend emsige Ameisen, hierhin und dorthin, voller Lärm und Hormone und Energie. Und sie fühlte sich befreit. Denn nun hatte sie einen Meilenstein erreicht, auch wenn das in diesem Moment noch ihr Geheimnis war: Das hier war das letzte Mal, dass sie durch dieses Tor schritt. Sie hatte keinen Plan, was sie nach heute tun oder wohin sie gehen würde. Das Einzige, was sie mit Sicherheit wusste, war, sie würde im September nicht hierher zurückkehren. Oder überhaupt jemals wieder. Sie musste nur noch einen Weg finden, dies ihrer ausbildungsbesessenen Mutter klarzumachen. Denn welchen Schritt Beca auch immer tat, er würde bei Elin garantiert nicht auf Zustimmung stoßen.

5
Elin

Als sie an diesem Abend nach Hause kam, erwartete Elin eigentlich gar nicht, dass jemand daheim war. Dennoch rief sie erst nach Greg, dann nach Beca, doch die Antwort war nur Stille. Sie hatte Beca vorhin angerufen, um zu fragen, wie die Geografieprüfung gelaufen war. Und wie immer war aus ihrer verschlossenen, einsilbigen Tochter nichts weiter herauszukriegen gewesen als ein *ganz okay*, ehe sie sich mit der Begründung, der Empfang sei schlecht, verabschiedet hatte. Es wäre schön gewesen, heute Abend mit Beca zu feiern – das Ende mehrerer für sie beide stressiger Monate, im Grunde das Ende eines Kapitels. Im September ging es natürlich mit der Oberstufe weiter, Becas Schulzeit war noch nicht vorbei. Doch den mittleren Schulabschluss geschafft zu haben war ein Meilenstein im jungen Leben ihrer Tochter.

Elin schlüpfte aus ihren hohen Schuhen, rieb sich die schmerzenden Füße und schimpfte mit sich selbst, dass sie keine bequemen Halbschuhe trug. Aber Pumps entsprachen nun mal so viel mehr dem Bild einer Rektorin. Auf dem Weg in die Küche nahm sie die Post mit – das meiste ein Haufen Werbemüll, den sie direkt ins Altpapier warf. Sie seufzte. Was für eine unnötige Papierverschwendung! Doch mitten im Stapel befand sich auch ein schmaler Karton mit dem Logo *Party Time Printers*. Die Einladungskarten für Grama Grace' neunzigsten Geburtstag waren da! Wie schön! Elin freute sich schon darauf, sie gleich in Ruhe anzuschauen. Außerdem war ein Paket für Greg gekommen. Sie schüttelte es kurz und lächelte nachsichtig. Noch mehr seiner geliebten

Nahrungsergänzungsmittel. Der arme Kerl war besessen davon, gegen das Altern zu kämpfen und irgendwie die Zeit aufzuhalten.

Kurz blickte sie in den Spiegel an der Wand und unterzog sich einer schnellen Prüfung: Sie sah immer noch gut aus für ihr Alter, alle Achtung. Die Strähnchen in ihren schulterlangen kastanienbraunen Haaren ließen diese noch mehr leuchten, und ihr Teint war frisch und ebenmäßig. Sogar nach einem harten Arbeitstag. Elin war mit vollen Lippen und strahlenden Augen gesegnet, und auch wenn das Alter sie bei der Verteilung von Krähenfüßen nicht vergessen hatte, fand sie das nicht weiter schlimm. Es war schließlich nur natürlich. Sie war stolz darauf, nie Botox oder Filler gespritzt zu haben – Gott bewahre, damit würde sie gar nicht erst anfangen.

Sie öffnete die Türen zur Terrasse, um die warme Juniluft hereinzulassen, schloss die Augen und atmete tief durch. Heute Abend konnte sie sich erlauben, ein bisschen zu entspannen, und sich ohne schlechtes Gewissen einen Gin Tonic genehmigen. Gin war bei ihr eine seltene Ausnahme, denn Elin glaubte, dass man sich Vergnügen, wie alles im Leben, verdienen musste. Sie maß ein Schnapsglas voll ab und goss es über Eis und Zitrone in ein blitzsauberes Kristallglas, das sie dann mit Tonicwater auffüllte. Greg verstand nie, weshalb sie den Gin abmessen musste. »Schätz die Menge doch einfach! Schütte das verdammte Zeug rein!«, sagte er immer. Doch Elin wusste aus bitterer Erfahrung, dass man Alkohol mit Respekt begegnen musste.

Draußen auf der Terrasse ließ sich Elin in den ausladenden Gartenstuhl fallen, legte die Füße hoch und wandte ihr Gesicht der Abendsonne zu, die immer noch recht hoch am Himmel stand – schließlich war Mittsommer. »*Iechyd da*«, prostete sie sich selbst zu, ehe sie einen kleinen Schluck von dem frischen, würzigen Drink nahm, der ein willkommenes Kribbeln in ihre Fingerspitzen schickte. Dann schlitzte sie mit einem kleinen Küchenmesser das Päckchen in ihrem Schoß auf und holte vorsichtig den Inhalt heraus: ein sauber verpackter Stoß aus sechzig Einladungskarten. Auf roséfarbenem, festem Papier gedruckt und von Efeu eingerahmt stand da geschrieben:

Herzliche Einladung zu

Grace Merediths
ÜBERRASCHUNGS-Party
zu ihrem 90. Geburtstag
am 2. September 2022, um 14 Uhr
im Brookfield Hotel, in Dylan's Quay

Achtung: Es soll eine ÜBERRASCHUNG sein!
Grace darf nichts davon erfahren!
uAwg: ueberraschungsparty@widenet.com
oder
23 Elm Tree Avenue, Lakeside, Cardiff CF23 3SX
Und nicht vergessen: NICHTS VERRATEN!

Hatte sie es mit dem Wort »Überraschung« etwas übertrieben? Jetzt, mit etwas zeitlicher Distanz betrachtet, klang die Einladung ein bisschen … nun ja, verkrampft. Das würde Greg sicher nicht unkommentiert lassen. Doch sie kam lieber als herrschsüchtige Enkelin rüber, als das ganze Unterfangen zu gefährden. Elin legte die Einladungen sorgfältig zurück in die Schachtel. Morgen würde sie sie verschicken. Mit einem Gefühl des Stolzes lehnte sie sich zurück, atmete tief durch und entspannte sich.

Doch ihre Ruhe wurde bald von zwei männlichen Stimmen aus dem Garten nebenan gestört. Das Haus stand schon fast ein Jahr leer, seit die alte Mrs. Latham gestorben war, und Elin hatte sich daran gewöhnt, dass niemand dort wohnte. Offenbar hatte nun jemand das Haus gekauft. Sie stand auf und ging zur Trennmauer hinüber. »Hallo?«, rief sie zaghaft. Die Stimmen verstummten.

»Ja?«, ertönte die ungeduldige Antwort.

Elin konnte durch das dichte Gebüsch nicht viel erkennen außer zwei Gestalten auf der anderen Seite der Mauer: Ein Mann asiatischer Herkunft mit ergrauenden Schläfen und kleinem, getrimmtem Bart, ungefähr so alt wie sie, stand einem jungen Typen, vielleicht Mitte dreißig, mit langen blonden Locken gegenüber. Der jüngere der beiden trug ein ärmelloses T-Shirt, das schamlos seinen Bizeps zur Schau stellte. Der zweifellos viel zum Einsatz kam, gemessen an der schweren Heckenschere, die er in der Hand hielt.

»Hallo, ich heiße Elin«, sagte sie. »Willkommen in der Nachbarschaft! Tut mir leid, ich kann Sie nicht wirklich sehen …«

»Mein Name ist Sunil Chakrabarti«, erwiderte der ältere Mann höflich, aber sehr förmlich. »Ich treffe nur Vorbereitungen. Wir werden uns erst in absehbarer Zeit hier niederlassen.«

»Oh.« Elin war etwas irritiert von der Tatsache, dass sie nicht wirklich erkennen konnte, mit wem sie sprach. »Und wann ziehen Sie dann ein?«

»Es steht mir leider nicht frei, das zu sagen. Entschuldigen Sie, aber ich muss jetzt wirklich weitermachen. Die Zeit arbeitet gegen uns.« Und mit diesen Worten nahm er sein Gespräch mit Mr. Bizeps wieder auf, der ihr als Entschuldigung freundlich zuzunicken schien, wobei das durchs Gebüsch hindurch schwer feststellbar war.

Elin ging zurück zum Haus. Wie spannend! Greg würde sicher mehr herausfinden. Er war ein wesentlich besserer Detektiv als sie und auch viel geübter in gesellschaftlichen Dingen. Bestimmt war Mr. Chakrabarti, ehe sie sichs versah, ein neuer Freund der Familie.

Ihr Handy vibrierte.

> Hab im Studio nochn Platz erwischt. Bis 8 oder so?

Elin wünschte, Greg würde richtige Sätze schreiben. Seine Nachrichten wirkten in letzter Zeit so … pubertär. Der Mann war schließlich zweiundfünfzig. Sie wollte gerade antworten, als eine neue Nachricht in der WhatsApp-Gruppe ihres Lesezirkels reinkam.

> Nicht vergessen, Ladys – unser Treffen wurde von nächster Woche auf heute verschoben. Bis später, ihr Bücherwürmer, Joan x

Oh Gott, das hatte sie tatsächlich vergessen! Mist.

Ihr erster Gedanke war, einfach nicht hinzugehen. Sie hatte es sich doch gerade erst gemütlich gemacht, und weil sie schon von ihrem Gin getrunken hatte, konnte sie nicht mehr fahren, also müsste sie zu Fuß gehen. Sie schrieb Greg:

Hab den Lesezirkel vergessen! Tut mir leid! Hol mich doch um 10 Uhr bei Joan ab, wenn du kannst. Danke.

Okay. Sie sollte sich umziehen. Und die Notizen holen, die sie sich zum aktuellen Buch gemacht hatte. Es hieß *Killer in Blau* – ein Jack-Danfield-Thriller über einen mordenden amerikanischen Polizisten. Nicht gerade das beste Buch, das Elin je gelesen hatte, wenn sie ehrlich war. Extrem vorhersehbar und wenig originell. Seltsamerweise schon wieder Joans Wahl für diesen Monat, aber Elin wollte sich nicht beschweren: Die Frauen im Lesezirkel waren nett, und sie fühlte sich geehrt, dass man sie dazu eingeladen hatte. Wobei es sie frustrierte, dass die Teilnehmerinnen sich hauptsächlich dafür interessierten, Brownies zu futtern, Prosecco zu trinken und über die Rollenbesetzung einer eventuellen Verfilmung des jeweiligen Buchs zu fantasieren. Morgan Freeman und Colin Firth schienen für jeden Roman in der engeren Auswahl zu stehen, wobei auch Benedict Cumberbatch in letzter Zeit oft vorgeschlagen wurde. Warum können wir uns nicht einfach über das verdammte Buch unterhalten?, dachte Elin dann immer, doch da kämpfte sie auf verlorenem Posten.

Oben im Flur hörte Elin ein vertrautes Geräusch – den leisen, dumpfen Aufschlag von Fingern auf einer stummen Tastatur. Ah, dann war Beca also doch zu Hause. Aus Höflichkeit klopfte sie an der nur angelehnten Tür, wobei Beca sie vermutlich sowieso nicht hören konnte, wie sie da mit Kopfhörern über ihr Klavier gebeugt hing, ganz versunken in ihre eigene Welt. Elin wollte Beca nicht erschrecken und auch den friedlichen Moment nicht stören, den ihre Tochter offensichtlich gerade genoss, doch als sie sich zum Gehen wandte, hörte das samtige Klappern plötzlich auf.

»Alles klar?«, fragte Beca, die die Anwesenheit ihrer Mutter offenbar gespürt hatte und ihre Kopfhörer abzog.

»Na, ich wette, da ist jemand so richtig glücklich!«, sagte Elin lächelnd und versuchte, fröhlich zu klingen.

»Sicher«, murmelte Beca, die dabei aber überhaupt nicht glücklich wirkte.

»Jetzt hast du erst mal Pause, bevor du anfangen musst, dir Gedanken über die Abitur-Prüfungen zu machen. Ich hab mich gefragt, ob du vielleicht …«

»Mum, hör auf! Echt, lass gut sein …« Beca wirkte irgendwie verloren. »Du bist immer gleich schon beim Nächsten. Du stehst nie still.«

Elin nickte. »Tut mir leid. Du hast recht. Lass uns genießen, was du heute erreicht hast.« Es folgte eine unbehagliche Stille. »Ich muss heute Abend zum Lesezirkel, sonst hätten wir feiern können. Hast du denn irgendwelche Pläne?« Sie bereute die Frage, sobald sie ausgesprochen war. Natürlich hatte Beca keine Pläne. Sie hatte keine Freunde.

»Nö. Ich FaceTime nachher Grama Grace und dann hol ich mir vielleicht 'ne Pizza.«

Elin suchte in ihrer Handtasche nach Geld. »Ah, da ist es – bitte schön, geht auf mich.« Sie reichte Beca einen Zwanzig-Pfund-Schein.

»Danke.«

»Und vergiss nicht, wenn du mit Grama Grace sprichst, sag nichts von …«

»Sag nichts von der tollen Party! Ja, Mum, ich weiß, du brauchst es nicht ständig zu wiederholen.«

Elin lächelte etwas verlegen, weil sie sich ihres Kontrollzwangs bewusst war. Wieder breitete sich unbeholfenes Schweigen zwischen den beiden aus, ehe Beca ihren Kopfhörer wieder aufsetzte und sich zum Klavier zurückdrehte. Wieder einmal hatte die unsichtbare Mauer aus all dem Unausgesprochenen Elin besiegt, und sie erreichte ihr kleines Mädchen nicht, wie so oft. Ein Schluchzen unterdrückend, suchte sie Zuflucht in ihrem Badezimmer und drehte die Dusche auf.

6

Beca

Becas übliche Pizza-Bude hatte wegen eines familiären Trauerfalls geschlossen, sie würde also einen neuen Imbiss ausprobieren müssen. Nachdem ihre Mutter zu ihrem Buchclub aufgebrochen war, hatte sich Beca aufgerafft und war die zehn Minuten zu Bellamy's Italian Place spaziert. Der Name war ziemlich vollmundig für das, was geboten war: ein günstiger Schnellimbiss, der ein Vermögen damit verdiente, überteuerte Stücke Pepperoni-Deluxe-Pizza an hungrige Teenager zu verkaufen. Zwei Jungs, die sie aus der Schule kannte, warteten vor ihr in der Schlange. Sie ignorierten Beca natürlich, denn sie waren viel zu sehr mit ihrem eigenen Kram beschäftigt, um irgendjemanden auch nur wahrzunehmen, und außerdem waren sie bester Laune, vermutlich von Wodka oder anderen Substanzen beflügelt. Die beiden alberten nur herum, waren dabei aber so laut und auffällig, dass die junge Frau hinter der Theke sie böse anfunkelte. »Ruhe dahinten!«, rief sie, »sonst fliegt ihr in hohem Bogen raus!«

Beca biss sich auf die Lippe, um nicht zu grinsen. Der Verkäuferin war deutlich anzuhören, dass sie aus Cardiff stammte. Während sie die Bestellung der beiden Jungs einpackte, wandte sie sich mit etwa so viel Herzlichkeit wie eine kalte Schüssel Haferbrei an Beca, um zu fragen, was sie wolle. »Und bestell keine Schnitte, denn die sind aus. Entweder ganze Pizza oder zieh Leine.«

»Eine Slim Jim mit extra Chilis«, sagte Beca schnell und fügte ein ängstliches »Bitte« hinzu.

Die junge Frau nickte, und Ruhe kehrte ein.

Beca versuchte zu entziffern, was auf ihrem Namensschildchen stand: Soozi. Was für eine coole Schreibweise für einen eher langweiligen Namen, dachte sie. Aber um ehrlich zu sein, wirkte »Soozi« ansonsten auch ziemlich cool. Ebenmäßige dunkle Haut, gebleichte Zöpfe, die sie hochgesteckt hatte, und an den Seiten waren ihre Haare dunkel und kurz abrasiert. Sie trug kein Make-up, aber eine Reihe Stecker zierte ihr rechtes Ohr und das linke Nasenloch ein dünner Silberring. Bestimmt hat sie auch ein Piercing in der Zunge, dachte Beca. Soozi trug Hygienehandschuhe, doch durch das weiße Latexmaterial konnte Beca sehen, dass ihre Fingernägel leuchtend orange lackiert waren.

»Mach 'n Foto, das hält länger!«, bellte Soozi, als sie Becas Blick bemerkte. Dann wandte sie sich wieder ihrem Teig zu.

Beca wurde rot, weil sie ertappt worden war, aber sie schaute fasziniert zu, wie Soozi den weißen mehligen Ball hin und her warf und dabei seine Form veränderte, sodass innerhalb von Sekunden ein runder dünner Teigfladen entstand. Mit geübtem Schwung donnerte sie ihn auf die Arbeitsfläche, klatschte einen Löffel Tomatensauce in die Mitte, den sie gleichmäßig bis an den Rand verstrich. Dann griff sie eine Handvoll geriebenen Mozzarella und ließ ihn von weit oben auf die Pizza regnen, ehe sie Schinkenstücke, Kräuter und Chili darauf verteilte. Der ganze Ablauf wirkte wie ein sorgfältig einstudierter Tanz. Zuletzt schaufelte sie mit einer raschen Bewegung die rohe Pizza mit ihrem Schieber auf, schubste sie in den Ofen und verschloss die Tür. »Macht fünf fünfundsiebzig«, seufzte Soozi, zog die Latexhandschuhe aus und streckte die Hand nach dem Geld aus. Beca reichte ihr die zwanzig Pfund, woraufhin Soozi ihr vierzehn Pfund Wechselgeld gab und die restlichen fünfundwanzig Pence in ein Glas auf der Theke warf. »Danke schön«, sagte sie. Beca runzelte die Stirn, war aber zu schüchtern, um sich über das erzwungene Trinkgeld zu beschweren. »Bin schließlich am Sparen, nich wahr?«, fügte Soozi als Erklärung hinzu. »Für meine Tour.«

»Backpacking?«

»Gigs«, antwortete sie. »Ich bin Sängerin.«

»Oh. Verstehe.«

Und das war das Ende ihrer Unterhaltung. Schweigend warteten sie, während die Pizza im Ofen vor sich hin backte. Soozi wischte die Oberflächen ab, dann faltete sie innerhalb von Sekunden eine Takeaway-Schachtel zusammen. Sie muss schon eine ganze Weile hier arbeiten, dachte Beca.

Als der Ofen schließlich piepste, zog Soozi die brutzelnd heiße Pizza heraus, teilte sie in sechs Stücke und schob sie in die Schachtel. »Guten Appetit«, sagte sie. »Ach, und tu mir ’nen Gefallen, dreh das Schild auf *Geschlossen*, wenn du rausgehst. Ich mach ’ne Zigarettenpause.«

Völlig unvermittelt platzte es aus Beca heraus: »Warum rauchst du, wenn du singst?«

Soozi, die schon halb im Raum hinten verschwunden war, blieb wie angewurzelt stehen und drehte sich um. »Was haste gesagt?«

»Macht die Stimmbänder kaputt. Und die Atmung.«

Beca erntete einen bitterbösen Blick. Doch sie wich nicht aus. »Da kannst du mir nicht widersprechen, oder?«, forderte sie Soozi heraus, deren Miene plötzlich freundlich wurde. Sie lächelte.

»Nee, tu ich nicht«, sagte sie. »Und jetzt verzieh dich, und mach die Tür hinter dir zu.«

Zu Hause angekommen, setzte Beca sich aufs Bett, das Handy in der Hand, die Pizzaschachtel auf dem Schoß, und rief per FaceTime ihre Grama Grace an. Sie fand es toll, so eine moderne Urgroßmutter zu haben, die vor Technik keine Angst hatte. Seit zwei Jahren telefonierten sie auf diese Weise jeden Freitag miteinander.

»Und, wie war’s?«, erkundigte sich Grace und nippte an ihrem Teebecher.

»Totale Katastrophe«, antwortete Beca und war froh, nicht das übliche tröstend gemeinte Blabla zu ernten. Kein *Wird schon nicht so schlimm sein, wie du denkst* oder *Du wirst uns noch alle überraschen, wart’s ab*. Stattdessen sagte Grace: »Nun ja, das hast du ja schon so erwartet, oder, mein Schatz? Und wenigstens musst du jetzt nie wieder irgendein blödes Geografiebuch aufschlagen.«

»Stimmt«, antwortete Beca.

Grama Grace redete nicht gern um den heißen Brei herum. Und genau aus diesem Grund hielt Beca Elins Überraschungsparty auch für einen großen Fehler. Grace hatte nichts übrig für Schnickschnack, und wenn sie sagte, dass sie etwas nicht wollte, dann meinte sie das auch so. Beca fürchtete, ihre Urgroßmutter könnte stinksauer sein, dass Elin ihre Wünsche missachtete. Sollte sie Grama Grace vorwarnen? Nur damit der Schock nicht allzu groß sein würde? Damit sie sich darauf vorbereiten konnte? Doch was, wenn Grama Grace total ausflippte und anfing, Elin zu beschimpfen? Elin würde Beca nie verzeihen, das Ganze vermasselt zu haben. Natürlich bestand auch die Gefahr, dass sonst irgendjemand die Katze bereits aus dem Sack gelassen hatte. Vielleicht jemand aus Dylan's Quay. Denn irgendwie war Grama Grace heute Abend anders als sonst. Sie wirkte abwesend.

Beca beschloss, das Risiko einzugehen und das Thema vorsichtig anzusprechen, ohne das Wort *Feier* zu benutzen. »Wie geht's dir denn mit der Aussicht, neunzig zu werden?«, fragte sie beiläufig und vermied dabei bewusst jeglichen Blickkontakt, um sich nicht zu verraten. Grama Grace hatte nämlich eine extrem gute Beobachtungsgabe, selbst durch eine Wolke von Pixeln hindurch. Ein Faden aus geschmolzenem Pizzakäse fiel zurück in die Schachtel, als Beca versuchte, ihn mit dem Mund aufzufangen.

»Hab nicht viel drüber nachgedacht, Liebes. Sind ja noch mehr als zwei Monate bis dahin.«

Beca forderte ihr Glück noch etwas mehr heraus. »Vielleicht könnten wir dich ja zum Mittagessen ausführen oder so? Du könntest nach Cardiff kommen, oder …«

Doch Grace unterbrach sie. »Was weißt du eigentlich über deine Großmutter, *cariad*? Über Alys.«

Das kam wie ein Blitz aus heiterem Himmel.

»Ähm … nicht viel.« Becas Mund brannte von den Chilis auf der Pizza. Sie verschwendete eigentlich nie einen Gedanken an die Mutter ihrer Mutter. Die war gestorben, als Elin noch jünger war, so viel wusste sie, und Becas Dad hatte mal gesagt, sie sei ein ziemlicher

Hippie gewesen. Wobei Beca keine Ahnung hatte, woher er das wissen wollte, da er der Frau ja nie begegnet war.

Grace lächelte betrübt. »Erwähnt deine Mutter sie manchmal?«

»Nein … aber du ja auch nicht.«

»Nur weil es mich traurig macht.«

Beca bekam ein schlechtes Gewissen. Sie hatte so oft gehört, dass Teenager gar nicht wirklich wahrnahmen, was um sie herum geschah. Vielleicht stimmte das ja. Sie hatte nie eine Großmutter gehabt, deshalb vermisste sie es auch nicht. Außerdem erfüllte schließlich Grama Grace diese Rolle, oder etwa nicht?

»Für Mum bist eher *du* ihre Mum, oder? Und das hab ich einfach so übernommen. Aber wie kommt's, dass du plötzlich nach Alys fragst?«

Grace seufzte und setzte zu einer Antwort an, doch dann hielt sie inne. »Ach, nichts.« Lächelnd änderte sie ihre Tonlage. »Hat wahrscheinlich doch mit diesem Geburtstag zu tun, der da naht. Du hast recht, Liebes. Vielleicht sollten wir irgendwohin zum Mittagessen gehen. Irgendwas Einfaches. Hauptsache kein Theater!«

Oh Gott, dachte Beca, die Elins Sitzordnung aus rosafarbenen Post-its vor sich sah, du wirst komplett durchdrehen, Grama Grace.

7
Grace

Grace war prinzipiell nicht anfällig für schlechte Laune oder Ängste. Sie schrieb das vor allem den Vorzügen eines aktiven Lebensstils zu, der Energie, die sie aus dem Schwimmen im offenen Meer zog, und einer natürlichen Resilienz, die sie im Zuge all dessen entwickelt hatte, womit das Leben sie im Lauf der Jahre konfrontiert hatte. Aber heute Abend … Ach, heute Abend war anders. Nach dem Gespräch mit Beca hatte sie sich schlechter gefühlt als je zuvor und sich selbst einen Abendspaziergang verordnet. Dabei hatte sie bei Neeta im Café vorbeigeschaut, die nach einem erfüllten Arbeitstag gerade mit Aufräumen beschäftigt war. Wie immer versuchte die einundsechzigjährige Neeta, Grace mit etwas Selbstgebackenem zu verwöhnen, indem sie ihr ein großes Stück Karottenkuchen und eine Tasse heiße Schokolade hinstellte.

»Hast du schon mal von Diabetes gehört?«, erkundigte sich Grace mit entgeistertem Blick auf die üppige Portion.

»Ach, so ein Quatsch«, erwiderte ihre Freundin. »Du wirst uns noch alle überleben. Und außerdem hab ich den selbst gebacken – also sei nicht unhöflich.«

Neeta war mit Grace befreundet, seit sie 2010 das Café eröffnet hatte, und die beiden gingen völlig entspannt miteinander um. Neeta liebte es zu reden. Normalerweise machte das Grace nichts aus, denn auch sie unterhielt sich gern über Gott und die Welt, doch heute Abend schien sie nichts von dem zu hören, was Neeta sagte.

Nachdem sie das Café verlassen hatte, wanderte sie hinunter zum Pier und blickte aufs Meer hinaus. Die See war heute ziemlich aufgewühlt durch einen Landwind, der die Wellen majestätisch an den Strand branden ließ. Sie atmete die salzige Luft ein und suchte nach nährender Ruhe in deren Ionen. Doch selbst das funktionierte nicht. Sollte sie zum Cadwallader House hochspazieren und John besuchen? Würde eine Runde Singen mit Cissie ihre Seele besänftigen? Doch es war schon fast neun Uhr, und die beiden waren wahrscheinlich bereits im Bett. »Na komm, hör auf zu jammern!«, befahl sie sich selbst, und eine vorbeifliegende Möwe kreischte zustimmend, als Grace sich auf den Weg nach Hause machte.

Die Schuhe auszuziehen war eine echte Erleichterung. Sie war zu lange auf den Beinen gewesen, und nun begannen die Füße anzuschwellen und zu schmerzen. Einen Moment lang überlegte sie sogar, das Fußbad herauszukramen, das Elin und Greg ihr vor zwei Jahren geschenkt hatten. Doch selbst dieser Akt erschien zu mühsam. Stattdessen sank sie in ihren gemütlichen Lieblingssessel und stieß einen erschöpften Seufzer aus. An Tagen wie diesem fühlte sie ihr Alter tatsächlich, und das war nicht gut. Wahrscheinlich wäre es vernünftig, eine Weile auszuruhen und dann vor dem Schlafengehen noch ein bisschen Yoga zu machen. Das würde helfen. Wie sie es hasste, sich alt zu fühlen. John liebte an ihr vor allem ihre unermüdliche Energie, jedenfalls sagte er das immer. Doch manchmal befürchtete sie, dass sie die Messlatte zu hoch gesetzt hatte: dass sie *nie* negativ sein durfte, *nie* zugeben konnte, dass sie sich sorgte oder Angst hatte vor dem, was kam. In Wirklichkeit wusste sie natürlich, dass ihre Uhr fast abgelaufen war – selbst wenn sie das Glück haben sollte, es bis hundert zu schaffen, dann blieben ihr nur noch zehn weitere Jahre. Zehn Jahre! Die waren im Nu dahin.

Seltsamerweise war es nicht die Angst vor dem Tod, die am schwersten auf ihr lastete, wenn sie eine dieser seltenen Phasen der Niedergeschlagenheit überkam, denn schließlich galt: *Wenn man tot ist, ist man tot!* Grace selbst würde ja gar nicht mitbekommen, dass sie gestorben war, dass sie nicht mehr da war. Diese traurige Last mussten die

Hinterbliebenen tragen. Und weil sie all ihre Angelegenheiten schon vor langer Zeit geregelt hatte, musste sie sich auch diesbezüglich keine Sorgen machen. Nein, es war die Angst, andere zu verlieren, die sie am meisten plagte. Angst, diejenigen zu verlieren, die solange sie denken konnte mit ihr durchs Leben gegangen waren.

Und Alys.

Für die Welt dort draußen existierte ihre Tochter nicht mehr. Das Gespräch mit Beca hatte ihr das noch einmal vor Augen geführt, und ihre Unterhaltung mit John hatte sie an Elins Wunsch erinnert: die Erinnerung an Alys Meredith aus ihrer Familiengeschichte zu löschen. So zu tun, als wäre sie vor langer Zeit gestorben. Und das hatten sie auch getan. Das war die Version, die sie seit Jahren verbreiteten. Nur John kannte die Wahrheit. Und Cissie – als sie noch über ihre geistigen Fähigkeiten verfügte. Grace wusste, dass es auf diese Weise einfacher war für Elin. Und zu ihrer eigenen Schande war es auch für sie selbst manchmal einfacher gewesen. Aus den Augen, aus dem Sinn.

Nur dass sie sich da etwas vormachte.

Denn sie dachte jeden einzelnen Tag an Alys. Manchmal nur kurz, eine flüchtige Erinnerung – üblicherweise eine unglückliche. Aber zu anderen Gelegenheiten, wie heute Abend, spürte sie den Sog, die natürliche, biologische Trauer über den Verlust ihres Kindes. Alys' Namen hinten auf dieser Grußkarte zu sehen, hatte eine winzige Flamme der Hoffnung entfacht. Und sosehr sie sich auch bemühte, diese zu löschen, die Flamme brannte einfach weiter.

Sie wusste, John hatte recht. Der Versuch, Alys über die Galerie in Brecon zu kontaktieren, würde bestenfalls zu keiner Antwort führen und im schlechtesten Fall erneut Ärger und Chaos über sie alle bringen. Elin würde ihr nie verzeihen. Und Beca wäre wahrscheinlich schockiert – Grace würde ja gewissermaßen eine tote Großmutter zum Leben erwecken! Ja, John lag vermutlich richtig, und da er seit so vielen Jahren ihr Fels in der Brandung war, wollte sie seinen Rat nun ungern in den Wind schlagen. Da war sie abergläubisch. Wenn nur die Versuchung nicht so groß wäre.

Das letzte Mal hatte sie Alys im Jahr 1992 gesehen.

Seit damals hatte Grace ihr Dutzende Briefe geschrieben und nie abgeschickt. Das Schreiben war so etwas wie Therapie für sie. Manchmal ging es in den Briefen nur um dies und das an Neuigkeiten, manchmal waren sie von Tränen verschmiert, und manchmal entlud sie ihren Ärger über Alys' Verhalten. Manchmal kam sie nicht weiter als *Liebste Alys*. Die Briefe waren nicht dazu gedacht, gelesen zu werden. Oft überlegte Grace, sie zu verbrennen. Denn wenn sie einmal nicht mehr war, konnte jedermann darauf zugreifen, und wollte sie John oder Elin, oder wer auch immer nach ihrem Tod das Haus ausräumte, all diese persönlichen Gefühle aufbürden?

Nachdem sie sich mit einem Ächzen – etwas, das sie sich seit einiger Zeit angewöhnt hatte, obwohl sie sich geschworen hatte, es nie zu tun – aus ihrem Sessel erhoben hatte, ging sie zum Sekretär in der Ecke des Wohnzimmers hinüber und schloss die oberste Schublade auf. Darin befand sich eine braune Schachtel, in der sie sämtliche Briefe aufbewahrte.

Grace nahm ein frisches Blatt dickes cremefarbenes Briefpapier und schraubte ihren Füller auf. Damit setzte sie sich hin und fing an zu schreiben.

Liebste Alys …

8

Alys

Das Mittagstreffen der Anonymen Alkoholiker fand in einem Seitenzimmer der Baptistengemeindehalle statt. Es war ein beliebtes Meeting und stets gut besucht. Der heutige Tag bildete keine Ausnahme: Der Raum war voll. Die siebzigjährige Alys Meredith erfüllte Stolz bei der Aussicht auf ihr großes, aufmerksames Publikum. Sie sah sich in der versammelten Menge um, während die Vorsitzende die Zwölf Stufen und Zwölf Traditionen der Anonymen Alkoholiker durchging, ehe sie sich erkundigte, ob irgendjemand ein Anliegen vorzutragen habe. Eine üppige Frau mit bonbonrosa Strähne in ihrem ansonsten glatten braunen Haar hob die Hand und beschwerte sich über den Egoismus der Leute, was die Kekse betraf. »Also bitte beschränkt euch auf nicht mehr als zwei pro Person, und lasst dann auch mal die anderen ran.«

»Danke, Jess«, ertönte die Antwort im Chor.

Alys dachte bei sich, dass es Jess guttun würde, sich selbst auf *keine* Kekse zu beschränken, wenn man ihre Fülle betrachtete. Doch das war natürlich unfair. Schließlich waren nicht alle Frauen mit ihrer Figur und ihrem guten Aussehen gesegnet. Andererseits gaben sich andere Frauen auch nicht so viel Mühe damit wie sie. Es stimmte, ihre Gene spielten eine große Rolle, weil sie ihr elastische Haut schenkten, einen kräftigen Knochenbau und eine wohlproportionierte Figur mit Kurven an all den richtigen Stellen. Dafür dankte sie ihrer Höheren Macht jeden Tag aufs Neue. Aber auch eine Höhere Macht hatte ihre Grenzen. Der Rest erforderte Durchhaltevermögen, Entschlossenheit und ein ständiges Augenmerk auf ihr Erscheinungsbild: die dezenten (und teuren) Strähnchen in ihren Haaren, das Make-up in guter Qualität – ohne das sie sich nie in der Öffentlichkeit sehen lassen würde –, nicht zu vergessen eine Ernährung mit wenig Kohlehydraten, aber viel Fett, ergänzt durch alkoholfreien Kombucha und grünen Tee. Doch ihre stärkste Waffe zum Erfolg war Dr. Deepak, ihr Schönheitschirurg, der in Chennai wohnte und Alys zweimal im Jahr einen kräftigen Preisnachlass auf ihre Eingriffe gab, im Gegenzug für »ein bisschen Liebe« nebenbei. Ihre Reisen nach Indien deklarierte sie als Besuche in einem Ashram für spirituelle Verjüngung, und bisher hatte noch niemand ihr kleines Geheimnis herausgefunden. Obwohl Alys siebzig Jahre alt war, antwortete sie stets mit »neunundfünfzig«, wenn jemand danach fragte. Seit drei Jahren war sie nun neunundfünfzig. Vermutlich sollte sie über eine Feier zum sechzigsten Geburtstag nachdenken, wenn sie einundsiebzig wurde.

»Ohne weitere Umschweife übergebe ich nun das Wort an Alys, die sich bereit erklärt hat, ihre Erfahrungen, ihre Kraft und Hoffnung mit uns zu teilen.«

»Danke, Paul.« Sie strahlte ihn an. Dann ließ sie den Blick durch den Raum schweifen und legte eine dramaturgische Pause ein, ehe sie begann: »Mein Name ist Alys, und ich bin Alkoholikerin.«

»Hallo, Alys«, ertönte die Antwort der Gruppe.

Und so begann Alys' Performance – denn als solche betrachtete sie inzwischen ihre Bekenntnisse bei den Anonymen Alkoholikern. Sie kannte den Text auswendig. Sie fing an, indem sie den Versammelten erklärte, dass sie nun seit dreißig Jahren trocken war, *einen Tag nach dem anderen, durch Gottes Gnade*. Dann erzählte sie von ihren ersten Erfahrungen mit Alkohol im Alter von fünf Jahren – ein Schluck aus der Cognacflasche im Medizinschrank ihres Elternhauses in Neath, *und dann überkam mich dieses leuchtende, warme Gefühl, und ich dachte, ohh, das gefällt mir!* –, bis sie zu ihrem letzten »Suff« im Jahr 1992 vorspulte, als sie um drei Uhr morgens vor der Eingangstür eines bekannten Kaufhauses in Birmingham aufwachte. Was die Details anging, blieb sie vage. Das war äußerst wichtig in einem Raum voller Alkies, die sich jederzeit wieder dem Trinken zuwenden und über ihre persönlichen Angelegenheiten tratschen konnten.

Was ihre Familie anging, so gab Alys nur die Teile zum Besten, die zu ihrem Image passten: eine alte Hippie-Künstlerin, die an Frieden und Liebe und ein abstinentes Leben glaubte, die gern als weise und bescheiden galt, erfahren, doch verletzlich, spirituell, aber nicht langweilig. Niemand wusste, was tatsächlich in ihrem Kopf vor sich ging – selbst ihre Höhere Macht war nicht wirklich eingeweiht.

»Mit siebzehn hatte ich die Kunst perfektioniert, einen Schuss Wasser in den Wodka zu kippen und schwachen Tee in den Cognac, um meine immer größer werdende Abhängigkeit zu bedienen … was ihr alle sicher nachvollziehen könnt.«

Zustimmendes Murmeln war im Raum zu hören, und Alys setzte an, ihre Alkoholgeschichte zu beenden: Sie erzählte den Anwesenden, dass sie ihre Mutter vor deren Tod einige Jahre lang nicht mehr gesehen habe und dass sie nicht zur Beerdigung gegangen sei, aber das Gefühl habe, trocken zu bleiben sei die beste Art, das Andenken an diese Frau zu ehren. Sie endete mit ihrer Liebe zu den Anonymen Alkoholikern und wie die sie gerettet hatten, wie wichtig es sei, ein gutes Netzwerk zu haben, jeden Tag zu meditieren, zu versuchen, anderen Alkoholikern zu helfen, und vor allem skrupellos ehrlich zu sein.

In der Tat war an ihrer Geschichte einiges Wahres dran.

Doch sie war auch von Lügen durchzogen.

Sie erzählte ihrem Publikum nicht, dass sie eine einundfünfzigjährige Tochter hatte.

Sie erwähnte nicht, dass ihre neunundachtzigjährige Mutter, soweit sie wusste, immer noch lebte.

Und sie vergaß der Einfachheit halber auch den Teil mit ihrer sechzehnjährigen Enkeltochter.

Sie müssen ja nicht alles wissen, dachte sie bei sich.

Es war einige Jahre her, seit Alys ihre Mutter hatte »sterben lassen«. Dadurch musste sie mit Leuten bei den Anonymen Alkoholikern nicht mehr über sie sprechen, und auch sonst mit niemandem. Die meiste Zeit über glaubte Alys die Lüge beinahe selbst. Vor ein paar Jahren hatte es mal eine Phase gegeben, da war die Neugier zu groß geworden, und sie hatte angefangen, auf Facebook zu suchen. Sie klapperte alle Gemeindeseiten ab, die mit Dylan's Quay zu tun hatten, und nach einiger Recherche stieß sie auf einen Yogaverein am Ort mit einem Gruppenfoto, das eine Mrs. Grace Meredith von Sŵn-y-Môr zeigte. Alys hatte sich unter falschem Namen angemeldet und schaute immer mal wieder auf der Seite vorbei. Durch diese Yogagruppe erfuhr sie von Elins Hochzeit – »Glückwunsch an unser unerschütterliches Mitglied Grace Meredith, deren Enkelin Elin am Wochenende geheiratet hat. Hier seht ihr Grace in ihrer schicken Aufmachung mit Hut!« 2006 erfuhr sie dann, dass selbiges unerschütterliche Mitglied von Dylan's Quay Yoga durch die Geburt von Baby Beca auch noch *Ur*großmutter geworden war. Das war hart. Danach beschloss Alys, ihren Ausflug auf Facebook zu beenden. Welchen Sinn hatte es? Es bereitete ihr nur noch mehr Schmerzen. Sie tat sich einen größeren Gefallen, wenn sie nicht mehr suchte. In seliger Unwissenheit zu leben war besser. Nun ja, vielleicht nicht gerade selig.

Trotz Jahren der Selbstentfaltung und Selbstvergebung wurde Alys das Gefühl der Scham nicht los, das sie wegen ihres Verhaltens früher empfand. Sowohl ihrer Mutter als auch ihrer Tochter gegenüber. Mehrfach hatte sie Gelegenheit gehabt, sich zu ändern und ihr Benehmen zu bessern, und war so glorreich darin gescheitert. Jedes Mal aufs Neue. Sie verspürte deswegen solch ungeheuerliche Schuldgefühle, dass sie beschlossen hatte, dass es kein Zurück mehr gab. Schließlich konnte es nur eine begrenzte Anzahl an Versöhnungsfeiern geben. Und so war es für Alys das Beste gewesen, sich dauerhaft von ihrer Familie zu trennen, es auf das Blatt zu schieben, das das Leben ihr zugeteilt hatte, und das Beste aus dem Hier und Jetzt zu machen. Denn sie hatte ihrer Mutter und ihrer Tochter nichts als Kummer gebracht. Manche Beziehungen sollten einfach nicht sein. Und nun war es schlicht zu spät.

Natürlich, wenn sie lange genug darüber nachdachte, versank Alys in einem Bad aus Selbsthass darüber, was für eine unglaubliche Scheißtochter und Scheißmutter sie war, und entsprechend auch Großmutter. Deshalb verbannte sie jeden Gedanken an ihre Familie, sollte ihr mal einer durch den Kopf schießen, sofort. Nein. Sie war allein im Leben. Fertig, aus, Ende. Und es ging ihr gut damit. Mit dem Hier und Jetzt und dem aktuellen, wenn auch vertrauten Problem, ein neues Zuhause für sich finden zu müssen.

*

Im Lauf der Jahre hatte Alys überall im Land gelebt, war von einer Stadt zur nächsten geflattert, ohne je Wurzeln zu schlagen. Doch für Alys' Verhältnisse war sie am letzten Ort schon relativ lange: eine verlassene Zweizimmerwohnung über einem Buchmacher an der Hauptstraße von Brecon, wo sie seit fast zwei Jahren hauste. Von dort aus hatte sie einen herrlichen Blick über die Beacons, Zugang zu einer kleinen Ateliergemeinschaft ein Stück die Straße runter und zu einem überdachten Wochenmarkt, wo sie einen Stand aufbauen und Tarot-Karten legen konnte. Und natürlich waren da die regelmäßigen Treffen der Anonymen Alkoholiker in der Baptistenhalle. Ja, sie hätte dort gut und gern für immer bleiben und ihren Lebensabend in den gemütlichen vier Wänden verbringen können. Doch der abwesende Vermieter, der in Kuwait gelebt hatte, war vor drei Tagen wiederaufgetaucht. Er war zugegebenermaßen ziemlich anständig gewesen, was die ganze Geschichte anging. Er hatte ihr sogar einen richtigen Mietvertrag zu den üblichen Konditionen angeboten. Alys vermutete, dass er Angst hatte, sie könnte ihre Rechte als Hausbesetzerin geltend machen – was sie früher, als sie jünger war, wahrscheinlich auch getan hätte. Doch irgendwie hatte sie darauf keine Lust. Also hatte sie stattdessen ihre Sachen gepackt und war gegangen. Ein paar Nächte verbrachte sie in einem Hostel, ehe sie begann, in den AA-Treffen ihre Fühler auszustrecken in der Hoffnung, jemand würde ihr ein Sofa oder Bett anbieten. Die Wahrheit fühlte sich nicht dramatisch genug an, um Mitgefühl zu wecken, deshalb erfand Alys eine Geschichte: Ihr Freund sei so ausgerastet, dass ihr keine andere Wahl blieb, als zu fliehen. Es gelang ihr, ihn sehr überzeugend und lebendig zu beschreiben, und weil niemand je bei Alys zu Hause gewesen war, konnte auch niemand widerlegen, was sie sagte.

»Da wohnst du also schon die ganze Zeit mit diesem Kerl zusammen, und wir haben ihn nicht einmal zu Gesicht bekommen«, sagte ein regelmäßiges Mitglied der Frauengruppe.

»Ha, da hast du Glück gehabt«, konterte Alys, schlau wie ein Fuchs. »Ich hätte ihm schon vor Ewigkeiten den Laufpass geben sollen. Der Typ hatte keinen Funken Anstand in der Seele.«

»Und was hast du dann in ihm gesehen?«, erkundigte sich die Frau, nicht misstrauisch, sondern schlicht aus reiner Neugier.

»Was ihm an Empathie fehlt«, gab Alys zurück, »hat er im Bett wieder wettgemacht. Der Mann war unersättlich, meine Liebe. Was in meinem Alter keine Kleinigkeit ist, wenn du weißt, was ich meine.«

Lügen fiel Alys leicht. Um genau zu sein, hatte sie sogar ziemlichen Spaß daran. Ihr Fantasieleben war so viel interessanter als ihr echtes.

Am Ende des heutigen Treffens bedankten sich einige Leute für ihre »inspirierende« Geschichte, und zwei Frauen fragten, ob sie ihre Sponsorin werden würde. Alys versprach, darüber nachzudenken, und erklärte dann, dass sie bereits die liebe Kirsty J. sponserte, und sie wolle sich nicht überstrapazieren, indem sie sich zu viel auflud. Obwohl sie versuchte, es nicht zu zeigen, freute sich Alys sehr, dass man sie gefragt hatte. Es gab ihr ein Gefühl der Sinnhaftigkeit, gebraucht zu werden.

Kirsty wartete geduldig, bis die Gratulanten um Alys herum abgezogen waren. Normalerweise gingen sie nach den Mittagstreffen gemeinsam einen Kaffee trinken, damit Kirsty sich alles von der Seele reden konnte. Danach arbeiteten sie ein bisschen an den Zwölf Stufen. »Ich habe eine Idee«, verkündete Kirsty nun strahlend. »Und ich glaube, sie wird dir gefallen.« Sie reichte Alys ein Stück Papier mit einer Adresse darauf. »Ich hol dich morgen um zehn ab«, sagte sie mit einem Funkeln in den Augen.

Was Alys mit Kirsty verband, war, dass auch diese einen Hang zu Dramatik hatte. »Oh, okay«, antwortete Alys und lächelte wie eine nachsichtige Mutter. Insgeheim jedoch war sie ziemlich neugierig.

9
Beca

Der Lärmpegel in der Küche des »Dog and Fox« erreichte um die Mittagszeit seinen Dezibelhöhepunkt. Das ständige Scheppern von Töpfen, das Klappern von Tellern und das metallische Klirren von Besteck vereinten sich zu einer berauschenden Kakofonie, untermalt von den Rufen und dem Geplänkel der Angestellten – denen, die kochten, und denen, die servierten. Dann war da natürlich noch das schwere *Katonk* der Schwingtüren, welche die Küche vom Restaurantteil trennten. Beim Öffnen drangen jedes Mal die lebhaften Unterhaltungen der Gäste herein, die sich über ihr Essen hermachten und mit jedem Glas Wein lockerer wurden. Die Bestellungen kamen zack, zack, in schneller Abfolge, und es schien ein Glücksspiel zu sein, ob die entsprechenden Gerichte rechtzeitig auftauchten. Doch irgendwie landeten sie immer wie bestellt in der Durchreiche. Ja, die Küche des »Dog and Fox« funktionierte wie eine gut olivengeölte, komplexe Maschine. Und Beca liebte es, eines der Rädchen darin zu sein. Zugegeben, sie war ein stilles Rädchen – sie trug nie etwas zum ohrenbetäubenden Soundtrack des Restaurantbetriebs bei voller Besetzung bei, sondern blieb für sich in ihrer Ecke am Geschirrspüler, von wo aus sie alles beobachten konnte.

Diesen Job zu bekommen war ein klarer Fall von *Zur-rechten-Zeit-am-rechten-Ort* gewesen. Sie hatte von vornherein gewusst, sobald die Prüfungen hinter ihr lagen, würde es sie wahnsinnig machen, den ganzen Tag nur daheim zu hocken. Im Lockdown war sie bereits durch diese Hölle gegangen, und sie brauchte keine Wiederholung. Also hatte sie eine Art Lebenslauf ausgedruckt, in dem sie ihre besonderen Fähigkeiten auflistete – Klavierspielen und ein Abzeichnen für 1500 Meter schwimmen –, und sich auf Jobsuche gemacht.

Das »Dog and Fox« war der vierte Ort, an dem sie an jenem speziellen Junimorgen vor ein paar Wochen ihr Glück versuchte. Als sie den Speiseraum betrat, war niemand zu sehen, doch irgendwo in Hörweite stritten sich zwei Personen. Beca konnte nicht verstehen, was sie sagten. War das Italienisch? Spanisch? Es war auch egal, denn die entsprechende Person kam plötzlich aus der Küche gestürmt, versuchte nebenher die Jacke anzuziehen und rannte Beca dabei fast über den Haufen. Einige Sekunden später tauchte ein wütender Mann aus der Küche auf – ungefähr im Alter ihres Vaters, nur mit mehr Haar – und ging zur Bar. Beca rührte sich nicht vom Fleck, während sie zusah, wie er sich einen Whisky einschenkte, den er in einem Zug runterkippte, und seufzte. Er schien Becas Anwesenheit überhaupt nicht zu bemerken. Unsicher, wie sie sich am besten verhalten sollte, beschloss sie, sich so leise davonzuschleichen, wie sie gekommen war.

Als sie drei Schritte Richtung Tür gemacht hatte, hörte sie eine mürrische Stimme fragen: »Was willst du?«

Beca kam sich vor, als hätte man sie beim Klauen erwischt oder auf verbotenem Gelände. »Äh … ich war auf der Suche nach einem Job, aber das macht nichts«, murmelte sie, weiterhin bereit zur Flucht.

»Kannst du Teller waschen?«, wollte der Mann wissen, dessen düstere Miene einem Lächeln wich. Da wurde ihr klar, dass er womöglich gar nicht so wütend war.

Sein Name war Jonty. Er zeigte ihr kurz, wie das Monster namens Industriespülmaschine funktionierte, und überließ sie dann sich selbst.

Ihre erste Schicht war kein Riesenerfolg gewesen – letzten Endes spülte sie die meisten Töpfe von Hand. Doch Jonty hatte sie trotzdem zu einer zweiten Runde einbestellt.

Inzwischen war Mitte Juli vorbei, und sie arbeitete seit vier Wochen dort. Es hatte nicht lange gedauert, bis sie mit der Spülmaschine klarkam und gelernt hatte, sie mit gekonnter Effizienz zu be- und entladen.

Beca genoss die Dampfwolken, die aufstiegen, wenn sie die schwere Stahltür am Ende jedes vierminütigen Spüldurchgangs öffnete. Wenn das so weiterging mit den Dampfbehandlungen, würde ihre Haut unglaublich weich werden.

Beca wünschte, sie hätte an diesem Abend ebenfalls Dienst, denn zu Hause würde sie nichts mit sich anzufangen wissen. Außerdem hatte sie einen Wochenendausflug mit ihren Eltern nach Dylan's Quay vor sich. Diese gemeinsame Fahrt unternahmen sie jedes Jahr zu Beginn der Sommerferien. Natürlich freute sie sich darauf, Grama Grace zu sehen und zwei Tage am Meer zu verbringen. Ihre Mutter machte nur jedes Mal so ein Theater vorher: Sie bestand darauf, am Abend zuvor früh ins Bett zu gehen, damit sie fit für die zweistündige Fahrt am nächsten Tag sein würden, und wollte unbedingt vor Mittag dort ankommen.

Beca trug sich an der Kasse aus, und Jonty wünschte ihr ein schönes Wochenende. »Aber komm wieder!«, rief er ihr noch hinterher, und sie wurde rot, als er hinzufügte: »Keiner spült Teller so gut wie du!«

Als sie den Vorraum des Pubs durchquerte, hörte sie aus dem Bereich der Bar eine bekannte Stimme.

»Aber du kannst mich nich einfach so sitzenlassen, Jez. … Das is mir scheißegal! Deine Prioritäten sind falsch … Nein! ICH KANN NICH EINFACH HINTERGRUNDGESANG VERWENDEN, WEIL ICH NICHT DAS RICHTIGE SYSTEM DAZU HAB, SCHON VERGESSEN? … Ach, verpiss dich doch, Jez, du bist so ein Arsch.« Stille.

Beca spähte um die Ecke zur Lounge, und ihre Vermutung wurde bestätigt. Es war die junge Frau aus Bellamy's Pizza Palace. Diesen reizenden Singsang würde sie überall wiedererkennen.

»Mann, WAS DENN NOCH?«, fuhr die junge Frau sie an.

»Soozi, richtig?«, fragte Beca vorsichtig.

»Wer will das wissen?«

»Du hast mich vor ein paar Wochen bedient, im Pizzaimbiss?«

»Und? Was willst du, 'ne Medaille? Jetzt verzieh dich. Ich bin hier mitten bei was.«

Soozi wandte sich wieder ihrem Handy zu und fing an, hektisch ihre Kontakte zu durchsuchen. Doch Beca rührte sich nicht von der Stelle, so fasziniert war sie von der wütenden, wilden Energie, die von dieser Person ausging, die nur ein Jahr älter als sie sein konnte, höchstens zwei. Ohne ihre Arbeitsklamotten wirkte sie anders. Sie trug die Haare offen, immer noch in Zöpfchen, immer noch blondiert. Und statt der üblichen Bellamy's-Palace-Uniform hatte sie schreiend pinkfarbene Hotpants an, die die dunkle Haut ihrer Beine zum Leuchten brachten. Beca wurde ganz neidisch. Es war Hochsommer, aber Soozi trug Stiefel mit Plateausohlen – das verlangte bestimmt einen Haufen Selbstbewusstsein. Ebenso wie ihr schwarzes kurzes Ledertop, das mit falschen Diamanten besetzt war. Soozis muskulöse Arme ließen vermuten, dass sie viel trainierte. Wobei manche Leute einfach von Natur aus sportlich aussehen, dachte Beca. Sie selbst kam sich im Vergleich dazu sehr unsicher vor und zog die Bündchen ihres langärmeligen T-Shirts über die Handgelenke, um ihre blassen, etwas teigigen Arme zu verstecken.

Plötzlich jedoch fand sie den Mut, den Mund aufzumachen. »Was ist denn los?«

Soozis finsterer Blick verschwand, und sie wirkte auf einmal weicher und verletzlicher. »Der hat mich hängen lassen, dieser Arsch«, murmelte sie, und für Beca klang sie auf einmal wie ein trotziges Kleinkind.

»Wieso das denn?« Sie traute sich, näher zu kommen und sich auf einen Stuhl zu setzen.

»Ich soll hier heute Abend singen – da, schau!« Aufgeregt zeigte sie auf die Tafel mit der Ankündigung HEUTE 20 Uhr – SOOZI COLE. »Ich mach erst seit ein paar Monaten Gigs, und jetzt hat mich mein verdammter Keyboarder sitzen lassen. Damit steh ich wieder ganz am Anfang, verdammt.« Sie trat gegen einen Barhocker, der klappernd umkippte.

Beca ging hinüber und stellte ihn wieder hin. Ihr Herz klopfte laut. Normalerweise traute sie sich so etwas *nie*. »Hast du Noten?«, fragte sie vorsichtig.

»Was?«

»Für die Songs, die du heute Abend spielst. Hast du dafür Noten?«

»Natürlich hab ich die«, fuhr Soozi sie wieder an.

»Dann zeig mal her.«

Die Umkleiden im »Dog und Fox« ließen sehr zu wünschen übrig. Insofern, als dass es eigentlich gar keine waren. Jonty meinte, das Beste, was er anbieten könnte, sei eine vor Kurzem zum Lagerraum umgewandelte unbenutzte Personaltoilette. In Anbetracht dessen, was Beca bisher von Soozis Temperament miterlebt hatte, war sie überrascht, dass die Ober-Pizza-Bäckerin keinerlei Einwände hatte. Sie zog einfach ihren großen Rollkoffer durch die Tür, wuchtete ihn auf die Kloschüssel, öffnete den Reißverschluss und holte einen Spiegel heraus. Dann machte sie sich daran, ihr Make-up aufzufrischen, während Beca fasziniert zusah.

Für Beca war Soozi der Inbegriff von Coolness. Und noch dazu einer einzigartigen Form von Coolness: nicht nachgeahmt oder geklaut oder geliehen. Sie hatte etwas ganz Eigenes, Einnehmendes. Soozi Cole ruhte völlig in sich. So tiefenentspannt und doch hungrig, die Welt zu erobern. Schön war sie noch dazu. Das konnte Beca nun erkennen, wo sie Gelegenheit hatte, sie hemmungslos anzustarren. Wie sehr sie sich danach sehnte, wie Soozi zu sein, diese Ausstrahlung irgendwie anzuzapfen, und sich selbst – die unscheinbare, ungeschickte Beca Matthews – damit gegen etwas viel Leuchtenderes, Raffinierteres, *Majestätischeres* einzutauschen. So wie dieses atemberaubende Wesen vor ihr, das sich gerade sorgfältig eine Strass-Wimper ans linke Augenlid klebte.

»Das willst du aber nicht anlassen, oder?«, bellte Soozi und brach damit den Bann von Becas Bewunderung.

Beca war plötzlich total verlegen. Sie zog am Saum ihres »Dog and Fox«-Arbeitsshirts und rieb ängstlich an einem Fettfleck herum. »Was anderes hab ich nicht dabei«, murmelte sie. »Und ich kann mir nichts mehr von zu Hause holen, dazu reicht die Zeit nicht.«

Soozi seufzte. Das linke Auge fest geschlossen, fing sie an, in ihrem riesigen Koffer herumzukramen. Sie zog zwei Oberteile heraus und warf sie Beca hin. »Eines davon wird gehen.«

Beca entschied sich für die »zurückhaltendere« Variante: ein schwarzes Neckholder-Top mit langen Ärmeln und lilafarbenem Besatz. Das andere – ein winziges, enges Teil mit Leopardenmuster – ging auf gar keinen Fall. Sie zog das schwarze Top an in der Hoffnung, dass es passen würde.

»Sieht ganz okay aus«, meinte Soozi anerkennend. »Soll ich dein Make-up machen?«

»Was? Nein!«, erwiderte Beca entsetzt. »Ich hab in meinem ganzen Leben noch nie Make-up getragen.«

»Du Spinner.« Soozi lachte.

Um zehn Uhr am selben Abend war es im »Dog and Fox« heiß und voll. Die Leute waren ganz verzaubert von Soozi Coles tiefer, samtiger Stimme, so voller Seele und überraschend mächtig. Ihre Zugabe war eine umwerfende Interpretation von Des'rees »I'm Kissing You«. Es war nur ein Kneipenpublikum – nicht mehr als vierzig Leute –, aber die drehten total durch, als Soozi sich verbeugte. Der breite Dialekt ihrer Sprechstimme täuschte über das Volumen und die Vielseitigkeit ihrer Singstimme hinweg, als sie ein bescheidenes Dankeschön ins Mikro murmelte. »Danke, passt schon.« Beca am Klavier vergaß ganz, dass auch sie ein Teil des Auftritts an diesem Abend gewesen war, und klatschte frenetisch mit der Menge. Doch dann drehte sich Soozi zu ihr um, signalisierte mit einer Armbewegung ihren Dank und forderte das Publikum auf, auch ihr zu applaudieren. Beca errötete wie nicht anders zu erwarten bis in die Haarspitzen.

Als der Gig vorbei war, machte Beca sich auf den Weg zur »Umkleide«, wo sie das geliehene Top auszog und wieder in ihr altes Arbeitsshirt schlüpfte. Es fühlte sich an, als landete sie mit einem gewaltigen Rumms wieder auf der Erde. Der Zauber war vorbei. Und es war wirklich magisch gewesen. Sie faltete Soozis Oberteil und legte es neben den Spiegel. Dann überlegte sie, eine Nachricht zu schreiben – vielleicht sollte sie ihre Telefonnummer dalassen? Vielleicht wollte Soozi ja, dass Beca sie mal wieder begleitete? Oder war das zu aufdringlich?

Außerdem hatte sie sowieso weder Papier noch Stift. Sie entdeckte Soozis pflaumenfarbenen Lippenstift, der ohne Deckel offen zwischen Pinsel und Puder lag, und überlegte einen Moment lang, damit eine Nachricht auf den Spiegel zu schreiben. Aber das wäre irgendwie seltsam, oder? Irgendwie ein bisschen zu – intim? Und wahrscheinlich auch ärgerlich. Soozi würde es abwischen müssen, und der Lippenstift war dann vermutlich nicht mehr zu gebrauchen. Nein. Am besten gar nichts. Soozi würde bestimmt gleich hereinkommen. Beca wartete. Fünf Minuten, zehn Minuten. Stattdessen platzte eine SMS von ihrer Mutter in diese andere Welt.

Vergiss nicht, wir starten morgen früh!!

Beca seufzte. Sie musste los.

Soozi stand an der Bar, von Fans umringt – hauptsächlich Männer, die ihr versicherten, wie toll sie sei, und ihr einen Drink spendieren wollten. Beca beschloss, sich still und leise davonzuschleichen. Inzwischen war es halb elf und ihre Mutter bestimmt schon am durchdrehen. Sie winkte Soozi zu, doch die bemerkte es gar nicht. Also verließ Beca den Pub und machte sich auf den Heimweg. Der Abend war wunderschön – lau und voller Verheißung.

Auf einmal eine Stimme: »Oi! Jools Holland! Wart mal kurz!«

Beca drehte sich um und sah, wie Soozi Cole sich schwerfällig bemühte, in ihren hohen Plateaustiefeln hinter ihr herzurennen.

»Du siehst aus wie diese Miranda Hart!«, rief Beca lächelnd.

»Quatsch keine Scheiße«, ertönte die nicht unfreundliche Antwort.

Als Soozi sie schließlich erreichte, war sie ganz außer Atem. Sie hob die Hand und lehnte sich an einen Laternenmasten, bis sie wieder Luft bekam. Dann griff sie in die Tasche ihrer Hotpants und zog einen Geldschein heraus. »Is nur ein Zwanziger, sorry.«

Beca zögerte.

»Na, nimm schon, bevor ich's mir anders überlege!«

»Aber ich wollte keine Bezahlung.«

»Sei nich bescheuert. Na los.«

Beca nahm das Geld, und Soozi nickte anerkennend. Dann spazierte dieses beeindruckende Wesen deutlich eleganter wieder davon, als es gekommen war. Ehe sie um die Ecke bog, drehte Soozi sich noch einmal um und rief: »Du warst übrigens echt spitze!«

»Danke.«

»Hast mir den Arsch gerettet, wenn ich ehrlich bin.«

Beca grinste. Dann war Soozi verschwunden.

Ihr Handy vibrierte. Wie erwartet war es ihre Mutter.

Wo BIST du?

Rasch schrieb sie zurück, sie sei gleich daheim, und machte sich beschwingt auf den Weg.

10

Alys

Die beiden Frauen standen im Wohnzimmer von Kirstys Ferienhäuschen, das sich an den Fuß der Brecon Beacons schmiegte. »Alles Wichtige steht hier auf dieser laminierten Karte«, erklärte Kirsty, »aber du kannst mich jederzeit anrufen, wenn du nicht weiterkommst.«

»Das ist so nett von dir«, sagte Alys leise. »Du hilfst mir echt aus der Patsche.«

Kirsty lachte, und in ihren Augen glitzerten Glückstränen, als sie nach Alys' Händen griff. »Als hättest du *mir* nicht schon x-mal aus der Patsche geholfen.«

Es stimmte, Alys hatte Kirsty als ihre Sponsorin durchaus schon geholfen. Als die junge Frau sechs Monate zuvor das erste Mal bei einem Treffen der Anonymen Alkoholiker aufgetaucht war, war sie ein emotionales Wrack gewesen, darum hatte Alys sie unter ihre Fittiche genommen. Sie hatte zugehört und getröstet, angeleitet und gedrängt, und immer wieder betont, dass eine gewisse liebevolle Strenge zum Genesungsprozess einfach dazugehörte. Doch Alys sah durchaus, dass die Beziehung für beide Seiten ein Gewinn war. Es war ihr nicht entgangen, dass Kirsty zu den Treffen im schäbigen Gemeindehaus in einem schicken silbernen Mercedes vorfuhr. Oder dass sie Designerschuhe und -kleidung trug. Oder dass ihre Nägel stets manikürt und ihre Haare perfekt gestylt waren. Kirsty gehörte mit Sicherheit zur wohlhabenderen Sorte von Alkoholikern. Und Alys besaß von jeher einen Blick für Stil. Und für Geld. Sie wurde davon magisch angezogen.

Vermutlich weil es ihr nicht gelang, selbst welches zu erwirtschaften. Und manchmal waren vermögende Schützlinge von Vorteil. Vor allem jetzt, da sie wohnungslos war – wieder einmal.

Das Cottage – wunderschön renoviert und geschmackvoll eingerichtet – brachte bestimmt mindestens einen Tausender pro Woche an Miete ein. Und Alys wurde es für umsonst angeboten. »Nur bis ich etwas gefunden habe«, betonte sie zum wiederholten Male, denn sie konnte ihr Glück gar nicht fassen.

»Hör zu«, sagte Kirsty. »Douglas redet dauernd davon, dass wir's bei Airbnb oder so was reinstellen sollen, aber das will ich nicht. Es war für mich oder meine Freundinnen immer ein kleiner Rückzugsort, und jetzt ist es deiner. Solange du willst.«

Diese Aussage wirst du vielleicht noch bereuen, dachte Alys, doch stattdessen erwiderte sie: »Dank dir, mein Engel.«

Kirsty rettete ihr echt den Arsch. Doch um ehrlich zu sein, hatte Alys genau auf diese Weise ihr ganzes Leben verbracht. Sie war es gewohnt, von einem Ort zum anderen zu wandern – eine alternde, nomadische Hippie-Braut, die darauf wartete, wohin es sie als Nächstes verschlagen würde.

»Es ist das Mindeste, was ich für dich tun kann«, sagte Kirsty immer wieder. Und weshalb sollte Alys ihrem Schützling das Bedürfnis zu helfen verwehren?

»Kirsty«, begann sie nervös, um die Gunst der großzügigen Stunde zu nutzen, »da ist noch etwas. Und es ist mir wirklich peinlich, dich zu fragen …«

Doch Kirsty schien Alys' Gedanken gelesen zu haben, denn sie holte ihre Gucci-Geldbörse heraus und reichte ihr ein Bündel Geldscheine. Alys wurde rot und bedankte sich flüsternd. »Hör zu«, sagte Kirsty mit Nachdruck, »Geld ist das geringste meiner Probleme. In dieser Hinsicht habe ich echt Glück.«

»Ich zahle es dir zurück! Ich hab einen Käufer für eines meiner Bilder und …«

Doch Kirsty winkte ab, ehe sie eine silbergraue Kreditkarte herauszog. »Ich will außerdem, dass du die hier hast.«

Alys wurde einen Moment lang schwindelig. »Wie bitte? Nein … das kann ich nicht, ich …«

»Das ist meine Geheimkarte. Douglas weiß nichts davon, und ich benutze sie nie. Die PIN ist 3011.«

Alys starrte das Plastikrechteck in ihrer Hand an, das vor lauter Verheißung zu schillern schien. »Du bist viel zu nett«, murmelte sie. Und das meinte sie auch so.

»Ich helfe nur einer anderen Alkoholikerin«, erklärte Kirsty stolz. »Geht es bei den AA nicht genau darum?«

Nachdem sie sich häuslich eingerichtet hatte, beschloss Alys, mit dem Fahrrad zum Supermarkt zu fahren. Sie hatte nicht vor, Kirstys Kreditkarte zu benutzen, und war fest entschlossen, ihr das Bargeld so schnell wie möglich zurückzuzahlen. Doch es war schön zu wissen, dass sie etwas in petto hatte, falls sie es brauchen sollte. Alys' Bedürfnisse in Sachen Nahrungsmittel waren eher bescheiden – Gemüse und Eier, etwas Käse vielleicht. Samen, Nüsse und Beeren – damit würde sie eine Weile klarkommen. Sie schloss ihr Fahrrad ab und ging in den Laden.

Nachdem sie sich einen Korb genommen und durch die Frischwarenabteilung spaziert war, schoss ihr plötzlich ein Gedanke durch den Kopf: *Ich könnte mir jetzt eine Flasche Whisky kaufen. Und niemand würde es erfahren.*

Alys hatte sich oft gefragt, ob sie teilweise auch deshalb nicht mehr trank, weil sie es sich schlichtweg nicht leisten konnte. Wenn sie die Wahl hätte, würde sie zögern, einen Champagner-Lifestyle zu genießen? Wahrscheinlich nicht. Nachdem sie nun seit dreißig Jahren trocken war, ging sie aus reiner Gewohnheit nie durch die Getränkeabteilung. Doch heute rief ihr die Jameson-Flasche schon aus drei Metern Entfernung zu: *Kauf mich! Trink mich!* Sie schüttelte den Kopf, um den Gedanken loszuwerden, und beschloss, am nächsten Morgen zum Elf-Uhr-Meeting zu gehen. Diese Momente der Schwäche waren selten bei ihr, doch Alys wusste trotzdem, dass sie nicht nachgeben durfte, denn *falls* sie wieder anfangen sollte zu trinken, würde das Leben sehr, sehr unschön werden. Schließlich hatte der Alkohol sie mehr gekostet als nur Geld.

Am Ende des Spirituosenganges war eine überschaubare Menge an Büchern, Grußkarten und einigen Schreibwaren aufgebaut. Alys hatte sich schon sehr lange kein Buch mehr gekauft. Die Vorstellung, mit einer Tasse Tee und einem grausigen Thriller in Kirstys kleinem Garten zu sitzen, war sehr verlockend. Und ein Taschenbuch war schließlich kein Luxus, selbst vom Geld einer anderen. Sie wählte einen entsprechenden Schundroman aus – *Killer in Blau* –, nachdem sie den Klappentext überflogen und beschlossen hatte, dass es sich um leichte Lektüre handelte. Sie legte das Buch in ihren Korb und machte sich auf den Weg zur Kasse, wo sie schwach wurde und mit Kirstys Karte kontaktlos bezahlte. Daran könnte ich mich gewöhnen, dachte sie.

11

Grace

»ES IST SOOOOO SCHÖN, DICH ZU SEHEN, GRAMA GRACE!«, rief Elin, als sie ankamen. Das Haus lag etwas oberhalb der Bucht und trug den passenden Namen Sŵn-y-Môr, was so viel bedeutete wie »Geräusch des Meeresrauschens«. Elin umarmte ihre Großmutter stürmisch, wobei sie die ältere Dame beinahe umwarf.

Grace hatte Elin schon mehrfach so erlebt – so überdreht, hyperglücklich, irgendwie unecht. Und es verhieß nichts Gutes. »Na, das nenn ich mal eine Umarmung!«, erwiderte sie und zwinkerte ihrer Urenkelin über Elins Schulter hinweg zu. Beca lächelte schüchtern zurück und wurde rot.

»MEIN GOTT, SIEHST DU GUT AUS!!!«, fuhr Elin in voller Lautstärke fort. »Lass dich mal ansehen!« Sie trat einen Schritt zurück und musterte Grace, als wäre sie ein kleines Kind in einem Halloweenkostüm, ehe sie Beca aus dem Mundwinkel zuzischte: »Umarm deine Urgroßmutter mal!«

Beca gehorchte brav.

»Hallo, *cariad*«, begrüßte Grace sie leise und drückte ihr einen Kuss auf die Stirn.

»Hi.«

»Ich werde dich jetzt nicht anschauen und verkünden, wie sehr du gewachsen bist«, sagte Grace zu Beca, »weil ich weiß, wie heikel das heutzutage alles ist, mit Body-Image Dysmorphophobie und so.«

»Wem sagt du das«, mischte Elin sich ein und versuchte das Thema zu wechseln, doch Grace ignorierte sie einfach und fuhr unbeirrt fort:

»Also verkneife ich mir das, aber eines muss ich einfach sagen, nämlich, dass du von Mal zu Mal hübscher wirst, meine Kleine. Dieses FaceTime wird dir gar nicht gerecht!« Sie schloss Beca in die Arme und verkündete dann: »Lasst uns einen Tee trinken, ja?«

»Ich geh mal ein bisschen raus«, sagte Beca, die plötzlich wieder zur Achtjährigen wurde.

»Beca! Wir sind doch gerade erst angekommen …«, protestierte Elin.

Doch Grace überstimmte sie. »Natürlich darfst du das, *cariad.* Geh schon.«

Mit gespielter Verärgerung folgte Elin ihrer Großmutter in die Küche, wo sie zu einer Litanei von Beschwerden über »die Teenager von heute« ansetzte, doch Grace unterbrach sie sofort. »Vergiss das alles mal, Elin Matthews. Setz dich da aufs Sofa und erzähl mir, warum dein Mann nicht mitgekommen ist.«

Woraufhin Elin prompt in Tränen ausbrach.

»Mein Gott, was ist nur *los* mit mir!« Zehn Minuten später schluchzte Elin immer noch, und Grace reichte ihr ein frisches Taschentuch aus der Kommodenschublade. »Danke.« Sie putzte sich lautstark die Nase und ließ zu, dass ihre Großmutter ihr den Rücken streichelte.

Grace wünschte, sie würden alle näher beieinander wohnen. Sie machte sich viele Sorgen um Elin. Vor allem in letzter Zeit. Sie war so ein unabhängiger Geist, was an sich ja nichts Schlechtes war, aber ihre Enkelin lief Gefahr, dermaßen unabhängig zu sein, dass sie alles in sich hineinfraß, bis eine Explosion irgendwann unausweichlich wurde. Sie war so ein stilles kleines Mädchen gewesen. Nicht überraschend, wenn man bedachte, was sie in jungen Jahren schon alles hatte durchmachen müssen. Doch sie schien diese Seite an sich nie abgeschüttelt zu haben, schien sich nie zu erlauben, auch mal loszulassen. An der Uni hatte sie ein paar sehr nette Freundinnen gehabt, die allerdings schon lange von der Bildfläche verschwunden waren. Und an Bewunderern hat es ihr auch nicht gefehlt – auch wenn alle »brave« Jungs gewesen waren, dachte Grace. Verantwortungsbewusst und vernünftig und ein bisschen langweilig. Elin hatte nie auf irgendeine Weise rebelliert. Sie hatte sich sogar erst mit einundzwanzig Ohrlöcher stechen lassen. Wenn es nicht so traurig wäre, hätte Grace darüber gelacht. Aber die Wahrheit war: Elin hätte nicht anders sein können als ihre eigene Mutter, Alys. »Es heißt doch immer, der Apfel fällt nicht weit vom Stamm«, hatte Grace John gegenüber einmal gejammert, »aber in Elins Fall hat sich der Apfel den nächstbesten Schubkarren gesucht und den Gärtner angefleht, ihn so weit vom Baum wegzuschaffen wie nur irgend möglich.«

Als Greg aufgetaucht war, hatte Grace innerlich gejubelt. Der Mann hatte ein bisschen Schwung. Er ließ nicht zu, dass Elin sich selbst zu ernst nahm, und in den ersten Jahren schienen die beiden wirklich vernarrt ineinander zu sein. Wie sie aufgeblüht war! Es bestand kein Zweifel, dass Elin Alys' Attraktivität geerbt hatte, doch sie schien sich ihrer eigenen Schönheit gar nicht bewusst zu sein. Zumindest nicht, bis sie Greg traf. Er brachte sie zum Strahlen. Vermutlich half auch der Sex dabei. Das war meistens so. Grace wusste so gut wie jeder andere, dass die Flitterwochenzeit in Beziehungen nicht ewig währte. Doch in letzter Zeit hatte sie gespürt, dass etwas zwischen Elin und Greg nicht stimmte. Und sie wusste nicht, wie sie helfen konnte. In solchen Momenten fragte sie sich, welchen Schaden Alys' Abwesenheit in Elins Leben wohl angerichtet hatte. Was sie wiederum an den Brief erinnerte und an die Frage, ob Alys ihn bereits erhalten hatte. Falls ja, könnte eine Versöhnung tatsächlich bevorstehen, aber würde das der armen Elin überhaupt helfen?

Grace begriff, dass sie gar nicht mehr richtig zugehört hatte, denn Elin fuhr sie plötzlich an: »… und sag jetzt bitte nicht, es sind die Wechseljahre. Mir scheint, Frauen dürfen gar nicht einfach so Gefühle haben – entweder ist es PMS oder es sind die Schwangerschaftshormone oder das verdammte Klimakterium. Was sowieso ein völlig bescheuerter Begriff ist.« An dieser Stelle fing sie wieder an zu weinen. »Tut mir leid, Grama Grace.«

Die Wahrheit ist, dass die Menopause wahrscheinlich tatsächlich etwas damit zu tun hat, dachte Grace. Und sie versuchte, einige Worte des Trostes für ihre unglückliche Enkelin zu finden. »Ich weiß, es fühlt sich irgendwie endgültig an«, flüsterte sie. »Aber als es bei mir passiert ist, war ich eigentlich ziemlich erleichtert. Als würde mein Körper endlich wieder mir gehören, nachdem ihn die Biologie so viele Jahre lang als Geisel hatte.«

Zwischen Schluchzern erzählte Elin, dass sie diese Tatsache seit einem Jahr verleugnete und irgendwie geglaubt hatte, der Kelch würde an ihr vorübergehen. Dass sie die Ausnahme sein würde. Aber nächtliche Schweißausbrüche und Hitzewallungen kamen inzwischen häufig vor, ihre Periode nicht mehr. Elin wusste eigentlich, welche Stunde geschlagen hatte, sie wollte es nur nicht hören.

»Na, komm schon, mein Schatz«, murmelte Grace beruhigend und nahm Elins Hand. Schweren Herzens dachte sie wieder an Alys, denn ihr wurde bewusst, dass dies eine weitere Meilenstein-Unterhaltung war, die sie mit ihrer eigenen Tochter nicht geführt hatte.

Elin saß inzwischen auf dem alten Flickensofa neben dem Holzofen, zwischen bunt zusammengewürfelten Decken und Kissen mit walisischen Stickereien. Die Vertrautheit dieser Umgebung schien sie zu trösten. Sie hatte immer betont, wie sehr sie diese Küche liebte: den Rayburn-Herd, der schon seit jeher dort stand, und die Küchenschränke, die nie verändert oder erneuert worden waren. Sie scherzte oft, dass Grace sich von nichts trennen konnte, sondern alles lieber noch mal ausbesserte. Grace machte das nichts aus. An schicken oder modernen Dingen hatte ihr nie viel gelegen – Funktionalität war es, was zählte.

»Mit dem Älterwerden ist es so, *cariad*: Man muss es einfach akzeptieren. Wie R. S. Thomas schon sagte, wir ›dienen alle der Zeit‹. Es hat keinen Sinn, über das Vergangene nachzudenken oder über das, was uns hinter der nächsten Wegbiegung erwartet. Wo wir uns hier und jetzt befinden, ist alles, was zählt.«

»Wir verstehen uns schon eine ganze Weile nicht mehr richtig«, flüsterte Elin, die wusste, dass Beca jederzeit ins Zimmer kommen konnte.

»Du wechselst das Thema, mein Schatz«, rügte Grace sie sanft.

»Nicht wirklich. Ich glaube, es hängt alles zusammen – ich, die Wechseljahre, Greg …« Ihr versagte die Stimme, doch sie räusperte sich und fuhr fort: »Er sagt, ich sei die ganze Zeit so launisch und pingelig, nichts könne man mir recht machen.«

»Und bist du das?«

»Ich weiß nicht. Ja, vermutlich. Beca gibt ihm meistens recht, also muss es wohl stimmen.«

»Armes Kindchen«, sagte Grace, und Elin vergrub trostsuchend den Kopf am Hals ihrer Großmutter. »So ist's richtig. Lass es raus.«

Mit zitternder und müder Stimme berichtete Elin, was an diesem Morgen passiert war. Wie sie sich alle gut verstanden hatten und Beca ungewohnt heiter gewesen war – sogar gesungen hatte, während sie im Haus die Vorbereitungen für die Fahrt trafen. »Und das macht sie sonst überhaupt nicht mehr.« Greg hatte für sie alle Frühstück gemacht, und auch er war gut gelaunt gewesen. »Wobei seine Stimmungen zurzeit sehr unberechenbar sind«, sagte sie. »Ich meine, er kritisiert *mich* dafür, verschlossen zu sein, aber er selbst ist noch viel schlimmer – ich schwör's.«

Grace nickte und bedeutete ihr fortzufahren.

»Wir haben also die Sachen ins Auto gepackt«, erzählte Elin, »und ich habe nur kurz meinen Sicherheitscheck gemacht. Ich weiß, das nervt Greg, aber wenn jemand einbrechen würde, während wir weg sind, würde ihm das Lachen schon noch vergehen.«

»Da hast du sicher recht. Aber warum nervt es ihn dann?«

»Weil ich alles viermal überprüfe.«

Grace unterdrückte ein Lächeln.

»Und, nein, ich habe keine Zwangsstörung.«

»Keine Störung, aber ein bisschen zwanghaft ist das schon, oder, Schatz?« Grace lächelte. »Erzähl weiter.«

»Ich weiß auch nicht, es kam total aus dem Nichts, Grama. Ich bekam einen Anruf wegen … ach egal, und, ja, ich *war* eine ganze Weile am Telefon, aber es war wichtig! Und als ich fertig war, da kam es mir vor, als wollte er um jeden Preis einen Streit anfangen, nur damit er am Schluss sagen konnte, dass er nicht mitfährt. Als hätte er gar nie vorgehabt, mitzukommen.«

Während Elin erzählte, ging Grace zum Schrank und holte aus einer Schublade einige Rescue-Tropfen. Diese bot sie ihrer Enkelin an.

»Nein, danke, du weißt doch, dass ich an diesen ganzen Quatsch nicht glaube.«

»Ja, aber ich schon, also Mund auf.«

Da sie ihre Großmutter nicht kränken wollte, gab Elin nach und ließ zu, dass Grace ihr die durchsichtige Flüssigkeit aus dem kleinen braunen Fläschchen direkt auf die Zunge tropfte. »So, und jetzt erzähl weiter.«

»Also, das war's eigentlich schon«, schloss Elin, deren Schluchzen langsam nachließ. »Er hat verkündet, dass es uns guttun würde, mal ein paar Tage getrennt voneinander zu verbringen. Beca ist daraufhin mit den Worten: ›Ich warte im Auto, kommst du?‹, abgezogen, und ich konnte Greg auf der anderen Seite der Kücheninsel nur noch einen bösen Blick zuwerfen.«

»Der was?«

»Dieser Frühstücksbar aus Granit bei uns in der Küche. Also in Wirklichkeit ist sie aus Marmor, aber aus irgendeinem Grund …«

»Ich versteh schon.«

Grace beobachtete, wie Elin die Augen zufielen und sie vergeblich versuchte, gegen die Müdigkeit anzukämpfen.

»Es ist total unhöflich von mir, kaum bin ich hier angekommen, schlafe ich auch schon ein«, murmelte sie.

»Alles gut, mein Schatz«, beruhigte Grace sie. »Du bist erschöpft. Nach der langen Fahrt und diesem ganzen angestauten Ärger …«

»Ich komme mir vor wie eine Versagerin, Grama Grace.« Ihre Stimme war kaum noch zu hören.

Grace deckte ihre Enkelin sanft mit einer dünnen Wolldecke zu, wie damals, als sie noch ein kleines Mädchen war. »So ist's gut, mein Schatz«, flüsterte sie. »Ruh dich aus.«

Elin versuchte zu widersprechen, doch sie konnte die Worte nicht formen, und aus ihrem Mund kam nur ein gedämpftes Stöhnen.

»Ich gehe so lange mit Beca an den Strand ein Eis essen. Neeta im Café freut sich bestimmt, sie zu sehen. So ist's gut, schlaf ein bisschen.«

Grace streichelte ihrer Enkelin über die Stirn, bis diese schließlich nachgab und einschlief.

12

Elin

Als Elin eine Stunde später wieder aufwachte, war im Haus alles still. Sie setzte sich auf, streckte sich und atmete den tröstlichen Duft vom Lammeintopf ein – »*cawl*«, wie Grama Grace das Gericht nannte –, der langsam im Ofen vor sich hin schmorte. Grace kochte alles selbst. Lamm vom Carwyn, dem Metzger am Ort, mit Lauch und Karotten aus ihrem Gemüsebeet und frischem Thymian und Lorbeer aus dem Kräutergarten. Ein Topf voll neuer Kartoffeln, fertig geschrubbt, stand als Beilage für den Eintopf auf dem Herd zum Kochen bereit. Auch sie stammten garantiert aus dem Garten. Wann immer Elin an ihre Großmutter dachte, fiel ihr stets der Begriff »gesunde Hausmannskost« ein. Auch das trug dazu bei, dass sie sich bei Grace geliebt und geborgen fühlte. Sie war schließlich ihre Retterin gewesen.

Elin füllte ein Glas Wasser am Hahn und blickte auf Grace' steilen Garten und den berühmten hässlichen »Swimmingpool« an dessen unterem Ende hinaus. Sie lächelte, weil ihr wieder einfiel, wie viel Spaß es Beca gemacht hatte hineinzuspringen, als sie klein war. Damals hatte Grace noch Zimmer vermietet, und das Haus brummte vor freundlichem, einladendem Chaos. Wenn sie zu Besuch kamen, überließ Grace ihnen jedes Mal ihr Schlafzimmer, in das sie sich dann zu dritt quetschten: sie selbst, Greg und Beca. Auf die Fahrten zu Grama Grace hatten sie sich alle immer gefreut, und Elins Herz wurde nun schwer, als sie den Verlust dieser glücklichen Tage betrauerte.

Eine Pension zu führen, schien immer Grace' Lebensinhalt gewesen zu sein, wobei sie nun schon seit Jahren keine Gäste mehr hatte. Das war sicher besser so, aber manchmal machte Elin sich trotzdem Sorgen, ihre Großmutter könnte einsam sein. Vor allem seit John ins Cadwallader House gezogen war. Elin liebte John. Er war der Großvater, den sie nie gehabt hatte, und passte mit seinem Sinn für Humor und der geradlinigen Art perfekt zu Grace. Dass sein Körper inzwischen Schwierigkeiten hatte, mit seinem Geist mitzuhalten, war eine der Tragödien, die ihm das Alter bescherte. Doch zumindest war er vom Kopf her immer noch derselbe John wie früher – sein Verstand war nicht der vaskulären Demenz zum Opfer gefallen wie bei seiner armen Schwester Cissie.

Es war Elin inzwischen egal, dass John und Grace nie geheiratet hatten. Als Kind hatte sie sich das allerdings schon gewünscht und sich jahrelang den Hochzeitstag der beiden ausgemalt und dass sie als Brautjungfer Grama Grace' lange Spitzenschleppe tragen würde, wie die am Brautkleid von Prinzessin Diana. Damals vertrösteten sie Elin immer mit einem geduldigen: *Vielleicht eines Tages*. Als sie mit fünfzehn alt genug war, erklärte Grace ihr den Grund: John war bereits seit seinen Zwanzigern verheiratet, mit einer Frau namens Doreen Cuttle. »Ich habe sie nie kennengelernt, mein Schatz, aber laut deiner Aunty Cissie war sie nicht gerade ein netter Mensch. Sie hat deinen Uncle John wegen eines anderen Mannes verlassen. Um ehrlich zu sein, glaube ich, dass John ganz froh darüber war. Aber weil Doreen katholisch war, hat sie ihm die Scheidung verweigert. Obwohl sie *ihn* verlassen hat! Deshalb hat er – offiziell zumindest – immer noch eine Ehefrau. Er dürfte also gar nicht heiraten.«

»Selbst wenn er wollte?«, hatte Elin betrübt nachgehakt, woraufhin Grace mit einem traurigen Lächeln antwortete: »Selbst wenn er wollte, mein Schatz.«

Ab da war die Hochzeit von Grace und John kein Thema mehr, und Elin hatte aufgehört, sich die Brautjungfernkleider im Grattan-Versandkatalog ihrer Großmutter anzusehen.

Sie trat ans Erkerfenster im vorderen Zimmer und betrachtete die

Aussicht – die vordere Kaimauer in der Ferne war, so glaubte sie, im siebzehnten Jahrhundert vom Philanthropen Lord Henry Dylan errichtet worden, dem Namensgeber der Stadt. Der neuere, zwei Jahrhunderte später gebaute Anleger war wie ein Echo seines Vorgängers, und so streckten sich nun die beiden ungleich langen Arme ins Meer hinaus, wo sie versuchten, die weite Bucht und den Hafen einzuschließen, der einst voller Handelsschiffe gewesen war. Inzwischen war Dylan's Quay ein florierendes Urlaubsstädtchen, es wimmelte von Eis essenden, Sonnenhut tragenden Touristen, die dem Ort seine Würze und Energie verliehen. Grama Grace' Haus an der beliebten Sea Captain's Parade war von einem Schiffseigner im neunzehnten Jahrhundert erbaut worden, und Elin stellte sich gerne vor, wie seine Ehefrau aus einem dieser Fenster aufs Meer hinausgeblickt hatte, wie sie selbst es nun tat, und ihren Mann in der Ferne davonsegeln sah. Sie fragte sich einen Moment lang, ob Greg wohl von ihr davonsegelte, und musste an das letzte Mal denken, als sie versucht hatten, miteinander zu schlafen.

Es war am Valentinstag gewesen. Vor fünf langen Monaten! Sie hatte die Initiative ergriffen. Und es war eine der peinlichsten Nächte ihrer Ehe gewesen. Elin hatte noch nie etwas auf kommerziellen Unsinn wie den Valentinstag gegeben, doch nachdem sie in der *Woman and Home* einen Artikel mit dem Titel »Wer rastet, der rostet« gelesen hatte, beschloss sie, es zu wagen und sich ins Zeug zu legen. Die Autorin hatte betont, wie wichtig es sei, in langjährigen Beziehungen die Romantik am Leben zu erhalten, und ihren Leserinnen verraten, dass schon kleinste Gesten eine große Wirkung entfalten und verhindern könnten, dass die Beziehung einen Sprung bekam. Wirkliche Sprünge waren Elin bis dahin nicht aufgefallen – vielleicht feine Risse, weil sie zuließen, dass Leben und Arbeit Zeit in Anspruch nahmen, die sie auch zu zweit hätten verbringen können. Küsse, die nicht mehr leidenschaftlich, sondern zu höflichen Küsschen auf die Wange geworden waren. Dass der eine nicht mehr aufblickte, wenn der andere das Zimmer betrat. Keiner von ihnen hatte dieses langsame Auseinanderdriften erwähnt, doch es passierte, das ließ sich nicht leugnen. Als sie dann eines Abends Gregs Schublade mit den Sportsachen ausmistete, fand sie eine noch in Zellophan verpackte Valentinskarte. Elin war mehr als überrascht, dass Greg bei so einer Veranstaltung, bei der es nun wirklich nur darum ging, Leuten das Geld aus der Tasche zu ziehen, mitmachte – seine Einstellung zum Valentinstag deckte sich eigentlich mit ihrer –, aber vielleicht war ihm bewusst geworden, dass ihre Beziehung etwas Würze vertragen könnte. Hut ab. Wenn Greg sich Mühe gab, dann war es nur fair, dass sie das auch tat. Obwohl es Elin schwerfiel, gerade für diese Sache die nötige Begeisterung aufzubringen.

Nichtsdestotrotz ging sie nach der Schule noch bei Marks and Spencer vorbei, um nach etwas Glamouröserem zu suchen als ihren alltäglichen Baumwollunterhosen. Sie entschied sich für ein salbeigrünes Mieder, probierte es an und schickte Greg aus der Umkleidekabine ein Selfie mit der Nachricht: *Happy Valentine! Filetsteak zum Abendessen, und das hier ist der Nachtisch.* Okay, das war ziemlich kitschig, aber Elin hoffte, er würde den ironischen Unterton heraushören. Schließlich hatte es mal eine Zeit gegeben, in der Greg und sie lauter solche Albernheiten miteinander geteilt hatten. Ihr Herz hatte beim Abschicken laut geklopft, denn sie war so etwas gar nicht mehr gewohnt. Aber eigentlich sah sie ziemlich gut aus in diesem Mieder. Fand sie zumindest.

Das Abendessen war nicht ganz so romantisch verlaufen wie geplant. Beca, die inzwischen kaum noch mit ihnen zusammen aß, hatte beschlossen, dass sie eigentlich *auch* Lust auf Steak hatte, und natürlich wollte Elin sie nicht ausschließen. »Außer ihr macht einen auf Romantik, Dad und du?« Sie lachte und tat so, als müsste sie sich übergeben.

»Sei nicht albern, aus dem Alter sind wir längst raus«, witzelte Elin, obwohl ihr insgeheim beim Gedanken an ihre Nachricht an Greg ganz elend wurde. Inzwischen bereute sie, sie geschickt zu haben. Was es noch schlimmer machte, war seine schlichte Antwort: *Klingt gut. Sehen uns nach dem Tennis.* Doofes Tennis.

Um acht erklärte Beca, sie wolle jetzt nicht mehr länger warten. Als Greg schließlich zwanzig Minuten später nach Hause kam, kratzte Elin gerade Becas Reste in den Mülleimer und räumte die Spülmaschine ein. Der Tisch war noch immer für zwei gedeckt.

»Tut mir leid, hab's nicht mehr geschafft, Blumen zu besorgen«, sagte er. »Sie waren überall ausverkauft.«

»So ein Quatsch.« Sie lachte und war überrascht, wie enttäuscht sie war. Wann würde er ihr wohl die Karte geben? »Hast du denn Hunger?«

»Wenn ich ehrlich sein darf, nein, nicht wirklich. Vielleicht brüte ich was aus. Aber das Steak hält ja auch noch bis morgen, oder?«

»Natürlich. Dann mache ich mir nur schnell meins.«

Darauf folgte ein Moment – ein qualvoller Moment –, in dem sie sich wie zwei völlig Fremde einfach nur angestarrt hatten, Elin mit einigen Champignons in der Hand, während er am Zugband seiner Kapuze herumspielte. Die Drähte des Mieders unter ihrem Kleid fingen an, sich in ihre Rippen zu bohren. Was hatte sie sich bei alledem nur gedacht? Hoffentlich hatte Greg das mit dem Foto vergessen, denn der richtige Augenblick für so etwas war wirklich und wahrhaftig vorbei. Doch beschämenderweise flüsterte er: »Und, äh … wenn du gegessen hast, dann gehen wir bald ins Bett, ja?«

Ihm war offensichtlich klar, dass Beca in Hörweite sein könnte. Elin wäre am liebsten im Boden versunken.

»Klar«, sagte sie und drehte sich weg, um ihre Kränkung zu verbergen.

Sie aß ihr Steak allein in der Küche vor einem unberührten zweiten Gedeck, während gedämpfte Fernseherklänge aus dem Wohnzimmer herüberdrangen. Das gelegentliche Lachen eines Studiopublikums schien ihre Einsamkeit zu verhöhnen.

Eine Stunde später standen sie sich im Schlafzimmer gegenüber, und ein überwältigendes Gefühl von Pflicht erfüllte den Raum.

»Bin ein bisschen aus der Übung«, witzelte Greg. Und Elin grinste zurück, ehe sie versuchte, sich verführerisch auszuziehen, um die neue Unterwäsche zur Geltung zu bringen. »Hübsch!« Er wirkte ehrlich beeindruckt und zog sie an sich, um sie zu küssen. Sobald seine Arme sie umschlossen, verfielen sie in ihre zwanzig Jahre alte vorhersehbare Routine: zuerst der Kuss, dann eine Hand auf dem Busen, während die andere nach unten zu ihrem Hintern wanderte. So hatten sie immer begonnen, doch irgendwie kam es Elin vor, als würde sie ihren Körper verlassen und die Situation von oben betrachten. Mein Gott, ich fühle mich wie ein großes Sofakissen, dachte sie, während Greg sie weiterküsste. Sie versuchte, den Gedanken wegzuschieben und tief in sich nach einem Funken Leidenschaft zu suchen. Doch sie fand keine. Sie fühlte sich vollkommen leer. Ohne jegliche Sinnlichkeit. Und sie kam sich dumm vor. Sie hätte ihm etwas vorspielen können, bis sie es hinter sich hatten, doch dann verhakte sich Gregs Fitnessuhr im Spitzenbesatz des Mieders. Ab da wurde das Ganze zur Farce. Es war nicht mal ein sexy Moment der Komik, wo Lachen in Lust überging. Es war einfach nur unglaublich peinlich und, fast noch schlimmer, nervig. »Verdammt, Greg, ich versteh nicht, warum du dieses blöde Teil die *ganze Zeit* tragen musst!«

»Weil es meine Herzfrequenzvariabilität misst!«

»Misst es auch, wie nervtötend du bist?«

»Ach, sei doch still. Verdammte Scheiße. Hast du eine Schere da?«

»In meiner Nachttischschublade.«

Sie mussten sich gemeinsam, wie bei einem Dreibeinrennen, vorsichtig Richtung Bett schieben. Gregs Handgelenk hing immer noch an der feinen Spitze fest. Als Elin in die Schublade griff, fiel ihr Blick voll Entsetzen auf die Tube Gleitgel, ein weiterer Vorschlag aus der Zeitschrift, den sie befolgt hatte, um »der Sache etwas nachzuhelfen«. Der Artikel, zweifellos von jemandem geschrieben, der halb so alt war wie sie, hatte fröhlich verkündet, es sei in Elins Alter völlig normal, ein wenig Unterstützung zu brauchen. »Ich hol sie schon«, fuhr Elin Greg an und versuchte das Gleitmittel tiefer in die Schublade zu schieben, während sie ihm eine kleine Nagelschere reichte. »Versuch bitte, den Schaden zu begrenzen.« Sie merkte, dass sie wieder ihren Lehrerton draufhatte. »Beim Reinschneiden, mein ich! Das Ding war nämlich teuer!«

Geduldig wartete sie, bis Greg seine Uhr befreit hatte. Dabei versuchte sie, nicht auf die kahle Stelle auf seinem Kopf zu starren, die sich in letzter Zeit deutlich vergrößert hatte. Sobald sie endlich voneinander getrennt waren, setzten sie sich schweigend aufs Bett. Elin merkte, dass sich einer ihrer Strapse gelöst hatte und der Strumpf an ihrem rechten Bein nun schlaff nach unten rutschte. Kurz überlegte sie, ihn wieder zu befestigen, doch was hätte das für einen Sinn.

»Ich schätze mal, wir sollten diese Dinge nicht erzwingen«, sagte Greg und schlurfte ins Bad. Er schien endlos lange zu pinkeln, und Elin seufzte insgeheim bei dem Gedanken, dass dies nun der Soundtrack ihres Sexlebens geworden war.

Welches Sexleben?

Greg hatte es eben als *diese Dinge* bezeichnet.

Sie schälte sich aus dem Mieder, ehe er zurück ins Schlafzimmer kam. Mehr Demütigung würde sie jetzt nicht mehr ertragen, und doch wurde sie davon angezogen wie eine masochistische Motte von der Flamme. »Dann hast du dich wohl gegen die Karte entschieden?«, murmelte sie.

»Welche Karte?«

»Die Karte in der Schublade bei deinen Sportsachen. Ich hab sie gesehen.«

»Herrgott noch mal, Elin, spionierst du mir jetzt nach?«

»Nein, ich habe nur deine Socken zusammengelegt.«

Es folgte eine angespannte Stille, dann sagte er: »Ich hab sie mit in die Arbeit genommen. Ich wollte sie per Post schicken, aber dann hab ich's vergessen.«

»Nun, das sagt ja eigentlich schon alles, oder?« Sie seufzte und versuchte verzweifelt, den Schluchzer zu unterdrücken, der ihr im Hals steckte.

In jener Nacht hatten sie einander den Rücken zugekehrt, wie eigentlich immer inzwischen, und am folgenden Morgen waren sie aufgestanden und ihrem Tagwerk nachgegangen, als wäre nichts gewesen. *Alles Gute zum verdammten Valentinstag.*

Elin warf einen Blick auf ihr Handy. Keine neuen Nachrichten. Und ihr gebrochenes Herz wurde schwer. Schon wieder.

Aus dem Fenster sah sie Familien im Urlaub und verliebte Pärchen, die einen entspannten Sommertag genossen. Plötzlich verspürte sie eine tiefe Einsamkeit. Wie sehr sie sich nach Grace' Rückkehr sehnte, damit sie wieder Trost in der Liebe ihrer Großmutter suchen konnte.

13
Beca

Vielleicht lag es einfach an ihrer aktuellen Stimmung. Oder vielleicht daran, dass das Wetter so schön war. Aber dieser Besuch bei Grama Grace war der Wahnsinn. Dylan's Quay hatte noch nie so toll ausgesehen, und Beca fühlte sich tatsächlich wie im Urlaub – sie war echt guter Laune. Obwohl der Tag nicht gerade prickelnd angefangen hatte, mit dem Streit ihrer Eltern.

Der Schokobrunnen war schuld gewesen. Ihre Mutter sprach schon seit Tagen davon, dass sie einen für Grama Grace' Party besorgen wollte, und als sie gerade ihre Taschen im Auto verstaut hatten, bekam sie einen Anruf von der Firma, die diese Dinger verlieh. »Da muss ich rangehen«, hatte sie gesagt und dann gute zwanzig Minuten mit denen geredet. Als Elin schließlich zurückkam, war sie total aus dem Häuschen, weil sie so einen prima Deal für die Luxusversion namens »Cocoa River« ausgehandelt hatte. Doch als sie ihrem Vater erzählte, was der Spaß kosten würde, fand er das irrsinnig. Sie würde das alles völlig übertreiben, hatte er gemeint, und bei den alten Herrschaften Diabetes fördern, und sie solle endlich »diesem ganzen verdammten Party-Fiasko« ein Ende bereiten. Ihre Mum war völlig ausgetickt und hatte herumgeschrien, dass Grama Grace ihr *alles* bedeute und sie ihr den besten Geburtstag aller Zeiten bescheren würde, ob es ihm nun gefiel oder nicht.

Daraufhin weigerte sich ihr Dad mitzufahren, und das machte ihre Mum wieder total fix und fertig. Sie nannte ihn egoistisch und kindisch. Und ausnahmsweise konnte Beca ihre Mutter verstehen – was war denn los mit Dad, dass er so plötzlich seine Meinung änderte? Am Ende vom Schuljahr fuhren sie *immer* zu Grama Grace, deshalb hatte er eigentlich keine guten Argumente. Außer dass Mum sich so hysterisch benahm. Beca hatte keinen von beiden je so erlebt. Die waren echt durchgeknallt.

Aber das war schon einige Stunden her, und jetzt konnte ihr nichts die gute Laune verderben. Vor allem wenn sie an den Auftritt gestern Abend dachte. War das wirklich passiert? Hatte sie, Beca Matthews – ein sechzehnjähriges Nichts aus North Cardiff –, tatsächlich vor einem Publikum live Keyboard gespielt? Na gut, sie war nur im Hintergrund, nur die Begleitung – aber wie Soozi gesagt hatte, ohne *sie* hätte es keine Show gegeben. »Kein Kasperl ohne Gretchen, Süße«, hatte sie gesagt. Was stimmte. Aber es war Soozi, die den echten Wow-Faktor besaß. Diese Stimme war einfach der Hammer. Wirklich. »Warum arbeitest du in einem Pizza-Imbiss, wenn du so singen kannst?«, hatte Beca sie während ihrer überstürzten improvisierten Probe gefragt.

»Alles Teil des großen Plans, Kleines«, hatte sie geantwortet. »Muss zuerst eine Fanbase aufbauen. Und ich kann schließlich zwischen Auftritten nich verhungern, oder? Außerdem könnt ich dir dieselbe Frage stellen – warum wäschst du Teller in 'nem Pub in Cardiff? –, du hast Talent, Mädchen. Du musst da raus.«

»Gib mir eine Chance. Ich bin grade erst mit der Schule fertig«, hatte Beca geantwortet.

»Ja und? Du bist Musikerin. Erste Sahne.«

Es stimmte, Beca wusste, dass sie beeindruckt hatte, weil sie einfach so vom Blatt wegspielte, was sie sah. Völlig locker und unkompliziert. Soozi, die zugab, *keine einzige verdammte Note lesen zu können*, hatte Becas Spiel fantastisch gefunden. Und sofort das Angebot angenommen, sich von ihr begleiten zu lassen. »Scheiß auf Jezzer, dieses Arschloch. Du bist sowieso zehnmal besser als er.« Und Beca schnurrte innerlich.

Wie sie nun mit Grama Grace am Ende des Anlegekais stand und den weichen, salzigen Sonnenschein einatmete, musste sie in sich hineinlächeln. »Du hast so ein Glück«, sagte sie, »Delfine direkt vor der Tür.«

»Das klingt wie ein Liedtext«, meinte Grace lachend.

»Ich liebe es, hier zu sein«, sagte Beca. »Es ist einfach klasse.«

Gemeinsam blickten sie auf das Glitzerkugel-Meer hinaus, während über ihnen Möwen und Krähen kreischend und krächzend ihre wilden Kreise drehten, immer auf der Suche nach verlorenen Pommes oder weggeworfenen Eiswaffeln. Einen Augenblick lang überlegte Beca, Grace von ihrem Bühnendebut zu erzählen. Mit ihrer Mutter konnte sie das ganz sicher nicht teilen, aber Grace war anders. Sie machte kein Theater, regte sich nicht gleich auf. Wie kann meine Mutter so verkrampft und nörglerisch sein, wo doch meine Urgroßmutter dermaßen cool ist, fragte sie sich.

Als könnte sie ihre Gedanken lesen, wandte sich Grace ihr zu und berührte ihren Arm. »Liebes, hör zu, ich glaube, deine Mum macht gerade eine etwas schwierige Phase durch.«

»Sie macht *immer* eine schwierige Phase durch«, grummelte Beca und war sich bewusst, dass sie wie eine Fünfjährige klang.

»Ja, nun, sei jedenfalls ein bisschen nachsichtig mit ihr, ja?«

Auf dem Heimweg schauten sie bei Neeta in ihrem gut besuchten Café vorbei. Wann immer sie dort waren, ließ Beca zu, dass die Freundin ihrer Urgroßmutter sie mit *Ohhs* und *Ahhs* bedachte, als wäre sie ein Baby im Kinderwagen – *Nein, wie du gewachsen bist!*, verkündete sie in ihrem geschäftigen, energischen Waliser Tonfall.

Beca nahm das Angebot eines Eisbechers an und genoss den kleinen Berühmtheitsstatus, den ihre Urgroßmutter in diesem Städtchen genoss, wovon ein bisschen Licht auf sie selbst abstrahlte. Grama Grace kannte in Dylan's Quay einfach *jeden*.

»Wir sind alle schon *so* aufgeregt wegen der Party!«, flüsterte Neeta, als Grace sich ein Stück entfernt mit einer der Mitarbeiterinnen unterhielt.

»Sie haben aber nichts verraten, oder?«, fragte Beca besorgt. »Meine Mum dreht total durch, wenn Grama Grace etwas davon erfährt!«

»Keine Sorge«, meinte Neeta und vergewisserte sich, dass Grace immer noch ins Gespräch vertieft war. Dann flüsterte sie verschwörerisch: »Du weißt, dass ich den Kuchen mache, oder? Ich bin seit Wochen dabei, ihn zu entwerfen. Ich werde ganz viele Mini-Grace-Figuren aus Marzipan machen, in Yoga-Pose und beim Schwimmen und so. Und ich würde gerne dich und deine Mum und deinen Dad auch draufstellen, und John natürlich, und sogar Cissie, wenn noch Platz ist.« Neeta zögerte einen Moment, dann zog sie eine Grimasse. »Ich hab mir auch überlegt, ob ich eine Marzipan-Alys machen soll, aber dann dachte ich, das ist vielleicht doch ein bisschen unsensibel in Anbetracht der Umstände. Außerdem bin ich ihr nie begegnet, also hab ich keine Ahnung, wie sie aussieht.«

Beca nickte, und ihr wurde bewusst, dass auch sie nie ein Foto ihrer Großmutter gesehen hatte. Eigentlich seltsam. Dass ein Mitglied ihrer Familie so ausgelöscht sein konnte. Es wurde nie über sie gesprochen, als hätte sie gar nicht existiert. Als Grama Grace Alys auf FaceTime erwähnt hatte, war es Beca so vorgekommen, als hätte sie Grace das erste Mal ihren Namen sagen hören.

»Na, worüber tuschelt ihr beiden denn da?«, wollte Grace lächelnd wissen, als sie näher kam.

»Über Eiscreme«, erwiderte Neeta blitzschnell. »Ich geb dir welche für später mit.« Beim Umdrehen zwinkerte sie Beca heimlich zu.

Nach dem Abendessen erledigten sie zu dritt den Abwasch und quatschten und lachten dabei, wie es zu Hause nie vorkam. Beca schob es auf die Meerluft und die entspannte Atmosphäre im Haus ihrer Urgroßmutter. Ihre Mum war hier eindeutig weniger verkrampft. Beca fand es inzwischen nicht mehr komisch, dass Grace keine Spülmaschine besaß – eigentlich genoss sie den Abwasch von Hand und wie sie drei als kleines Team zusammenarbeiteten. Die Falten auf der Stirn ihrer Mutter waren so gut wie verschwunden. Vielleicht hatte Grama Grace ihr Valium in den Milchreis gemischt.

Als sie fertig waren, ging Beca nach oben, damit ihre Mum und Grace sich über den Streit mit ihrem Dad unterhalten konnten. Sie legte sich aufs Bett und starrte an die Decke. Sie fühlte sich, als wäre ihr Körper voller Schmetterlinge – irgendwie unruhig und nervös, aber auf angenehme Art. Denn sie hatte einen Plan, schon seit einigen Stunden. Aufgeregt öffnete Beca die Suchmaschine auf ihrem Handy. Nachdem sie »Bellamy's Italian Palace, Cardiff« eingegeben hatte, wurde sie mit Dutzenden von Namen bombardiert, die ihren Kunden die perfekte Pizza versprachen. Nachdem sie die richtige Nummer herausgesucht hatte, zögerte sie kurz, um sie dann rasch zu tippen, bevor sie ihre Meinung ändern konnte. Es klingelte. Und klingelte. Und klingelte.

Sie wollte gerade auflegen, als sich eine Stimme meldete, die lautstark versuchte, die Hintergrundgeräusche eines gerappelt vollen Samstagabendgeschäfts zu übertönen. »Bellamy's – Lieferung oder Abholung?«

Sie erkannte Soozis Stimme sofort wieder, doch sie selbst brachte kein Wort heraus.

»Hallo? Können Sie mich hören?«, wollte Soozi wissen.

Stille an Becas Ende.

»Hören Sie zu, Schluss mit dem Scheiß. Ich hab hier eine Schlange von Kunden, so lang wie mein Arm! Wollen Sie jetzt was bestellen oder nich?«

Doch Beca war inzwischen zu eingeschüchtert von Soozis hitzigem Temperament und legte auf. Sie warf das Handy zur Seite und lag atemlos da. Es fühlte sich an, als hätte sie irgendein schlimmes Verbrechen begangen. Warum hatte sie nichts gesagt? Was war nur los mit ihr? Das Klingeln ihres Handys riss sie aus ihren Gedanken, und sie zuckte heftig zusammen. *Unbekannt.* Sie nahm den Anruf entgegen.

»Hallo?«

»Ich hab heute meinen netten Tag. Also, was wollten Sie?«, bellte Soozi.

»Ich bin's, Beca.«

Es folgte eine kurze Stille, während der sie Leute im Hintergrund ihre Bestellungen rufen hören konnte.

»Wer?«

»Beca?« Sie wusste, sie klang nun unsicher, was ihren eigenen Namen betraf. »Ich hab gestern Abend am Keyboard …«

Doch Soozi ließ sie gar nicht ausreden. »Oh, Gott sei Dank, verdammt! Ich hab schon versucht, dich irgendwie zu erreichen!«

»Hast du?« Damit hatte Beca als Allerletztes gerechnet.

»Ich hab im Pub nachgefragt, aber die wollten mir deine Nummer nich geben.«

Beca war klar, dass sie eine Erklärung liefern musste, um nicht wie ein Stalker zu wirken. »Tut mir leid wegen gerade eben. Ich bin in Westwales und der Empfang ist manchmal lausig hier«, log sie.

»Was für'n Scheiß«, meinte Soozi bloß. »IS JA SCHON GUT, IMMER LANGSAM!«, rief sie vermutlich einer Schlange ungeduldiger Gäste zu.

»Hör zu, Süße, was machst du Dienstagabend? Denn du und ich, wir ham wieder 'nen Auftritt.«

14
Elin

Elin hatte kurz Mühe, sich zurechtzufinden und die Stimmen in ihrem verschlafenen Kopf zuzuordnen. Dann fiel es ihr wieder ein. Sie öffnete ein Auge und richtete sich langsam auf. Durchs Fenster konnte sie Beca sehen, die vorsichtig den großen Zeh in den »Swimmingpool« am Ende des Gartens tauchte. Grama Grace war natürlich bereits bis zum Hals im Wasser und spritzte ihre Urenkelin nass.

»Das ist EISKALT!!!«

»Sei kein Frosch, komm schon rein.«

Beca kreischte begeistert, ehe sie den Sprung wagte, und Grace klatschte Beifall.

Der Anblick brachte Elin zum Lächeln. Sie ließ sich aufs Bett zurücksinken, streckte sich und rieb sich den Schlaf aus den Augen wie ein Kind. Der Wecker auf dem Nachttisch zeigte zehn Uhr. Schon lange hatte sie nicht mehr so gut geschlafen. Sie fühlte sich richtig erholt.

Die Zufriedenheit währte allerdings nicht lange. Als sie nach dem Handy griff, war da nichts von Greg. Kein verpasster Anruf. Keine Nachricht. Keine Mail. Sie war am Abend zuvor so sehr in Versuchung gewesen, ihn anzurufen, hatte aber trotzig beschlossen, seinem Vorschlag zu folgen, »ein bisschen Abstand zu gewinnen«. Zugegeben, sie hatte damit gerechnet, dass *er* sich melden würde. Und nun fühlte sie, wie sich eine überwältigende Leere in ihr ausbreitete. *Was passierte da mit ihnen beiden?*

Mit Grama Grace über alles zu reden, hatte wirklich geholfen. Sie war in der Lage, die Dinge objektiver zu betrachten. Ja, wahrscheinlich war sie in letzter Zeit ziemlich anstrengend gewesen, und, ja, wahrscheinlich hatte sie zu viel Zeit in die Arbeit investiert. Andererseits war das zum Ende des Schuljahrs hin immer so. Da war sie einfach total durch den Wind! Und Greg wusste das. Vielleicht hatte er recht. Vielleicht würde dieses Wochenende der Trennung ihnen den Freiraum geben, den sie beide brauchten. Eine Gelegenheit, ihre Mitte wiederzufinden.

Sie fühlte sich wie eine liebeskranke Fünfzehnjährige, die neben ihrem Handy sitzt und darauf wartet, dass ihr Freund sich herablässt anzurufen. Das lasse ich nicht zu!, dachte sie. *Ich bin Schulleiterin eines Gymnasiums, verflixt noch mal! Ich bin einundfünfzig Jahre alt!*

Sie nahm das Handy und tippte auf seine Nummer.

Es klingelte.

Und klingelte.

»*Hallo. Hier ist Greg – kann grad nicht ans Telefon kommen, sorry, echt ...*«

»*Sorry, echt!*«, wiederholte sie, entsetzt.

»*... aber hinterlasst eine Nachricht!*«

Sie entschied sich dagegen. Und beendete den Anruf. Sie war stinksauer. Ungerechtfertigtermaßen, das war ihr schon klar.

Mit einem Gefühl der Verlorenheit sah sie zu, wie Beca und Grace an diesem herrlichen sonnigen Sonntagmorgen in Westwales im Pool herumplantschten. Die beiden hatten keine Ahnung, welche Ängste in Elins Kopf ihre Kreise drehten.

Ihr Handy vibrierte, und sie zuckte zusammen. Eine SMS. Von Greg.

> Sorry wegen verpasstem Anruf, echt – wir reden später, ok?
> Wenn du wieder da bist?

Nein, Greg, dachte sie, seit wann entscheidest du das? Und sie rief ihn wieder an. Dieses Mal ging sofort die Mailbox dran. Und dieses Mal hinterließ sie eine Nachricht. Was sie später bereuen würde.

»Greg? Was zum Teufel soll das? Du ignorierst ABSICHTLICH meine Anrufe! Ich bin deine Frau, verdammt, deine scheiß Ehefrau!!

Ruf mich an. Ich will mit dir reden. JETZT! Und nur ganz nebenbei, auf Deutsch heißt das TUT MIR LEID, nicht SORRY, ECHT. Werd mal erwachsen.« Dann beendete sie den Anruf und starrte reglos ihr Handy an, während sie darauf wartete, dass es klingelte. Was es nicht tat. Am liebsten hätte sie geweint. Aber das würde sie bleiben lassen. Das durfte sie nicht.

»Was ist los?« Beca stand atemlos in ein Handtuch gewickelt in der Tür. Die Haare klebten ihr nass ums gerötete Gesicht, und ihre freudige Energie wirkte in der Traurigkeit des kleinen Schlafzimmers irgendwie fehl am Platz.

»Nichts!« Elin zwang sich zu einem Lächeln. »Schön geschwommen?«

»Voll übel, echt!«

»Beca, bitte benutz dieses Wort nicht, um etwas Gutes zu beschreiben. Das ist so irreführend und so …«

»Mum«, unterbrach Beca sie. »Wir sind jetzt nicht in der Schule. Du hast keinen Dienst.«

Elin versuchte, über sich selbst zu lachen, doch die Darbietung war nicht sonderlich überzeugend. »Ich hab *so* gut geschlafen, du auch?«

»Ja.« Beca rieb sich die Haare mit einem Zipfel des Handtuchs. »Grama Grace macht Eier im *Coddler*. Weißt du noch, wie ich früher immer dachte, es bedeutet so viel wie geknuddelte Eier?« Sie lachte, und Elin lächelte zurück. *Coddled Egg* war eine Institution bei ihren Besuchen in Dylan's Quay, und der kleine Keramiktopf mit Deckel – der so genannte »Coddler«, in dem Eier zusammen mit Gewürzen gegart wurden – war ein fester Bestandteil der Küchenutensilien ihrer Großmutter. Sie hatte noch von keinem anderen Ort der Welt gehört, wo Eier so zubereitet wurden.

»Hast du mit Dad gesprochen?«, erkundigte sich Beca.

»Ja.« Elin versuchte, glaubwürdig zu klingen. »Gerade eben. Es geht ihm gut. Ich soll dich grüßen, und er freut sich auf uns.«

»Dann ist mit euch beiden alles okay?«

»Natürlich! Komm schon, ich hab solchen Hunger auf ein geknuddeltes Ei.«

Nach dem Frühstück spazierten sie zum Cadwallader House, um John zu besuchen. Grama Grace schlug vor, er solle Elin und Beca die Wicken zeigen, die er im Garten des Heims angepflanzt hatte. Die ganze Zeit über täuschte das höfliche Lächeln auf Elins Gesicht über den Aufruhr in ihrem Kopf hinweg. Sie hatte immer noch nichts von Greg gehört, und das verdarb ihr nun das gesamte Wochenende. So ein *egoistischer, egoistischer* Idiot. Im Blumengarten überließ sie John und Grace die Unterhaltung mit Beca, während sie sich ein Stück entfernt auf eine Holzbank setzte, die Augen schloss und das Gesicht gen Himmel reckte in der Hoffnung, die Kombination aus schläfrig machendem Sonnenschein, Bienensummen und Vogelgezwitscher würde ihre Nerven beruhigen.

Diesen Herbst waren es neunzehn Jahre.

Neunzehn Jahre, seit sie geheiratet hatten, und einundzwanzig, seit sie sich begegnet waren.

Elin war damals dreißig gewesen, Vorsitzende für Musik an der St Stephen's School mit Aussicht auf die Konrektorinnenstelle. Ihre Karriere lief perfekt. Nur der Rest ihres Lebens hinkte hinterher. Die wenigen Freundinnen von damals – mit den meisten hatte sie inzwischen keinen Kontakt mehr – waren zu diesem Zeitpunkt entweder verheiratet oder wohnten mit jemandem zusammen. Sie hatten alle Immobilienkredite laufen und fuhren entweder am Wochenende nach Hause oder überlegten, sich einen Hund anzuschaffen. Ein paar von ihnen waren schwanger. Doch Elin war standhaft Single geblieben. Nicht, weil sie nicht versucht hätte, das zu ändern, wobei sie ehrlich gesagt mehr hätte tun können, statt immer ihre Karriere in den Vordergrund zu stellen. Trotzdem machte sie sich langsam Sorgen, sie könnte als alte Jungfer enden (nur ohne die Katzen, den Geruch von Katzen konnte sie nicht ausstehen). Ihren dreißigsten Geburtstag feierte sie mit Grama Grace und John und Cissie in Sŵn-y-Môr und schwor sich, das nächste Jahr würde eines voller Veränderungen und Fortschritte werden. Diesen Plan teilte sie allen mit. Grama Grace wirkte erfreut und erleichtert – vermutlich sorgte sich ihre Großmutter, ihre Enkelin könnte allein und einsam enden. Darum buchte Elin ganz spontan für sich allein eine achttägige Flusskreuzfahrt auf der Donau für die kommenden Osterferien. Der Anfang war in Budapest, das Ende in Passau, und am Abend, bevor die Schule wieder losging, würde sie von München aus zurückfliegen. Das war ein großer Schritt für Elin und ziemlich ungewöhnlich, alle Vorsicht in den Wind zu schlagen, doch vielleicht war es an der Zeit, dass sie ein paar Risiken einging.

Die Kreuzfahrt selbst war angenehm und übertraf, wenn sie ehrlich war, ihre Erwartungen. Sie hatte befürchtet, es könnte bieder und langweilig werden, sich alles ums Essen drehen und abends kitschige Vorführungen mit Tänzerinnen in paillettenbestickten Trikots geben, die Revue-Nummern zum Besten gaben. Doch das Programm war abwechslungsreich, und wem die Tagesausflüge nicht zusagten, der konnte an faszinierenden Vorträgen und Kursen an Bord teilnehmen.

Elin unterhielt sich kaum mit jemandem, außer beim Abendessen, wo sie höfliche Konversation mit den anderen Gästen neben sich am Tisch pflegte. Dann entschuldigte sie sich bald darauf, um noch etwas frische Luft an Deck zu schnappen, ehe sie ihre Kabine aufsuchte, wo sie sich gegen die nächtliche Kälte in ihre Decke wickelte, heiße Schokolade mit Marshmallows bestellte und auf ihrem kleinen Balkon einen Krimi las.

Am vierten Tag der Kreuzfahrt legte das Schiff in Wien an, einer Stadt, die Elin wegen ihrer musikalischen Bezüge schon immer hatte besuchen wollen. Sie freute sich, auf den Spuren von Mahler und Schubert zu wandeln, auf denen von Brahms und Strauss, und natürlich Beethoven und Mozart. Sie besuchte ein Matinee-Konzert, das sie zu Tränen rührte, und bat einen Touristen, ein Foto von ihr vor dem Stephansdom zu machen. Es war irgendwie befriedigend, ein solch monumentales Gebäude zu besichtigen, das noch dazu denselben Namen wie ihre Schule trug, und sie dachte, es würde ihre Schüler vielleicht beeindrucken.

»Sie sind auch auf der Kreuzfahrt, richtig?«, fragte der freundliche Tourist, als er ihr den Fotoapparat zurückgab.

»Ja, stimmt«, sagte Elin, worauf ein etwas unangenehmes Schweigen folgte. An vieles von dieser ersten Begegnung konnte sie sich nicht erinnern, wenn sie ehrlich war, zum Beispiel wie er aussah oder was er anhatte. Es war ganz sicher kein Blitzschlag-Moment, in dem sie sich auf der Stelle verliebte. »Gefällt es Ihnen?«, fragte sie, mehr aus Höflichkeit.

»Ja. Besser, als ich erwartet hatte, und heute war wirklich ein Highlight.«

»Ach ja?«

»Ja. Ich wollte schon immer mal hierherkommen. Bin ein bisschen süchtig nach Brahms«, scherzte er.

Elin war nicht sicher, was sie als Nächstes sagen sollte. Außerdem war sie sich bewusst, dass die Zeit lief und sie noch den Volksgarten und das Palmenhaus besuchen wollte, bevor sie zurück an Bord musste. »Na dann«, sagte sie. »Ich sollte besser mal weiter.«

»Ja, ich auch. Viel Spaß!«, erwiderte er, und sie gingen getrennte Wege.

Später würden sie gemeinsam darüber lachen, wie hilflos sie beide gewesen waren, was für Feiglinge: wie ihr Handeln das genaue Gegenteil von »den Moment nutzen« verkörperte.

»Wir haben den Moment eher zerstört, oder?«, würde er mit einem Lächeln sagen.

Elins letzter Programmpunkt in Wien war das berühmte Wiener Riesenrad, im Prater, wie sie gerne hinzufügte. Sie genoss die österreichischen Klänge, die sich in ihren Ohren so herrlich anfühlten wie die Sachertorte auf ihrer Zunge, die sie in dem kleinen Café auf dem Stephansplatz zum Nachtisch gegessen hatte. Spätestens um 22 Uhr musste sie zurück auf dem Schiff sein, deshalb hatte sie eine Fahrt für 20 Uhr vorgebucht, denn da würde die Sonne untergehen und sie könnte die Schönheit von Wien im goldenen Abendlicht genießen.

Die Touristenströme hatten zu diesem Zeitpunkt nachgelassen, und Elin wunderte sich im Stillen, wie die Leute sich so eine atemberaubende Panoramaaussicht nur entgehen lassen konnten, aber, hey, selber schuld.

Gerade als der Mitarbeiter sie in die Kabine ließ, ertönte hinter ihr das Rufen eines Nachzüglers, der auch noch gerne mitfahren wollte. Es war der Tourist vom Mittag, ihr Mitreisender, der seine Eintrittskarte fest umklammerte. Sie schenkte ihm nicht viel Beachtung, bis sie sicher im Innern angekommen, die Tür verriegelt war und ihre vierminütige Fahrt begonnen hatte.

»Ich verfolge Sie nicht, ehrlich«, meinte er lachend, als er sich neben sie stellte und durchs Fenster sah.

»Oh, hallo.« Elin hielt den Blick auf die Aussicht gerichtet. »Schönen Tag gehabt?«

»Herrlich. Ich war im Tiergarten Schönbrunn. Das ist nämlich der älteste der Welt.«

Elin nickte, dann schwiegen sie wieder und genossen das spektakuläre Panorama, das sich vor ihnen ausbreitete. Als sie ganz oben angekommen waren, wandte sie sich ihm zu und sagte: »Ich heiße übrigens Elin.«

»Greg.«

Sie lächelten sich schüchtern und etwas verkrampft an, dann begann die Gondel ihren Abstieg.

Gemeinsam spazierten sie zum Schiff zurück. Es war ein schöner, klarer Abend, und die Luft war geschwängert von Frühlingsdüften. Sie sprachen unterwegs nicht viel außer höflichem Geplauder, wo sie den Tag über gewesen waren und was ihnen gefallen hatte. Dann fiel es ihr plötzlich wieder ein. »Warum Brahms?«

»Wie bitte?«

»Du hast gesagt, du bist Brahms-Fan. Ich meine, ich liebe ihn auch, aber eigentlich ist es doch Mahler, der zu Herzen geht, findest du nicht?«

Dann gab es kein Halten mehr. Sie stürzten sich in ein Gespräch über klassische Musik, das sie über die Planke bis in die Bar an Bord begleitete, wo sie sich heiße Schokolade und süße Stückchen bestellten, während um sie herum alle Cocktails schlürften. Zwischen dem Vergleich von Strauss und Schubert tauschten sie einige grundlegende persönliche Informationen aus. Wie immer präsentierte Elin die korrigierte Version ihres Lebens, indem sie ihre Mutter nicht erwähnte, sondern an ihrer Stelle Grace beschrieb. Greg erzählte ihr, dass er und seine Freundin sich vor über drei Jahren getrennt hatten und er auf Reisen gegangen war, um ein bisschen was anderes zu sehen. Mit seiner Qualifikation als Englischlehrer hatte er auf der ganzen Welt Arbeit gefunden und überlegte nun, wo er sich niederlassen sollte. »Es ist ein bisschen wie Haareschneiden«, sagte er. »Englisch als Fremdsprache zu unterrichten. Das kann man überall tun.«

»Dann tu's doch in Cardiff«, sagte sie und war innerlich schockiert über ihre eigene Kühnheit.

»Wie bitte?«

»Cardiff. Ist eine nette Stadt. Geburtsort von Roald Dahl und Zuhause des ältesten Plattenladens der Welt.«

»Ernsthaft?« Er lachte.

»Ja! Wurde 1894 eröffnet. Damals haben sie noch Wachsplatten verkauft.«

»Ha!«

»Und ich wohne natürlich auch da.«

Er hatte ein bisschen schief gelächelt. Elin konnte nicht glauben, dass sie das gerade gesagt hatte. Sie war noch nicht einmal betrunken. Er hatte nur etwas so Herzliches an sich, so eine Begeisterung fürs Leben. Und er hatte ein Grübchen in der linken Wange, das zu dem Funkeln in seinen kristallblauen Augen passte. Oh mein Gott, dachte sie. *Ich flirte.*

Als ihnen bewusst wurde, dass sie die letzten beiden Gäste in der Bar waren, beschlossen sie, den Abend zu beenden. Es war inzwischen zwei Uhr nachts. Greg begleitete Elin zu ihrer Kabine. Sie lud ihn nicht ein, und er küsste sie auch nicht zum Abschied. Aber sie verabredeten sich für den darauffolgenden Morgen zum Frühstück.

Ab da verbrachten sie jede verbleibende freie Minute der Kreuzfahrt zusammen. Und doch hielten sie nicht einmal Händchen. Aber sie redeten. Und lachten. Und stritten sich (über Musik).

Am letzten Tag der Fahrt legten sie in Passau an und beschlossen, einen Tagesausflug nach Prag zu machen, wo sie zwei Mittagskonzerte nacheinander besuchten, Fleischklößchen aßen und eine bescheidene Menge des dortigen Bieres tranken. Sie waren beide still, denn sie wussten, dass dieser unerwartet freudige Urlaub zu Ende ging.

Als sie zurück an Bord kamen, beschlossen sie, das Abschiedsessen ausfallen zu lassen und den Abend stattdessen auf Elins Balkon bei einer Tasse Tee zu verbringen.

Natürlich kam irgendwann der unausweichliche Moment. »Es ist fast Mitternacht«, sagte Greg und sondierte das unsichere Terrain ihrer noch undefinierten Beziehung.

»Verwandelst du dich dann in einen Kürbis?«

»Nein, aber vielleicht in einen Narren.«

»Wie das?«

»Wenn ich versuche, dich zu küssen, und du mich abblitzen lässt«, antwortete er leise.

»Nun, das weißt du erst, wenn du's versuchst …«, erwiderte Elin zitternd. Und nicht vor Kälte.

»Na, dann mal los.« Er beugte sich langsam vor, strich sanft eine lose Haarsträhne von ihrer Wange und schob sie ihr hinters Ohr … Dann küsste er sie schließlich.

Es hätte der Kuss sein können, der alle anderen Küsse übertrumpfte, der Kuss der Küsse.

Wäre da nicht das Feuerwerk gewesen.

Das genau in diesem Moment losging und die ganze Situation so lächerlich unglaubwürdig machte, dass sie anfingen zu kichern und nicht mehr aufhören konnten. Hätte ihr erster Kuss noch kitschiger sein können? Ein Feuerwerk?! Natürlich wussten sie, dass es zu den Feierlichkeiten des letzten Abends der Kreuzfahrtgesellschaft gehörte. Aber trotzdem. Wenn das kein perfektes Timing war.

Das Lachen half. Es machte den Sex einfach. Einfach und schlichtweg wunderbar.

Innerhalb eines Monats fand Greg einen Job in Cardiff und zog bei Elin ein.

Und nach zwölf Monaten kehrten sie nach Wien zurück, um zu feiern, dass sie sich nun seit einem ganzen Jahr kannten. Sie kauften Karten fürs Riesenrad, und als sie ganz oben ankamen, kniete Greg sich hin und machte ihr einen Antrag. Zu seiner großen Erleichterung zögerte Elin keine Sekunde, Ja zu sagen. Die acht anderen Gäste in der Kabine klatschten Beifall.

Sie heirateten am 3. Oktober 2003 im Standesamt von Cardiff, und zwei Jahre später kam Beca zur Welt. Es war eine Bilderbuch-Liebesgeschichte. Ein Märchen.

»Ich glaube, dein Handy klingelt«, unterbrach John ihren Tagtraum.

»Oh, danke.« Elin blickte aufs Display – Greg. »Da muss ich kurz ran.« Sie lächelte und versuchte, locker zu wirken, während ihr Herz laut klopfte. Ehe sie den Anruf annahm, ging sie ein Stück von John und Beca weg. »Du lässt dich also endlich dazu herab, mich zurückzurufen, ja?«, zischte sie und hoffte, außer Hörweite zu sein.

»Elin, kannst du bitte einfach … nicht damit anfangen …«

Elin holte tief Luft. »Dann schieß los. Was wolltest du sagen?«

Gregs Stimme klang belegt: »Wir müssen uns richtig unterhalten, El. Es gibt da einiges, was ich dir sagen muss.«

Einen Moment lang schnürte Angst ihr die Kehle zu, und ihre Stimme wurde weicher. »Oh mein Gott, geht es dir gut? Ist etwas passiert? Bist du krank?«

»Nein, ich bin nicht krank«, antwortete er leise. »Aber, ja, es ist etwas passiert.«

15
Beca

Beca erwachte von einem dumpfen Poltern über ihrem Kopf, gefolgt von einem scharrenden Geräusch und weiteren Schlägen. Es war Montagmorgen, und sie lag in ihrem Bett zu Hause in Cardiff.

Neugier siegte über den Schlaf, deshalb stieg sie aus dem Bett und schlurfte hinaus auf den Flur. Die Klappe zum Dachboden stand offen, und am Fuß der dazugehörigen Leiter lagen mehrere große Plastikkisten, alle leer. Eine fünfte Kiste kam gerade heruntergepoltert und krachte auf den Boden.

»Mensch, Mum!«, rief Beca. »Die zerbrechen doch, wenn du sie weiter so rumschmeißt!«

Als Antwort tauchten die Füße ihrer Mutter in Turnschuhen auf, die zielstrebig die Leiter hinunterstieg. Sie wirkt angespannt und ein bisschen verstört, dachte Beca. Ihre Haare waren ungewöhnlich zerzaust. »Du kannst mir helfen, sie runterzutragen, wenn du willst«, sagte Elin.

Doch Beca würde sich nicht einmischen. »Ich geh zurück ins Bett«, murmelte sie.

Während sie dort lag und das Sonnenlicht durch die Ritzen in der Jalousie hereindrängte, musste Beca an das Larkin-Gedicht denken, das sie in der Zehnten durchgenommen hatten. Sie erinnerte sich nur noch an die ersten beiden Zeilen: *Sie versauen dich, deine Mum und dein Dad. Sie wollen's nicht, tun's aber doch.* Und sie seufzte, denn sie war sauer auf ihre Eltern, weil sie genau das taten. Es war ihr zur Abwechslung mal so gut gegangen. Ausnahmsweise hatte sich ihr Leben relativ normal angefühlt. Ein Job – und vielleicht sogar eine beginnende Laufbahn als Musikerin. Ausgerechnet da beschloss ihr Dad, ein absoluter Volltrottel zu sein und eine Affäre mit irgendeiner blöden Tussi namens Fleur anzufangen. *Fleur!* Was war denn das überhaupt für ein bekloppter Name?

Beca kuschelte sich in die Decke und versuchte wieder einzuschlafen. Doch ihr Kopf war zu voll, um abzuschalten. Sie wusste, dass sie eigentlich aufstehen sollte und ihrer Mum helfen, oder zumindest mit ihr reden. Sie noch ein bisschen schimpfen lassen.

Der Abend zuvor war ein derartiges Wutspektakel gewesen, dass sie dachte, ihrer Mutter würde gleich die Stimme wegbleiben.

»So hintergangen zu werden. Das ist es, Beca, womit ich einfach nicht klarkomme!« Diesen Satz hatte Elin am häufigsten wiederholt, zusammen mit: »Ich komme mir so unglaublich dumm vor.« Es gab *viel* Geschrei und *viele* Flüche. Was es seltsamerweise nicht gab, waren Tränen. Und ihre Mum hatte auch nicht versucht, ihren Dad aufzuhalten. Um genau zu sein, war es bei ihren Eltern im Grunde ziemlich unkompliziert abgelaufen, was ihre plötzliche Trennung anging. Ihr Dad hatte ganz ruhig erklärt, er habe in der Sprachschule eine Frau kennengelernt, die ihm eine neue Dimension seines Lebens eröffnet und ihm gezeigt habe, wer er wirklich war. Es käme ihm so vor, als hätte er bis jetzt eine Lüge gelebt und nun endlich sein »wahres Selbst« entdeckt.

»Was für ein Riesenhaufen Scheiße!«, brüllte ihre Mutter daraufhin. Und Beca gab ihr insgeheim recht. Ihr Dad hatte bisher nie so einen Schwachsinn gelabert, aber wenn sie es sich recht überlegte, dann benutzte er seit ein paar Monaten tatsächlich ziemlich viele bescheuerte Formulierungen. Und da waren noch so ein paar andere Kleinigkeiten, wie dass er Superdry-T-Shirts trug und sich Miley Cyrus runterlud. Außerdem hatte er angefangen, morgens vor der Arbeit zu meditieren. Aus dem Arbeitszimmer klangen zu unmenschlich früher Stunde seltsame *Ommmmmmmmmm*-Laute. Es hätte ein Warnsignal sein können.

Warum hatten sie das nicht begriffen? Wahrscheinlich steckte überall Fleur dahinter – neuer Dad, neuer Mann, Nama-fucking-ste.

»Wie alt ist sie?«, hatte ihre Mum wissen wollen.

»Alter spielt keine Rolle, El«, lautete seine Antwort, ein bisschen überheblich, wie Beca fand.

»WIE ALT IST SIE???«

»Sie ist einunddreißig, okay?«

»Nein, Greg. Nein, es ist NICHT okay. Du bist das größte Klischee überhaupt. Buchstäblich alt genug, ihr Vater zu sein.«

»Ein sehr junger Vater«, erwiderte er schmollend.

Darauf folgte eine furchtbare Stille, und Beca versuchte, sich aus dem Zimmer zu schleichen. Doch ihre Mutter brüllte auch sie an: »DENK nicht mal dran abzuhauen, Beca Matthews. Du bleibst hier und hörst dir an, wie dein Vater erklärt, warum er Frau und Kind verlässt.«

»Ich bin nicht wirklich ein Kind, Mum«, murmelte Beca, wurde jedoch ignoriert.

Dann zog ihr Dad einen Zettel aus der Tasche seiner Jeans und legte ihn mit den Worten: »Das hier ist meine neue Adresse«, auf die Kücheninsel.

Ihre Mum schnappte ihn sich und spottete: »Siebenunddreißig B, Greg? Herrgott noch mal, was ist das? Eine Rückkehr zu Studentenzeiten? Eine grottige kleine Bude in Grangetown?«

»Sie ist überhaupt nicht grottig. Fleur hat sie …« Er brach ab, aber zu spät.

»Nein, sprich ruhig weiter.« Die Augen ihrer Mutter waren wild vor Wut. »Fleur hat was gemacht? Alles hübsch eingerichtet? Ahhh, wie *süß*.«

Ihr Dad stand auf, zog seine Jacke an und ging zur Tür. »Ich ruf in ein paar Tagen an, ja? Wenn sich alles ein bisschen beruhigt hat.«

»Hat keinen Sinn, Greg. Du hast deine Entscheidung getroffen, ohne vorher auch nur ansatzweise darüber zu sprechen …« Beca fragte sich, warum ihre Mutter beim Reden *immer* wie eine Schulleiterin klang. »Ich werde morgen einen Anwalt kontaktieren und die Scheidung einreichen.«

Wie es aussah, hatte ihr Dad damit nicht gerechnet. »Boah, Elin, mal langsam, jetzt übertreibst du aber!«

Dieses Mal gab Beca innerlich *ihm* recht.

»Greg, du hast eine andere kennengelernt. Du bist fremdgegangen, wir haben einander nichts mehr zu sagen. Bitte mach die Tür hinter dir zu, wenn du gehst. Beca, sag deinem Vater Gute Nacht.«

Da machte er einen Satz und umarmte sie auf so eine schnulzige Papa-Art. »Mach dir keine Sorgen, mein kleines Mädchen, ich melde mich, ja? Es wird alles gut, ja?«

Becas Gesicht wurde an einen der Reißverschlüsse seiner Jacke gedrückt, und sie bekam kaum Luft, so fest war die Umarmung. Doch zum Glück löste er sich schließlich von ihr, wischte sich über die Augen – oh, Gott, er weinte! – und ging.

Er hat mich noch nie »mein kleines Mädchen« genannt, dachte sie.

Die ganze Geschichte war total surreal gewesen. Beca hatte reglos dagestanden. Ihre Mum auch. Das einzige Geräusch im Raum war das heftige Schnaufen ihrer Mutter und der verklingende Motorlärm des Autos, als ihr Vater davonfuhr. In dem Moment wurde Beca sich plötzlich bewusst, dass sie immer noch eine Hälfte des von Grama Grace gebackenen Lebkuchenmanns in der Hand hielt, an dem sie im Auto herumgeknabbert hatte. Sie wusste nicht, was sie sonst tun sollte, also aß sie ihn auf – es war sowieso nur noch das obere Ende übrig. Das stopfte sie sich in den Mund, mehr aus Nervosität als sonst irgendwas. Wahrscheinlich stand sie unter Schock. Denn warum weinte sie nicht? Ihre Eltern trennten sich!

»Ich mache Frikadellen mit Lauchgemüse zum Abendessen«, verkündete ihre Mutter schließlich und begann, unnötig heftig mit Schranktüren, Schneidbrettern und Pfannen zu knallen. Es war einer Percussion-Probe beim Schulorchester nicht ganz unähnlich.

»Mum! Du weißt, dass ich das hasse – ich kriege davon Blähungen!«, stöhnte Beca und bereute es sofort.

»Meinst du wirklich, JETZT ist der passende Zeitpunkt, um über deinen Verdauungsapparat zu sprechen?«, fragte Elin, woraufhin Beca eine Entschuldigung murmelte. Doch plötzlich hielt ihre Mutter mitten beim Zwiebelhacken inne und wandte sich ihr zu. »Es tut mir so leid, Bec.«

Beca wusste nicht, wo sie hinschauen sollte. »Ist ja nicht deine Schuld.«

»Ist es doch. Ich hätte es kommen sehen sollen. Ich hab dich im Stich gelassen.«

Beca sah ihre Mutter selten in verletzlicher Verfassung, aber in diesem Augenblick schon. Noch schlimmer machte es, dass sie die alberne Schürze trug, die Dad ihr zu Weihnachten geschenkt hatte. Darauf war ein Koala abgebildet und der Spruch *Ich hasse Abwasch*. In einem seltenen Akt der Zärtlichkeit hatte sie die Hand nach ihrer Mutter ausgestreckt, um sie zu umarmen. Elin schien von der Geste ebenso überrascht wie Beca und reagierte zurückhaltend. »Es geht mir gut, kein Grund für Theater«, hatte sie gebellt und sich wieder ihren Zwiebeln zugewandt. Die vermutlich die Ursache dafür waren, dass ihr Tränen übers Gesicht liefen.

Wahrscheinlich waren die Plastikwannen nötig, um den Rest von Dads Sachen zu packen. Damit hatte ihre Mum nämlich am Abend zuvor bereits begonnen, kaum dass sie aufgegessen hatten. »Hat keinen Sinn, sich hängen zu lassen!«, war ihre Aussage gewesen. Dann war sie hinaus zum Schuppen gegangen, wo ihr Dad sich sein Heim-Fitnessstudio eingerichtet hatte und seine Proteinpulver und Vitaminpillen aufbewahrte. Ihre Mutter schien so eifrig darauf bedacht, sämtliche Spuren von ihm zu tilgen, dass Beca sich fragte, ob sie insgeheim froh war, ihn los zu sein.

16

Alys

Laut der Beschreibung, die Kirsty von ihrem Ehemann Douglas abgeliefert hatte, schien er ein ziemliches Arschloch zu sein. Darum rechnete Alys während der ersten Tage in ihrem neuen Zuhause ständig damit, dass er an der Tür klopfen und verkünden würde, dass die Großzügigkeit seiner Frau fehl am Platz sei und hiermit beendet. Doch es verging eine Woche und dann noch eine, und kein Douglas tauchte auf. Alys traf Kirsty weiterhin regelmäßig, sowohl bei AA-Meetings als auch außerhalb, und sie verstanden sich prächtig. Kirsty kam häufig auf einen Kaffee und eine Runde Ausheulen vorbei, und um mit Alys, ihrer Verbündeten und weisen Sponsorin, das Zwölf-Schritte-Programm durchzuarbeiten. Alys genoss diesen Prozess. Es wurde ihr warm ums Herz bei dem Gefühl, etwas zurückgeben zu können, einer anderen Alkoholikerin dabei zu helfen, trocken zu bleiben, was wiederum ihr selbst half, trocken zu bleiben. Das war die Theorie, an die Alys aufrichtig glaubte.

Eines der Prinzipien des Programms, das Alys *nicht* geschafft hatte einzuhalten, war, sich niemals Geld von jemandem zu borgen. Sie hatte Kirsty das geliehene Bargeld noch nicht zurückgezahlt und entgegen ihrem Vorsatz die Kreditkarte auch weiterhin nicht nur für das absolut Nötigste benutzt. Zuerst waren es nur kleine Dinge – eine neue elektrische Zahnbürste, einige gute Kosmetikprodukte, ein Mantel, den sie im Sale einer schicken Boutique in Brecon entdeckt hatte, sowie die ziemlich spontane Anschaffung eines nagelneuen

Fahrrads. Sie war sich nicht sicher, wie sie sich da herausreden sollte, wobei sie natürlich sagen könnte, sie bräuchte es, um zu Meetings zu fahren. Wenn es etwas gab, das Alys besonders gut konnte, dann, den Kopf in den Sand zu stecken. Und schließlich hatte Kirsty Alys bei mehreren Gelegenheiten versichert, dass sie keine Rückzahlung erwartete.

Mit dem kleinen Facelifting ohne chirurgischen Eingriff war sie wahrscheinlich einen Schritt zu weit gegangen. Doch als sie sich eines Morgens im Spiegel betrachtete, hatte Alys beschlossen, dass sie etwas unternehmen musste und es das Risiko wert war. Sie sah zwei Möglichkeiten. Zum einen könnte sie mit der Kreditkarte ein Flugticket nach Indien kaufen und ihren »Chirurgenfreund« für eine echte Schönheits-OP besuchen. Doch dazu würde sie mindestens drei Wochen ins Ausland verschwinden müssen und danach nicht mehr zurückkehren können. Außerdem genoss sie ihr neues Zuhause sehr. Die zweite und bessere Option war, einen Termin in der teuren Klinik in Brecon auszumachen. Dort konnte sie sich die Gesichtsbehaarung lasern, ihre Augenbrauen richten und noch ein paar Filler machen lassen. Die nette junge Frau am Empfang hatte gemeint, wenn sie im Voraus zahlte, bekäme sie zehn Prozent Rabatt. Was konnte man dagegen einwenden? Alys buchte sich zwei Tage später einen Termin und kam mit neuem, erfrischtem Gesicht und grob vierhundert Mäusen mehr auf Kirstys Kreditkarte wieder aus der Praxis.

In dieser Nacht holte ihr schlechtes Gewissen sie ein. Was selten genug vorkam. Sie rechnete aus, dass sie inzwischen einen Betrag von etwa siebzehnhundert Pfund hatte zusammenkommen lassen und Kirsty bestimmt demnächst ihre monatliche Abrechnung bekommen würde. So, wie Kirsty immer redete, war sie wahrscheinlich nicht unbedingt auf dem Laufenden, was ihre Finanzen anging, und schenkte Kreditkartenabrechnungen nicht allzu viel Beachtung. Doch dieses Risiko konnte Alys nicht eingehen. Sie musste also versuchen, wenigstens einen Teil der Schulden zurückzuzahlen. Vor allem wenn sie weiterhin im Cottage wohnen wollte. Da hatte sie eine geniale Idee.

Einmal im Monat gab es eine Trödlermesse in der Stadt, die in einem schicken Konferenzraum im Black Lion Hotel ihre Zelte aufschlug. Als Alys noch in der Wohnung gelebt hatte, war sie oft an Winternachmittagen dort durchspaziert. Vor allem um Heizkosten zu sparen, aber auch weil sie gern die antiken Schmuckstücke bewunderte, anprobierte und so tat, als könnte sie sich so etwas leisten und wüsste nur nicht, ob es ihr stand.

Kirstys Cottage war nicht nur geschmackvoll eingerichtet, sondern enthielt auch mehrere edle Antiquitäten. Würde Kirsty diese zwei Onyx-Tischlampen aus den Vierzigerjahren wirklich vermissen? Oder die Waschschüssel aus dem neunzehnten Jahrhundert? Ein schneller Online-Check zeigte, dass beides zusammen mindestens tausend Pfund einbringen könnte.

Zu Alys' Glück fand die Messe am kommenden Donnerstag statt. Also zog sie am Donnerstagmorgen ihre besten Sachen an, wickelte die Gegenstände in saubere Handtücher und machte sich auf den Weg zum Black Lion. Sie hatte keine Eile, sondern schlenderte an verschiedenen Ständen vorbei, um die mit den teuersten Waren zu finden – jene, die größere Stücke verkauften, wie zum Beispiel Queen-Anne-Stühle, statt das andere Ende des Spektrums mit königlichen Hochzeitstassen, Zigarettenkarten und anderem Kleinkram. In einer Ecke des Raumes gab es ein kleines Café, wo Alys mit Latte macchiato und süßem Stückchen eine Stunde lang die Leute beobachtete. Sie kam sich vor wie eine wilde Löwin, bereit zum Sprung. Schließlich entdeckte sie ihre Beute: einen gut gekleideten Gentleman Mitte sechzig in Hemd, Krawatte und Blazer. Sie wartete, bis er den Verkauf eines silbernen Besteckkastens abgewickelt hatte und lächelnd sein Bargeld zählte. »Hallo«, schnurrte sie. »Mein Name ist Alys. Ich habe mich gefragt, ob Sie mir wohl einen Rat geben können …«

Sie musste nicht einmal verhandeln. Seine Augen leuchteten auf, als sie ihm ihre Waren zeigte, und er bot ihr sofort elfhundert Pfund. Kurz spielte sie mit dem Gedanken, das Angebot anzunehmen, aber dann gewann doch ihre Risikofreude, und sie verkündete, für weniger als fünfzehnhundert könne sie sich nicht von den Stücken trennen. Sie sah ihm dabei fest in die Augen. Er überlegte kurz, dann schnaufte er und ging auf den Deal ein. Alys stellte die Sachen vorsichtig vor ihm ab, steckte das Bargeld ein, und nach einem »Schönen Tag noch, war angenehm, Geschäfte mit Ihnen zu machen« zog sie fröhlich von dannen.

*

Nur wenige Meter vom Hotel entfernt lief sie Kirsty in die Arme. *Die auf dem Weg zur Antiquitätenbörse war!* Alys musste sich blitzschnell etwas einfallen lassen, und es gelang ihr mit etwas Geschick, Kirsty davon zu überzeugen, dass sie dringend jemanden zum Reden brauchte, und sie weg vom Hotel zu führen. Sie setzten sich in einen Schnellimbiss, wo Alys Kirsty das mit der Kreditkarte und ihrem kleinen Kaufrausch gestand.

»Es ist so wichtig, ehrlich zu sein, Kirsty, und es hat keinen Sinn, wenn ich das ständig betone und dann selbst lüge! Deshalb« – sie zog das Bündel Geldscheine heraus – »will ich dir das hier geben. Es ist nicht das ganze Geld, aber ein großer Teil davon. Und den Rest zahle ich dir zurück, sobald ich kann, versprochen.«

Kirsty betrachtete das Geld und schüttelte den Kopf. Einen Augenblick lang dachte Alys, sie würde sagen, es sei nicht nötig, doch stattdessen griff sie nach den Scheinen und schob sie in ihre Handtasche. »Ich nehme es nur, weil ich weiß, dass du das so willst«, erklärte sie.

Mit viel Mühe gelang es Alys, zu lächeln und demütig zu murmeln: »So ist es.« Dann ging sie das größte Risiko überhaupt ein, indem sie besagte Kreditkarte herausholte. Wenn sie es richtig anstellte, würde sie vielleicht das erhoffte Resultat erzielen … Sie seufzte, ehe sie loslegte. »*Das hier* war ein echter Rettungsanker für mich, Kirsty, aber ich habe das Gefühl, dich auszunutzen.« Sie blickte der jungen Frau in die Augen und versuchte, feierlichen Ernst und Demut auszustrahlen, als sie ihr die Karte hinschob.

Kirsty sah sie an und schüttelte wieder den Kopf. Ach verdammt, dachte Alys. Doch dann schob Kirsty ihr die Karte wieder zu. »Nein, Alys, ich will, dass du sie erst mal behältst. Du brauchst sie wirklich dringender als ich.«

Bingo.

»Na gut, wenn du darauf bestehst …«

Sie trennten sich vor dem Imbiss, und Alys sah Kirsty nach, ehe sie sich dem Schloss an ihrem Fahrrad zuwandte.

»Hu-huu! ALYS?!«, rief eine Frauenstimme hinter ihr. Es war Marcia von der Kunstgalerie. »Na endlich! Ich dachte schon, ich sehe dich gar nicht mehr«, schnaufte Marcia, die ein wenig außer Puste war, beim Näherkommen. »Hör mal, das hier ist für dich angekommen.« Sie reichte Alys einen handbeschrifteten Umschlag. »Ist inzwischen schon ein paar Wochen her, aber ich wusste nicht, wohin ich ihn schicken soll, deshalb hatte ich darauf gehofft, dich mal zufällig zu treffen …«

Alys hörte schon nicht mehr zu.

Das Herz schlug ihr bis zum Hals.

Obwohl seither drei Jahrzehnte vergangen waren, erkannte sie die Handschrift sofort.

Sie gehörte ihrer Mutter.

Sie riss Marcia den Umschlag aus der Hand und stopfte ihn sofort in ihre Jackentasche. »Geheimer Liebhaber, was?«, zog Marcia sie auf.

Alys musste sich enorm anstrengen, aber sie rang sich ein Lächeln ab und sagte: »Na, davon gehe ich aus, meine Liebe. Ich habe so viele!« Dann düste sie davon.

Als sie im Cottage ankam, zog sie den Brief heraus und legte ihn in die Mitte des kleinen Kiefernholztisches in der Küche. Als wäre er irgendwie kontaminiert. Dann holte sie sich einen Stuhl und starrte ihn ein gefühltes Jahrzehnt lang an. Die unverwechselbaren geschwungenen Buchstaben ihrer Mutter bildeten fein säuberlich und gut lesbar die Adresse:

Zu Händen von (persönlich):
Ms Alys Meredith (Künstlerin)
p.A. The Arcadia Gallery
Barker Street
Brecon

Alys drehte den Umschlag um und las die Rückseite. Der Absender stand in der Ecke links oben, gefolgt von einer kurzen, förmlichen Nachricht:

Dieses Schreiben ist an Alys Meredith aus Dylan's Quay, zuvor wohnhaft in Neath, gerichtet. Sollten Sie eine andere Alys sein, ignorieren Sie bitte die Nachricht. In diesem Fall bitte ich vielmals um Entschuldigung für etwaige Unannehmlichkeiten.

Dreißig Jahre, dachte Alys. Dreißig verdammte Jahre.

Sie holte tief Luft, nahm den Umschlag und schlitzte ihn mithilfe eines kleinen Käsemessers vorsichtig auf. Mit zitternden Händen holte sie das Papier heraus. Ein einzelnes Blatt mit einer schlichten Botschaft aus neunundzwanzig Wörtern darauf.

Liebste Alys,
am zweiten September werde ich neunzig. Mehr als alles andere auf der Welt wünsche ich mir, dich wiederzusehen. Magst du nicht nach Hause kommen? Bitte?
Kuss, Mum

Sie brauchte einen Drink.

Sie würde nichts trinken.

Sie nahm den Brief wieder in die Hand, obwohl sie die Berührung kaum ertrug. Dann zerriss sie ihn in vier Teile, die sie in den Mülleimer warf. Sie ging in den Garten hinaus und starrte zitternd, atemlos auf die majestätische Hügelkette der Brecon Beacons, während sie versuchte, sich zu beruhigen. Warum reagierte sie so? Sie sollte doch eigentlich völlig aus dem Häuschen sein, von ihrer Mutter zu hören, mit der sie seit drei Jahrzehnten nicht mehr gesprochen hatte. Doch die Zeile eines Gedichts, das sie in der Schule gelernt hatte, schoss ihr durch den Kopf.

To be forgiven pains me more than when
You did forsake and loathe my lonely soul.
– Vergebung zu erfahren schmerzt mich mehr als
deine Abkehr und die Abscheu meiner tristen Seele.

Es stimmte. Sie verdiente nicht, von ihrer Mutter geliebt zu werden. Mit Grace' Ärger konnte sie umgehen, mit ihrer Liebe nicht.

So stand sie da, entwurzelt. Verdammt. Dieser unerwartete Kontakt mit ihrer Vergangenheit, auf den sie so wenig vorbereitet gewesen war, hatte sie völlig aus der Bahn geworfen.

Alys marschierte zurück ins Haus, holte die Nachricht aus dem Mülleimer und fügte die Stücke auf dem Tisch wieder aneinander. »Oh, Mum«, flüsterte sie. Dann brach sie zusammen. Und weinte.

Grace und Alys
1968-1971

17
Grace

Am Morgen, als es passierte, hatte sie aus Versehen seinen Tee verschüttet, sodass er sich ein frisches Hemd anziehen musste. Er meinte, sie solle sich keine Sorgen machen. »Ist nicht das Ende der Welt«, sagte er mit einer bemühten Leichtigkeit, die so gar nicht zu seinem Charakter passte. Nach einer seiner *besonderen* Nächte war er morgens immer recht beschwingt. Grace konnte es kaum erwarten, dass er zu seiner üblichen ernsten Art zurückkehrte. Da wusste sie wenigstens, woran sie war, wenn er den »Herrn des Hauses« gab, den Brötchenverdiener, den Berufstätigen. Doch wenn er versuchte, ein »lustiger« Ehemann zu sein, beunruhigte sie das enorm.

Frisch umgezogen kam er wieder herunter und trat hinter sie ans Spülbecken. Ihr ganzer Körper versteifte sich, als er sich an sie presste, sie Tee und Black Pudding in seinem Atem roch und sich sein spitzer kleiner Schnauzbart in ihr Ohrläppchen bohrte wie in der Nacht zuvor. Grace zwang sich, so zu tun, als wäre er gar nicht da, und spülte weiter das Geschirr ab.

Da beugte er sich noch näher zu ihr und flüsterte: »Ich weiß, es hat dir gefallen letzte Nacht, Gracie.«

Sie biss sich auf die Lippen und konzentrierte sich fest auf die Teller im Becken.

»Ein Mann merkt, wenn es einer Frau gefällt«, fuhr er fort, während er ihre rechte Brust umfasste und drückte, ungeschickt, schmerzhaft. Und mit so viel Kraft, wie sie nur aufbringen konnte, stieß sie ihm den Ellbogen in die Rippen.

Er stöhnte gequält und beugte sich hustend vornüber.

»Was ist denn los?« Die sechzehnjährige Alys stand in der Tür und zog ihren Schulblazer an.

Grace wandte sich schweigend wieder dem Abwasch zu, während er versuchte, das Husten in ein Lachen zu verwandeln, das sein Unwohlsein überdeckte. »Deine Mutter und ich albern nur herum, Schatz. Und jetzt ab mit dir, sonst kommst du zu spät!« Er lächelte und spielte wie immer den liebenden Daddy für sein Papakind, während er sich auf dem Weg hinaus in den Flur verstohlen den Bauch rieb. Sie spürte, wie Alys sie anstarrte und wieder mal auf eine Erklärung wartete. Doch sie würde keine bekommen. Es hatte keinen Sinn.

Es war eine beachtliche Leistung gewesen, seine »Belästigungen« im Lauf der Jahre auf ein Minimum zu beschränken. »Du hast dein Kind, ich habe meine Pflicht erfüllt. Und jetzt lass mich in Ruhe«, hatte sie ihm kurz nach Alys' Geburt erklärt. So hatte sie noch nie mit ihm gesprochen, daher nahm er an, es läge lediglich am »Baby Blues« und dass sie bald wieder »funktionstüchtig« sein würde. Tatsächlich ließ er sie eine Weile in Ruhe, doch dann fing er wieder an, aufdringlich zu werden. Zuerst nutzte sie die berechenbare Ausrede, Kopfweh oder ihre Tage zu haben. Dann sagte sie schlicht, dass sie nicht wolle. Er nickte und versuchte, sie sanft zu überreden, indem er ihre Hand nahm und ihr erklärte, sie würde es sicher genießen, sobald sie »in Schwung kam«. Doch sie weigerte sich trotzdem. Da wurde er ungeduldig und erklärte, es sei ihre gemeinsame Pflicht als gute Christen, Kinder in die Welt zu setzen, und dass eines nicht genug sei.

»Oh, das ist schön!«, gab sie zurück. »Warum rufst du nicht Alys und erzählst ihr das? *Tut mir leid, Schatz, aber du bist nicht genug!*«

Er versuchte, sie zu beruhigen, schließlich weise er lediglich auf ihre Pflicht zu gedeihen hin.

»Du meinst, uns fortzupflanzen. Was bin ich jetzt, eine gebärfähige Holstein-Kuh?«

Abscheu lag in seinem Blick, als sie das sagte, und er stürmte mit den Worten, was für ein »gottloses Weibsstück« sie doch sei, von dannen.

Wahrscheinlich rannte er zu seiner Schwiegermutter – seine größte Anhängerin und Verbündete –, um sich zu beschweren: Schließlich hatte sie ihm fehlerhafte Ware angedreht. Denn kurz darauf nahm Grace' Mutter sie beiseite und befahl ihr, sich »zusammenzureißen und die Bedürfnisse deines Mannes zu befriedigen«. Als Grace daraufhin unschuldig fragte: »Und was ist mit meinen Bedürfnissen?«, nannte ihre Mutter sie vulgär. »Es gibt Hunderte von Frauen, die ihren rechten Arm für das geben würden, was du hast, Mädchen. Die Frau eines Rektors? Ein schönes Haus? Ein gesundes Kind? Du verdankst diesem Mann alles. Vergiss das ja nicht.«

Kurz darauf fing er wieder an, sie zu bedrängen. Normalerweise nach einem Besuch in seinem »Gentleman's Club« in Swansea, den er einmal im Monat zusammen mit dem örtlichen Polizeichef und einem Friedensrichter besuchte. Sie hatte gehört, es gebe dort »Tänzerinnen«. Insgeheim hoffte sie, dass dem tatsächlich so war und dass diese Damen mehr taten, als nur zu tanzen, um die Frustration zu mindern, die er sonst zu Hause an ihr auslassen würde.

Am Abend der Krönung der Queen wurde in den Straßen gefeiert. Das Fest dauerte die ganze Nacht hindurch. Alys war damals noch ein Kleinkind, und Grace hatte sie, erschöpft und aufgedreht, wie Alys war, nach Hause ins Bett gebracht. Es war schon nach Mitternacht, als er neben Grace ins Bett kroch. Sein Atem roch sauer nach Whisky und Tabak, obwohl er behauptete, weder zu rauchen noch zu trinken. Er flüsterte ihren Namen. »Grace. Gracie?« Reglos lag sie da und wagte kaum zu atmen in der Hoffnung, es würde ihn abschrecken. Doch er begann sie zu betatschen, schob die Hand unsicher zwischen ihre Beine, als würde er in der Sofaritze nach verlorenem Kleingeld suchen. Gleichzeitig presste er sich von hinten an sie, und sie konnte ihn spüren, hart und verzweifelt.

»Nein«, sagte sie leise und schob seine Hand weg.

»Na, komm schon. Tu's für Ihre Majestät, die Königin!«

Grace setzte sich auf, stieß ihn dabei weg und griff nach der Nachttischlampe. »Ich habe Nein gesagt!«, wiederholte sie. Sein Gesicht wurde rot vor plötzlicher Wut.

»Du hast an deinem Hochzeitstag geschworen, mir zu gehorchen«, zischte er, »und das wirst du auch.« Er versuchte, sie zu ohrfeigen, doch der Whisky war stärker, sodass er sie verfehlte. Sie hätte gerne über seinen lächerlichen Versuch gelacht, Autorität zu demonstrieren. Aber sie wusste, dass selbst die sanftmütigsten Hunde beißen konnten. Beim nächsten Mal hatte sie vielleicht nicht so viel Glück. Es war leichter, seinen Forderungen in dem Wissen nachzugeben, dass die ganze Sache innerhalb weniger Minuten überstanden war. Diesbezüglich war seine mangelnde Erfahrung im Bett ein Geschenk Gottes.

Grace schloss die Augen und blendete seinen grunzenden, stoßenden Körper aus, der rasch sein Ziel erreichte und sich dann zum Schlafen von ihr herunterrollte.

Als er es in der darauffolgenden Woche erneut versuchte, hatte sie ihm erklärt, dass sie ihm seine »ehelichen Rechte« einmal im Monat zugestehen würde. Damit schien er zufrieden. Und sie hatte ein ruhigeres Leben. *Zähne zusammenbeißen, Augen zu und durch.*

Sie fiel auf der Stelle in Ohnmacht, als Police Constable Cogbill ihr die Nachricht überbrachte. Nur verständlich, sagten die Leute später – eine von Trauer überwältigte junge Frau, im zarten Alter von fünfunddreißig schon Witwe.

Doch Grace wusste es besser: Sie war ohnmächtig geworden vor Erleichterung.

Nicht vor Trauer.

Und nur Grace wusste, dass sie nun endlich frei war.

18

Alys

TODESANZEIGE

MEREDITH, Aneurin Huw, (Oberstudienrat)
1914–1968
Plötzlich und unerwartet verstorben
am 21. Februar im Alter von vierundfünfzig Jahren.
Liebevoller Ehemann von Grace
und hingebungsvoller Vater von Alys.
Mr. Meredith war hochgeschätzter Schulleiter
an der Llanymelin School in Neath
und ein ehrenwertes Mitglied der Gemeinde Neath.
Die Trauerfeier findet am 26. Februar 1968 in der
Pencai Chapel mit anschließender Beisetzung auf dem
Friedhof von Neath in der Warwick Road statt.

»Gott ist unsere Zuversicht und Stärke«

Wenn sie sich nicht die Mühe gemacht hätte, wäre keine Todesanzeige in der *Western Mail* erschienen. Mrs. Joyce von gegenüber hatte sie aufgefordert, eine zu verfassen, denn: »Deine Mam ist im Moment nicht dazu in der Lage, Schätzchen. Sie steht unter Schock, weißt du?« Nun, sie standen alle unter Schock, nicht wahr? Doch das war keine Entschuldigung, ihn nicht zu ehren. Die Dinge nicht so zu tun, wie es sich gehörte. Wie *er* es gemacht hätte. An den Tag selbst hatte Alys nicht viele Erinnerungen, aber sie wusste noch, dass Mrs. Joyce ihnen *cawl cennin* und frisch gebackenes Brot gebracht hatte. Sie hatten schweigend dagesessen, sie und ihre Mutter, während Mrs. Joyce um sie herumwuselte.

»So, bitte schön«, hatte sie gezwitschert und die Hände an einem Geschirrtuch abgetrocknet. »Dann lasse ich euch beide jetzt mal in Frieden, ja? Damit ihr euch sammeln könnt.«

Grace hatte geschwiegen, aber Alys brachte ein schwaches Dankeschön und ein Lächeln heraus, während sie zusah, wie die hilfsbereite Nachbarin ihren Mantel anzog und ging. Sie schloss die Tür respektvoll hinter sich, nachdem sie zuvor auch schon die Vorhänge im Wohnzimmer und oben in den Schlafzimmern zugezogen hatte. Alles im Namen von *parchus*, dem Respekt den Toten gegenüber. Die Waliser sind echt gut, was den Tod angeht, dachte Alys. Und dann fing sie wieder an zu weinen.

Es war erst drei Tage her, dass es passiert war: drei Tage, seit ihr Vater in der Aula auf der Bühne gestanden hatte und die wöchentliche Schulversammlung abhielt. Er umklammerte das Rednerpult so fest mit beiden Händen, dass seine Knöchel weiß hervortraten, während er auf seine übliche Fegefeuer-Vortragsart eine Passage aus der Bibel las, gefolgt von seiner *Moral der Geschichte*. Alys hasste die Schulversammlung am Mittwochmorgen. Es tat ihr weh, wie er in dieser wichtigtuerischen Sprechweise jeden Konsonanten überbetonte. So redete er zu Hause nie. Auch seine Kleidung war ihr schrecklich peinlich: Robe und Hut eines Rektors. »Er sieht aus wie eine riesige Fledermaus!«, hatte Elisabeth Bulimore gesagt. Alys hatte so getan, als fände sie das urkomisch. Denn vor den anderen Schülern tat sie immer so, als wäre ihr egal, die Tochter des Schulleiters zu sein. Sie lachte mit ihnen, machte sich offen über die Art, wie er redete, lustig und wie er beim Sprechen vor und zurück schwankte. Doch sie hasste sich selbst dafür. Denn er war ihr Daddy. Und sie vergötterte ihn.

Diesmal las er eine Passage aus dem Matthäusevangelium. Daran erinnerte sie sich nur, weil es einen Jungen namens Matthew Evans in der Elften gab, den sie echt süß fand. Deshalb horchte sie bei allem auf, was ähnlich klang. Dann, plötzlich, ohne ersichtlichen Grund – keine Störung in der Aula, keine Schülerin, die ohnmächtig wurde, kein Schüler, der sich danebenbenahm –, hörte der Rektor, Fledermausmann, ihr Dad einfach auf zu sprechen. Er schwankte noch ein oder zwei Sekunden vor und zurück, dann hörte auch das auf, und die Zeit blieb stehen.

Stille senkte sich wie eine schwere Decke auf Schüler und Lehrer herab. Dann fiel er um. *Rumms*. Brach einfach auf der Bühne zusammen, während sich der schwarze Stoff seiner Robe um ihn herum aufblähte. Einen Moment lang rührte sich keiner vom Fleck. Dann fing jemand an zu lachen – wahrscheinlich Elizabeth, die sich immer über alle lustig machte. Ein einzelnes Kichern, das unter anderen Umständen eine Welle von Nachahmern ausgelöst hätte. Doch stattdessen brach ein Tumult aus, Leute schrien: *Ruft sofort einen Krankenwagen!*, und alle, so schien es ihr, drehten sich um und starrten sie an.

Alys Meredith, Tochter des Schulleiters.

Alys Meredith, Tochter eines toten Vaters.

Danach war alles irgendwie verschwommen. Sie erinnerte sich noch daran, dass ihr jemand einen Cognac anbot, doch das war daheim, wo sie mit dem Reverend Jenkins und einem Polizisten zusammensaß, der PC Cogbill oder so ähnlich hieß. Er war nett. Und auch Mrs. Joyce war an dem Tag da. Die gute alte Mrs. Joyce. Sie war es gewesen, die ihr den Cognac gegeben hatte. Warm und willkommen floss er ihren Hals hinab und vermittelte ihr ein Gefühl der Sicherheit. Sie erinnerte sich, dass sie ohne Essen ins Bett gegangen war, sondern stattdessen nur heimlich noch ein Glas Cognac mitgenommen hatte, ehe sie sich in den Schlaf weinte. Ihr Daddy. Ihr geliebter, bewunderter und geschätzter Vater. Fort. Und sie hatte ihn sterben sehen – mit eigenen Augen. Das Bild tauchte im Lauf der Zeit immer seltener auf, aber ganz verließ es sie nie. In jener Nacht ließ sie ihre Mutter eine Weile an ihrem Bett sitzen und versuchen, sie zu trösten, ihre Hand zu halten. Aber es fühlte sich alles so erzwungen und unehrlich an. Denn sie wussten es doch beide, oder? Was der wahre Grund für seinen Tod war.

Ein Herzinfarkt, ja.

Ein Herzinfarkt, ausgelöst durch Stress.

Und was hatte diesen Stress verursacht? Nicht seine Arbeit – er liebte seine Arbeit.

Und nicht Alys – er liebte sein einziges Kind über alles.

Es war seine Frau. Seine herzlose Frau.

Die Frau, die ihm nie auf irgendeine Art Liebe gezeigt hatte – sie hatte ihn letzten Endes umgebracht. Und das würde ihr Alys nie, nie verzeihen.

»Da dramatisierst du aber ein bisschen«, sagte Jackie Protheroe am nächsten Tag zu ihr, als sie zusammen eine Regal Kingsize aus Alys' Zimmerfenster rauchten. »Entschuldige, ich weiß, du trauerst und so, aber du kannst doch nicht deiner Mutter die Schuld geben!«

Unten in der guten Stube tranken Jackies Eltern mit Grace Tee und brachten ihr Beileid zum Ausdruck.

»Du hast sie nicht zusammen erlebt«, fuhr Alys Jackie an. »Sie war total scheiße zu ihm.«

»Sag so was nicht über sie! Das ist nicht in Ordnung.«

»Ich sag verdammt noch mal, was ich will.« Alys zog tief an der Zigarette, während neue Tränen über ihre Wangen liefen. »Hast du nicht gesehen, wie glücklich sie war, als sie euch die Tür geöffnet hat? Sie ist froh, dass er tot ist, das schwör ich dir!«

Jackie hielt es für besser zu schweigen und nahm nun ihrerseits einen Zug von der Kippe. Sie kannte Alys Meredith nicht wirklich. Sie war nur da, weil ihre Eltern sie gezwungen hatten, zu diesem Beileidsbesuch mitzukommen. Vermutlich eine Trauerreaktion, dachte sie.

»Ich hasse sie«, flüsterte Alys, und ein Schluchzer blieb in ihrem Hals stecken, während sie aus dem Fenster auf den eisigen Garten hinausstarrte.

Lustig, wie sich die Dinge nun fügten. Wie ihr plötzlich klar wurde, welche Spannungen die ganze Zeit über da gewesen waren. Sie hatte sie bisher nur nicht wirklich benennen können. Während ihrer Kindheit war ihre Mutter nie grausam gewesen, hatte nie die Stimme oder Hand erhoben. Was das anging, war es paradoxerweise ihr Vater, der sie bei ihren wenigen Fehltritten gemaßregelt hatte. Nein, Alys' Mutter war in vielerlei Hinsicht ein vorbildliches Elternteil gewesen – hatte sie zur Musik und den Schularbeiten ermuntert, immer dafür gesorgt, dass sie zu essen und trinken hatte, gut angezogen und gewaschen war. Es hatte auch körperliche Zuneigung gegeben: Umarmungen, als sie noch kleiner war, abends ein Gutenachtlied und einen Kuss. Um ehrlich zu sein, fiel es Alys schwer, irgendetwas zu finden, was sie Grace im Hinblick auf ihre Mutterrolle vorwerfen konnte. Es war ihr Verhalten als *Ehefrau*, an dem Alys sich so gestört hatte.

Als kleines Mädchen waren ihr keine Probleme aufgefallen. Für jeden Außenstehenden mussten sie wie eine perfekte kleine Familie wirken. Erst im Rückblick wurde Alys bewusst, dass sie nicht ein einziges Mal erlebt hatte, dass ihre Mutter ihrem Vater irgendwie ihre Zuneigung bekundet hätte. Kein Händchenhalten, kein Kuss auf die Wange, selten auch nur ein Lächeln. Ja, ihre Mutter war eine erstklassige und effiziente Hausfrau, kein Abendessen war je ausgefallen, die Wäsche stets gewaschen und gebügelt und das Haus immer sauber. Doch zwischen alledem klaffte ein riesengroßes Loch. Dort, wo *Liebe* hätte sein sollen.

Was es für Alys umso schlimmer machte, war, dass ihr Vater das Gegenteil zu empfinden schien. Oft sah sie ihn nach der Hand ihrer Mutter greifen oder sie liebevoll ansehen. Er nannte sie »*cariad*« oder »Liebling« und kämpfte verzweifelt um ihre Anerkennung. Alys erinnerte sich noch an den Tag, als er bei Thomas and Moore einen neuen Anzug gekauft hatte. »Na, was sagst du, Gracie?«, hatte er eifrig gefragt – das Etikett hing noch am Kragen, und die Ärmel waren ein wenig zu lang. Ihre Mutter hatte nur gemurmelt: »Passt schon«, ohne wirklich einen Blick in seine Richtung zu werfen. Die damals achtjährige Alys hatte gerade vor dem Kamin ein Puzzle gelegt und gesehen, wie seine Schultern nach vorne sackten. Da begriff sie, dass es eine weitere Zurückweisung gewesen war. In diesem Moment verstand sie die Bedeutung des Wortes »unerwidert«. Da sie sich der verletzten Gefühlen ihres Vaters so sehr bewusst war, versuchte sie rasch, mit einem Kompliment zu kompensieren: »Ich finde, du siehst sehr schick aus, Daddy! Wie ein edler Prinz oder so.« Er hatte sie auf den Kopf geküsst und »Vielen Dank, mein edles Fräulein!« erwidert. Dann hatte er sie gekitzelt, bis sie lachte, und die Abfuhr durch ihre Mutter war vergessen. Bis zum nächsten Mal. Und zum nächsten. Eine ganze Liste kleiner Herabsetzungen, die sich im Lauf der Jahre summierten. Manchmal hörte sie nachts gedämpften Streit. Einzelne Wörter konnte sie nie verstehen, nur den Tonfall. Seiner: flehend und leidend. Ihrer: kalt und hart.

*

An dem Morgen, als es passierte, war sie in die Küche gekommen und hatte mehr gesehen, als sie sollte. Ihr Vater, der wieder einmal versuchte, zärtlich zu sein, umarmte ihre Mutter, die am Spülbecken stand. Plötzlich verpasste ihre Mutter ihm mit dem Ellbogen einen harten Stoß in die Rippen. Er klappte vor Schmerz stöhnend und hustend vornüber. Alys sah von der Tür aus einige herzzerreißende Sekunden lang zu. Sie wollte sich nicht eingestehen, was sie beobachtet hatte, denn sie ertrug weder seine Demütigung noch die Tatsache, dass sie eine solche körperliche Reaktion seitens ihrer Mutter, eine solche *Misshandlung*, miterlebt hatte. Denn genau das war es, begriff sie im Nachhinein. Sie hatte gefragt, was los sei, und dabei versucht, neutral zu klingen. Natürlich hatte er eine Erklärung parat – *Herumalbern*, nannte er es –, doch ihre Mutter drehte ihr weiterhin den Rücken zu und zeigte keine Regung. Keine Reue. Als wäre Alys gar nicht da.

Zwei Stunden später war er tot. Das Herz, das so dringend hatte geliebt werden wollen, ertrug die Zurückweisung nicht länger und hatte schlichtweg aufgegeben.

Als sie die Todesanzeige formulierte, hätte sie gerne geschrieben »treusorgender Ehemann von Grace, die ihm nichts davon zurückgab«, doch das konnte sie natürlich nicht. Es *gehörte* sich nicht. Und es wäre ihm gegenüber auch nicht fair, der Welt von seiner lieblosen Ehe zu erzählen.

Die Beerdigung würde in zwei Tagen stattfinden. Wie sie ohne ihn weiterleben sollte, wusste sie wirklich nicht.

19
Grace

Warum schwarz?, dachte Grace, als sie auf dem steinhart gefrorenen Boden vor seinem Grab stand und zusah, wie sein Sarg von stattlichen Männern an Stricken herabgelassen wurde. *Weshalb müssen wir Schwarz tragen?* Die versammelten Trauergäste hatten sich wie überdimensionale Krähen ringsherum verteilt. Die älteren Grabsteine waren von Flechten und Moos überzogen, die neueren im Vergleich dazu hell, fast grell.

Grace spürte ihre Zehen nicht mehr, obwohl sie gefütterte Stiefel trug, und ihre Fingerspitzen glichen kleinen Eiswürfeln, die auch in Handschuhen nicht auftauten. Der Februarwind zeigte kein Erbarmen, sondern bildete ein Echo zu Reverend Jenkins' Stimme, als dieser allen verkündete: *Ich bin die Auferstehung und das Leben.* Sie wünschte sich so, es wäre endlich vorbei. Dass die Erde ihn zudeckte und er in Frieden ruhte. Ja, sie *wollte*, dass er in Frieden ruhte. Sein Tod hatte ihr Herz ihm gegenüber weicher gemacht. Er hatte gehofft, in der Ehe mit ihr irgendwie Zufriedenheit zu finden, sie dazu bringen zu können, ihn ebenfalls zu lieben. Hätte er gewusst, was ihn erwartete, hätte er sich vielleicht nicht darauf eingelassen. So war mit seinem Tod Vergebung gekommen. Und Verständnis. Es war schließlich nicht seine Schuld gewesen. Er war kein schlechter Mensch, nur naiv. Mit seinem Tod hatte er ihr das beste aller Geschenke gemacht. Das Geschenk der Freiheit.

Alys stand neben ihr und zitterte vor Kälte und Kummer. Ihr Schluchzen war deutlich zu hören. Gemeinsam warfen sie Erde auf den Sargdeckel, sodass die Messingplakette mit seinem Namen und den Jahreszahlen seiner Zeit auf Erden davon bedeckt wurde. Reverend Jenkins stimmte das Vaterunser an, während der Wind um sie herum heulte und die schiefergrauen Wolken mit Sintflut drohten.

»Unser Vater, der du bist im Himmel,
geheiligt werde dein Name …«

Da sah sie ihn.

John.

Er stand ein Stück von den anderen Trauergästen entfernt, in einem dunklen, schicken Anzug mit schwarzer Krawatte, am Arm eine Trauerbinde. Sein Gesicht wurde teilweise von seinem Hut beschattet, denn er blickte hinab auf das Blatt mit dem Ablauf des Gottesdienstes. Das konnte nicht wahr sein, oder? Vielleicht spielten ihr ihre Augen einen Streich. Sie hatte die letzten Tage schließlich nicht viel gegessen und auch nicht geschlafen. Sie blinzelte, um klarer sehen zu können, doch er stand immer noch dort.

»Unser täglich Brot gib uns heute …«

»Und vergib uns unsere Schuld«, sagte sie, zusammen mit allen anderen, und war sich gewahr, dass alle um sie herum die Augen im Gebet geschlossen hatten. Sie hielt ihre bewusst offen und den Blick auf ihn gerichtet, bis er aufsah. Und wurde rot vor lauter Nervenkribbeln. Der Blick, den sie teilten, schien eine Ewigkeit zu dauern, ehe er nickte. Sie wollte ihn so gern anlächeln, während ihr Herz dermaßen laut klopfte, dass sie dachte, es würde sie aus diesem eisigen Friedhof empor in die Lüfte und hinauf in den granitfarbenen Himmel heben. Mit Mühe behielt sie die Beherrschung, senkte den Kopf und drängte innerlich Reverend Jenkins, sich zu beeilen und die Sache abzuschließen.

Danach gab es Tee und Sandwiches im Gemeindesaal. Mrs. Joyce und ihre Helferinnen von »Merched y Wawr« hielten das Heft in der Hand, schenkten eifrig Tee nach und bildeten seltsam beruhigende Pole in dieser sonst eher angespannten Atmosphäre voller Feierlichkeit und Ehrfurcht. Die Trauergäste waren vor allem Männer, Kollegen aus der Schule, Kirchgänger, einige entfernte Cousins, die aus Pflichtgefühl gekommen waren. Grace ließ den Blick über die Gesichter schweifen auf der Suche nach *seinem*, gleichzeitig voller Panik, sie könnte ihn entdecken. Was würde sie sagen? Wie konnten sie offen sprechen? Wie konnte sie das tun, was sie wirklich tun wollte: Ihn umarmen und aus der Nähe betrachten und ihn fragen, wo er all die Jahre gewesen sei, und andere viel wichtigere, privatere Fragen stellen. Sie musste vorbereitet sein auf eine mögliche, flüchtige Begegnung. Sie musste ihm eine Nachricht schreiben. Und dafür beten, dass sie die Gelegenheit bekam, sie ihm zukommen zu lassen.

Grace entschuldigte sich, um das WC aufzusuchen, wobei sie heimlich einen Bleistift und ein Gesangbuch aus der Sonntagsschul-Ecke einsteckte. Verborgen in der Kabine, dachte sie nach. Ein Treffen in Neath selbst war zu riskant. Wenn jemand sie zusammen sah, vor allem in der Trauerzeit, wäre die Hölle los. Und obwohl ihr ein Leben in der Hölle inzwischen egal war, hatte sie keinen Grund, unnötig Kummer zu verursachen.

»Alles in Ordnung bei Ihnen, Mrs. Meredith?« Es klang wie Mrs. Edmunds, eine ihrer Nachbarinnen, die gekommen war, um nach ihr zu sehen, und zweifellos annahm, dass sie eine Runde in Ruhe weinen wollte.

»Ja!«, rief Grace, ein wenig zu begeistert, zurück. »Ich sammle mich nur ein bisschen.«

»Wir sind alle für Sie da, meine Liebe, das wissen Sie ja.«

»Vielen Dank.«

Grace wartete, bis sich die Tür geschlossen hatte, dann schrieb sie rasch: *Aberavon Promenade, Donnerstag 14 Uhr.*

Mit klopfendem Herzen faltete sie die Nachricht zusammen und schob sie in ihre Rocktasche, ehe sie zurück in den Saal ging, in dem sich die Leute andächtig in gedämpfter Lautstärke unterhielten.

Zwanzig Minuten später hing sie bei Marjorie Bowers fest, der Vorsitzenden fürs Fach Französisch an der Schule. Marjorie redete in einem fort – »Ihr Ehemann war eine solche Inspiration für uns alle, Mrs. Meredith« –, und Grace versuchte angestrengt, interessiert zu wirken, während sie die ganze Zeit unauffällig nach dem einzigen Menschen Ausschau hielt, den sie sehen wollte. War er gegangen? Sicher nicht. Warum sollte er so plötzlich auftauchen, nach so langer Zeit, nach so viel Funkstille, und dann kein Wort sagen?

»Darf ich ganz kurz stören?«

Grace drehte sich um, und da war er. Nur wenige Zentimeter von ihr entfernt. Und mit all ihrer Kraft zwang sie sich, in ihrer Miene nichts außer gemäßigter, höflicher Wertschätzung seiner Beileidsbekundungen zum Ausdruck zu bringen, wie es sich für eine junge Witwe gehörte.

»John! Wie nett von dir zu kommen.« Sie schüttelte seine Hand und steckte ihm dabei heimlich den Zettel zu. In seinen Augen sah sie die leichte Überraschung, als er es merkte.

»Ich habe die Anzeige in der *Western Mail* gelesen«, sagte er. »Es tut mir so leid.«

»Vielen Dank«, erwiderte sie und fügte an Marjorie Bowers gewandt hinzu: »Das ist John Jenkins, Marjorie. Ein alter Freund der Familie. John, darf ich vorstellen, Marjorie, eine Kollegin von Aneurin.«

Sie tauschten noch ein paar Belanglosigkeiten aus, wobei Grace nicht wirklich bei der Sache war. Sie konnte an nichts anderes denken als an die Nachricht, ob er ihr Ansinnen verstand und, noch viel wichtiger, ob er kommen würde.

Er blieb nur wenige Minuten, dann brach er auf. Sie verabschiedeten sich höflich, und Grace wandte sich einem anderen Gast zu, denn sie befürchtete, in einem Strudel von Gefühlen unterzugehen, wenn sie ihn auch nur einen Moment länger ansah. Seine Anwesenheit bedeutete ihr mehr, als sich irgendjemand im Saal vorstellen konnte.

»Wer war dieser Mann?«, fragte Alys am Abend, als sie wieder zu Hause waren.

»Welcher Mann? Da waren eine Menge Männer«, antwortete Grace, die genau wusste, wen ihre Tochter meinte.

»Der Kerl mit dem Hut – John irgendwie?«

»Ach, nur ein Freund«, sagte sie. »Von früher.«

Dann verließ sie den Raum, ehe noch mehr Fragen folgen konnten.

20

Alys

Das Zimmer war hübsch. Das konnte Alys nicht leugnen. Es lag im zweiten Stock nach vorne raus, und aus dem Fenster hatte man einen Blick über die Irische See in der Ferne und den Hafen und die Ortschaft weiter vorn. Die strahlende Frühlingssonne brachte die Wände mit der gelben Rosenmuster-Tapete zum Leuchten. Alys wollte es hassen, aber konnte es nicht. Ihr neues Zimmer war hundertmal heller und schöner als ihr altes in Neath, mit der schäbigen, düsteren Atmosphäre, die sich selbst an den sonnigsten Tagen nie aufzuhellen schien.

Sie waren nun seit einer Woche in Dylan's Quay, aber Alys hatte erst heute angefangen, ihre Sachen auszupacken. Vielleicht weil sie nicht wirklich hatte einziehen oder akzeptieren wollen, dass dies nun ihr neues Zuhause war und es kein Zurück mehr gab. Und vielleicht, weil es ihr vorkam, als würde sie sich ihrem geliebten Vater gegenüber dann treulos verhalten. Es war kaum ein Monat vergangen, und der Schmerz war noch so frisch, als wäre er erst gestern gestorben.

Alys holte das gerahmte Foto von ihnen beiden aus dem großen Koffer. Vater und Tochter beim Straßenfest anlässlich der Krönung im Jahr 1953. Damals war sie knapp zwei und trug ihr bestes Sonntagskleid mit Schleifen in ihren langen, lockigen Haaren. An der einen Hand hielt sie ihren Daddy, mit der anderen schwenkte sie den Union Jack. Ein in Silber hinter Glas eingefangener Augenblick. Eine wertvolle Erinnerung. Die nun, da sie ihn verloren hatte, nur noch kostbarer geworden war. Hinter ihnen war eine lange Tafel mit schönem Tischtuch und vielen Leckereien darauf zu sehen. An beiden Seiten saßen Erwachsene und Kinder jeden Alters mit lustigen Papierhüten auf dem Kopf und ließen sich Sandwichs und Wurstbrötchen und Kuchen schmecken. Es war ein fröhlicher Anlass gewesen, und sowohl sie als auch ihr Vater strahlten übers ganze Gesicht. Der Abzug war schwarz-weiß, aber die Bänder in ihren Haaren, davon war sie überzeugt, waren rot, weiß und blau gewesen. Alys konnte nicht genau sagen, ob sie sich an den Tag selbst wirklich erinnern konnte, oder ob sie das Foto so oft angeschaut hatte, dass sie damit eine Erinnerung erschuf. Weshalb ihre Mutter nicht mit auf dem Bild war, hatte sie sich eigentlich nie gefragt. War sie die Fotografin gewesen? Oder damit beschäftigt, die Tassen der Leute mit Tee zu füllen?

Wann immer Alys an ihren Vater dachte, fühlte sie sich geliebt. *Du kannst alles schaffen, Alys, mein Schatz, wenn du dich darauf konzentrierst.* Sie konnte es ihn fast sagen hören.

»Alys?«

Seufzend gab sie der Fotografie einen Ehrenplatz mitten auf ihrer Kommode.

»Alys, darf ich reinkommen?«

Es war John, der ihre nostalgischen Erinnerungen unterbrach. Vorsichtig öffnete er die Tür, in der Hand hielt er etwas ungeschickt ihre Staffelei und die Farben. »Deine Mutter meinte, du möchtest die vielleicht gerne in deinem Zimmer haben? Aber wenn es dir lieber wäre, finden wir sicher auch …«

»Stell sie da in die Ecke«, herrschte sie ihn an und bereute ihren Tonfall sofort. Sanfter fügte sie ein »Danke« hinzu.

John lächelte. Sie wusste, er war auf der Hut, und wer hätte es ihm verübeln können? Alys hatte ihn bisher nicht sonderlich gut behandelt. Sie sahen einander an. Und das unbehagliche Schweigen sagte mehr als tausend Worte, die keiner von beiden aussprechen konnte. Er wollte, dass sie Freunde würden, auch das wusste sie. Und sie wusste, dass das nie passieren würde.

»Deine Mutter hat erzählt, du hast dich für die Abschlussklasse eingeschrieben?«

Alys zuckte mit den Schultern.

»Ich denke, mit der Zeit wird es dir hier immer besser gefallen. Dylan's Quay ist ein schöner Ort, um …«

»Ja, das sagen mir alle andauernd«, unterbrach sie ihn. »Ich sollte dann mal weitermachen.«

John verstand die Botschaft und ging.

Alys blickte hinaus auf die Narzissen, die vor dem Haus im Wind wippten. Sie beobachtete, wie Johns Schwester mit einem Besen herauskam und anfing, den Weg zu fegen, während sie still vor sich hin lächelte. Herrgott, alle in diesem Haus sind die ganze Zeit so verdammt *vergnügt*, dachte sie. Die anderen wollten, dass sie es auch war, dass sie mitmachte. Das war ihr klar. In ihrer Gegenwart bewegten sie sich wie auf rohen Eiern, vor allem ihre Mutter, die Schuldgefühle plagten, weil sie Alys aus Neath fortgebracht hatte. Wie einfach wäre es für Alys, ihr diese Schuldgefühle zu nehmen, sie zu beruhigen und zu sagen: »Gut gemacht, Mutter, dass du nicht zugelassen hast, dass der Trauerfall alles überschattet, dass du ein neues Kapitel in unserem Leben aufgeschlagen hast!« Aber warum sollte sie? Warum sollte sie die Situation für ihre Mutter einfacher machen? Das Haus mochte schön sein, aber sie würde das alles – wirklich *alles* – dafür eintauschen, ihren geliebten Daddy zurückzubekommen. Tränen stiegen ihr in die Augen, und sie spürte, wie es ihr die Kehle zuschnürte, aber sie würde nicht nachgeben.

Sie hatte genug geweint. Vor allem im März, als Grace ihr die Neuigkeit eröffnete, dass sie das Haus verkaufen würde. Die Beerdigung war erst eine Woche – *eine Woche* – her gewesen, als sie sich mit Alys an den Esstisch gesetzt und verkündet hatte, sie müsse etwas mit ihr besprechen. Alys fiel auf, dass die Hände ihrer Mutter zitterten, denn beim Einschenken verschüttete sie Tee.

»Meine liebste Alys, uns bietet sich eine einmalige Gelegenheit«, begann Grace.

Alys zeigte keinerlei Neugier, und ihre Mutter fuhr vorsichtig fort: »Zwei alte Freunde von mir, John und seine Schwester, Cissie …«

»Ist John der Kerl von der Beerdigung?«, unterbrach Alys.

»Ja, Liebes«, erwiderte Grace rasch, und Alys bemerkte, wie die Röte vom Nacken ihrer Mutter hinauf in ihre Wangen stieg. »Jedenfalls, stell dir vor! Sie wollen, dass wir nach Westwales ziehen und ihnen helfen, eine Gästepension zu führen! Das Haus heißt Sŵn-y-Môr. Ich habe Fotos davon gesehen – ein paar habe ich sogar hier –, und es sieht einfach perfekt aus. Genau der Neustart, den wir jetzt brauchen, nachdem …«

»Ich gehe nicht«, erklärte Alys und löffelte Zucker in ihre Tasse.

Sie erwartete, dass Grace sie anflehen und versuchen würde, sie zu überreden. Doch stattdessen nippte ihre Mutter nur still an ihrem Tee und schien tief in Gedanken versunken zu sein. Schließlich sagte sie: »Die Sache ist die, mein Schatz, du bist erst sechzehn. Und ich muss jetzt Entscheidungen für uns beide treffen. Ich muss entscheiden, was das Beste für uns ist – als Familie –, und meiner Meinung nach ist es richtig, nach Dylan's Quay zu ziehen.«

»Dann wirst du mich also dazu zwingen? Obwohl *das hier* mein Zuhause ist? Das ist der Ort, an dem Dad begraben ist.« Ihre Stimme zitterte. Ihr armer Vater, gerade erst unter der Erde und schon tanzte ihre Mutter auf seinem Grab.

»Bis du achtzehn bist«, sagte Grace leise, »bin ich laut Gesetz für dich verantwortlich.«

Tränen liefen Alys über die Wangen. Das war alles so unfair. »Und was ist mit meinen Prüfungen? Die fangen in sechs Wochen an! Oder hast du das auch vergessen?«

»Die schreiben sie auch in Westwales«, erwiderte Grace sanft und griff mit einem vorsichtigen Lächeln nach der Hand ihrer Tochter. »Erinnerst du dich noch daran, wie es war, als du klein warst? Wenn du dich geweigert hast, etwas Neues zu probieren, in der Schule oder wo auch immer, dann hat dein Vater stets Herbert Spencer zitiert, weißt du noch?«

Alys nickte. Er zitierte immer irgendwelche Leute, ihr Dad. *Es gibt ein Prinzip, das den Menschen unfehlbar in ewiger Unwissenheit hält. Dieses Prinzip lautet Verachtung von Erkundung.* Sie lächelte, als sie daran dachte, wie oft er es gesagt hatte. Zu so vielen Gelegenheiten.

»Bitte, Alys.« Grace küsste die Hand ihrer Tochter. »Gib dem Neuanfang eine Chance.«

Es hatte keinen Sinn zu streiten. Doch in ihrem Innern schwor Alys sich, dass sie nach London ziehen würde, sobald sie achtzehn war. Sie nickte, eine Zustimmung ohne Begeisterung. Und Grace, dadurch ermutigt, erzählte ihr alles über Sŵn-y-Môr, das Haus, das ihr neues Heim werden sollte. »Es ist im georgianischen Stil erbaut, also ziemlich symmetrisch angelegt, und hat *acht* Schlafzimmer, kannst du dir das vorstellen? Du bekommst ein wunderschönes Zimmer im obersten Stock, und wir werden zahlende Gäste haben, deshalb gehört etwas Hausarbeit dazu, Bettwäschewechseln und Frühstückmachen und so weiter …«

»Und wo wohnen dann diese beiden, John und Cicely?«

»Cissie«, korrigierte Grace. »Nun, sie werden auch dort wohnen, Schatz. Es ist nämlich Cissies Haus. Sie ist Witwe, musst du wissen, genau wie ich. Aber John ist dort eingezogen, um ihr zu helfen, als Cissies Ehemann gestorben ist …« Grace verstummte.

»Dieser John klingt ja wie ein wahrer Held«, spottete Alys. »Ist er auch Witwer?« Sie beobachtete, wie ihre Mutter sich wand und den Blick zu Boden senkte.

»Nicht so richtig«, seufzte Grace. »Er ist … Er lebt getrennt von seiner Frau.«

»Wie praktisch!«, kommentierte Alys sarkastisch, trank ihren Tee aus und kratzte mit dem Stuhl beim Aufstehen trotzig über den Boden.

Grace rief ihr nach: »Ich weiß, das geht jetzt alles ein bisschen schnell, aber wir müssen gleich anfangen zu packen. Das Umzugsunternehmen kommt morgen in einer Woche.«

Und nun war sie hier – in ihrem neuen Zimmer, ihrem neuen Zuhause, und wohnte mit Fremden zusammen. Selbst ihre Mutter schien ihr jetzt fremd zu sein. Ihr ganzes Leben war auf den Kopf gestellt worden. Ein Schauer lief Alys über den Rücken, als sie hinaus aufs Meer blickte. Ich bin allein, dachte sie. Und wandte sich dann wieder dem Koffer zu, um weiter auszupacken.

21

Grace

ZIMMER ZU VERMIETEN
in
SŴN-Y-MÔR, SEA CAPTAIN'S PARADE

Großzügig, sauber und hell.
Nur langfristige Vermietung.
Frühstück und Abendessen inbegriffen, vernünftige Preise.
Zzgl. Wäsche.
Nur mit Referenzen.

Schriftliche Bewerbungen bitte an:
Mrs. Grace Meredith,
Sŵn-y-Môr, Sea Captain's Parade,
Dylan's Quay

Es hatte sich seltsam angefühlt, ihren Namen in der Anzeige zu lesen. Fast schon anmaßend. Doch als sie zu dritt – Grace, John und Cissie – darüber gesprochen hatten, wie die Operation Sŵn-y-Môr funktionieren könnte, fiel der Entschluss, dass Grace sich um die geschäftliche Seite kümmern würde, während John und Cissie eher im Hintergrund blieben. Die Anfragen überschlugen sich beinahe. Sie hatte mit *etwas* Interesse gerechnet, aber nicht mit *so* viel.

»Alle wollen in Dylan's Quay wohnen, deshalb!«, hatte John ihr erklärt, während er Pilze fürs Frühstück schnitt.

Lachend butterte Grace sich eine weitere getoastete Scheibe von

Cissies selbst gebackenem Brot. »Ich werde hier noch so fett werden!«, stöhnte sie, und John warf einen Pilz nach ihr.

»Gracie, du?«, zog er sie auf. »Fett? Niemals!«

Heute wollten sie den Raum unterm Dach streichen, der endlich ausgeräumt und frisch verputzt worden war. Dank der neuen Dachfenster und einer verbreiterten Treppe hatte er sich von einer dunklen, staubigen Abstellkammer in ein helles, luftiges Schlafzimmer verwandelt. Es war das letzte der Pensionszimmer, und der neue Mieter, ein Gentleman namens Mr. Harman, würde am Wochenende eintreffen. Grace konnte immer noch nicht fassen, dass sie hier war.

Die ganze Geschichte war eine einzige Reihe von glücklichen Zufällen: Wenn John die Todesanzeige nicht gelesen hätte und nicht zur Beerdigung gekommen wäre, oder wenn sie nicht das Treffen arrangiert hätte – dann hätte er nie diesen aufregenden Vorschlag gemacht, an jenem kalten Nachmittag an der Aberavon Promenade.

»Es ist ein Risiko, ich weiß«, hatte er gesagt und dabei seine Tasse mit Kaffee umklammert, den Grace in einer Thermoskanne mitgebracht hatte, um sie warm zu halten. »Es ist schließlich achtzehn Jahre her, und ich baue alles darauf, wie das Leben damals war, und natürlich verstehe ich, wenn sich deine Gefühle geändert haben …«

»Meine Gefühle haben sich nie geändert, John«, unterbrach sie ihn mit Nachdruck.

»Ich bin so froh.« Er wandte sich ihr zu und lächelte das breite Lächeln, das sie nie hatte vergessen können.

»Auf alte Freundschaft«, erwiderte sie und erhob ihre Tasse zum Toast.

»Und auf Neuanfänge«, fügte John zwinkernd hinzu.

Sie hatte sich zurückgelehnt und gedacht, dass nach den grausamen Wendungen des Lebens vielleicht auch noch Platz für positive Fügungen war.

Grace verliebte sich auf der Stelle in das weitläufige Haus. Sie erfuhr, dass Cissies Ehemann vor vier Jahren verstorben war, ohne sich je seinen Traum zu verwirklichen, Ŵn-y-Môr in ein florierendes Unternehmen zu verwandeln. John war zwar eingezogen, um seine Schwester zu unterstützen, aber auch er hatte wie sie keine Ahnung davon, wie man eine Pension führte. Doch Grace' Begeisterung steckte die beiden an. Gemeinsam waren sie ein beeindruckendes Team, und es dauerte nicht lang, da konnte das Haus seine ersten Gäste empfangen.

Voller Optimismus hoffte Grace, dass Alys mit der Zeit vielleicht auch eine Rolle in der Führung von Ŵn-y-Môr übernehmen könnte, wobei sie bisher keinerlei Interesse daran zeigte. Um genau zu sein, zeigte Alys keinerlei Interesse an *irgendetwas*. Ihre Prüfuungen waren nicht so toll gelaufen, und sie hatte nur in einer Handvoll Fächer bestanden. Wie zu erwarten, war das natürlich *Grace'* Schuld. Dann hatte Alys ihre Meinung geändert, was den nächsthöheren Schulabschluss anging, und sich stattdessen zu einem einjährigen Kunstkurs am örtlichen College eingeschrieben. Dort schien sie sehr beliebt zu sein, auch wenn sie mehr Zeit mit Studentenleben verbrachte als mit Studieren. Die jungen Männer, mit denen sie sich einließ, waren zahlreich und oft unappetitlich. Doch wenn dieses Leben Alys glücklich macht, dann werde ich keine schlafenden Hunde wecken, dachte Grace.

Leider schliefen die Hunde nicht lang. Im Lauf der Monate wurde Alys immer widerspenstiger. Grace fragte sich, wie viel davon normales pubertäres Verhalten war und was Trauer über den Verlust ihres Vaters, unter dem sie immer noch litt. Grace versuchte, geduldig zu sein und Verständnis für die Gefühle ihrer Tochter zu zeigen, aber das wurde von Tag zu Tag eine größere Herausforderung. Cissie brach oft in Tränen aus, weil Alys sich ihr gegenüber unmöglich benahm, doch es gab nie eine Entschuldigung, und Grace musste mitansehen, wie sich das Herz ihrer Tochter immer weiter zu verschließen schien, während Mitgefühl und gesunder Menschenverstand zu entfernten Bekannten wurden.

Mehrmals schon war Alys von zwielichtigen Gestalten betrunken nach Hause gebracht worden – vom Alter her hätten diese Männer ihr Vater sein können –, und ein- oder zweimal auch von einem verständnisvollen, freundlichen Polizisten. Grace erreichte nichts, wenn sie versuchte, mit Alys über ihr Verhalten zu sprechen. Und dem armen John erklärte sie nur, er solle sich verpissen und sich um seinen eigenen Kram kümmern. »Wer gibt dir das Recht, in meinem Leben rumzuschnüffeln?«

Nach dem »Vorfall« mit Mr. Andrews wurde alles noch deutlich schlimmer.

Es war die Woche vor Alys' achtzehntem Geburtstag gewesen. John war in Porthcawl auf einer Golfreise, und Grace und Cissie hatten beschlossen, nach Aberystwyth zum Einkaufen zu fahren. Sie überließen Mr. Andrews die Verantwortung fürs Haus. Eines der Zimmer, die Grace an Touristen vermietete, stand momentan leer, und Mr. Andrews hatte angeboten, sich zu kümmern, sollten potenzielle Gäste an die Tür klopfen. Mr. Andrews war ein eingefleischter Junggeselle Mitte dreißig, der schon von Anfang an bei ihnen wohnte. Ein freundlicher Buchhalter aus Anglesey, der für die örtliche Stadtbehörde arbeitete und keiner Fliege etwas zuleide tun konnte. Er bot oft an, sich ums Haus zu kümmern, und so dachte Grace sich nichts dabei.

Sie fanden, wonach sie suchten, schneller als erwartet: ein besonderes Geschenk für Alys zum Achtzehnten. Es war Cissies Idee gewesen. »Sie hat eine schöne Singstimme, Grace«, sagte sie, als sie vor Bundock's Music in der High Street standen. »Ist vielleicht genau das Richtige. Gibt ihr was, worauf sie sich konzentrieren kann – du weißt schon, eine Richtung. Ich bin sicher, sie lernt das in null Komma nichts!« Grace fand den Vorschlag großartig, und eine halbe Stunde später kamen sie mit einer Gitarre samt Koffer wieder aus dem Laden.

Sie wollten das Instrument bis zum großen Tag im Gartenschuppen verstecken, doch als sie nach Hause kamen, dröhnte Musik aus Alys' Zimmer, und das lenkte sie von ihrem Vorhaben ab. »Was für ein irrsinniger Lärm!«, schimpfte Grace und eilte nach oben, um ihrer Tochter zu sagen, sie solle sie leiser drehen.

Die Tür war unverschlossen.

Grace ging direkt hinein.

Und begegnete zwei Augenpaaren: den erschrockenen von Mr. Andrews und denen ihrer Tochter, die keinerlei Reue zeigten, während Alys rittlings auf dem entsetzten Untermieter hockte und keine Anstalten machte, von ihm herunterzusteigen, sondern stattdessen ihre Mutter anbrüllte, sie solle verschwinden.

Es war, als hätte sie es darauf angelegt, erwischt zu werden. Grace erfuhr später, dass Alys Mr. Andrews ebenfalls dazu überredet hatte, etwas Marihuana zu rauchen, und sie zum Zeitpunkt der Unterbrechung gerade einen entscheidenden Punkt der ganzen Geschichte erreicht hatten. »Den du komplett ruiniert hast, Mutter, vielen Dank auch.«

Früh am nächsten Morgen packte Mr. Andrews seine Sachen und zog aus Sŵn-y-Môr aus. Alys zeigte auch weiterhin keine Reue. Sie erklärte, sie sei stolz auf ihren sexuellen Freigeist und würde weiterhin ihren Urinstinkten folgen, wenn sie sich meldeten.

Das war für Grace der Tropfen gewesen, der das Fass zum Überlaufen brachte. Die Geduld, um die sie sich so bemüht hatte, löste sich in einem hitzigen Streit auf. »Was soll ich denn noch für dich tun, Alys? Du hast ein wunderbares Zuhause, an einem wunderbaren Ort, und ich weiß … ich weiß, dass du immer noch um deinen Vater trauerst, aber …«

»Tja, irgendjemand muss das ja tun. Denn DU tust es weiß Gott nicht! Er war noch nicht eine Woche tot, da bist du schon mit einem anderen ins Bett gehüpft!«

Die Ohrfeige kam wie aus dem Nichts. Grace' Handfläche brannte, und sie starrte sie an, als gehörte sie einer Fremden. »Es tut mir leid.« Sie konnte ihrer Tochter nicht in die Augen sehen. »Das hätte ich wirklich nicht tun dürfen.«

Doch Alys grinste sie nur frech mit leuchtend roter Wange an. »Schon gut, Mutter. Um ehrlich zu sein, überrascht es mich, dass du es nicht schon viel früher getan hast.«

»Es ist nicht meine Schuld«, flüsterte Grace.

»Was?«

»Es ist nicht meine Schuld, dass dein Vater gestorben ist!« Ihre Stimme wurde lauter. »Und ich bin es leid, Alys, dass du mich dafür verantwortlich machst.«

»Natürlich ist es deine Schuld!« Alys weinte nun. »Er wollte so sehr, dass du ihn liebst, aber du hast ihn immer und immer wieder weggestoßen, weil du John geliebt hast.«

»Hör auf, du bist ja ganz hysterisch«, sagte Grace mit angsterfüllter Stimme.

Alys starrte ihre Mutter an. »Ist dir nicht klar, dass ich es weiß, Mutter? Ich *weiß* es.«

»Wovon um alles in der Welt redest du?«

Alys marschierte zu ihrer Kommode, zog eine Schublade auf und ein Buch heraus. Darin versteckt lag ein Brief, den sie triumphierend in die Höhe hielt. »Ich habe ihn gefunden. Den Brief von deiner Mutter. Die Abmachung, die sie mit Dad getroffen hat. Nun ja, ich sage ›Dad‹, aber …«

Grace streckte die Hand aus, um Alys den Umschlag zu entreißen. Der Brief stammte tatsächlich von ihrer Mutter, sie erkannte die Handschrift. »Gib ihn mir!«

»Immer mit der Ruhe, Mummy!«, höhnte Alys, während sie den Inhalt des Briefes vorlas und Grace dabei auf Armeslänge Abstand hielt.

»*Sehr verehrter Mr. Meredith, bla, bla, bla – Ich kann Ihnen gar nicht sagen, wie dankbar ich bin, dass Sie meine Tochter aufgenommen haben. Sie haben den Ruf unserer Familie gerettet, und Ihre Diskretion in dieser Angelegenheit wird über alle Maßen geschätzt. Ihre Hochzeit mit Grace bereinigt so viele Schwierigkeiten, die sie in letzter Zeit ertragen musste, und ich weiß, ihre Dankbarkeit wird keine Grenzen kennen. Sie wird sich im Gegenzug für Ihre Freundlichkeit als treue und vertrauenswürdige Ehefrau erweisen …*«

Grace stand wie angewurzelt da. Sie versuchte nicht länger, Alys den Brief zu entwenden. Ihre ausbleibende Reaktion nahm Alys den Wind aus den Segeln. »Er lag zwischen seinen Sachen«, erklärte sie trotzig wie ein Kleinkind, das man bei einem Fehlverhalten ertappt hatte. »Das sagt doch eigentlich alles, oder? Also erklär du mir nicht, du hättest meinen Vater geliebt, denn der Beweis ist hier.«

»Du hattest kein Recht dazu, seine persönlichen Briefe zu lesen.«

Alys ignorierte sie und fuhr fort: »Sag mir jetzt die Wahrheit.«

»Alys, du …«

»John ist mein echter Vater, oder?«

Das Schweigen war so laut, dass es jede Ritze und jede Nische des Raumes ausfüllte.

»Wie bitte?«

»John hat dich geschwängert und, aus welchem Grund auch immer, verlassen. Und Dad …« Ihre Stimme kippte, als sie seinen Namen sagte. »Dad hat, ich weiß auch nicht, *deine Ehre gerettet* – mein Gott, wie archaisch –, indem er dich geheiratet hat. Mum, es ist so verdammt offensichtlich. Warum gibst du es nicht einfach zu?«

»Nein, Alys …«

»Hör zu, du warst jung, ich versteh das, wirklich! Das war damals sicher nicht einfach.«

Plötzlich erfüllte Grace eine unbändige Wut. Wie konnte sie es wagen? Wie konnte ihre Tochter, selbst kaum erwachsen und noch keine Ahnung vom Leben und seinen Härten, so über sie urteilen? Sie packte Alys an den Schultern und sah ihr direkt ins Gesicht. Ohne zu blinzeln, ohne auch nur mit der Wimper zu zucken, blickte sie ihr in die Augen. »Dein Vater war Aneurin Meredith, hörst du?«

»Und du hast ihn gehasst.«

Grace blieb stumm. Alys war fest entschlossen, standhaft zu bleiben, aber es fehlte ihr doch der Mut.

»Aber *warum* hast du einen Mann geheiratet, den du gehasst hast?«

»Ach, hör schon auf!«, zischte Grace und wandte sich ab. »Du hast ja nicht die leiseste Ahnung. Du *dummes, DUMMES* Kind!«

Mehr brachte sie nicht heraus, ehe sie das Zimmer verließ und ihre Tochter schockiert und weinend zurückließ.

Am Tag vor ihrem Geburtstag stieg Alys in den Zug. Die Gitarre aus Aberystwyth blieb in ihrem Koffer, ungeöffnet und ungespielt. Und weil ihr bloßer Anblick Grace traurig machte – dieses Geschenk, das ihr beim Kauf solche Freude bereitet, sie mit so viel Optimismus erfüllt hatte –, bat sie John, das ungewollte Instrument zurück zu Bundock's zu bringen und sich das Geld wiedergeben zu lassen.

»Aber vielleicht kommt sie nächste Woche nach Hause, Schatz«, wandte John sanft ein, klang allerdings nicht überzeugt.

»Nein, John, ich glaube, wir werden sie eine ganze Weile nicht mehr sehen.« Und Grace schluckte das Schluchzen hinunter, das ihr in der Kehle steckte.

22

Grace

Grace war nun seit über zwei Jahren in Dylan's Quay. Wenn sie an all die Zeit dachte, die sie nicht mehr zurückbekommen würde, all die Jahre gefangen in einer unglücklichen Ehe, dann hätte sie am liebsten geweint. Aber was würde das bringen? *Es ist das Hier und Jetzt, das zählt, Gracie.* Das würde John sagen. Und Grace würde versuchen, das Bedauern beiseitezuschieben und sich auf die guten Dinge zu konzentrieren. Wie die Tatsache, dass zwei Jahre nach Aneurins Tod endlich jemand das Haus in Neath gekauft hatte.

Was bedeutete, dass sie ihren Anteil an Sŵn-y-Môr kaufen und dadurch einen kleinen Anbau mitfinanzieren konnte. John erzählte Grace im Vertrauen, dass vor allem Cissie sehr dankbar für das Geld sein würde. Cissies Mann, Syd, war wirklich ein guter Mensch gewesen, aber was Geld betraf, ein hoffnungsloser Fall. Bei seinem Tod hatte er Cissie einige Schulden hinterlassen. Das Wissen, dass sie ihrer Freundin nun helfen konnte, machte Grace sehr glücklich. Sie wünschte nur, sie könnte in Bezug auf Alys dasselbe empfinden. Doch traurigerweise blieb ihr einziges Kind eine Quelle der Sorge. Die dürftige Post, die sie erhielt – meist hastig hingekritzelte Postkarten –, bewies, dass Alys immer noch sauer auf sie war und Grace lediglich wissen ließ, dass sie noch am Leben war. Ein paar Informationsbrocken waren darunter gewesen, zu Jobs, die sie bekam. Und wieder verlor. Der im Kaufhaus Selfridges hatte sich gut angehört, aber kaum war der Schlussverkauf im Januar vorbei, mussten die als

Erste gehen, die zuletzt gekommen waren, und man hatte Alys entlassen.

Dann war da noch das ewige Thema einer möglichen Karriere als Sängerin. Diese Option hatte recht vielversprechend geklungen, als sie ein Vorsingen als Background-Sängerin bei einer Band namens Silver Edge ergatterte. Danach hatte Alys angerufen, was höchst selten vorkam.

»Ich hab den Gig!«, rief sie an jenem kalten Januarmorgen in London in den Hörer.

»Wie bitte?« Grace war verwirrt.

»Den Job bei der Band! Ich gehe auf Tour!!«

Grace seufzte vor Erleichterung. »Herzlichen Glückwunsch, mein Schatz! Spielt ihr denn irgendwo in der Nähe von Dylan's Quay?«

Es folgte eine kurze Pause, und Grace, die Alys' Verärgerung spürte, bereute ihre Frage sofort.

»Bist du verrückt?« Alys lachte. »Was sollte eine Band wie Silver Edge in Wales?«

Da hast du's, dachte Grace und versuchte, ihre verletzten Gefühle zu verbergen. »Ja, natürlich«, sagte sie. »Wie blöd von mir.« Es fing in der Leitung an zu piepsen, deshalb fügte sie rasch hinzu: »Alys, ich bin sehr stolz auf dich!«, ehe ihr bewusst wurde, dass ihre Tochter gar nicht mehr zuhörte.

Während der nächsten sechs Monate sehnte sich Grace nach Neuigkeiten. Mehr als alles andere wollte sie wissen, ob es Alys gut ging. Im April war eine Postkarte aus Deutschland gekommen, auf der lediglich stand: »*Tour läuft super, alles prima, viele Grüße, A.*« Das war's. Und nun hatten sie Juni.

»Ich wünschte einfach, ich hätte eine Möglichkeit, sie zu kontaktieren«, beschwerte Grace sich eines Abends während des Essens bei Cissie und John.

»Ist ein bisschen rücksichtslos von ihr«, meinte John. »Ein Anruf dann und wann wäre nicht zu viel verlangt.«

Grace fing an, das Geschirr abzutragen, und merkte, wie Cissie und

John einen mitfühlenden Blick wechselten. Für was für eine furchtbare Mutter mussten die beiden sie halten.

*

Zwei Tage später kam Grace gerade von ihrer frühmorgendlichen Schwimmrunde im Meer zurück – eine Angewohnheit, die sie gleichermaßen entspannte als auch belebte und die sie das ganze Jahr hindurch pflegte, obwohl die Leute sie für ein bisschen verrückt hielten.

»Wenn es dich glücklich macht«, pflegte John zu sagen, »dann vergiss, was die Leute denken.«

»Dann kommst du also mit?«, neckte ihn Grace daraufhin.

»Hältst du *mich* etwa für verrückt?«

Sie lächelte vor sich hin, während sie den Weg zum Haus hinaufspazierte. Es versprach, ein herrlicher Sommertag zu werden, und sie fühlte sich beschwingt und leicht. Der Anblick, der sie oben erwartete, war daher ein ziemlicher Schock: Auf den Eingangsstufen saß, in einem Maxikleid, mit Flipflops an den Füßen und einer Tasse Tee in der Hand, Alys.

»Sie haben mir schon gesagt, dass du gleich kommst«, erklärte sie mit einem Lächeln und wirkte beeindruckend zufrieden.

»Ich fass es nicht!«, rief Grace erfreut. Sie ließ ihre Sachen fallen und rannte auf ihre Tochter zu, die ihre Umarmung überraschenderweise erwiderte. »Was um alles in der Welt machst du hier?«

»Na, das ist ja eine nette Begrüßung!« Alys lachte. »Sollen wir reingehen? Ich hab wunderbare Neuigkeiten!«

Grace beobachtete, wie Alys' Gesicht vor Begeisterung und Zuversicht strahlte, und am liebsten hätte sie geweint. Sie versuchte, zurückzulächeln, zu nicken, aus Angst, den Enthusiasmus ihrer Tochter ins Wanken zu bringen oder das Falsche zu sagen. Aber Alys wirkte so naiv, so jung. Knapp neunzehn Jahre alt – genauso alt wie Grace damals. Wie konnte das Leben ihr dasselbe Schicksal zuteilen? Und ehe sie es verhindern konnte, waren die Worte ausgesprochen. »Ich glaube, du machst einen Fehler.«

»Wie bitte?« Alys wirkte verwirrt.

Grace spürte, wie sich ein Unwetter zusammenbraute, und versuchte, mit sanften Argumenten dagegenzuhalten. »Du bist zu jung. Im Grunde immer noch ein Teenager …«

»Genauso alt wie du, als du mich bekommen hast!«

»Ich weiß, aber ich war verheiratet. Wird dieser Mann, dieser … Wie, hast du gesagt, heißt er?«

»Hab ich nicht.«

»Also, wird er …«

»Was, *mich zu einer ehrbaren Frau machen*? Ich dachte, *du* würdest es verstehen, Mutter. Gerade du.«

»Oh, nicht diese …«

»Nur weil *deine* Mutter *dich* zu einer Heirat gezwungen hat, glaubst du, ich sollte dasselbe tun, ja? Falls die Nachbarn lästern, falls sie in der Kirche reden?«

»Ich gehe nicht in die Kirche. Das weißt du«, sagte Grace. Und ein schrecklich unbehagliches Schweigen senkte sich herab. Grace brach es als Erste.

»In Ordnung, dann heiratest du nicht, aber wird er dich unterstützen?«

Alys sagte nichts, sondern starrte nur auf ihre beringten Zehen. Da fiel bei Grace der Groschen.

»Bist du überhaupt … noch mit ihm zusammen, Schatz?«, wagte Grace vorsichtig zu fragen, woraufhin Alys den Kopf schüttelte.

»Er ist … Er ist älter, musst du wissen.« Alys hielt den Blick gesenkt. »Und es ist nur das eine Mal passiert. Er glaubt … Also, er glaubt, ich würde versuchen, ihn in die Falle zu locken.« In diesem Moment wirkte sie so verletzlich, so schutzlos. Und Grace wurde zornig wie eine Löwin, die ihr Junges beschützen wollte. Wie konnte er es wagen! Wie konnte dieser gesichtslose, namenlose Fremde seinen Spaß mit ihrer schönen jungen Tochter haben und sie dann wie eine heiße Kartoffel fallen lassen, als sie in Schwierigkeiten geriet.

Ehe sie sich bremsen konnte, waren die Worte heraus. »Ich denke, du solltest alle Möglichkeiten durchspielen. Du hast nämlich noch andere Optionen.«

»Eine Abtreibung?«

»Einen Abbruch, ja.« Das Wort schien irgendwie weniger brutal.

Alys schüttelte den Kopf, und Tränen der Wut drohten überzufließen und ihre Wangen hinunterzukullern. »Ich kann nicht fassen, dass du das sagst.« Sie stand auf und fing an, ihre Sachen einzusammeln.

»Bitte, Alys, spiel es doch nur mal durch. Wie es dein Leben ruinieren …« Sie korrigierte sich. »Wie es dein Leben *beeinflussen* wird!«

Aber es war zu spät. Alys hatte bereits das Zimmer verlassen. Grace folgte ihr und flehte sie an, dazubleiben.

»Alys, nein, geh nicht auf diese Weise. Es tut mir leid. Du hast recht, ich sollte nicht …«

»Vergiss es.« Alys marschierte weiter.

»Ich will dir helfen, Schatz. Bitte – lass mich dir helfen.«

Da drehte sich Alys auf der Türschwelle um, der Junisonnenschein strahlte sie an. »Ich brauche deine Hilfe nicht, Mutter. Und dich brauche ich auch nicht. Es tut mir leid, dass ich dir dein verdammtes Leben ruiniert habe.«

Sie knallte die Tür hinter sich zu und ließ Grace im kühlen Flur stehen. John kam aus der Küche. »Oh, Gracie«, sagte er. Und Grace warf sich schluchzend in seine Arme.

23
Alys

21. Januar 1971
London

Mutter,
das Baby, das ich deiner Meinung nach nicht hätte bekommen sollen, wurde am 5. Januar mit einem Gewicht von 3400 g geboren. Ich habe die Kleine Elin genannt.

Alys

2022

24
Elin

»Kommen Sie einfach hoch, Süße. Erster Stock.«

Schlechter Anfang. Wo blieben die Manieren heutzutage? *Süße*? Es würde der guten Frau keinen Zacken aus der Krone brechen, sie »Mrs. Matthews« zu nennen, oder? Wobei sie ihren Namen würde ändern müssen. Zurück zu Elin *Meredith*. Du meine Güte! Die Kinder würden sie Miss Meredith nennen müssen. Oder sollte sie heutzutage eine *Ms.* sein? Elin spürte, wie ihr Stresspegel wieder stieg. Noch ein weiteres Hindernis auf ihrem Weg, verursacht durch Gregs unfassbares Verhalten. Sie schluckte die Tränen hinunter und stieg das kalte Treppenhaus hinauf.

Oben wurde sie von einer prächtigen Erscheinung in einem fließenden, geblümten Maxikleid und hochhackigen Stiefeln empfangen. Es handelte sich um Maxine Letterman-Brace: Anfang vierzig, kurvig, übertrieben geschminkt und mit diesen seltsamen nacktschneckenähnlichen Augenbrauen, die gerade offenbar der letzte Schrei waren. Elin konnte beim besten Willen nicht begreifen, weshalb eine Frau, die etwas auf sich hielt, aussehen wollte wie Groucho Marx, aber nun ja.

»Nehmen Sie Platz, Süße!«

Elin konnte die Frau auf Anhieb nicht leiden. Doch nun konnte sie schlecht umkehren.

Sie hatte Ms. Letterman-Brace nach einer halben Stunde intensiver Internetrecherche nach auf Scheidung spezialisierte Anwältinnen am

Ort gefunden. Diese hier war herausgestochen, da sie Einzelgespräche und persönliche Beratung versprach, zusätzlich zum juristischen Beistand. *Ich hab's am eigenen Leib erlebt, deshalb weiß ich ganz genau, was meine Klientinnen durchmachen!*, lautete das Zitat unter einem heftig mit Filtern bearbeiteten Porträt von Ms. Letterman-Brace. Elin vermutete, dass ein großer Teil ihrer Honorare für Botox und Filler draufging. Doch sie hatte vor allem die Tatsache überzeugt, dass Maxine allein arbeitete und deshalb viel günstiger war als eine große Kanzlei, im Gegensatz zu allen anderen Anwälten ihrer Ergebnisliste. Elin hatte keine Ahnung, wie viel eine Scheidung kosten würde, doch sie nahm an, dass die Wahl einer günstigeren Anwältin eine gute Vorsichtsmaßnahme war.

»Kaffee? Tee? Prosecco?« Maxine zwinkerte ihr zu.

»Nein, vielen Dank.« Können wir einfach zur Sache kommen?, dachte sie.

Sie saßen sich an einem großen weißen Tisch gegenüber, auf dem ein leerer Block und ein Stift mit rosa Plüsch-Bommel bereitlagen, um die Details von Elins Ehe bis dato zu notieren.

»Gut, dann erzählen Sie mir alles und scheuen Sie sich nicht. Denn nichts, was Sie sagen, kann mich schockieren.«

Elins Instinkt drängte sie mit aller Macht zum Gehen. Dieser Lasst-uns-alle-Freundinnen-sein-Ansatz passte überhaupt nicht zu dem, wofür Elin stand: Professionalität, Respekt und stille Diskretion. Und doch schüttete sie nur Sekunden später ihr Herz dieser völlig Fremden aus, deren gewagtes Dekolleté sich beim Sprechen hob und senkte. Die Tränen flossen sofort, woraufhin Maxine ihr eine Schachtel Taschentücher hinschob und flüsterte: »Ist in Ordnung, Schätzchen, lassen Sie's raus.«

Sich zu ärgern war einfach. Elin schimpfte über Gregs egoistisches Verhalten, das ihre Familie zerstört hatte, und würzte jeden zweiten Satz mit einem *Wie konnte er mir das antun?* Oder *Ich hatte keine Ahnung, dass er so ein Arschloch sein kann.*

Maxine unterbrach sie plötzlich. »Sagen Sie mal, Schätzchen«, meinte sie, »sind Sie Einzelkind?«

»Ähm, ja, aber …«

»Mit alleinerziehendem Elternteil?«

»Stimmt«, bestätigte Elin, nun etwas irritiert.

»Und was ist mit Ihrer Mum? Verstehen Sie sich gut mit ihr?«

»Es tut mir leid, aber ich sehe nicht, was das mit irgendetwas zu tun hat. Sie sollen meine Anwältin sein, nicht meine Therapeutin.«

»Ich weiß, Schätzchen.« Elins Tonfall schien Maxine überhaupt nicht zu stören. »Aber mein Ansatz ist eher ganzheitlich. Ich muss das große Ganze sehen, denn auf lange Sicht hilft das alles mit.«

Elin verspürte definitiv nicht den Wunsch, über ihre Mutter zu sprechen. Gäbe es ein Diplom in Kindererziehung oder ein Benotungssystem für Eltern, dann wäre Elins Mutter mit fliegenden Fahnen durchgefallen. Doch das würde sie Maxine Letterman-Brace sicher nicht auf die Nase binden.

»Ich erlebe das einfach immer und immer wieder, Schätzchen. Starke, unabhängige Frauen, erfolgreich im Beruf, stolpern an der ersten Hürde, wenn es um Beziehungen geht. Und alles, weil sie eine miese Mutter-Tochter-Beziehung haben …«

»Also, Moment mal …«

»Nein, lassen Sie mich ausreden, und seien Sie nicht voreilig. Ich hab da nämlich einen Kurs gemacht, namens ›Mit der Inneren Weiblichkeit in Kontakt treten‹. Das war faszinierend. Wie sich herausgestellt hat, bringen es die beruflich ziemlich weit, die eine super Beziehung zum Vater haben, aber wer andererseits mit der Mutter nicht klarkommt, der hat eher Schwierigkeiten in Beziehungen.«

»Nun, erstens stimmt das so schlichtweg nicht, denn ich habe meinen Vater nie gekannt …«

»Oh, Schätzchen, das ist hart.«

»Und zweitens war meine Ehe mit Greg wohl kaum ein Reinfall. Wir waren einundzwanzig Jahre zusammen! Ich würde das nicht gerade als Scheitern an der ersten Hürde bezeichnen.«

»Was ist denn passiert – mit Ihrem Dad?«

»Nichts. Wie ich schon sagte, ich kenne ihn nicht. Nicht dass das … Wissen Sie was, das hier ist ein Fehler. Ich hätte nicht herkommen sollen.«

Elin stand auf und wollte ihre Jacke anziehen, doch dann blieb sie wie angewurzelt stehen.

»Es tut mir leid. Wirklich.« Maxine hielt beschwichtigend die Hände hoch. »Das ist eine meiner Schwächen – ich nehme meine Fälle wirklich ernst und behandle alle meine Klientinnen als Freundinnen.«

»Nun, ich brauche keine Freundin«, fuhr Elin sie an. »Schon gar nicht, wenn ich Ihnen ein Stundenhonorar zahle. Sie sollen für mich nur so zügig wie möglich meine Scheidung abwickeln, mit dem bestmöglichen finanziellen Ergebnis, damit meine Tochter und ich mit dem Rest unseres Lebens weitermachen können. Glauben Sie, das kriegen Sie hin?«

Das Treffen erzielte letztlich doch noch ein praktisches Ergebnis, obwohl Elin sich zuerst durch den Küchenpsychologie-Quatsch durcharbeiten musste. Maxine versprach, den Ball ins Rollen zu bringen, indem sie Greg eine schriftliche Absichtserklärung zukommen ließ, dass Elin aufgrund seiner Untreue die Scheidung beantragte. Es war ein ziemlicher Schock für Elin zu erfahren, dass sich Untreue fast nicht nachweisen ließ.

»Denken Sie doch mal nach, Schätzchen. Wenn Sie nicht tatsächlich mit im Raum und im Bett dabei gewesen sind, können Sie nicht beweisen, dass sie's getan haben. Aber Greg streitet die Untreue ja nicht ab, also wird das eine lockere Partie.«

Eine lockere Partie, dachte Elin. Was für ein Witz.

Maxine erklärte ihr außerdem, dass sie finanziell keine Probleme haben würde, bis Beca achtzehn wurde, sie sich danach jedoch darauf einstellen musste, das Haus zu verkaufen und den Erlös zu teilen. Des Weiteren könnte Greg Anspruch auf einen Teil ihrer Lehrerpension geltend machen, und eventuell könnten Unterhaltszahlungen auf sie zukommen, da sie die Hauptverdienerin war.

Elin konnte es nicht fassen. »Wollen Sie mir allen Ernstes weismachen, dass mein Mann eine Affäre mit einer jüngeren Frau haben kann und ich ihn für dieses Privileg bezahlen muss?«

»Ich weiß. Das ist übel. Aber das Gericht trifft keine moralischen Urteile über das Verhalten der Leute. Die Richter schauen nur auf die Finanzen, werfen alles in einen Topf und teilen in der Mitte.«

Als Maxine ihr das erklärte, wurde Elin ziemlich schwindelig. Was für eine Ungerechtigkeit, wie unfair!

»In der ersten Instanz müssen Sie fünfhundert Pfund zahlen, um die Scheidung bei Gericht zu beantragen. Aber wir werden versuchen, diesen Betrag später bei Greg wieder einzufordern.«

»Aber was hätte das denn für einen Sinn? Er würde ja ohnehin mein Geld verwenden, um dafür zu bezahlen!«

Mein Gott, wie sehr sie ihn dafür hasste, dass er ihnen das alles antat.

Sie vereinbarten einen weiteren Termin für die kommende Woche, und Maxine drängte Elin eine erstickende Umarmung auf, ehe sie ihr tief in die Augen sah und verkündete: »Wir kriegen Sie da durch, verstanden? Team Elin, klar? Nächstes Jahr um diese Zeit sind Sie eine ganz neue Frau, versprochen!«

Elin verließ das Büro um elfhundert Pfund leichter, nachdem sie ihre Gerichtskosten und die erste Anwaltsgebühr bezahlt hatte. Sie fühlte sich schlechter als bei ihrer Ankunft, und in ihrem Kopf hämmerte es. Seit fast sechs Monaten hatte sie keine Migräne mehr gehabt, aber ihr war klar, dass sie auf eine Monsterattacke zusteuerte. Sie kannte den Schmerz, der hinter ihrem rechten Auge begann, sich von hinten in die Augenhöhle bohrte und sich von dort ausbreitete, bis sie kein Licht mehr ertrug. Sie musste so schnell wie möglich nach Hause.

Das Haus war leer. Es gab keine Nachricht von Beca, was an sich nichts Neues war. Und Greg fiel vor allem durch seine Abwesenheit auf. Während Elin darauf wartete, dass das Wasser heiß wurde, blickte sie sich um. Bis vor ein paar Tagen war das ein absolut wunderbares Zuhause gewesen. Sie füllte eine Wärmflasche für den Nacken, schluckte zwei Migräne-Tabletten und ging nach oben ins Bett. Dort schloss sie die

Vorhänge, um das Licht auszusperren, ehe sie sich hinlegte und eine Augenmaske aufsetzte. Der Schmerz in ihrem Kopf war unerträglich und wurde durch den Schmerz in ihrer Seele noch verstärkt. Sie hatte verloren. Sie war verloren. Elin flehte den Schlaf an, sie zu holen und ihr Bewusstsein auszulöschen.

25
Alys

In einem Akt der Selbstquälerei zog Alys den Brief von Grace heraus, den sie inzwischen mit Tesafilm wieder zusammengeklebt hatte und der noch erbärmlicher aussah, als sie sich fühlte. Sie fuhr mit dem Daumen über das Wort *Mum*, ein armseliger Versuch, Trost zu finden. Das Timing dieser Post war schlicht unheimlich. Weshalb gerade jetzt? Nach all der Zeit und nach all den Jahren, in denen sie allein zurechtgekommen war? Sie hatte es immer irgendwie geschafft, war von einer häuslichen Konstellation zur nächsten gewandert. Weshalb war ihre Mutter ausgerechnet *jetzt* zurück in ihr Leben getreten? Sie fühlte sich wie hypnotisiert, als könnte sie der Anziehung nicht widerstehen. Hör auf damit, befahl sie sich selbst. Es war an der Zeit, aktiv zu werden.

Zuerst überlegte sie, einfach zurückzuschreiben. Das war doch sicher die beste Lösung, oder? So konnte sie all ihre Gefühle zu Papier bringen. Alles, was sie gedacht und empfunden hatte seit jenem schicksalsträchtigen Tag im Jahr 1992, als sie höchstpersönlich und ganz allein alles zwischen ihnen kaputt gemacht hatte. Und so setzte sie sich mit einem A4-Block, den sie in einer Schublade gefunden hatte, an den Tisch und fing an zu schreiben.

Nur dass nichts kam.

Kein einziges Wort.

Sie hatte jede Menge Gefühle, ja, jede Menge Gedanken. Doch das Problem war, dass sie diese nicht wirklich ausdrücken konnte. Dreißig

Jahre waren eine beschämend lange Zeit der Trennung – wo sollte sie da anfangen? Außerdem, *wollte* sie überhaupt beginnen?

Alys legte den Stift beiseite und kochte sich einen Pfefferminztee, den sie mit nach draußen nahm, wo sie sich auf den schmiedeeisernen Terrassenstuhl setzte, von dem aus man die Beacons sehen konnte. Ihr Leben war nicht von Freude erfüllt gewesen, das stimmte. Und manchmal fühlte sich das gähnende Loch, das die Abwesenheit ihrer Mutter und ihrer Tochter geschaffen hatte, tiefer an als sonst. Doch im Großen und Ganzen war Alys einigermaßen ruhig dahingegondelt, hatte wann immer möglich größere Dramen vermieden und war gelassen und besonnen geblieben. Trocken zu bleiben war natürlich ein Muss gewesen, denn es hatte sie geerdet. Vielleicht war es auch das, was sie nicht gefährden wollte.

Sie verwarf also die Idee mit dem Brief und dachte tatsächlich darüber nach, Grace anzurufen. Obwohl ihre Mutter keine Nummer angegeben hatte, spuckte ein rasches Googeln nach Sŵn-y-Môr die nötige Information aus. Allerdings nicht nur die, sie brachte auch Fotos von Dylan's Quay und dem Haus mit sich. Was Alys erneut aus der Bahn warf. Doch sie bekam sich wieder in den Griff und gab die Nummer in ihr Handy ein, wobei sie vorneweg 141 tippte, damit sie selbst anonym bleiben konnte. Ihre Kehle war wie zugeschnürt, während sie darauf wartete, dass am anderen Ende jemand abnahm. Es klingelte einmal. Zweimal. Und in einem plötzlichen Anfall von Panik beendete sie den Anruf. Nein. Sie war nicht bereit, mit ihrer Mutter zu sprechen. War noch nicht mal bereit, ihre Stimme auf einem Anrufbeantworter zu hören.

Wenn du ins Zweifeln kommst, geh zu einem Meeting. Das hatte sie Neulingen bei den AA immer geraten. Also tat sie das nun auch. Sie fuhr auf ihrem neuen Fahrrad in die Stadt hinunter und genoss dabei die warme Sommerabendluft. Alys hatte das Gefühl, die Kontrolle zurückzugewinnen, nachdem es sie emotional so heftig durchgeschüttelt hatte. Und als sie ihr Fahrrad am Geländer anschloss und zwei alte Bekannte begrüßte, verspürte sie ein überwältigendes Gefühl der Dankbarkeit für ihre Nüchternheit.

Das Donnerstagabend-Meeting war ein Step-Meeting. Jede Woche ging es um einen der Zwölf Schritte. Alys kannte sie natürlich in- und auswendig. An diesem Abend war Schritt neun an der Reihe:

Wir machten bei diesen Menschen alles wieder gut – wo immer es möglich war –, es sei denn, wir hätten dadurch sie oder andere verletzt.

Es hätte nicht besser zu ihrer Situation passen können! Und es war genau das, was Alys in diesem Moment hören musste. Sie saßen im Kreis, nippten an ihrem Pulverkaffee und schwachen Tee und erzählten reihum, wie es war, den furchtbaren Schmerz zu ertragen, sich für etwas zu entschuldigen, was sie während ihrer Zeit als Alkoholiker getan hatten. Einige gaben zu, dass es ihnen zwar leichtfiel, manche Fehler wiedergutzumachen, sie es sich bei anderen aber schlicht nicht vorstellen konnten. Ein Mann sprach davon, wie er tausend Pfund vom Konto seines Vater gestohlen und es seinem Bruder in die Schuhe geschoben hatte. Dreimal hatte er versucht, reinen Tisch zu machen, und jedes Mal versagt. Bis gestern, sieben Jahre nach dem Vorfall, als sich die Umstände so gefügt hatten, dass es ihm möglich gewesen war, sein Fehlverhalten einzugestehen. Er sagte, die Erleichterung sei überwältigend gewesen, und er fühle sich seinem Vater nun näher als je zuvor. Und übrigens auch seinem Bruder.

Doch dann war da eine Frau, die seit zehn Jahren trocken war und wirklich bei allen Menschen Wiedergutmachung geleistet hatte, die sie ihrer Meinung nach in ihrem Leben je verletzt hatte – außer bei ihrer besten Freundin. Während ihrer Zeit als Alkoholikerin hatte sie mit dem Mann dieser besten Freundin geschlafen. Zweimal. Und sie brachte es nicht über sich, ihr das zu gestehen. »Die Sache ist die, wenn man sich anschaut, was Schritt neun wirklich sagt«, fuhr die Frau fort, »dann sollte man Dinge nicht wiedergutmachen, wenn man die Person damit verletzt. Das heißt es doch, oder? Also werde ich wohl mit der Schuld leben müssen, richtig?« Verständnisvolles Murmeln klang durch den Raum, und plötzlich hörte Alys sich sprechen.

»Ich heiße Alys, und ich bin Alkoholikerin«, sagte sie.

»Hallo, Alys«, ertönte die Antwort im Chor.

»Ähm …« Sie zögerte, da sie nicht wusste, wo sie anfangen sollte. »Ich will eigentlich nur bei euch was wiedergutmachen, Leute«, fuhr sie fort, und einige Laute der Verwirrung waren zu hören. »Wisst ihr, ich sitze hier voller Demut, als wäre ich Mrs. Nüchternheit höchstpersönlich, als hätte ich alles getan, alle Schritte durchlaufen, meinen Frieden mit dem Leben gemacht. Aber ich bin eine Betrügerin. Ich habe euch alle angelogen.« Ihre Stimme wurde plötzlich von Gefühlen überwältigt, und sie musste sehr kämpfen, um die Tränen zurückzuhalten.

»Meine Mutter ist nicht tot. Sie ist quicklebendig und lebt an der Westküste von Wales. Ich habe nur seit dreißig Jahren nicht mehr mit ihr gesprochen, weil ich mich zu sehr dafür schäme, wie ich mich das letzte Mal benommen habe, als ich sie gesehen habe … und meine Tochter … das letzte Mal, dass ich … Entschuldigt.« Sie konnte nicht weitersprechen. Stolpernd stand sie auf und lief nach draußen.

Eine Frau aus dem Meeting folgte ihr. »Alles in Ordnung?«, erkundigte sie sich.

»Ja. Ja – ich muss nur einen klaren Kopf kriegen.«

»Warum kommst du nicht wieder mit rein?«, fragte die Frau sanft. »Es könnte helfen.«

»Nein, es hat mir schon geholfen«, antwortete Alys mit einem traurigen Lächeln. »Mehr, als du dir vorstellen kannst.«

Sie stieg auf ihr Fahrrad und machte sich auf den Weg zurück zum Cottage. Sie sah nun alles ganz klar vor sich. Ihre Entscheidung war gefallen. Sie würde keinen Kontakt zu Grace aufnehmen. Es war am besten so. Denn in das Leben ihrer Mutter zurückzukehren, würde nichts als Schmerz und Chaos verursachen. *Es sei denn, wir hätten dadurch sie oder andere verletzt.* Ja, das beste Geschenk, das sie ihrer Mutter machen konnte, war, sie in Frieden zu lassen.

26

Beca

Sie hatten am Dienstagabend einen weiteren Gig in einem Pub im Cathays-Bezirk gespielt. Und es war super gelaufen. Während sie vor der Burg auf Becas Bus warteten, sprach Soozi von zukünftigen Auftritten und sogar davon, einen Agenten zu suchen, aber Beca hatte das Gefühl, dass alles ein bisschen schnell ging. »Dir ist schon klar, dass ich in zwei Monaten gerade mal siebzehn werde«, wandte sie lachend ein.

»Ja, und?«

»Ich bin offiziell erst in über einem Jahr erwachsen.«

»Na und? Ich bin achtzehn. Dann bin ich eben deine Anstandsdame, Kleines. Easy.«

Beca lächelte. Sie liebte Soozis Optimismus. Ihre Entschlossenheit. Sie war sich nur nicht sicher, wie realistisch Soozis Einstellung zum Leben war. Aber fürs Erste würde sie mitziehen. Sie hatten eine weitere Buchung in einer trendigen neuen Bar in Pontcanna. »Der Typ sagt, wenn wir den Laden rocken, dann kriegen wir scheinbar gleich noch mal sechs Auftritte.«

»Anscheinend.«

»Hä?«

»Es heißt anscheinend. Nicht scheinbar.«

»Ach, mach dich mal locker, Miss Klugscheißer!« Soozi lachte und zwickte Beca. Dann fing sie an, sie zu kitzeln.

Beca kreischte hysterisch und flehte sie an aufzuhören. Doch Soozi hörte nicht auf, und zusammen purzelten sie auf den Gehweg. »Runter mit dir, du Spinner!«, rief Beca, und ein Passant machte missbilligende Geräusche. Sie standen auf, klopften sich den Staub ab, und Beca fühlte sich seltsam leicht. Soozis sorglose positive Einstellung war ansteckend.

Als sich der orange Bus nach Cardiff der Bushaltestelle näherte, holte Beca tief Luft und sagte: »Komm doch morgen zu mir, wenn du magst. Wir können proben. Zwei Uhr? Ich texte dir meine Adresse.«

»Klasse!«, meinte Soozi und sah zu, wie Beca in den 54er stieg.

Beca wählte einen Fenstersitz ganz hinten, und als der Bus losfuhr, zeigte Soozi ihr lachend den Stinkefinger. Beca lachte ebenfalls und erwiderte die Geste.

Am nächsten Morgen versicherte sie sich noch einmal, dass ihre Mum tatsächlich den ganzen Nachmittag außer Haus sein würde. Sie ertrug den Gedanken nicht, mit Soozi in ihrem Zimmer zu proben, während ihre Mutter unten zuhörte – garantiert würde sie etwas Peinliches, Elterntypisches sagen.

»Wann bist du denn zurück?«, hatte sie Elin gefragt und dabei versucht, ganz unverbindlich zu klingen.

»Keine Ahnung. Vielleicht gegen fünf? Um zwei hab ich den Termin bei der Anwältin und danach noch einen bei der Bank. Ach, und dann noch die Andenken-Frau.«

»Wer ist die Andenken-Frau?«

»Sie macht kleine Liebeslöffel, die die Leute mit nach Hause nehmen können, von Grama Grace' Party.«

»Mum …«, setzte Beca vorsichtig an. »Denkst du nicht, dass du die Party vielleicht canceln solltest? Nachdem Dad und du nicht …«

»Mach dich nicht lächerlich!«, fuhr Elin sie an. »Das ist momentan das Einzige, was mich bei der Stange hält. Hast du überhaupt eine Ahnung, wie viel Arbeit ich da reingesteckt habe? Ganz zu schweigen vom Geld. Allein diese personalisierten Liebeslöffel kosten ein Vermögen. Außerdem sind alle Einladungen verschickt!«

»Schon gut, beruhig dich!« Beca bereute, das Thema überhaupt angeschnitten zu haben. Jegliche Art von Diskussion mit ihrer Mutter war im Moment gefährlich. Soozi würde in einer halben Stunde da sein, und Beca wollte nicht riskieren, dass diese ihrer Mutter draußen im Vorgarten begegnete. »Okay, dann, viel Glück«, murmelte sie, woraufhin Elin ihre Handtasche und die Autoschlüssel nahm und das Haus verließ. Sie sah so traurig aus. Aber damit konnte Beca sich jetzt nicht beschäftigen.

Um zwei Uhr sangen Soozi und sie bereits aus vollem Hals »I Will Always Love You« – beziehungsweise, Soozi sang, während Beca sie begleitete. Es war komisch, das Keyboard ausnahmsweise durchs Haus klingen zu hören statt still und leise aus ihren Kopfhörern.

»Ich finde Dollys Version immer noch besser als die von Whitney«, sagte Beca.

»Tja, nun, ich habe gerade Soozis Version gesungen, weder Whitneys noch Dollys, klar?« Sie nahm einen großen Schluck eisgekühltes Wasser. »Dann lass uns mal 'ne Pause machen, was? Führ mich mal durchs Anwesen.«

»Das ist kein Anwesen.« Beca wand sich.

»Na, verglichen mit *meiner* Bude schon. Los, komm.«

Sie bestand auf einer kompletten Tour, einschließlich eines Blicks ins Elternschlafzimmer.

»Das ist ja ein scheißgroßes Bett, Mann«, verkündete Soozi, ließ sich auf die seidene Tagesdecke plumpsen und streckte alle viere von sich.

»Was MACHST du denn da?«, rief Beca.

»Ich teste nur die Größe. Deine Eltern merken doch nix davon.«

»Du kennst meine Mum nicht. Also, ich geh jetzt runter.«

Sie verließ das Zimmer in der Hoffnung, Soozi würde ihr in den Garten folgen.

Kurz darauf tat sie das auch. »Deine Mutter hat ihre Klamotten alle nach Farben sortiert! Ist das krank!« Soozi lachte und fand offenbar alles sehr witzig.

»Ja, nun, sie mag es eben ordentlich.« Obwohl Beca die zwanghafte Ordnung ihrer Mutter peinlich war, hatte sie gleichzeitig das leise Bedürfnis, sie zu verteidigen.

»Was ist mit deinem Alten? Hab gar keine Sachen von ihm gesehen.«

»Schaust du immer bei Leuten, die du nicht kennst, in den Kleiderschrank?«

»Ich hab nix geklaut, falls du das meinst. Nich meine Art.« Soozi lachte wieder und zündete sich eine Zigarette an. Dann legte sie sich ins Gras.

Beca beobachtete, wie Soozi die Knie hin und her pendeln ließ, völlig entspannt und faul in der Sonne. Sie trug Shorts und hatte offenbar kein Problem damit, der Welt ihre nackten Beine zu zeigen. Beca verglich sie mit ihren eigenen blassen Gliedmaßen, die selten das Tageslicht erblickten. Wieder wurde sie von Neid und Bewunderung gepackt und wünschte, sie könnte so aussehen wie Soozi.

»Also, wo ist er? Dein Dad?«

Einen Augenblick lang überlegte Beca zu schwindeln – *Er arbeitet im Ausland … er ist im Gefängnis … er lebt nicht mehr*. Doch sie hatte keine Energie für eine Lüge. »Er ist ausgezogen«, sagte sie. »Die beiden lassen sich scheiden.«

Soozi schien das nicht wirklich zu kümmern. Sie zog tief an ihrer Zigarette und blies Rauchkringel in die Luft. Eine Große Königslibelle schwebte in der Luft über ihren Füßen auf der Suche nach einem Landeplatz. »Mann, schau dir die Flügel an!«, flüsterte Soozi, halb erschrocken, halb ehrfürchtig. »Total durchsichtig und spinnwebig. Wie was aus 'nem Disney-Film, oder?«

Schweigend beobachteten sie das Insekt einige Sekunden lang.

»Ich finde ja«, flüsterte Beca zurück, weil sie das wunderschöne Tier nicht erschrecken wollte, »dass Libellen aussehen wie eine Mischung aus einer Fee und einem Puppenhubschrauber.«

Plötzlich beschloss die Libelle, auf Soozis Bein zu landen, was diese dazu veranlasste, laut zu kreischen und aufzuspringen.

»Die tut doch nichts, du Dummerchen!«, rief Beca grinsend. »Libellen *stechen* nicht!«

Aber Soozi ließ sich nicht überzeugen. »Mach sie weg!« Hilflos lachend sah Beca zu, wie Soozi panisch herumfuchtelte. »Los jetzt, VERPISS DICH!«, quietschte sie, obwohl die Libelle längst davongeflogen war. Als sie begriff, dass die Luft rein war, ließ Soozi sich zurück ins

Gras fallen. Ihre Angst ließ nach, während sie wieder zu Atem kam. »Dann hat er eine andere kennengelernt?«, fragte sie schließlich.

»Wer?«

»Dein Alter. Steigt er mit ’ner anderen Tussi ins Bett?«

»Sie heißt Fleur.«

»Ach du Scheiße.«

»Genau.«

Soozi lachte. »Das Leben ist hart, Mädel, und dann stirbst du.«

»Vielen Dank, oh weise Frau!« Becas Tonfall triefte vor Sarkasmus.

Dann, ohne aufzuschauen, griff Soozi nach Becas Hand und streichelte mit dem Daumen ihre Handfläche. »*Mein* Dad is abgehauen, als ich zehn war.«

»Hart.« Beca versuchte, sich nicht anmerken zu lassen, wie peinlich ihr der Körperkontakt war.

»Schon okay. Er war ’n ziemlicher Loser, wenn man ehrlich ist. Deshalb mochte ich es eigentlich, mit meiner Mum allein zu sein. Sie war cool, verstehst du?«

Es gab keine einzige Gelegenheit in Becas Leben, wo sie ihre eigene Mutter *cool* gefunden hätte.

»Aber als ich fünfzehn war, hat sie sich mit diesem Typen aus Bristol eingelassen. Wollte, dass ich mit ihr dorthin ziehe. Bin ich auch für ’ne Weile, aber ich hab Diff zu sehr vermisst.«

»Diff? Ach so, Cardiff.«

»Ja, was denn sonst.«

Beca lächelte und merkte, dass sie nicht wollte, dass Soozi ihre Hand losließ.

»Die reden total komisch in Bristol, weißte, wie ich meine?«

Beca grinste wieder. Sie war fasziniert.

»Sobald ich sechzehn wurde, bin ich zurückgekommen und in meinen eigenen kleinen Palast gezogen. Einzimmerwohnung.«

»Das ist aber jung, um allein zu leben.«

»Nö.« So plötzlich, wie sie ihre Hand genommen hatte, schob Soozi sie wieder weg und drückte stattdessen Becas Knie auf diese nervige, schwesterliche Art. »Es kommt nich drauf an, was einem im Leben passiert, Kleines. Sondern darauf, wie du auf das *reagierst,* was passiert. Ich hab's ganz gut hingekriegt, oder?«

»Ähm, ja«, murmelte Beca.

»Du wirst drüber wegkommen. Braucht nur bisschen Zeit. Dann gewöhnste dich an den neuen Normalzustand. Und jetzt« – sie sprang wieder auf die Füße – »was hältste davon, wenn wir ein bisschen Gretchen Peters ausprobieren, hm?«

27
Elin

»Die sind unglaublich schön geworden«, staunte Elin, als sie in der kleinen Werkstatt stand und die sechzig Holzlöffel betrachtete, von denen jeder einzelne für Grama Grace' Feier von Hand geschnitzt worden war. Sie fuhr mit dem Finger an der Kante entlang und bewunderte die Handwerkskunst. Der Stiel jedes Löffels bestand aus einer fein gearbeiteten Narzisse – Grace' Lieblingsblume –, verschlungen mit ihrem Namen. In der Mulde des Löffels war *1932*, ihr Geburtsjahr, eingraviert und ganz vorne die Zahl *neunzig*. Erstaunlicherweise war jeder aus einem einzigen Holzstück gefertigt worden, so war es Tradition bei den Waliser Love-Spoons. Es gibt immer noch Schönheit auf der Welt, dachte Elin. Die Arbeit, die darin steckte, berührte sie so, dass sie beinahe vor den Augen der Künstlerin geweint hätte. Stattdessen setzte sie ihr schönstes Schulleiterinnenlächeln auf, bezahlte die Rechnung und ging.

Als Nächstes war die Bank an der Reihe. Bei ihrem Termin dort lief alles effizient und zügig – das genaue Gegenteil zu ihren Treffen mit Maxine Letterman-Brace. Sie eröffnete ein neues Konto auf ihren Namen und richtete es so ein, dass ihre Bezüge direkt dort eingingen, ohne einen Umweg über das gemeinsame Konto mit Greg zu machen. Elin würde ganz bestimmt nicht sein neues Leben finanzieren oder die Rechnungen für seine Wohnung in Grangetown bezahlen.

Der Filialleiter war ein netter Typ namens Simon. Er stellte keine Fragen, als Elin ihm erklärte, dass sie eine »häusliche Umstellung«

vornehmen wolle, sondern nickte nur mitfühlend und signalisierte ihr sein Verständnis. Vielleicht war er auch geschieden. So viele Menschen waren das heutzutage. Es schien fast die Norm zu sein, dass eine Ehe nach zwei Jahrzehnten endete. Niemand schien mehr auf Dauer zusammenzubleiben. Ihre eigene Mutter und ihr Vater hatten nur einen einzigen, whisky-getränkten Abend im Jahr 1970 zusammen verbracht. Sie war das Ergebnis eines One-Night-Stands, nicht einer stabilen Beziehung, keine Wunschtochter von zwei liebenden Eltern. Und alles, was sie über ihren Vater wusste, war, dass er ein verheirateter Norweger war, der nichts mit ihr zu tun haben wollte.

Sie war sieben gewesen, als sie es herausfand. Eines Tages kam sie in Tränen aufgelöst von der Schule nach Hause, weil Julie-May Codman sie damit aufgezogen hatte, dass sie keinen Daddy hatte. In einem seltenen Anfall mütterlicher Fürsorge war Alys zu Julie-Mays Haus marschiert und hatte verlangt, mit ihrer Mutter zu sprechen. Sie bestand darauf, dass sich sowohl Elins Klassenkameradin als auch deren Mutter entschuldigten. Alys warf ihr vor, ihrem Kind nicht die Werte der Güte und des Mitgefühls vermittelt zu haben. »Meine Tochter mag vielleicht keinen Vater haben«, rief sie, »aber sie ist offensichtlich keine herzlose Zicke wie Ihre! Sie sollten sich schämen, ein Kind so zu erziehen.« Es war eine der wenigen Gelegenheiten, bei denen Elin stolz auf ihre Mutter war, und das dämpfte ein wenig den Schmerz der Enthüllung, die darauf folgte.

Alys hatte sie auf dem Weg nach Hause mit ins Ferrari's genommen, um ein Stück Kuchen zu essen und zu »reden«. Zuerst erklärte sie ihr, wie das lief zwischen Mann und Frau, und wo die kleinen Kinder herkamen – alles in einem fröhlichen Tonfall, den Elin zuvor noch nie bei ihr gehört hatte. Sie verstand nicht so richtig, was ihre Mutter sagte, außer dass der Daddy der Mummy einen Samen gab, der dann neun Monate lang in ihrem Bauch heranwuchs, bis ein Baby herauskam. Rückblickend nahm sie an, dass diese Umschreibungen Alys' Versuch darstellten, die traurige Wahrheit ihrer Situation zu beschönigen.

»Dein Daddy war ein Mann namens Kurt«, sagte sie lächelnd, als überbringe sie aufregende Neuigkeiten. »Er war ein bisschen älter als deine Mummy. Mummy traf ihn, als sie als Sängerin durch Skandinavien tourte.« Das Lächeln verschwand auch beim letzten Tiefschlag nicht. »Leider hatte Daddy bereits eine Familie, deshalb konnten wir nicht bei ihm wohnen.« Damals waren für Elin Norweger dasselbe wie Wikinger, und so stellte sie sich ihren Vater mit einem Messinghelm mit zwei großen Hörnern vor, wie er Alys einen Apfelkern reichte, um ihn in ihren Bauch zu stecken und ein Baby wachsen zu lassen. Es war ganz schön viel zu verdauen gewesen, abgesehen vom Kuchen.

Schließlich fragte sie: »Hat er mich lieb gehabt?«

Und Alys erwiderte fröhlich: »Oh, ich bin sicher, das hat er!«

Elin nickte und biss wieder von ihrem Gebäck ab. Mit vollem Mund sagte sie: »Werde ich ihn je wiedersehen?«

Sie erinnerte sich noch genau daran, wie ihre Mutter an dieser Stelle kurz innegehalten und ihr Lächeln ins Wanken geraten war. »Ich glaube nicht, mein Schatz. Er lebt sehr weit weg. Und er ist ein sehr beschäftigter Mann. Jetzt sei ein braves Mädchen und iss deinen Kuchen.« Damit war die Sache erledigt.

Jahre später gelang es ihr, Grama Grace zu überreden, die wenigen Informationen, die *sie* damals von Alys bekommen hatte, mit ihr zu teilen. Es kam aufs Gleiche heraus: ein Fremder aus einem fremden Land, der nichts mit der Tochter zu tun haben wollte, die er nie kennengelernt hatte, und auch nicht mit der Frau, die er während eines One-Night-Stands geschwängert hatte.

Und so musste Elin ihre gesamte Schulzeit über einfach akzeptieren, dass sie anders war. Dass sonst alle in ihrer Klasse zwei Elternteile besaßen, die vermutlich verheiratet blieben, bis dass der Tod sie schied. Nur eben ihre nicht. Obwohl sie sich dann und wann Gedanken über ihren Vater machte – vor allem, ob er wohl noch am Leben war –, lehrte sie ihr angeborener Sinn für Selbstschutz, den Status quo zu akzeptieren. Denn wenn sie das nicht tat, wenn sie eine Art Suche nach ihm am Leben hielt, dann wäre das, als würde sie immer an der Kruste einer Wunde herumkratzen. Dann würde sie nie Frieden finden. Auf ihrer Geburtsurkunde stand »Vater unbekannt«, und diese Definition war seltsam tröstlich. Die Tür war fest verschlossen.

Greg wusste natürlich, was Sache war. Sie war ihm gegenüber stets offen gewesen, was ihre Familiengeschichte anging. Als sie sich kennenlernten, hatte er sie öfter danach gefragt. Doch auch er lernte bald, die Dinge so zu akzeptieren, wie sie waren. Er konnte ihr nicht dabei helfen, ihren Vater zu finden. Niemand konnte das. Deshalb war es das Beste und auch die einzige Option, die Situation einfach hinzunehmen. »Das ist wie bei Kindern, die durch eine Samenspende gezeugt wurden«, hatte Greg sanft gesagt. »Erst seit Kurzem können sie herausfinden, wer der Spender war. Ich schätze mal, du sitzt im selben Boot. Und es macht dich ja auch nicht *weniger wert*. Wenn überhaupt, dann *mehr*. Du bist eine Frau voller Geheimnisse.« Er versuchte, nett zu sein. Das wusste sie. Und es reichte ihr.

Schon komisch, an Greg als nett zu denken, an eine Zeit, als sie ihm alles bedeutete und er ihr. Doch das war damals. Und heute war heute. Sie und Greg waren nicht mehr zusammen.

Und als bräuchte sie eine Erinnerung an diese Tatsache, suchte sie nun ihre Anwältin auf. Die Rechnung war bereits ziemlich angewachsen, und Elin hatte zunehmend das Gefühl, die Kontrolle zu verlieren, was kein Zustand war, den sie sonderlich genoss. Sie hatte also fest vor, diesmal bei Maxine Letterman-Brace klare Grenzen zu ziehen. Ihr zu erklären, dass diese Scheidung zügig, gradlinig und effizient ablaufen musste. Dass sie keine Zeit mehr mit Küchenpsychologie verschwenden konnte oder mit diesem ganzheitlichen Ansatz, von dem Maxine ständig sprach – ein Privileg, für das Elin sie auf Stundenbasis bezahlte! Aber dann ließ sie Maxine doch wieder über ihre absurden Ideen reden.

»Vertrauen Sie mir, Sie müssen *unbedingt* Lolly kennenlernen«, erklärte die Anwältin mit leuchtenden Augen.

»Vertrauen *Sie* mir, das muss ich *nicht*.«

Elin wusste wirklich nicht, wie Maxine das anstellte: wie es ihr jedes Mal aufs Neue gelang, Elin einzuwickeln und sie dazu zu bringen, irgendeinem albernen Plan zuzustimmen, der überhaupt nichts mit juristischen Details oder der üblichen Vorgehensweise bei einer Scheidung zu tun hatte.

»Ich weiß, ich bin ungewöhnlich«, sagte Maxine sanft, »aber Sie müssen mir glauben, dass ich Ergebnisse liefere.«

Dann erzählte sie Elin von ihrer Freundin namens Lolly, die der *Inbegriff einer starken Frau* sei. »Sie hat das *alles* durchgemacht, Schätzchen!«

»Bitte nennen Sie mich nicht Schätzchen«, murmelte Elin und wurde prompt ignoriert.

»Ich lasse sie mit allen meinen Klienten sprechen – mit den Mädels und den Jungs. Sie wird ein Feuer in Ihrer Seele entzünden, die Kriegerin in Ihnen wecken.«

»Ach, können Sie *bitte* mit diesem Unsinn aufhören, oder, ich schwöre Ihnen, ich suche mir einen anderen Anwalt.«

»Ihre Entscheidung, Elin«, sagte Maxine. »Aber es wäre wirklich Geldverschwendung, schon so weit gekommen zu sein und dann neu anzufangen. Denken Sie nur daran, was Sie alles noch mal erzählen müssten! Kommen Sie schon, wir haben es fast geschafft.«

»Also, wenn das keine Lüge ist«, sagte Elin. Doch Maxine hatte nicht unrecht: Sie war schon zu weit gekommen, um neu zu beginnen.

»Ich sage ja nur, treffen Sie Lolly, hören Sie sich an, was sie zu sagen hat, und ich verspreche Ihnen, wenn es Ihnen nichts gibt, dann ist das völlig in Ordnung. Keinerlei Verpflichtungen auf beiden Seiten. Sie kann Sie sowieso erst in vierzehn Tagen treffen, Liebes, weil sie in einem Wild Woman Camp ist. Nackt Lagerfeuer aufbauen und solche Dinge.«

Elin fand, die Frau klang schrecklich, aber sie willigte ein. Teils, weil sie keine Energie mehr hatte, sich zu wehren, und teils weil sie gegen ihr besseres Wissen tatsächlich neugierig auf diese Lolly war. Elin erklärte sich also bereit, in zwei Wochen mit den beiden einen alkoholfreien Cocktail in einer neuen Bar im trendigen Vorort Pontcanna trinken zu gehen. Maxine fand, alkoholfrei sei die beste Art, den Abend zu beginnen. »Und dann können wir weiterziehen, wenn alles gut läuft!«

»Aus Ihrem Mund klingt das wie ein Date!«, gab Elin zurück.

»Na, es ist ja auch eine Art Date.« Maxine strahlte. »Ein Date mit Ihrer neuen besten Freundin! Denn jeder braucht eine Freundin wie Lolly.«

Elin hätte ihr am liebsten eine gescheuert. Aber sie beherrschte sich und wandte sich zum Gehen.

Als sie schon in der Tür stand, sagte Maxine: »Ach, beinahe hätte ich es vergessen, wir haben eine E-Mail von Greg bekommen. Er will Sie etwas fragen …«

Elin kam früher als geplant nach Hause, und offensichtlich deutlich früher, als Beca erwartet hatte, denn als sie durch die Haustür trat, wurde sie von Gesang empfangen, begleitet von Keyboard-Klängen in voller Lautstärke. Es war nicht Becas Stimme – ihre Tochter konnte singen, ja, aber nicht so. Der Gesang war erstaunlich: voll und melodisch, nuancenreich und betörend.

Als Elin nach oben ging, wurde die Musik lauter. Sie kam aus Becas Zimmer. Vorsichtig öffnete Elin die Tür und blickte überrascht auf das Bild, das sich ihr bot: Beca am Keyboard, konzentriert auf die Noten vor ihr, während eine groß gewachsene, dunkelhäutige junge Frau, die Elin nicht kannte, mit geschlossenen Augen und völlig in das Lied versunken, Carole Kings »Natural Woman« zum Besten gab. Elin konnte kaum glauben, was sie da sah. Und hörte. Sie stand in der Tür und betete, dass die beiden sie nicht bemerken und aufhören würden. Das taten sie nicht, und als der Song zu Ende war, fing Elin an zu klatschen.

»Mum«, flüsterte Beca wie eine schüchterne Fünfjährige. »Wie lange stehst du schon da?«

»Das war fantastisch!« Elin wischte sich eine vereinzelte Träne weg und klatschte weiter Beifall.

»Nicht klatschen!«, keuchte Beca, die rot bis zu den Haarwurzeln wurde.

»Also … wie … ich meine, was … wer …?« Elin stolperte über die Worte.

»Alles klar?«, fragte die Fremde und streckte Elin die Hand hin. »Ich bin Suzanne. Aber Soozi ist mir lieber. Mit Doppel-O, Zett, I.«

»Freut mich, dich kennenzulernen, Soozi. Ich bin Elin Matthews, Becas Mum. Ich verstehe nicht …«

»Wir treten zusammen auf«, erklärte Soozi.

»Auftreten?« Elin runzelte die Stirn.

»Ich wollte es dir erzählen«, murmelte Beca. »Aber du warst so beschäftigt mit der … du weißt schon, diese ganze Sache mit Dad und so …«

»Wenn du ›auftreten‹ sagst«, unterbrach Elin sie und klang zunehmend wieder wie eine Schulleiterin, »was genau meinst du damit?«

»Süße, hör zu, ich muss los.« Soozi beugte sich vor, um Beca auf die Wange zu küssen. »Ich ruf dich an, ja? War nett, Sie kennenzulernen, Mrs. M.«

Und weg war sie.

»Bist du sauer?«, wollte Beca wissen, sobald sie die Haustür ins Schloss fallen hörten.

»Natürlich nicht!«, erwiderte Elin. »Ich finde es wunderbar.«

»Echt jetzt?«

»Ja, natürlich. Suzanne scheint sehr nett zu sein, und ich bin begeistert, dass du dein musikalisches Talent nutzt …«

»Wo ist der Haken?«

»Es gibt keinen Haken!«

»Doch, den gibt es, ich kann es an deiner Stimme hören.«

Elin seufzte. »Es hat nichts mit Suzanne …«

»*Soozi*«, korrigierte Beca.

»Nichts mit Soozi oder euren Auftritten zu tun. Es geht um deinen Vater. Er will dich treffen.«

»Ja, und?«

»Er hat meiner Anwältin gemailt, ist das zu fassen? So läuft das jetzt bei uns.« Elin räusperte sich und fuhr fort: »Angeblich sollst du zum Abendessen kommen.«

Beca zögerte. »Wird *sie* da sein? Die Frau?«

»Ich nehme es mal an, ja.«

»Und ist das okay für dich?«, erkundigte sich Beca nervös.

Elin versuchte, möglichst locker zu klingen. »Die Entscheidung liegt nicht bei mir, Beca. Das musst du wissen. Schließlich ist er dein Vater.«

28

Grace

Grace war dabei, Walisische Kekse zu backen. Sie fand den Prozess tröstlich und therapeutisch: den Teig zu einer 1 Zentimeter dicken Platte auszurollen, die runden Formen auszustechen und sie auf den speziellen Backstein zu legen, während es in ihrer Küche köstlich nach warmer Butter, Rosinen und Gewürzen duftete. An diesem Morgen brauchte Grace ganz dringend eine Keks-Therapie, denn sie dachte über Elins Situation nach.

War sie überrascht gewesen, als sie davon erfuhr? Hatte sie es kommen sehen? Sie hatte auf jeden Fall gewusst, dass es zwischen Elin und Greg nicht so gut lief – vermutlich schon seit einiger Zeit, wobei Grace das auf die Höhen und Tiefen des Ehelebens geschoben hatte. Schließlich war keine Ehe perfekt. Aber eine *Scheidung*? Das war so extrem. Eine zu einfache Lösung. Die Ehe schien heutzutage mit demselben Zynismus betrachtet zu werden wie Gegenstände des Konsums in der Wegwerfkultur: Es funktioniert nicht mehr, also weg damit. Statt nach einem Weg zu suchen, die Beziehung zu reparieren. Das war doch bestimmt nur eine Kurzschlussreaktion von Elin, oder?

Dann wies sie sich selbst zurecht: Was war sie doch für eine Heuchlerin. War ihre Meinung über Scheidung nicht völlig anders gewesen, was Johns Frau anging? Doreen Cuttle – die Frau, der sie nie begegnet war und die sie doch verteufelt hatte, weil sie ihrem lieben John jahrzehntelang so viel Kummer gebracht hatte –, die sich weigerte, in die Scheidung einzuwilligen, die er sich so dringend wünschte. Alles im

Namen der Religion, deren Regeln sie folgte, wann immer es ihr gerade passte. Da war Scheidung undenkbar, Untreue und Grausamkeit anscheinend aber in Ordnung. Als Doreen im Alter von zweiundsiebzig starb, schämte Grace sich nicht zuzugeben, dass sie sich über die Nachricht freute. *Ding Dong, die Hex' ist tot!*, hatte sie bei sich gedacht. Einundfünfzig Jahre lang hatte Doreen John gezwungen, sein Leben in Warteschleife zu leben. Erst mit ihrem Tod war er endlich frei gewesen.

Bei Elin sah das natürlich ganz anders aus. Sie und Greg waren seit bald zwanzig Jahren verheiratet. Die meiste Zeit über auch durchaus glücklich, und sie hatten Beca. Und trotzdem, als Grace versuchte, Elin davon zu überzeugen, nichts zu überstürzen, gab sie ihr zu verstehen, sie würde das *nicht verstehen*.

»Er hat eine AFFÄRE, Grama Grace!«, hatte Elin ins Telefon gebellt. Als hätte Grace dieses Wort noch nie gehört. »Verstehst du? Er liebt eine andere!«

»Ich weiß, *cariad*, und ich verstehe, dass sich das wie das Ende anfühlt, aber diese Dinge renken sich oft wieder ein. Viele Ehen überleben einen Seitensprung und sind hinterher noch viel besser.«

»Was weißt *du* schon von so was? Du warst doch gerade mal fünf Minuten verheiratet«, fuhr Elin sie an.

»Siebzehn Jahre, um genau zu sein«, sagte Grace leise, woraufhin sich Elin sofort entschuldigte. Überschwänglich.

»Ist schon in Ordnung, mein Kind. Mir ist lieber, du schnauzt mich an, als dass du alles in dich reinfrisst.« Sie nahm Elin das Versprechen ab, sie jeden Tag anzurufen, damit sie aus der Ferne ein Auge auf sie haben konnte. Elin war einverstanden. »Und du weißt, dass dein Bett hier immer bereit ist. Du kannst herkommen, wann immer du magst.« Damit wollte sie sie eigentlich trösten, aber Elin hatte sofort wieder angefangen zu weinen und das Gespräch rasch beendet.

Es tat Grace im Herzen weh, dass in Elins Leben die Mutter fehlte. Und es auch keinen Vater gab. Das Mädchen war im Grunde eine Waise. Wer würde sich um sie kümmern, wenn sie selbst das Zeitliche segnete, vor allem jetzt, wo Greg weg war? Grace plante, noch eine ganze Weile zu leben, aber selbst Schwimmen und Yoga machten sie nicht unbezwingbar. Und als sie jetzt ihre Kekse auf dem heißen Backstein umdrehte, war die Vorstellung, wie ihre kleine Elin der Welt allein gegenüberstand, einfach unerträglich.

Elin war fast vier Jahre alt, als Grace sie schließlich kennenlernte. Alys, schon immer erstklassig im Nachtragendsein, hatte jeglichen Kontakt verweigert, und da sie keine Adresse von ihrer Tochter hatte oder sie sonst wie hätte erreichen können, blieb Grace nichts anderes übrig, als die Situation hilflos hinzunehmen. Vier ganze Jahre, die Grace von Elins jungem Leben nicht miterlebt hatte. Die Babyphase, die ersten Schritte, die ersten Worte – all das hatte sie verpasst. Es schmerzte sie enorm, und irgendwann gab sie die Hoffnung auf, Elin je kennenzulernen oder Alys wiederzusehen.

Doch dann, eines Heiligabends, stand Alys plötzlich vor der Tür von Sŵn-y-Môr und verkündete, sie wollten bei ihr Urlaub machen. Es war, als wären sie nie getrennt gewesen. Alys besaß diese Fähigkeit, alle schwierigen Themen beiseitezuwischen und sich zu verhalten, als sei nichts geschehen. Als Grace versuchte, über die vier Jahre dauernde Sendepause zu sprechen, erklärte Alys ihr lächelnd, es sei ungesund, der Vergangenheit nachzuhängen. Damit war für sie die Sache erledigt. »*Jetzt* sind wir ja da, oder etwa nicht?«

Sie blieben drei Wochen, und Grace war von der ersten Minute an völlig vernarrt in ihre Enkeltochter. John deutete Grace gegenüber im Vertrauen an, dass Alys seiner Meinung nach ziemlich viel zu trinken schien, doch Grace schob es auf die Weihnachtszeit. Tief in ihrem Innern wusste sie allerdings, dass John recht hatte. Nur, wenn sie Alys deswegen zur Rede stellte, würde sie dann nicht ein weiteres Zerwürfnis riskieren? Weiteres jahrelanges Schweigen?

Nach diesem Besuch verbesserte sich ihre Beziehung deutlich. Sie hatten immer noch nicht besonders viel Kontakt, aber mehr als je zuvor, und Grace wusste jeden Anruf, jede Postkarte und erst recht jeden Besuch zu schätzen. Einer der bemerkenswertesten war 1977, als Alys mit Elin für die Feierlichkeiten zum silbernen Thronjubiläum nach

Dylan's Quay kam. Das war eine glückliche Zeit gewesen. Doch hätte Grace gewusst, was die kleine Elin in ihrem Leben als Nächstes erwartete, sie hätte sie festgehalten und nicht mehr aus den Augen gelassen …

Oh, Alys, dachte sie jetzt, unterdrückte ein Schluchzen und versuchte, sich keine Sorgen wegen der noch immer unbeantworteten Nachricht zu machen, die sie an die Galerie in Brecon geschickt hatte. Vielleicht hatte die ihre Tochter gar nicht erreicht.

Die zwei Dutzend frisch gebackenen Kekse kühlten auf dem Gitter aus, während Grace ihre Sachen packte, um John im Cadwallader House zu besuchen und Cissie etwas von ihrem selbst gebrauten Tonikum zu bringen. Cissie lag seit einer Woche im Bett. »Wahrscheinlich irgendein harmloses Virus«, hatte die Leiterin gesagt, als Grace am ersten Morgen vorbeikam, »aber es scheint sie ziemlich umgehauen zu haben. Keine Sorge, Corona ist es nicht!« Trotz der Warnungen, sie könnte sich anstecken, setzte sich Grace jeden Tag drei bis vier Stunden lang an Cissies Bett, las ihr vor, sang ihr vor und stellte ihr sogar sinnloserweise Kreuzworträtselfragen. Alles, um sie bei Laune zu halten. Genau das würde sie an diesem Nachmittag auch wieder tun.

Grace versuchte stets, sich auf das Positive zu konzentrieren, und während sie und John durch den Garten von Cadwallader House spazierten, sagte sie zu ihm, sie habe den Eindruck, Cissie gehe es ein bisschen besser.

»Hab ich dir doch gesagt«, meinte John. »Wir haben gute Gene in unserer Familie.«

Grace lächelte und drückte seine Hand fester. Er blieb stehen, um nach seinen Rosen zu sehen und ihren süßen Duft zu schnuppern. Ohne sie anzusehen, fragte er: »Und, irgendwelche Neuigkeiten?«

»Nein. Nichts.« Grace wusste, was er meinte. Vor einigen Wochen hatte sie ihm gestanden, dass sie seinen Rat ignoriert und den Brief an Alys doch abgeschickt hatte. Er hatte bloß mit den Schultern gezuckt und gemeint, er hätte sowieso gewusst, dass sie es tun würde. »Ich halte es trotzdem für keine gute Idee, Gracie.«

Langsam begriff sie, dass er recht hatte. Jeden Morgen war ihr bang, wenn sie nach der Post schauen ging. Doch je mehr sich die Wochen in die Länge zogen, umso mehr verwandelte sich ihre Erwartung in Niedergeschlagenheit, und sie akzeptierte nach und nach, dass *diese* spezielle Alys Meredith in Brecon nicht *ihre* Alys Meredith war, oder vielleicht doch, aber Alys einfach nichts mit ihr zu tun haben wollte. Grace hatte sogar mit dem Gedanken gespielt, selbst nach Brecon zu fahren, falls Zweiteres der Fall sein sollte. Vielleicht konnte sie sie irgendwie aufspüren – Brecon war schließlich nicht so wahnsinnig groß, und eine persönliche Begegnung wäre vielleicht erfolgreicher als ein Brief. Doch John hatte sie umgestimmt. Insgeheim wünschte sie, sie hätte ihm nie von dem Brief erzählt: Sie ertrug das Mitleid in seinen Augen nicht, jedes Mal, wenn er sie fragte: »Gibt's was Neues, meine Liebe?« Sie schimpfte sich selbst eine dumme alte Frau mit albernen Ideen. »Akzeptier es einfach, Grace«, schalt sie sich selbst. »Du hast sie verloren. Und das war's.«

»Sie wollen einige Bluntersuchungen machen«, erwähnte John beiläufig, während sie ihren Spaziergang fortsetzten. »Bei Cissie. Einfach nur, um ein paar Dinge ausschließen zu können.«

»Wie was zum Beispiel?«

»Frag mich nicht, ich bin ja kein Arzt!« Er lächelte, doch sie hörte die Sorge in seiner Stimme. »Das Übliche, nehme ich mal an«, fügte er hinzu. »Das machen sie doch immer, oder?«

Grace spürte, dass es keinen Sinn hatte, ihm weitere Fragen zu stellen. Wenn sie im Lauf der Jahre eines gelernt hatte, dann, ihn nicht zu drängen, wenn er besorgt wirkte. In der ganzen Zeit, die sie sich kannten, hatten sie sich kein einziges Mal gestritten. Doch wenn er sich wegen etwas Sorgen machte, dann war es besser, ihn mit seinen Gedanken in Frieden zu lassen, während er die Dinge für sich klärte. Grace wusste auch, dass es überhaupt keinen Sinn hatte, sich Sorgen um das Unbekannte zu machen.

»Wie wär's denn dann mit einer Tasse Tee und einem meiner Kekse?« Sie nahm seinen Arm, und zusammen gingen sie ins Haus.

29
Beca

Fleur hatte etwas Entwaffnendes an sich. Aber nicht auf positive Art. Sie war es, die die Tür zur Dreizimmerwohnung im zweiten Stock in Grangetown öffnete, wo Becas Dad nun wohnte.

»Oh«, sagte Beca und dachte einen Moment lang, sie hätte sich in der Klingel geirrt.

»Rebecca?«, flüsterte Fleur nervös.

»Beca, um genau zu sein.« Kein guter Anfang.

»Oh mein Gott, es ist so schön, dich endlich kennenzulernen!« Dann beugte sie sich vor, hüllte Beca in eine Duftwolke aus Lavendelöl und umarmte sie ungefragt und viel zu eng. Sie sieht älter aus als einunddreißig, dachte Beca. Doch vielleicht lag das nur an den Klamotten, die sie trug: eine Art weiter Hippie-Kaftan über Leggings und dazu Espadrilles. Sie war ziemlich hübsch, ohne Make-up mit einer schwarzen Mähne aus Korkenzieherlocken und mit einem Nasenpiercing. Als sie lächelte, fiel Beca auf, dass ihre Zähne ziemlich weit auseinanderstanden, was sie an Mrs. Ellis, ihre Erdkundelehrerin, erinnerte.

Kaum hatte Beca sich aus der Umarmung befreit, ergriff Fleur Becas Hände und starrte sie mit Tränen in den Augen an. »Ich kann kaum glauben, dass du gekommen bist.« Sie schüttelte ihre Locken, wie um die Aussage zu unterstreichen.

Die Situation wurde Beca eindeutig zu viel. »Wo ist mein Dad?«

»Du bist wütend. Das ist verständlich.«

»Ähm, nein«, erwiderte Beca verwirrt. »Ich will nur meinen Dad sehen.«

»Mein kleines Mädchen!«, ertönte prompt Gregs Stimme von unten aus dem Treppenhaus.

Obwohl Beca sich sofort über diesen nervigen neuen Namen ärgerte, gelang es ihr zu lächeln, und sie erlaubte ihm, sie zu umarmen. Dabei ließ er die Einkaufstüten fallen und drückte viel zu fest, genau wie zuvor Fleur. Wenigstens hatte er das Recht dazu, schließlich war er ihr Dad und so. Fleurs Umarmung war schlimm genug gewesen, doch als sie nun die Arme ausstreckte, Beca und Greg umarmte und dabei murmelte: »Gruppenknuddler, *Familien*knuddler!«, bereute Beca ihren Besuch total. So verharrten sie für eine gefühlte Ewigkeit, bis Beca schließlich den Mut fand, sich zu lösen, mit der Ausrede, sie müsse auf die Toilette.

Die Wohnung war abgewohnt und schäbig. Sie wirkte irgendwie muffig, was jemand – vermutlich Fleur – versucht hatte, mit diesem üblen Lavendelöl zu überdecken, das in einem kleinen Porzellanschälchen auf dem Bücherregal vor sich hin dampfte. Es gab eindeutige Ansätze, das Ganze »heimelig« zu machen: indische Decken über dem Sofa und bunte Kissen auf den zwei Esszimmerstühlen. Hatte sich ihr Vater wirklich so sehr verändert? Dieser Ort passte überhaupt nicht zu ihm. Beca fiel auf, dass der Kühlschrank mit Magneten verziert war, auf denen weise Sprüche und flotte Sprichwörter standen wie *Sich selbst zu lieben bedeutet, die ganze Welt zu lieben.* Im Wohnzimmer gab es außer dem Sofa noch einen Sitzsack, in den Beca sich sinken ließ, weil er ihr etwas Abstand erlaubte.

Eine Weile saßen sie in gequältem Schweigen da, während Fleur verzweifelt lächelte, als könnte sie dadurch für eine glückliche Atmosphäre sorgen. Beca wünschte sich, die Freundin ihres Vaters würde sie und ihren Dad in Frieden lassen, und als hätte er ihre Gedanken gelesen, meinte Greg: »Fleur, soll ich mal nach dem Abendessen schauen, oder …«

»Nein, nein, ich kümmere mich um alles. Ihr zwei habt euch sicher viel zu erzählen.« Dann ging sie zum Glück in die kleine Küchenecke hinüber, nur wenige Meter entfernt, und signalisierte ihre Anwesenheit, indem sie ordentlich herumklapperte.

*

Als sie allein waren, wurde die Stille noch greifbarer. Bis Greg schließlich hüstelte und sagte: »Danke, dass du gekommen bist, mein kleines Mädchen.«

»Dad!«, fuhr sie ihn an, »bitte hör auf, mich so zu nennen.«

»Sorry.«

Wieder Schweigen.

»Wie war dein Tag?«

»Gut, danke.«

»Wie läuft dein Job?«

»Komm schon, Dad, alles ist okay, ja? Hör auf, mich zu löchern. Ich bin heute nur hierhergekommen, weil du das wolltest. Diese ganze Geschichte ist bescheuert. Ich meine, was *tust* du? Hast du den Verstand verloren oder was? Denn *das hier*« – sie deutete auf das triste Zimmer – »ist verrückt. Wer ist *sie* denn? Wo hast du sie kennengelernt?«

»Ich weiß, das muss echt schwer für dich zu begreifen sein, aber manchmal hören Erwachsene auf, sich so zu lieben wie zuvor und …«

»*Erwachsene*? Dad, ich bin keine acht mehr! Warum redest du so mit mir?«

In diesem Moment streckte Fleur den Kopf um die Ecke. »Es gibt einen veganen Auflauf. Ich hoffe, das ist okay?«

»Er schmeckt bestimmt köstlich, mein Engel«, antwortete Greg für sie beide und bedeutete Fleur, sie noch eine Weile allein zu lassen. Sie verschwand wieder in der Küchenecke. »Mit dem veganen Essen sparen wir Geld«, entschuldigte er sich.

Beca verdrehte die Augen, und es folgte wieder unbehagliches Schweigen.

»Wir müssen über deine Mum sprechen, Bec. Sie will nicht mit mir reden und …«

»Gibst du etwa ihr die Schuld?«, fuhr Beca ihn an.

»Natürlich nicht, aber diese Anwältin, bei der sie ist, die stellt verrückte Ansprüche, und ich bitte ja nur darum, dass …«

»Tut mir leid, ich kann das nicht«, sagte Beca leise. Sie versuchte, sich aus dem Sitzsack zu erheben, aber das war leichter gesagt als getan. Letztlich musste sie sich zuerst auf die Knie rollen, um aufstehen zu können. Das wirkte ziemlich albern, vor allem weil sie sich anschließend abklopfen musste.

»Du kannst jetzt nicht gehen!«, rief Greg verzweifelt.

»Ich hätte gar nicht erst herkommen sollen.«

Wieder tauchte Fleur aus der Küche auf und hielt eifrig eine Reibe und eine Packung veganen Käse hoch. »Was ist denn los?«, wollte sie wissen, obwohl die Antwort offensichtlich war.

Beca nahm ihre Taschen und ihre Jacke und ging zur Tür. »Dad, du leidest ganz offensichtlich unter irgendeiner Art von Zusammenbruch.«

»Also, bitte!«

»Er war noch nie glücklicher!«, unterbrach Fleur, und Beca sah, dass ein Stückchen Spinat zwischen ihren Schneidezähnen klemmte.

»Komm doch einfach nach Hause«, seufzte Beca. Dann ging sie, ohne eine Reaktion abzuwarten, lief die beiden Treppenabsätze hinunter und hinaus auf die Straße, ehe ihr Vater Gelegenheit hatte sie einzuholen.

Beca spazierte das Taff Embankment Richtung Zentrum entlang. Es war ein warmer Abend mit wolkenlosem Himmel, und aus den offenen Fenstern klang Musik, die sich mit dem Geruch nach Hefe und Hopfen von der nahe gelegenen Brains Brewery mischte. Leute saßen auf Eingangsstufen und Gartenmauern, tranken, unterhielten sich, rauchten und genossen den milden Sonnenschein in der Stadt. Ihr Zuhause lag eine halbstündige Busfahrt entfernt. Doch sie war noch nicht bereit zurückzukehren. Der Gedanke an ihre Mutter, die mit angehaltenem Atem darauf wartete, jedes Fitzelchen Information über ihren Dad und Fleur zu erfahren – *Wie ist sie? Wie ist die Wohnung? Wie sind die beiden ZUSAMMEN?* –, war unerträglich. Dieses Verhör wollte sie noch eine Weile hinauszögern.

Sie überquerte die Brücke und bog in die Steeple Street ein, die Richtung Busbahnhof führte. Soozis Einzimmerwohnung befand sich im Haus Nummer neunundneunzig. Beca hatte sich die Adresse gemerkt, weil sie zu einer albernen Unterhaltung über Eiscreme geführt hatte, was so besonders an Softeis mit Schokostange war, genannt »99«, dass alle darauf abfuhren.

Als sie die Abzweigung des Sophia Close zum Busbahnhof erreichte, zögerte Beca. Aus unerfindlichen Gründen schlug ihr Magen Purzelbäume. Sie ging weiter geradeaus, an den viktorianischen Reihenhäusern vorbei, die einst Einfamilienhäuser gewesen waren und nun fast alle in Wohnungen und Einzimmerapartments oder Zahnarzt- und Arztpraxen aufgeteilt worden waren. Nummer neunundneunzig lag auf der anderen Straßenseite. Ein Lieferwagen stand am Straßenrand geparkt und bot ihr Schutz, um das Haus in Ruhe zu betrachten. Beca spähte um das Heck herum zum ersten Stock hinauf.

Sie hörte Soozi, bevor sie sie sah: Ihre melodische Stimme, die sie so gut kannte, schwebte durch die Luft. Beca erstarrte und traute sich kaum, näher hinzusehen. Soozi saß in dem Erkerfenster, in ihrer eigenen musikalischen Welt versunken, und sang »Can't Help Lovin' Dat Man of Mine«, wobei sie jeder Note einen Soul-Klang verlieh.

Als das Lied zu Ende war, hörte Beca eine Männerstimme »Bravo« rufen und jemanden klatschen. Kam das aus Soozis Wohnung? Beca konnte sich einfach nicht lösen. Gebannt beobachtete sie, wie Soozi eine Wasserflasche nahm und sie in einem Zug austrank, ehe sie nach ihrem Handy griff. Ein Lächeln umspielte ihre Lippen.

Der Vibrationsalarm ihres Handys erschreckte Beca dermaßen, dass sie heftig zusammenzuckte. Eigentlich war das Geräusch kaum hörbar, aber für Beca dröhnte es so laut wie ein Nebelhorn. Sie zog das Telefon aus ihrer Gesäßtasche in Erwartung einer Nachricht von ihrem Dad. Doch da stand in dicken Lettern *ihr* Name: Soozi. Beca bekam sofort Angst, sie hätte sie womöglich gesehen und würde sie nun auslachen. Mit zitternden Händen öffnete sie die Nachricht.

Und, wie ist sie so, Kleines? Die neue Stiefmutter?

Beca spürte, wie ihr Puls raste, während sie eine Antwort tippte.

> Nervig. Seltsam. Bin nach 'ner halben Stunde wieder weg. Was machste so?

Sie drückte auf *Senden* und spähte wieder hinter dem Lieferwagen hervor, um zu beobachten, wie Soozi zurückschrieb. Ihr schlug das Herz bis zum Hals. Es war so aufregend, Soozi aus der Ferne zu beobachten, ohne dass diese etwas davon ahnte.

> Hab Spätschicht um 7. Bis dahin häng ich nur rum. Und du?

»Du willst den ja wohl hoffentlich nicht klauen, oder?« Eine Männerstimme, rau, aber freundlich, riss Beca aus ihrer Versenkung.

»Hä?« Da bemerkte sie, dass sie sich immer noch ans Heck des Lieferwagens lehnte. Entsetzt machte sie einen Schritt zurück. »Tut mir leid, ich hab nur …«

»Pass auf«, rief der Wagenbesitzer, ehe er die Tür aufriss und in den Wagen sprang. Innerhalb weniger Sekunden war er weggefahren, sodass Beca nun ohne jede Deckung dastand. Inzwischen hatte Soozi noch mal geschrieben.

> Was haste jetzt vor?

Beca starrte die Nachricht an. Das ist einer dieser Momente, dachte sie. *Entweder ich gehe weiter oder ich riskier's.*

> Ich steh gegenüber von deiner Wohnung …

Sie sah zu, wie Soozi den Blick von ihrem Handy hob und den Gehweg absuchte. Beca stand ganz still und wartete, bis Soozi sie gefunden hatte. Was auch geschah. Kurze Pause. Dann …

»MENSCH! DU RAFFINIERTES MISTSTÜCK!«, rief sie. Und Beca lachte. Sie hatte noch nie jemanden gekannt, der so viel fluchte wie Soozi, aber irgendwie klang es aus ihrem Mund nicht schlimm. Sondern meist eher zärtlich. »NA DANN KOMM SCHON! WORAUF WARTEST DU!«

Soozi öffnete die Haustür unten und zog Beca an sich. »Na, wenn *das* keine schöne Überraschung ist!«, sagte sie. »Hey, dann kannst du gleich Parker kennenlernen!«

»Wer ist Parker?«, wagte Beca zu fragen.

»Mein Kerl. Ist ein Schatz.« Und sie sprang die Stufen hinauf nach oben.

Beca folgte, etwas verwirrt. Wie meinte Soozi das mit dem Kerl? War Parker ihr Freund? War er es, der vorhin applaudiert hatte? Mein Gott, daran hatte sie überhaupt nicht gedacht! *Soozi könnte einen Freund haben.*

»Parks? Bist du angezogen?«, rief Soozi vor der Nummer vier.

»Wann bin ich jemals etwas anderes?«, ertönte die höfliche Antwort, und Parker riss die Tür auf. Er war etwa Ende siebzig, nicht so alt wie Grama Grace, aber definitiv älter als Becas Mum. In der Hand hielt er einige neue Hemden auf Bügeln, an denen noch die Etiketten baumelten.

»Verdammt, jetzt hast du mich aber erschreckt, du Trottel!«, lachte Soozi. »Warst du shoppen oder was?«

»Hi«, sagte Beca, auf einmal schüchtern.

»Parker – Beca; Beca – Park«, stellte Soozi sie einander vor.

»Ah, dann ist das also das große Musikgenie!«, sagte er immer noch zwischen Tür und Angel. Er streckte Beca die Hand hin.

Beca schlug ein, während ihr die Röte den Hals hinauf in die Wangen kroch.

»Komm doch mal vorbei, dann kannst du Bettina kennenlernen.«

Er schlurfte an ihnen vorbei ins Treppenhaus, und Soozi gab ihm einen dicken Schmatz auf die Wange. »Tschüssi! Und nimm auf jeden Fall das Blaue mit den kurzen Ärmeln.«

»Tschüss«, murmelte Beca und sah zu, wie Parker die Treppe hinunterging.

»Er wohnt in Nummer eins«, erklärte Soozi.

»Oh! Und wer ist Bettina? Seine Frau?«

»Nein! Bettina ist sein Flügel. Du wirst sie lieben. Heute Abend haben wir keine Zeit, aber nur Geduld, meine Süße. Und nun, voilà …« Mit diesen Worten führte Soozi sie in ihr Zuhause.

Das Zimmer machte Beca sprachlos. Es war so durch und durch *Soozi*. Zwei der Wände waren fuchsienrot gestrichen, und die gesamte dritte Wand nahm das riesige Gemälde eines brüllenden Löwen ein.

»Oh, mein Gott«, staunte Beca.

»Nich schlecht, oder? Alles selbst gemacht.«

»Echt?«

Aber Soozi war im Badezimmer verschwunden. »Mach ruhig die Glotze an, wenn du magst!«, rief sie. »Ich dusch mich noch schnell vor der Arbeit. Meine Achseln stinken.« Dann hörte Beca das Rauschen der Dusche und Soozis liebliche Stimme, die aus vollem Hals »The First Time I Ever Saw Your Face« sang. Beca lächelte – hörte die denn *nie* auf zu singen?

Nun konnte sie in Ruhe den Blick über den Rest von Soozis Zuhause schweifen lassen. Sie war nicht sicher, was sie erwartet hatte – wahrscheinlich etwas Chaotischeres. Auf jeden Fall nicht das: ein großes Zimmer mit einem riesigen Erkerfenster, durch das die Abendsonne hereinschien. Über einem Zweisitzersofa mit jeder Menge Kissen darauf befand sich ein Bücherregal mit einer Reihe von Romanen, vor allem Krimis. Außerdem gab es einen großen Schaukelstuhl aus Korbgeflecht und einen kleinen Tisch gegenüber einer Küchenzeile mit zwei altmodischen, aber sauberen Arbeitsplatten. Auf einer stand eine Obstschale voller Zitronen, Pfirsiche und Avocados. Kein Wunder, dass Soozis Haut so schön ist, dachte Beca. Es gab einen Herd und eine Mikrowelle und eine Edelstahlspüle, ebenfalls sauber, sowie einige Pfannen, die von der Decke hingen. Jeder Zentimeter Platz war ausgenutzt. Ganz anders als in Fleurs Wohnung.

Das Doppelbett war ordentlich gemacht mit einem weißen Laken, faltenfrei wie im Hotel, außerdem vier fluffige Kissen, die in Reih und Glied standen. Beca fragte sich, wie Soozi ihre Bettwäsche so glatt gebügelt bekam – das machte sie doch bestimmt nicht selbst? Über dem Bett lag eine Tagesdecke mit Zebramuster, die wiederum sehr zu Soozi passte. Einen Kleiderschrank gab es nicht, lediglich zwei Stangen entlang einer der Wände voller Kleiderbügel und Sachen – der einzige Hauch von Chaos in einem ansonsten aufgeräumten und organisierten

Raum. Es war zwar nicht groß, aber dieses Zuhause wurde geliebt und gepflegt und sprach Bände über seine Bewohnerin. Irgendwie, dachte Beca, strahlt Soozis Nest ziemlich viel Selbstbewusstsein aus. Und wieder einmal wünschte sie, mehr wie ihre tolle Freundin zu sein.

Der Gesang war inzwischen verstummt, und Soozi kam, in ein großes lilafarbenes Handtuch gewickelt, zurück ins Zimmer. Beim Gehen hinterließ sie Wassertropfen auf dem Fußboden, und in der Hand hatte sie eine Flasche Bodylotion. »Ich hab mir was überlegt«, erklärte sie, wobei sie ganz beiläufig das Handtuch fallen ließ und anfing, sich einzucremen. Peinlich berührt wandte sich Beca ab. »Beim nächsten Gig sollten wir mit Bette Midler aufhören, denk ich – das ist irgendwie optimistischer als die Roberta-Flack-Nummer, was meinst du?«

»Ähm, ja«, murmelte Beca.

»Was ist los, Kleines? Noch nie 'ne nackte Frau gesehen?« Lachend massierte Soozi weiterhin Creme in ihre Haut. »Wobei ich persönlich Roberta vorziehe. Aber lass uns doch bei unserer nächsten Proben-Session beides mal ausprobieren, ja?«

»Klar«, nuschelte Beca, den Blick fest auf den Verkehr unten auf der Straße gerichtet. Sie wünschte, Soozi würde sich einfach anziehen.

»Ich hab grade mit Parker drüber geredet, ob wir seine Bude nutzen können. Wie sieht's bei dir morgen nach deiner Schicht aus?«

»Äh, ja, klingt gut.«

Schweigen.

»Ist okay, du kannst jetzt herschauen.« Soozis Stimme klang leiser, anders.

Beca drehte sich um. Soozi war immer noch nackt und stand stocksteif da.

Zuerst dachte Beca, es sei ein Witz. Sie wurde rot und wollte sich gerade wieder umdrehen. »Ach, verd…«

»Nein«, drängte Soozi, die ganz offensichtlich keine Scherze machte. »Schau mich an.«

Beca konnte einfach nicht. Ihr Atem ging so schnell, dass sie fürchtete, gleich ohnmächtig zu werden.

»Beca …« Soozi nannte sie selten beim Namen, deshalb lud es die Atmosphäre noch mehr auf.

Als sie schließlich den Mut aufbrachte aufzuschauen, stockte Beca bei dem Anblick, der sich ihr bot, der Atem. Die Luft zwischen ihnen schien so zu knistern, dass jeder, der eine von ihnen berührte, bestimmt einen elektrischen Schlag kriegen würde.

Soozis dunkle Haut glänzte von der Feuchtigkeitscreme, was ihre trainierten Oberarme und -schenkel betonte. Ihr Bauch war flach, ihr Bauchnabel gepierct – was auch sonst, dachte Beca –, und es war eindeutig ein Sixpack zu erahnen. Soozis Brüste waren kleiner als ihre eigenen, und der schmale Haarstreifen zwischen ihren Beinen makellos getrimmt. Ihr Körper war perfekt. Einfach perfekt. Und doch war das Attraktivste an Soozi das Selbstbewusstsein, das sie ausstrahlte, wie sie stolz und in ihrem Körper völlig zu Hause dastand.

»Siehste? War doch gar nicht so schwer, oder?«, fragte sie Beca sanft, ehe sie einige Schritte auf sie zumachte und ihr dabei die ganze Zeit in die Augen sah.

Beca wurde von einer Mischung aus entsetzlicher Befangenheit und überwältigendem Verlangen gepackt. Sie wollte so gerne ihren eigenen, unbeholfenen Körper verlassen und irgendwo anders sein, doch gleichzeitig wollte sie *nirgendwo* sonst auf der ganzen Welt sein.

»Sollen wir den Teil dann mal hinter uns bringen?«, flüsterte Soozi und berührte mit der ausgestreckten Hand Becas Wange, wobei sie in ihren Augen nach Zustimmung suchte.

»Ich habe noch nie … weißt du … so was nie.« Beca brachte die Worte kaum über die Lippen.

»Schon okay«, sagte Soozi. Sie nahm Becas Gesicht in beide Hände und drückte ihre Lippen auf Becas.

Zuerst wusste Beca nicht, was sie tun sollte. Sie schloss die Augen, weil sich das leichter anfühlte, und dann folgte sie einfach Soozis Beispiel. Ihr Mund, dieser Mund. Diese köstlich vollen, sinnlichen Lippen. Sie spürte Gefühle durch jede Zelle ihres Körpers schießen, die sie nie gekannt hatte. Die Hitze zwischen ihren Schenkeln verlangte nach etwas Undefinierbarem. Sie wusste gar nichts mehr, außer dass sie dieses wunderbare, wunderschöne Wesen küsste, und in diesem winzigen Mikrokosmos des Lebens, in diesem klitzekleinen Moment, ergab plötzlich alles einen Sinn: Sie liebte Soozi Cole.

Der Kuss schien eine Ewigkeit zu dauern. Und als Soozi ihn elegant beendete, stand Beca weiterhin einfach nur mit geschlossenen Augen und leicht geöffnetem Mund da. Überzeugt, sie würde sich nie wieder bewegen.

Soozi legte ihre Stirn an Becas und seufzte. So verharrten sie einige Sekunden, ehe Soozi den Bann brach, indem sie flüsterte: »Fortsetzung folgt, ja?«

Beca nickte, und Soozi zog sich zurück, schaltete in einen anderen Gang und zurück in den praktischen Modus. Nachdem sie frische Unterwäsche aus einer Schublade angezogen hatte, nahm sie eilig ihren Bellamy's-Overall vom Bügel und schlüpfte hinein.

»Okay, dann morgen um drei, ja? Und dann schauen wir uns in Parkers Bude diese Songs an.«

Beca nickte.

»Klingt doch super, oder, Kleines?«

»Ja«, brachte sie mühsam heraus, immer noch unter Schock von dem, was eben passiert war.

Nun komplett angezogen, verkündete Soozi: »Also dann. Los geht's. Ich nehm mit dir den Bus.«

»Okay.«

Als sie die Wohnungstür abgeschlossen hatte, drehte sich Soozi nach Beca um. »Und werd jetzt bloß nicht irgendwie komisch, Kleines, ja? Versprochen?«

»Versprochen«, antwortete Beca mit einem Lächeln, so breit wie ihr ganzes Gesicht.

30
Elin

Elin war allein zu Haus. Wieder einmal. Inzwischen trudelten die ersten Rückantworten von den geladenen Gästen zur Grace' Fest ein, und sie studierte erneut ihre Sitzordnung. Ihr sank das Herz, als ihr bewusst wurde, dass am Tisch an der Stirnseite ein Stuhl leer bleiben würde, da Greg selbstverständlich wieder ausgeladen worden war. Doch dann fragte sie sich, ob Becas neue Freundin Soozi eventuell seinen Platz einnehmen könnte. Hmm. Vielleicht war sie da aber auch ein bisschen zu vorschnell. Sie würde darüber schlafen müssen. Laut ihrer Liste gab es außerdem immer noch fünfundzwanzig ausstehende Rückmeldungen. Mal ehrlich, hatten die Leute heutzutage denn gar keine Manieren mehr? Man sollte sie wirklich nicht so lange warten lassen.

Als sie gerade darüber nachdachte, ob sie eine Erinnerung hinterherschicken sollte, klingelte ihr Telefon. Grama Grace. Elin merkte, wie sie rot wurde, als hätte Grace irgendwie gespürt, dass Elin mit heimlicher Partyplanung beschäftigt war. Doch ihre Großmutter wollte sich lediglich erkundigen, wie der letzte Termin bei der Anwältin gelaufen war.

»Dann willst du das also immer noch durchziehen?«, fragte sie.

»Natürlich«, antwortete Elin. »Ich verstehe nicht, weshalb du meinst, ich sollte es nicht tun.«

»Ich weiß, Greg hat sich schlimm benommen, mein Schatz. Das will ich auch überhaupt nicht in Abrede stellen. Ich glaube nur, ihr beide solltet mal miteinander reden. Ihr kippt das Kind mit dem Bade aus – zwanzig Jahre Ehe müssen doch was zählen.«

»Es gibt kein Zurück«, erklärte Elin nachdrücklich, ehe sie das Gespräch in eine andere Richtung lenkte. »Beca ist heute dort zum Abendessen eingeladen. Hab ich erwähnt, dass die Frau Fleur heißt?«

»Mehrmals«, erwiderte Grace. »Ach, Schatz, ich mache mir Sorgen um dich …«

»Wie geht's Cissie?« Elin wollte unbedingt das Thema wechseln. »Sind die Ergebnisse von der Laboruntersuchung schon da?«

»Lieber Himmel, nein, das dauert sicher noch ein paar Wochen, so viel Rückstand, wie die dort haben. Es geht ihr einigermaßen. Immer noch schwach, aber sie lächelt nach wie vor«, berichtete Grace. »Heute habe ich sie zum Singen gebracht!«

»Das muss in der Luft liegen – deine Urenkelin scheint sich in eine Bühnenmusikerin verwandelt zu haben. Sie begleitet eine junge Sängerin namens Soozi. Die beiden sind richtig gut. Sind sogar für einige Gigs gebucht.« Elin war selbst geschockt, wie alt sie klang, als sie das sagte.

Nach dem Telefonat machte sich Elin ein frisches heißes Ingwerwasser und spazierte hinaus in den Garten. Es war sechs Uhr abends, aber die Sonne knallte immer noch vom Himmel. Im Garten nebenan konnte sie das beruhigende Murmeln eines Rasensprengers hören und die Bewegungen einer anderen menschlichen Person ausmachen. Sie rief über die Mauer: »Mr. Chakrabarti, sind Sie das?«

Es raschelte im Laub, doch ein Gesicht konnte sie nicht wirklich erkennen. »Nein, ich bin's. Wir haben uns neulich kennengelernt.« Das musste der Kerl sein, der Mrs. Lathams alten Garten in Schuss bringen sollte. Er zog einen seiner Arbeitshandschuhe aus und streckte ihr über die Mauer hinweg die Hand hin. »Ich bin Rory«, sagte er, und sie hörte einen Akzent heraus.

»Oh, Australier?«, rief sie.

Er korrigierte sie freundlich: »Nein, ein Kiwi, um genau zu sein.« Er lachte. »Fush and Chups.«

»Wie bitte?«

»Fush and Chups? Fish and Chips. Das soll doch angeblich die verräterische Wendung sein. Sie wissen schon, um den Unterschied zwischen uns Neuseeländern und den Australiern herauszuhören?«

»Oh. Verstehe.« Das Schweigen war etwas peinlich und wurde noch dadurch verschlimmert, dass sie sich durch die Hecke hindurch kaum sehen konnten.

»Wie läuft's denn so da drüben?«, fragte Elin, denn sie genoss ganz unerwartet einen sozialen Kontakt, der weder Familie noch ihre Scheidungsanwältin war.

»Wenn ich ehrlich sein darf«, antwortete Rory, »macht es mir keinen großen Spaß. Mr. C will alles abgeschnitten und rausgerissen haben. Er will den Garten zubetonieren lassen. Das ist echt eine Schande. Ich wünschte, ich hätte den Job nicht angenommen.«

»Oh nein, das ist ja traurig.« Elin kam sich langsam ziemlich albern vor, mit einem hinter grünen Blättern, Büschen und Zweigen verborgenen Menschen zu sprechen. »Mrs. Latham liebte diesen Garten.«

»Ja, das merkt man. Ich schätze mal, er will einfach nur keine Arbeit damit haben. Scheint ein viel beschäftigter Mann zu sein.«

»Na dann, viel Glück.« Sie wandte sich zum Gehen. »Ach« – ihr war ein Gedanke gekommen – »haben Sie Durst? Möchten Sie was Kaltes trinken?«

»Ja, das wäre echt klasse.«

Zwei Minuten später kehrte Elin mit einem Pint-Glas voll eiskalter rosa Limonade zurück. Sie war nicht sicher, wohin sie zielen sollte, deshalb rief sie nach ihm und streckte es durch das Loch im Gebüsch.

Seine große, behandschuhte Hand griff danach. »Danke schön. Mrs. Matthews, richtig?«

»Ähm, ja … nein …« Sie kam ins Stocken, weil sie gar nicht mehr wusste, wie sie sich nennen sollte. »Elin reicht.«

Sie wartete, während er die Limonade in fünf großen Schlucken trank, einschließlich der zerstoßenen Eiswürfel. Als er fertig war, seufzte er zufrieden, und sie konnte erahnen, wie er sich den Mund mit dem Handrücken abwischte, ehe er ihr das Glas zurückreichte. »Das war wirklich sehr nett, danke, Ellie.«

Es war ihr zu peinlich, ihn zu korrigieren. »Dann lass ich Sie besser mal weitermachen«, erklärte sie.

Auf dem Weg zurück ins Haus musste sie lächeln, weil ihr bewusst wurde, dass sie ihn auf der Straße oder bei einer Gegenüberstellung niemals erkennen würde, selbst wenn er ihr direkt ins Gesicht sah. Aber die Stimme würde sie erkennen. Dann fiel ihr noch etwas auf: Sie grinste von einem Ohr zum anderen.

Als Beca kurz darauf nach Hause kam, strahlte auch sie und wirkte ein bisschen benommen. Elin stürzte sich sofort auf sie und wollte alles über Gregs neues Zuhause und vor allem über Fleur wissen. Doch Beca schien so zu schweben, dass es einige Sekunden dauerte, bis sie begriff, wovon ihre Mutter sprach.

»Wer?«, fragte sie.

»Die neue Freundin deines Vaters, Beca! Was ist denn *los* mit dir? Hast du getrunken oder so was?«

»Ach, *die*!«, sagte Beca. »Mum, da musst du dir keine Sorgen machen. Die ist echt völlig hohl. Sie zwingt Dad zum Beispiel dazu, vegan zu leben. Das mit den beiden hält *niemals*. Außerdem stinkt sie nach Lavendelöl. Echt grottig.«

»Das ist kein schönes Wort, Beca.« Elin versuchte, verärgert zu klingen. Aber es funktionierte nicht. *Greg? Vegan?* Aus ihrem zufriedenen Grinsen wurde ein siegreiches Lächeln. Das ist ja köstlich, dachte sie.

31

Beca

Beca erwachte mit einem Lächeln im Gesicht und wusste zuerst gar nicht, warum. Dann fiel es ihr wieder ein. So fühlt es sich an, verliebt zu sein, dachte sie.

Am liebsten hätte sie die Fenster vom Romeo-und-Julia-Balkon ihrer Mutter geöffnet und es der ganzen Welt verkündet. Stattdessen musste sie sich mit einem Bauch voller Schmetterlinge begnügen und der Sorge, dass sie das Warten nicht würde aushalten können, bis sie Soozi am Nachmittag wiedersah. Wie sollte sie nur die nächsten Stunden überstehen?

Sie beschloss, einen kleinen Rucksack mit Wechselklamotten mit zur Arbeit zu nehmen. Es fühlte sich sehr »vernünftig« an und nicht sonderlich spontan. Aber sie hoffte, Soozi würde sie nach ihrer Probe einladen, über Nacht zu bleiben, und da wollte sie vorbereitet sein.

Beim Durchsuchen ihres Kleiderschranks fand sie ein fließendes blaues Kleid, das sie kaum getragen hatte, und ein Paar Glitzer-Flipflops. Sie wusste, dass sie in dem Kleid gut aussah, aber bisher hatte sie nie Grund gehabt, jemanden zu beeindrucken. Sie packte alles in ihren Rucksack, damit sie sich später im Pub umziehen konnte. Dann holte sie tief Luft und ging nach unten, um sich den Tatsachen zu stellen. Eine Stimme in ihrem Innern drängte sie, die Sache gleich hinter sich zu bringen und ihrer Mutter alles zu erzählen. Über Soozi. Sie hatte einfach das Gefühl, es würde eine Menge Hin und Her ersparen, und das Warten auf den »richtigen Moment« könnte ewig dauern. Beca ahnte das Theater bereits voraus. Fragen wie: *Bist du sicher, dass du nicht nur verwirrt bist? Wie lange hältst du dich schon für lesbisch? Hast du denn schon für andere Mädchen in der Schule Gefühle gehabt?* Bla, bla, bla. Aber sobald sie die Spanische Inquisition hinter sich gebracht hatte, würde es einfacher werden. Viel besser, als die Sache rauszuzögern.

Ihre Mutter war im Garten. »Mum?«, rief sie, dann merkte sie, dass ihre Mutter sich auf dem Rasen mit jemandem unterhielt. Irgend so ein alter Surfer-Typ in Shorts, Gummistiefeln und Gartenhandschuhen, der mit Elin einen Becher Tee trank.

»Bec? Komm mal her, dann kann ich dir Rory vorstellen«, antwortete ihre Mutter.

Schlechtes Timing, dachte Beca, die Sorge hatte, dass jede Verzögerung ihren Entschluss ins Wanken bringen würde.

»Hi«, sagte sie. »Mum, kann ich …«

Doch Elin war voll in Fahrt. »Rory wird sich für uns um den Birnbaum kümmern«, erklärte sie. Beca hoffte, ihre Mutter würde begreifen, dass sie dringend mit ihr sprechen musste, doch die war offensichtlich zu sehr in ihre Unterhaltung mit dem Gartenmann vertieft. »Er ist leider abgestorben und muss jetzt gefällt werden«, sagte Elin.

»Ja, deine Mum meinte, ihr hättet letztes Jahr total viele Birnen gehabt, mehr als je zuvor?«

»Keine Ahnung, hatten wir das?« Beca knickte innerlich zusammen.

»Ach, Beca, du weißt genau, dass es so war!« Ihre Mutter verdrehte an Rory gewandt die Augen und lachte auf eine komische Art, wie Beca sie noch nie hatte lachen sehen. Außer als Alun Wyn Jones, der Captain des Walisischen Rugbyteams, in die Schule gekommen war, um Preise zu verteilen. Bei dem Treffen mit ihm hatte sie sich fast benommen wie ein Teenager und in einer Tour gekichert. Das war *sehr* beunruhigend gewesen.

»Jedenfalls passiert das oft«, sagte Rory. »Eine letzte Mega-Ernte und dann zack. Aus.«

»Okay, also ich muss dann zur Arbeit.« Beca sah ein, dass es an diesem Morgen keine Möglichkeit geben würde, mit ihrer Mutter zu sprechen.

»Wozu hast du den Rucksack dabei?«, wollte Elin wissen, als sie sich gerade zum Gehen wandte.

»Ach, ich übernachte heute bei Soozi, in Ordnung?«

»Ähm, ja. Klar. Schick mir mal ihre Adresse.«

»Warum?«

»Damit ich weiß, wo du bist!« Sie lächelte wieder so komisch.

»Na gut. Dann bis morgen. Viel Glück mit dem Apfelbaum.«

»Birnbaum!«, meinte Elin lachend und wandte sich mit einem liebevollen *Was für ein verpeiltes Kind*-Kopfschütteln wieder Rory zu.

Na gut. Ihrer Mutter zu erzählen, dass sie kurz davor war, den enormen Meilenstein zu erreichen, ihre Jungfräulichkeit zu verlieren, würde wohl warten müssen. Das war wahrscheinlich auch gut so. Sie wollte es schließlich nicht beschreien.

Als ihre Schicht zu Ende war, fragte sie Jonty, ob sie die Mitarbeiterdusche benutzen durfte, um die Küchengerüche loszuwerden und ihre Haare zu waschen. Sie trug etwas getönte Feuchtigkeitscreme auf, einen Hauch farblose Wimperntusche und einen ganz hellen Lipgloss – mehr Make-up trug sie nie – und tauchte eine halbe Stunde später in ihrem blauen Kleid, mit Flipflops und einer großen Sonnenbrille wieder auf. Sie sah ziemlich gut aus, fand sie. Jonty stieß einen Macho-Pfiff aus, der sie gestört hätte, wenn sie anderer Stimmung gewesen wäre. Doch sie beschloss, dass das Leben zu kurz war, um sich über so etwas zu ärgern. Vor allem heute.

»Und, wer ist der Glückliche?«, wollte Jonty wissen. Beca schenkte ihm als Antwort ein, wie sie hoffte, geheimnisvolles Lächeln.

Sie nahm den Bus und stieg in der Steeple Street aus, was die nächste Haltestelle zur Nummer neunundneunzig war. Der Tag war herrlich. Nicht zu heiß, aber mit einem erfrischenden Lüftchen.

Als Soozi ihr die Tür öffnete, war sie voller Tatendrang. »Alles klar,

Kleines?«, rief sie und umarmte Beca freundschaftlich. Sie war genau wie die Soozi von früher. Die Soozi vor dem Kuss, vor dem Nacktsein. Um genau zu sein, war sie so sehr die alte Soozi, dass Beca sich einen Augenblick lang fragte, ob sie den Abend zuvor nur geträumt hatte. Doch bald wurde sie beruhigt. »Du siehst absolut hammermäßig aus, Kleines«, erklärte Soozi und musterte sie anerkennend von Kopf bis Fuß. Dann riss sie sich zusammen und verkündete: »Komm schon. Erst die Arbeit, dann können wir uns vergnügen.« Becas Magen schlug einen Purzelbaum.

Dieses Mal führte Soozi sie nicht die Treppe hinauf, sondern den dunklen Gang zur Nummer eins entlang, wo sie einen Schlüssel unter einem Blumentopf mit verstaubter Plastikgeranie herausfischte. Sie schloss auf und ging hinein. Beca folgte ihr brav.

Das Erste, was ihr auffiel, war der Geruch: eine Mischung aus warmem Kuchen und Tabak. Nicht der beißende Chemiegeruch von Zigaretten, nein, das hier roch süßlich nach Honig. Pfeifentabak! Eine Tür im Flur führte ins Wohnzimmer, dessen Wände dunkelrot gestrichen waren. Die Decke und die Bilderschienen glänzten cremeweiß. Auf einer Seite stand ein großes Chesterfield-Sofa neben einem Couchtisch aus Walnussholz und einem gemütlichen Sessel mit Wolldecke. Auf einer Anrichte gegenüber prangte ein Silbertablett voller Kristallkaraffen mit Flüssigkeiten in verschiedenen Goldschattierungen. Vor dem Erkerfenster hingen dünne weißen Schleiervorhänge, die diffuses Sonnenlicht durchscheinen ließen. Links und rechts bildeten schwere grüne Samtvorhänge eine Bühne für den Star des Wohnzimmers: ein Steinway-Flügel mit aufgeklapptem Deckel, der nur darum zu betteln schien, gespielt zu werden.

»Oh, mein Gott, ist das herrlich«, flüsterte Beca.

»Darf ich vorstellen: Bettina!« Soozi lachte. »Mach's dir gemütlich.« Dann verschwand sie in der Küche. »Ich hole uns einen Saft.«

Beca nahm auf dem mit Seide bezogenen Klavierhocker Platz, der schon bessere Zeiten gesehen hatte. Auf dem Klavier lagen einige Noten – bereits etwas vergilbt und mit sich einrollenden Ecken –, ebenso auf dem klapperigen Notenständer. Ihr Blick fiel auf Debussy und Chopin, und sie konnte nicht widerstehen. Als Soozi mit zwei Gläsern Orangensaft zurückkam, war Beca völlig im *Prélude à l'après-midi d'un faune* versunken.

»Du bist echt der Hammer!«, verkündete Soozi und stellte die Gläser auf dem Sofatisch ab.

Beca hörte auf zu spielen und strahlte. »Das ist so wunderbar. Eine ganz andere Welt als mein altes Keyboard.« Das war es wirklich. Das Gefühl von Elfenbein und Ebenholz unter den Fingerspitzen, wenn sie über die Tasten tanzten, war exquisit. Als wären die Tasten lebendig, was sie, wie Beca schuldbewusst begriff, ja vom Material her einst auch gewesen waren.

»Macht mich echt an, dich so spielen zu hören, B«, raunte Soozi. »Du hast Talent. Unglaubliches Talent. Verdammt erotisch.« Sie hielt dabei Becas Hände fest und drehte sie hin und her, während sie staunte, was für Musik diese Finger erschaffen konnten. Zuerst küsste sie die rechte Handfläche, dann die linke, dann sah sie Beca in die Augen, und ohne den Blick abzuwenden, schob sie Becas rechte Hand zwischen ihre Schenkel. Wie unglaublich weich und heiß sich das anfühlte! Soozi schloss einen Moment lang die Augen, dann nahm sie Becas Hand weg. »Später«, flüsterte sie und fing an, sich mit Summen und Tonleitern und Vokallauten einzusingen. »Okay, dann lass uns mal die Musical-Songs versuchen.«

»Ehrlich gesagt überrascht mich das«, sagte Beca, die einigermaßen ihr inneres Gleichgewicht wiedergefunden hatte. »Hätte dich nicht als West End Wendy eingeschätzt.«

»Hey, werd bloß nicht frech. Viele von den Songs sind echt übel. Aber es gibt auch ein paar Glanzstücke dabei.« Sie reichte Beca eine Kopie von *South Pacific*.

Sie probten über eine Stunde lang, verloren sich in der Musik, den Wiederholungen, den Neuarrangements einiger Teile, bis sie zufrieden genug mit ihrer Präsentation waren, um sie aufzuführen.

»Hallo?«, wurden sie von einer Männerstimme unterbrochen. Parker war wieder da, und Becas Laune sank ein bisschen bei der Vorstellung, nicht mehr mit Soozi allein zu sein.

»HIER DRÜBEN, SCHÄTZCHEN! Willste hören, was wir gerade einstudiert haben?«, fragte Soozi ihn und schlang ihm die Arme um die Taille, wobei sie ihn fast umwarf.

»Nur zu gern.«

Sie stimmten »I'm Gonna Wash That Man Right Outa My Hair« an, und Parker applaudierte. »Bravo! Bravo!«

Danach spielten sie ihm noch ein paar weitere Lieder aus ihrem Set vor, ehe Soozi verkündete, sie sollten Parker jetzt seine Ruhe lassen und ihre Stimme schonen. Sie nahm Becas Hand und führte sie aus der Wohnung.

Im Treppenhaus fragte Beca: »Wie kommt's, dass wir vorher nicht hier geprobt haben? Du hättest gar nicht zu mir kommen brauchen. Dieser Flügel ist unglaublich.«

»Tja, ich wollt halt mal abchecken, wie du so haust.«

»Du meinst, du warst neugierig.«

»So was in der Art.« Soozi zwinkerte ihr grinsend zu. Das war ziemlich außergewöhnlich. Zwinkern schien irgendwie nicht zu Soozi zu passen. Und Beca merkte, wie ihr Magen einen weiteren Salto schlug.

Sobald sie ihre Wohnung betreten hatten, schloss Soozi die Tür hinter ihnen, drehte den Schlüssel um und drückte Beca gegen die Wand. Sie küsste sie, fester als am Abend zuvor und mit wesentlich mehr Dringlichkeit. Nachdem sie sich schließlich von ihr gelöst hatte, sagte sie atemlos: »Das hab ich schon den ganzen verdammten Tag gebraucht.« Und mit einer Selbstsicherheit, die alles überstieg, was Beca je einem menschlichen Wesen zugetraut hätte, zog Soozi ironisch eine Augenbraue hoch, flüsterte: »Dann mögen die Spiele beginnen!«, und ließ sich prompt auf die Knie fallen. Es dauerte ungefähr fünf Sekunden, bis Beca kapierte, was da geschah. Aber nur zwei, bevor sie vor Seligkeit fast verging. Und dann dachte sie, sie würde sterben vor Ekstase.

Beca verbrachte die nächsten drei Nächte bei Soozi, ging mittags zur Arbeit, probte bei Parker und wartete dann darauf, dass Soozi nach Hause kam, um Stunden damit zu verbringen, herrlichen Sex zu haben. Jahre später würde sie auf diese Initiationswoche als eine der glücklichsten ihres ganzen Lebens zurückblicken.

Am vierten Tag dachte sie, sie sollte besser mal zu Hause vorbeischauen. Teils, weil sie ein schlechtes Gewissen hatte, ihre Mutter alleinzulassen, und teils, weil sie frische Klamotten brauchte. Sie hatte ihre Mutter während ihrer Abwesenheit jeden Tag angerufen und ihr regelmäßig Nachrichten geschickt. Das geschah eher aus Egoismus als aus Rücksichtnahme, denn sie wusste, wenn sie den Kontakt nicht hielt, würde Elin ausflippen. Es war das Theater nicht wert.

Als sie nach Hause kam, hatte sie den Eindruck, dass ihre Mum ein wenig fröhlicher wirkte als zuvor, was Becas Schuldgefühle minderte. Und als sie schließlich den richtigen Moment erwischte, um ihr in Ruhe von Soozi zu erzählen, blieb das erwartete große Drama ziemlich undramatisch aus.

»Ich freu mich riesig für dich, Bec«, sagte Elin und nahm über den Tisch hinweg Becas Hand.

»Ehrlich?«

»Natürlich tu ich das. Du wirkst glücklich, und das ist das Einzige, was für mich zählt.«

In diesem Moment verspürte Beca ein intensives Gefühl der Liebe zu ihrer Mum und dachte fast, sie würde gleich anfangen zu weinen.

»Du weißt, dass Soozi jederzeit auch hier übernachten kann. Nicht, dass du das Gefühl hast, du müsstest immer bei ihr bleiben. Es wäre schön, sie ein bisschen besser kennenzulernen.«

»Ja, in Ordnung«, erwiderte Beca, obwohl sie nicht sicher war, ob sie schon bereit war, ihre Freundin über Nacht mit nach Hause zu bringen. Es war schwierig, leise zu sein, wenn sie beide in Fahrt kamen, und die Vorstellung von ihrer Mutter nebenan war einfach zu viel.

32
Alys

Die Alarmglocke ertönte in Form einer Textnachricht. Von Kirsty.

Wir müssen reden.

Alys wusste sofort, dass das Fehlen von Küsschen oder anderen Emojis Ärger bedeutete.

Du weißt ja, wo du mich findest! Xx

Während sie auf Kirsty wartete, stellte Alys einige Berechnungen auf der Rückseite einer Werbezeitung an, wie sie genug verdienen könnte, um ihre Schulden zurückzuzahlen. Seit einiger Zeit dachte sie bereits darüber nach, gegen Bezahlung Hunde auszuführen oder anzubieten, ältere Verwandte zu hüten. Und natürlich legte sie samstags auf dem Markt immer noch Tarotkarten für dreißig Pfund pro Sitzung. Wären die Leute bereit, mehr zu bezahlen? In Brecon wahrscheinlich eher nicht, aber man konnte es ja mal versuchen. Wenn sie pro Samstag acht Sitzungen schaffte und vielleicht noch welche zu Hause anbot, dann würde das sicher ein paar Hunderter einbringen. Sie könnte auch in den sauren Apfel beißen und zum Sozialamt gehen – diese Möglichkeit bestand immer. Doch allein beim Gedanken daran lief es ihr kalt den Rücken hinunter. In ihrem ganzen Erwachsenenleben hatte Alys nie Sozialhilfe beantragt oder andere Hilfen vom Staat. Schlicht und einfach, weil sie es nicht ertrug, Teil eines Systems zu sein. Der alte Hippie-Geist ließ sich nur schwer unterdrücken.

Sie wurde aus ihren Gedanken gerissen, als plötzlich die Haustür aufging. Wenn Kirsty die üblichen Höflichkeitsformen übersprang und einfach hereinplatzte, musste es schlecht um sie bestellt sein.

»ALYS? WO ZUM TEUFEL BIST DU?«

Mein Gott, klang sie wütend. Doch innerhalb von Sekunden begriff Alys, dass ihre Freundin nicht nur wütend war: Sie weinte auch.

Und sie war sehr, sehr betrunken.

Kaffee. Wasser. Noch mehr Kaffee. Und ein Schinkenomelett. Insgeheim bedauerte Alys, ihre letzten beiden Eier verbraucht zu haben, doch ihrer Gönnerin konnte sie schlecht etwas abschlagen – um genau zu sein, gehörten die Eier ja ohnehin Kirsty. Die jüngere Frau saß mit rotem Gesicht völlig aufgelöst vor ihr. Es dauerte eine gute halbe Stunde, bis sie es schaffte, lange genug mit Weinen aufzuhören, um zu sprechen. Und zu erklären, dass Douglas sie verlassen hatte. Für seinen Personal Trainer. Trevor.

Sie habe gewusst, dass Trevor, der Trainer, schwul war, erklärte Kirsty. Sie hatte nur keine Ahnung, dass das für Douglas auch galt.

»Wirklich?«, fragte Alys.

»Wir hatten erst letzten Dienstag Sex im Dampfbad! Natürlich wusste ich das nicht!«

Alys fand, dass Sex im Dampfbad *sehr* ungemütlich klang und bei ihr garantiert eine Panikattacke auslösen würde, sollte sie es je versuchen. Mein Gott, fühlte sie sich alt.

»Die beiden sind zusammengezogen. Der Scheißkerl. DIESER SCHEISSKERL! Ich brauch was zu trinken, Al. Gib mir was zu trinken – bitte. Bitte! Ich hör auch morgen wieder damit auf, versprochen, ich muss nur das jetzt durch …«

Alys packte sie an den Schultern und schüttelte sie, wobei sie sich etwas albern vorkam, als würde sie lediglich nachahmen, was die bei *EastEnders* immer machten. »Hör mir zu«, sagte sie streng, während Kirsty sich in einen Sessel fallen ließ. »Du hattest einen Schock. Aber du lebst noch.«

»Kaum«, schluchzte Kirsty.

»Jetzt mal Schluss mit dem Theater, du wirst das hier durchstehen. Aber nicht, wenn du noch weiter zur Flasche greifst. Ich werde dir jetzt ein heißes Bad einlassen, und dann schläfst du eine Runde, während ich einkaufen gehe und uns was Anständiges zum Abendessen besorge.«

Das war ein echter Rückschritt. Zugegeben, die Situation war nicht ganz so schlimm, wie wenn Kirsty sie wegen der wachsenden Schulden unter Druck gesetzt hätte, aber trotzdem. Alys war nämlich gern allein. Sie liebte es, um genau zu sein. Das Letzte, was sie brauchen konnte, war eine Mitbewohnerin, noch dazu eine besoffene Mitbewohnerin. Also würde es Alys hoffentlich gelingen, Kirsty, sobald sie wieder nüchtern war, zu einem AA-Meeting mitzunehmen und wieder in die Spur zu bringen. Alys fand Betrunkene bestenfalls nervtötend. Sie wollte ganz sicher ihr Zuhause nicht mit einer teilen. Selbst wenn dieses Zuhause der Betrunkenen gehörte.

Doch Alys' Hoffnungen bezüglich des Abends wurden mit einem Schlag zunichtegemacht, als sie mit einem Steak & Kidney Pie, Aunt Bessie's Kartoffelbrei und einer Dose gebackener Bohnen (manchmal waren Fertiggerichte die einzige Lösung) von ihrer Supermarkt-Tour zurückkam. Da saß Kirsty in ihrem Bademantel, rauchte Zigarette und brüllte jemanden am Telefon an. Vermutlich Douglas oder Trevor. Neben ihr stand eine volle Flasche Gin. Alys betrachtete die Szenerie, und als ihr klar wurde, dass Kirsty ihre Rückkehr nicht bemerkt hatte – so sehr war sie auf ihr Telefonat konzentriert –, nutzte sie die Gelegenheit: Sie schnappte sich den Gin und schüttete ihn in den Ausguss. Da drehte Kirsty sich plötzlich um, sah, was sie tat, und stürzte sich kreischend auf sie wie ein wildes Raubtier.

33
Elin

Elin wollte eigentlich Greg anrufen, um ihm von Becas neuer Beziehung zu erzählen, aber sie redeten ja nicht mehr über solche Dinge. Sie redeten überhaupt nicht mehr. Beca meinte, sie würde es ihm sagen, sobald sie sich bereit dazu fühle, und damit war das Thema erledigt. Laut Gregs Jammer-Mails hatte sich Beca seit der Begegnung mit Fleur geweigert, ihn zu treffen oder auch nur mit ihm zu sprechen. Elin wusste, es war falsch, aber sie konnte nicht umhin, sich darüber zu freuen, dass Beca auf ihrer Seite war. Und sie genoss die Tatsache, dass *sie* so viel mehr über Becas Leben wusste als Greg: Er hatte keine Ahnung von den Auftritten und von Soozi auch nicht. Tja, Greg, mein Guter, dachte sie bei sich, wie fremd man sich bettet, so liegt man! Dann kam sie sich ein bisschen albern vor, so ein blödes Sprichwort abzuwandeln, selbst wenn es nur in Gedanken war. Vielleicht machte es sie ein bisschen lockerer, Zeit mit Beca und Soozi zu verbringen.

Soozi mochte sie von Mal zu Mal lieber. Inzwischen war sie ein paarmal zum Abendessen da gewesen und hatte sogar übernachtet, obwohl Beca das eigentlich nicht wollte. Trotzdem war es überraschend gut gelaufen. Soozi war wirklich bemerkenswert. Ihr nach außen hin rotziges, freches Auftreten spiegelte so gar nicht die Realität wider: Sie war extrem hilfsbereit im Haushalt, räumte den Tisch ab, machte den Abwasch und bot sogar an, etwas Bügelwäsche zu übernehmen. »Ich steh total auf Bügeln, Mrs. M«, hatte sie erklärt. »Macht mir den Kopf frei.«

»Ach bitte, Soozi, nenn mich Elin. Es klingt so förmlich, wenn du ›Mrs.‹ sagst. Außerdem bin ich ja eigentlich gar keine Mrs. mehr.«

»Sie können sich nennen, wie Sie wollen«, erklärte Soozi. »Sag ich dir schließlich auch immer, stimmt's, mein Engel?« Und ohne auch nur einen Hauch von Peinlichkeit fuhr sie Beca mit der Hand durch die Haare und küsste sie auf den Kopf. Elin hätte erwartet, dass ein so öffentlicher Ausdruck von Zärtlichkeit sie verlegen machen oder sogar verletzen würde. Aber, im Gegenteil, es gefiel ihr ziemlich gut. Sie musste lächeln, als sie sah, dass Beca dabei rot wurde. Die Zuneigung zwischen den beiden war so süß und echt, dass gar kein Platz war für Steifheit oder Peinlichkeit. Ja, Soozi war definitiv ein Geschenk des Himmels. Selbst wenn ihr Fluchen und ihr Mangel an Anstand mitunter etwas anstrengend waren.

»Warum fluchst du eigentlich so viel?«, fragte Elin sie eines Abends.

»Keine Ahnung. Ich glaub, es liegt einfach daran, dass ich zu ungeduldig bin im Leben. Ich hab keinen Bock drauf, mir dauernd zu überlegen, was die feine Gesellschaft will.«

Da zuckte Beca an Elin gewandt mit den Schultern, als wollte sie sagen: *Was will man machen?*

Elins Handy vermeldete eine Textnachricht ihrer Anwältin:

> Hallihallo.

(*Ärgs!*)

> Vergessen Sie nicht, dass wir heute Abend Lolly treffen – 18 Uhr im Salomé's.

Oh Gott, Maxines Guru-Freundin! Das hatte sie tatsächlich völlig vergessen, so sehr war sie von Becas Liebesleben-Neuigkeiten und den Arbeiten im und am Haus mit Beschlag belegt. Der Garten hatte viel Aufmerksamkeit gefordert. Rory hatte ganze Arbeit geleistet, was den Birnbaum anging, einen frischen Setzling an die Stelle gepflanzt und sogar einige neue Hochbeete gebaut. Tags zuvor war er fertig geworden, und Elin hatte ihn bar bezahlt, einschließlich eines großzügigen Trinkgelds, weil sie so zufrieden war.

»Na, Sie haben ja meine Nummer, Ellie«, hatte er gesagt. »Sollte diese Gemeine Zaunwinde mal wieder ihr Unwesen treiben, rufen Sie mich an.«

Es war schön gewesen, ihn die Woche über in der Nähe zu haben. Obwohl er gute zehn Jahre jünger war als sie, wirkte er sehr reif, und er war völlig besessen von der Gartenarbeit. Seine Gesellschaft war eine erfrischende Abwechslung gewesen, und sie war ein bisschen traurig, ihn ziehen lassen zu müssen.

Elin erzählte Beca von dem geplanten Treffen mit Lolly. »Ich glaube, ich sage ab«, meinte sie.

»Das Salomé's? In Pontcanna? Da haben Soozi und ich heute Abend unseren Auftritt! Mum, du musst kommen. Es wäre so cool, wenn du uns spielen hörst.«

»Macht es dich nicht nervös, wenn ich da bin?«

»Nö, es würde mir gefallen«, erklärte Beca. Und Elin staunte darüber, wie viel entspannter ihr Verhältnis geworden war, seit Beca sich verliebt hatte.

»Na gut«, sagte sie. »Dann versuch ich mal, was nicht zu Peinliches zum Anziehen zu finden.«

Einige Stunden später nippte sie in Salomé's Bar an einem Virgin Mojito, zusammen mit Maxine Letterman-Brace und dieser schrecklichen Frau namens Lolly. Sie trug hautenge Leder-Jeggings, geschätzt in Größe 34, dazu unmöglich hohe Schuhe, und hatte eisblau gefärbtes Haar. Ihre unfassbar dichten falschen Wimpern wirkten, als wären zwei Taranteln auf ihren Augenlidern gelandet.

Den »Look« konnte Elin ja gerade noch ertragen, aber nonstop angebellt zu werden, fand sie ausgesprochen anstrengend: Gerade hielt Lolly ihr einen Vortrag darüber, wie wichtig es war, »einen Mann in der Kiste bei Laune zu halten«. Sie behauptete, genau sagen zu können, welche Paare in der Bar ein erfülltes Sexleben genossen.

»Seht ihr den dort drüben?« Lolly deutete mit dem Kopf in Richtung eines braun gebrannten Typen mit dichtem blondem Schopf einige Tische weiter, der mit seiner Freundin ins Gespräch vertieft zu sein schien. »Der ist nicht gut drauf. Weil er nicht zum Zug kommt. Oder falls doch, dann ist es stinklangweilig. Elin, ich garantiere dir, den könnte ich kriegen« – Lolly schnippte mit den Fingern – »und zwar locker.«

Elin hätte gerne gelacht – zum einen, weil sie Lolly an sich schon für eine Witzfigur hielt, und zweitens weil sie klang wie eine schlechte Fernsehwerbung. Auf einmal fühlte sie sich sehr alt. »Entschuldigung, was hat denn das mit irgendwas zu tun?«, seufzte sie.

Maxine rügte Elin sanft. »Lass sie mal ausreden, El.«

El. Nur Greg nannte sie El.

Was, um alles in der Welt, tat sie hier? Sie hätte einfach das Treffen mit Lolly absagen und stattdessen herkommen können, um Beca zu hören. Also nippte sie an ihrem Drink, genoss die Mischung aus säuerlicher Limette und frischer Minze und versuchte, Lollys Geplapper auszublenden. Die schwafelte irgendwas davon, wie wichtig es sei, sich vom eigenen Feuer durchdringen zu lassen. Was eine völlig irrsinnige Vorstellung war, denn selbst wenn das möglich wäre, würde es doch nur zu Verbrennungen führen. Lolly predigte weiter, wie wichtig Selbstbewusstsein sei und dass der Glaube an sich selbst »sexier als alle Dessous von Ann Summers war«. Elin nickte zustimmend und ließ den Blick durch den Raum schweifen. Langsam wurde es voller. Die Bar schien bei Leuten aller Altersgruppen, bei Paaren, Singles und Gruppen gleichermaßen beliebt zu sein.

Dann sah sie ihn.

Und verschluckte sich prompt an ihrem Drink.

Maxine, die nicht wusste, wen Elin erblickt hatte, klopfte ihr ein paarmal auf den Rücken, während Elin versuchte zu erklären, dass Greg auf der anderen Seite der Bar stand. Es gelang ihr, seinen Namen zu prusten und in seine Richtung zu deuten. Dann kletterte sie panisch und ziemlich unelegant von ihrem Barhocker und stolperte Richtung Damentoilette, wobei sie Maxine mit einem mühsamen hustenden

Lächeln signalisierte, dass es ihr gut ging. Sie brauchte nur zwei Minuten. Dabei hatte sie es so eilig wegzukommen, dass sie nicht mitbekam, wie Lolly Greg fest ins Visier nahm und sich in seine Richtung in Bewegung setzte.

34
Alys

Die blauen Flecken und der Schnitt in ihrem Gesicht würden verheilen, das wusste sie. Sie hatte weiß Gott genug Erfahrung damit – wenn sie auch Jahre zurücklag –, wie es war, sich von körperlicher Gewalt zu erholen, von Partnern, die ein wenig zu gut mit ihren Fäusten umgehen konnten. Doch die ganze Geschichte hatte sie ziemlich mitgenommen. Ihr gesamter Körper schmerzte vor Schock, und sie wollte nur noch schlafen. Sie saß in einem Taxi auf dem Weg nach Merthyr, wo sie die Nacht in einem günstigen Hotel verbringen konnte. Es würde nicht lange dauern, bis Kirsty ihr auf die Schliche kam und die Kreditkarte sperrte – wenn sie es nicht schon getan hatte –, und Alys säße wieder einmal auf der Straße.

Sie musste Kirstys Einfallsreichtum bewundern, wobei die meisten Alkoholiker manipulativ und außergewöhnlich clever waren, wenn es darum ging, sich was zu trinken zu besorgen. Wie sich herausgestellt hatte, war Kirsty, kaum dass Alys das Cottage verlassen hatte, um fürs Abendessen einzukaufen, von ihrem vorgetäuschten Nickerchen auf dem Sofa aufgesprungen und hatte den Getränkehändler am Ort angerufen. Sie überredete ihn, ihr umgehend zwei Flaschen Gin per Taxi zu liefern. Oh, die Macht und der Reiz des schnellen Geldes. Es hatte weniger als eine Viertelstunde gedauert, sodass Kirsty zum Zeitpunkt von Alys' Rückkehr bereits den Großteil einer Flasche Bombay Sapphire geleert hatte und nun noch betrunkener war als vorher.

Alys hatte keine andere Wahl gehabt, als den Gin wegzukippen. Als Kirsty handgreiflich wurde (*das* war mal eine bemerkenswerte Wendung!), musste Alys rasch reagieren. Sie bugsierte sie in die Speisekammer, schnappte sich den Schlüssel und schloss sie ein. »Es ist zu deiner eigenen Sicherheit«, rief sie immer wieder, während Kirsty Zeter und Mordio schrie.

Erstaunlich ruhig packte Alys daraufhin so viele ihrer Habseligkeiten zusammen wie in dieser kurzen Zeit möglich und rief sich ein Taxi. Der Fahrer war derselbe, der auch den Gin geliefert hatte. Das Leben war voller ironischer Zufälle. Als er sie in Merthyr absetzte, gab sie ihm zehn Pfund extra dafür, dass er zum Haus zurückfuhr und Kirsty aus der Speisekammer befreite. Zum Glück fand der Fahrer das alles ziemlich amüsant. Jemand mit anderer Gesinnung wäre vielleicht versucht gewesen, sie wegen Freiheitsberaubung bei der Polizei anzuzeigen.

Eine Dusche und zwei Stunden später saß Alys auf ihrem Hotelbett im »Spar«-Hotel am Rand von Merthyr Tydfil, einer Unterkunft, die vor allem von Leiharbeitern, LKW-Fahrern und Durchreisenden genutzt wurde. War das jetzt wirklich ihr Leben? Ständig nur auf der Durchreise? War die Entscheidung, das Cottage zu verlassen, zu überstürzt gewesen? Hätte sie bleiben sollen? Vielleicht jemanden von den AA anrufen und um Hilfe bitten? Egal, zu spät. Sie würde nie mehr nach Brecon zurückkehren können. Vor allem, da sie mit Kirstys Kreditkarte abgehauen war und einen ordentlichen Schuldenberg zurückgelassen hatte. Aber Not kennt kein Gebot. Sie musste sich schließlich selbst schützen und verteidigen. Niemand sonst würde sie retten, und obwohl das in ihrem Alter ziemlich traurig war, stimmte es einfach.

Alys zählte, wie viel Bargeld sie noch besaß. Einundvierzig Pfund und siebenunddreißig Pence. Am liebsten hätte sie geweint. Aber Selbstmitleid brachte sie jetzt auch nicht weiter. Was war schon dabei, nicht zu wissen, wo sie als Nächstes hingehen sollte. Machte nicht gerade *das* das Leben aufregend? Die Unberechenbarkeit? Das Nicht-Wissen?

Sie versuchte, die Aufregung zu genießen. Doch die Müdigkeit war einfach zu groß, um irgendeine Art von Begeisterung zu verspüren. Sie ließ sich zurück aufs Bett sinken, die Füße immer noch auf dem Boden, und war innerhalb von zwei Minuten eingeschlafen.

35
Elin

Zum Glück war niemand auf der Damentoilette. Elin schloss sich in der hintersten Kabine ein und saß einen Moment lang einfach nur da, den Kopf in den Händen vergraben, um ihre Gedanken zu sortieren. Der Rest ihres Hustens verklang, und sie kam wieder zu Atem. War das wirklich Greg gewesen? Seine Frisur war anders – sie hatte nur einen kurzen Blick erhascht, aber irgendwie war es ihr so vorgekommen, als hätte er Strähnchen. Gütiger Himmel! Und die Sachen, die er trug: ein sehr enges T-Shirt zu diesen Hosen, wie nannte man die noch gleich, *Cargo-Hosen*? So etwas in der Art? Egal, das war nicht der Greg, den sie kannte. Nein. Vielleicht war er es gar nicht gewesen.

Sie hörte jemanden hereinkommen und die Kabine neben ihrer abschließen. Ihr Signal zu verschwinden. Sie stand auf, strich ihr Oberteil glatt und ging hinaus zum Waschbecken, um sich die Hände zu waschen. Plötzlich eine Stimme: »Hallo? Sie könnten mir nicht zufällig etwas Klopapier reinreichen? Die Rolle hier ist leer.«

»Äh, ja, Moment.« Elin ging zurück zu ihrer Kabine, riss einen Packen Klopapier ab und reichte ihn unter dem Türschlitz durch. Er wurde dankbar von einer Hand mit Henna-Tattoos und silbernen Ringen an jedem Finger, inklusive Daumen, entgegengenommen.

»Danke!«

Elin blickte in den Spiegel und wusch sich die Hände. Sie überlegte, ihr Make-up aufzufrischen. Etwas mehr Lippenstift. Ein Hauch mehr

Eyeliner. *Nur für den Fall.* Nur für den Fall, dass es *tatsächlich* Greg war. Und ihr Magen schlug einen Purzelbaum.

Die Frau mit den Hennahänden kam aus der Toilette zu den Waschbecken. Sie lächelten sich kurz an, ehe sie sich ihrem jeweiligen Spiegelbild zuwandten. Aus dem Augenwinkel beobachtete Elin die Frau neben sich. Sie trug einen Nasenring und kaum Make-up, abgesehen von einem hellen Lipgloss auf ihren vollen Lippen und erstaunlich leuchtend blauer Wimperntusche. Ihre sonnengebräunte Stirn war faltenfrei, und ihr geflochtenes Haar verströmte einen leichten Lavendelgeruch. Ach, wie schön wäre es, wieder jung zu sein, dachte Elin.

»Und, haben Sie sie schon mal gehört?«, erkundigte sich die Frau.

»Wie bitte?«

»Die Live-Musik heute Abend. Die Sängerin soll fantastisch sein.«

»Ah. Verstehe.« Elin war es irgendwie unangenehm, ein Gespräch anzufangen und zu erklären, dass die Sängerin die Freundin ihrer Tochter war. »So lange bleibe ich gar nicht«, log sie.

»Na, da werden Sie aber was verpassen!«, erklärte die Frau, ehe sie ein zerschlissenes Make-up-Täschchen herauszog und ihre Wimpern blau nachtuschte. Elin lächelte ihr schwach zu, verabschiedete sich murmelnd und ging wieder hinaus in die Bar.

Maxine und Lolly saßen nicht mehr auf ihren Plätzen, und einen flüchtigen Augenblick fragte sich Elin, ob die beiden sie einfach hatten sitzenlassen und woandershin weitergezogen waren. Obwohl sie das nicht wirklich glauben konnte, hoffte ein Teil von ihr, dass es so war, denn es würde bedeuten, dass sie sich einfach davonstehlen und nach Hause gehen konnte, ohne möglicherweise Greg zu begegnen. Beca wäre enttäuscht, aber Elin würde sich irgendeine Ausrede ausdenken. Zum Glück wurde es langsam voll in der Bar, sodass sie sich mit einem höflichen Lächeln Richtung Ausgang schob.

Plötzlich packte jemand sie am Arm. Es war Maxine. »Du kommst mit mir, junge Dame«, erklärte sie aufgekratzt. Zu Elins allergrößtem Entsetzen führte Maxine sie in die Richtung von – ja, es war tatsächlich Greg, der mit entsetzter Miene nahe der Bühne stand, von Lolly in eine Ecke gedrängt. Diese las ihm gerade die Leviten: Wann er vorhabe, endlich erwachsen zu werden? Ob er ein Narzisst sei? Ob ihm denn völlig egal sei, dass er das Leben seiner Frau und seines Kindes zerstöre? Als er Elin sah, wirkte er förmlich erleichtert.

»Greg«, stammelte sie.

»Ich habe gerade Bekanntschaft mit deiner *Freundin* gemacht«, sagte er. Sie glaubte, Verzweiflung in seinem Blick zu sehen, als flehte er sie an, ihn vor diesem Rottweiler von einer Frau in Sicherheit zu bringen.

Auf der kleinen Bühne einige Meter entfernt überprüfte ein Techniker gerade das Mikro und kündigte die Liveband des Abends an.

»Ich wollte eigentlich gerade gehen.« Elin war auf einmal schrecklich müde. Greg wirkte nervös.

»Du gehst noch nirgendwohin«, erklärte Lolly bestimmt. »Nicht, bevor ihr zwei euch ausgesprochen habt. Ich kann an der Energie zwischen euch spüren, dass es da noch einiges zu klären gibt …«

Maxine nickte begeistert, als beobachtete sie eine höchst begabte Tänzerin. »Ist sie nicht fantastisch?«, fragte sie, mehr an sich selbst als an die anderen gerichtet.

Elin wollte gerade sagen: *Ähm, nein, um genau zu sein ist sie eine Betrügerin und eine Idiotin, und wenn ich noch länger ihre Gesellschaft ertragen muss, werde ich womöglich handgreiflich.* Doch es verwirrte sie zu sehr, Greg zu sehen. Sie wollte einfach nur die Hand nach ihm ausstrecken und ihm sagen, er solle nach Hause kommen. Sie wollte sich entschuldigen, mit der Scheidung so vorgeprescht zu sein, und ihn fragen, ob sie irgendwohin gehen und in Ruhe reden könnten.

Oben auf der Bühne begann die Musik – laute, ungewöhnliche Akkorde und ein fröhliches Intro kündigten die einzigartige Stimme von Soozi Cole an, die kurz darauf zu singen begann. »I'm Gonna Wash That Man Right Outa My Hair«. Einen Moment lang war Elin abgelenkt.

In der Bar drängten sich jetzt so viele Menschen, es wurde immer heißer.

»Ist das … *Beca*?«, fragte Greg ungläubig mit Blick auf die Bühne.

»Ja«, antwortete Elin stolz.

»Was? Aber seit wann …? Ich wusste nicht, dass sie …«

»Tja, nun, es gibt eine ganze Menge, was du nicht über Beca weißt, Greg«, gab sie zurück. *Treffer. Versenkt.*

Beca entdeckte Elin zuerst und lächelte. Doch als sie Greg sah, verwandelte sich ihre Miene in Entsetzen. Einen Moment lang kam sie aus dem Takt und spielte eine falsche Note. Greg und Elin sahen zu, wie ihre Tochter sich korrigierte, ihre Aufmerksamkeit wieder der Musik zuwandte und die Tatsache zu ignorieren schien, dass ihre frisch getrennten Eltern keinen Meter auseinanderstanden und ihr beim Spielen zusahen!

Für einen kurzen Augenblick vergaß Elin alles und fühlte sich wieder zehn Jahre zu einem Grundschulkonzert zurückversetzt, bei dem Beca mitspielte. Greg und sie im Publikum waren der Inbegriff stolzer Eltern gewesen.

Ihre Nostalgie wurde von einer vage bekannten Stimme unterbrochen, die über den Gesang hinweg verkündete: »Oh, Sie sind ja doch geblieben! Gut gemacht!«

Es war die Frau aus der Damentoilette, die nun neben einem entsetzten Greg stand, ihre hennatätowierten, beringten Finger besitzergreifend um seinen Hals schlang und sich an ihn kuschelte. An *Elins* Ehemann.

All das passierte innerhalb weniger Sekunden.

Greg schluckte und sagte: »Elin, das ist Fleur.«

»Oh, wir sind uns gerade schon mal begegnet!«, erklärte Fleur mit einem Lächeln.

Daraufhin Lolly feixend: »Die da ist es? Wegen *der da* haben Sie Ihre tolle Frau verlassen?«

Maxine zog sich zurück und meinte: »Kommt schon, Mädels, lasst uns gehen.«

Der überwältigenden Beweislage zum Trotz schien Fleur nicht in der Lage zu sein, die Situation im Raum zu deuten. »Es ist so schön, dich kennenzulernen, Elin. Ich hoffe wirklich, dass wir Freundinnen sein können.«

Elin starrte sie fassungslos an. Während ihre Tochter Soozi Cole mit ihrer honigsüßen, tiefen Stimme am Keyboard begleitete, als diese sang:

»*Cancel him and let him go! Yea, Sister!*«

Und plötzlich fing Elin an zu brüllen. Ein tiefer Urschrei, der aus ihrem Innern aufstieg und in ihrem Mund explodierte. Jahrelang aufgestaute Frustration, Jahre, in denen sie sich an die Regeln gehalten hatte, brav auf dem rechten Weg geblieben war, klein und leise – all diese Jahre brachen nun aus ihr heraus. Und das Letzte, was sie hörte, als sie sich auf Fleur stürzte, war Beca, die von der Bühne aus rief: »MUM! NEEEEEEIIIIIIINNN!«

36
Alys

»'tschuldigung, aber hier können Sie leider nicht schlafen.«

»Wie bitte? Es tut mir leid, ich wollte nur …«

Schlafen. Zwischen mehreren Tragetaschen eingeklemmt, die ihr gesamtes weltliches Hab und Gut beinhalteten. In einem ersten Impuls zuckte Alys' Hand zum linken Körbchen ihres BHs, um zu überprüfen, ob das Bargeld noch da war. Ja, alles in Sicherheit. Sie spürte auch die harten Kanten der Kreditkarte. So weit, so gut – die Karte war noch nicht gesperrt worden. Das wusste Alys, weil sie sich damit erst vor ein paar Stunden eine warme Mahlzeit gekauft hatte. Da war hier noch mehr los gewesen. Touristen auf dem Weg zu irgendeinem hübschen walisischen Zielort, LKW-Fahrer, die auf langer Strecke eine Pause einlegten. Sie musste kurz nach dem Käsekuchen mit Sahne eingenickt sein. Geschah ihr recht, nachdem sie sich so mit Kohlenhydraten vollgestopft hatte – ein Luxus, den sie sich nicht leisten konnte, der aber kurzfristig tröstete.

Der heutige Tag war so lang gewesen. Im Hotel in Merthyr war sie mit einem Ruck hochgeschreckt, hatte geduscht und dann das im Preis inbegriffene Frühstücksbuffet so gut wie möglich genutzt. Im Wissen, dass sie beobachtet werden könnte, hatte sie versucht, heimlich einige zusätzliche Brotscheiben, Margarine und Honigpäckchen einzustecken. Es war nicht die Art von Hotel, die Croissants und Gebäck anbot, sonst hätte sie sich die Taschen damit vollgestopft. Es gelang ihr jedoch immerhin, ein paar Würstchen in eine Serviette zu wickeln und hinauszuschmuggeln – die könnten im Lauf der nächsten Tage ganz nützlich sein.

Zurück in ihrem Zimmer hatte sich Alys aufs Bett gelegt und sich mit Lesen abgelenkt. Seltsamerweise war eines der Dinge, die sie bei ihrem hastigen Aufbruch eingepackt hatte, ihr billiger Krimi, *Killer in Blau*. Sie war dankbar, dass es sich um einen so dicken Schmöker handelte, knapp über sechshundert Seiten. Bisher hatte Detective Inspector Parrish einen russischen Oligarchen auf Besuch abgeknallt sowie seinen Bodyguard, und Alys fand die Geschichte erstaunlich fesselnd. Wenn sie in die Welt des Romans eintauchte, musste sie wenigstens nicht darüber nachdenken, was für ein Schlamassel ihr eigenes Leben geworden war. Dem Himmel sei Dank für Bücher, dachte sie.

Sie war bis weit nach der eigentlichen Check-out-Zeit im Zimmer geblieben, bis die Putzkräfte an die Tür klopften und ihr höflich nahelegten, Leine zu ziehen. Mit ihren gepackten Tragetaschen begab sie sich hinüber zum Fernfahrerimbiss, wo sie die wenig begeisterte Dame hinterm Tresen um eine Tasse heißes Wasser bat. Damit verzog sie sich in eine ruhige Ecke und machte sich heimlich einen Kaffee aus einem Beutelchen Pulver, das sie, genau wie ein kleines Döschen Milch, im Hotel hatte mitgehen lassen. Dann ließ sie den Blick auf der Suche nach einem freundlich wirkenden Fahrer über die Tische schweifen.

Schließlich hatte sie Derrick oder Darren – jedenfalls irgendetwas mit D – bis Pont Abraham mitgenommen. Alys hatte damit gerechnet, dass er Schwierigkeiten machen würde, aber er entpuppte sich als ganz netter Kerl. Die Vergangenheit hatte sie gelehrt, dass es selten etwas umsonst gab, egal ob es um ein Mittagessen oder eine Mitfahrgelegenheit ging. Doch sie war nicht mehr jung, und – hart, aber wahr – nicht mehr so attraktiv. Ja, sie sah gut aus für ihr Alter, aber die Zeiten waren vorbei, in denen sie einen Mann mit kaum mehr als einem Lächeln um den Finger wickeln konnte. Der Fernfahrer war wenig jünger als sie und kurz vor der Rente. Er hätte schon früher aufgehört zu arbeiten, erzählte er, aber als nach dem Brexit die Fernfahrer-Krise kam, war es ihm dumm erschienen, die sich nun bietenden Verdienstmöglichkeiten nicht noch voll mitzunehmen. Er redete gerne, dieser Dwayne oder Desmond oder wie er auch immer hieß. Und das meiste davon war entsetzlich öde. Das Gute an seiner Mitteilungsfreude über sein Leben aber war, dass er Alys nicht viel über ihres fragte. So konnte sie einfach abschalten, während er im Hintergrund weiterplapperte. Das einzige Mal, dass Alys aufhorchte, war, als er Spanien erwähnte. »Ich und meine Frau fahren da jedes Jahr hin. Costa Dorada. Wir hoffen, dass wir in den nächsten Jahren ganz dorthin ziehen können, wobei das natürlich nicht so einfach wird wie vor dem Brexit.«

»Was gefällt Ihnen so an Spanien?«, fragte sie rasch, um zu verhindern, dass er den nächsten langweiligen Vortrag über Sozialpolitik hielt.

»Na, das Wetter natürlich«, antwortete er und begann, von Paella und Siestas, Sangria und dem nächtlichen Gesang der Grillen zu schwärmen. Alys blickte aus dem LKW-Fenster auf die Autobahn und den Verkehr an diesem Augustnachmittag. In ihrem Kopf hämmerte es, und sie kämpfte gegen das überwältigende Bedürfnis an zu weinen. Verschwunden war die Kämpferin, die sie stets vorgab zu sein, die ewige Optimistin, die Frau, die eine ungewisse Zukunft als neue Chance sah, nicht als Hindernis. Sie musste an eine andere Reise per Anhalter denken, vor über dreißig Jahren, auf einer spanischen Schnellstraße, die sich entlang der Küste Richtung Marbella schlängelte …

»Mögen Sie eine Mini-Fleischpastete?«, fragte Darren sie und reichte ihr die Packung, ohne den Blick von der Straße zu wenden.

»Jetzt gerade nicht«, sagte sie. »Aber darf ich mir eine für später nehmen?«

Gegen achtzehn Uhr hatte er sie abgesetzt, doch zu ihrer großen Überraschung war die Travellers Lodge da bereits ausgebucht. Zumindest behauptete das der Mann an der Rezeption. Möglicherweise gefiel ihm diese etwas zerzauste Seniorin mit ihren Plastiktüten und dem Geruch nach alten Würstchen einfach nicht. Sie machte ihm keinen Vorwurf deswegen. Doch es bedeutete, dass ihr nichts anderes übrig blieb, als zu versuchen, ein paar Stunden Schlaf an einem der Restauranttische zu bekommen und dann eine weitere Mitfahrgelegenheit zu organisieren. Sie setzte sich an einen Platz weit vom Tresen entfernt, wo man sie hoffentlich in Frieden lassen würde.

Alys musste mindestens zwei Stunden geschlafen haben. Der Mann, der sie weckte und höflich bat zu gehen, hatte ein freundliches Gesicht, und seinem Akzent nach kam er irgendwo aus Osteuropa. Das Restaurant war inzwischen so gut wie leer – nur zwei Verliebte an einem Tisch, die unangenehm laut lachten, als müssten sie der ganzen Welt mitteilen, dass *sie* glücklich waren. Und in der Ecke Alys gegenüber ein Mädchen im Teenageralter, das verloren und allein mit viel Kummer auf den jungen Schultern wirkte. Sie erinnerte Alys an sich selbst in diesem Alter.

»Kann ich dir auch noch was mitbringen?«, fragte Alys auf dem Weg zur Theke. »Ich hol mir noch mal Nachschub.«

Zuerst reagierte das Mädchen nicht, so sehr schien es in seine Gedanken versunken zu sein. Dann blickte es auf und schüttelte den Kopf. »Nein, danke.«

Alys stand einen Moment zu lange da, ehe ihr bewusst wurde, dass sie die junge Frau anstarrte und vermutlich wie eine Verrückte wirkte, vor allem mit ihrem zerkratzten Gesicht und dem ernsten Lächeln. Also ging sie weiter und bestellte am Tresen eine heiße Schokolade. Doch als sie bezahlen wollte, erklärte ihr die Maschine, ihre Karte sei ungültig.

»Versuchen Sie's mal mit Reinstecken«, rief eine fröhliche Stimme mit Birminghamer Akzent hinter ihr. Als sie sich umdrehte, erblickte sie einen stämmigen LKW-Fahrer mit einem voll beladenen Frühstückstablett nebst einer Portion Pommes. »Vermutlich ham Sie zu oft kontaktlos gezahlt«, erklärte er. Alys tat wie geheißen, doch das Herz schlug ihr dabei bis zum Hals, denn sie kannte die Wahrheit. Und nachdem sie die PIN eingegeben hatte, kam prompt dieselbe Meldung. Nicht akzeptiert. Sie war aufgeflogen. Kirsty hatte die Karte gesperrt.

»Haben Sie Bargeld?«, wollte der Kassierer wissen. Alys merkte, dass der hungrige Kerl hinter ihr etwas ungeduldig wurde. Sie zögerte. Sie würde jetzt verzichten müssen, vor allem da sie nur noch diese vierzig Pfund besaß. Sie wollte gerade gehen, als sie Mr. Birmingham sagen hörte: »Packen Sie's bei mir mit auf die Rechnung.«

»Nein, nein, das geht nicht«, protestierte Alys.

»Seien Sie nicht albern, ist doch nur 'ne heiße Schokolade. Und ich will mich stärken, bevor ich wieder auf die Straße muss.«

Alys bedankte sich überschwänglich und nutzte dann die Gunst der Stunde. »Sie könnten mich nicht zufällig ein Stückchen mitnehmen, oder?«

»Wo woll'n Se denn hin?«

»Egal«, sagte sie. »Ich geh überallhin.«

37
Grace

»Du bist so was wie eine Senioren-Superheldin«, hatte John Grace geneckt, als sie ihm von ihren Plänen erzählt hatte.

»Ich hab ein schlechtes Gewissen, dich im Stich zu lassen«, sagte sie.

»Sei nicht albern. Wir werden schon vierundzwanzig Stunden ohne dich klarkommen. Aber pass auf, dass dich kein Don Juan aus Cardiff mit unlauteren Absichten weglockt.«

Sie lachte. »Ich nehme das Handy mit, dann kannst du mich anrufen, falls es ein Problem gibt. Oder wenn die Testergebnisse kommen.«

»Natürlich.«

»Ach, ich weiß auch nicht.« Sie zögerte. »Bist du sicher, dass Cissie klarkommt? Sie ist es inzwischen gewohnt, dass ich jeden Tag da bin.«

»Wenn sie kräftig genug ist und es sonnig bleibt, dann nehme ich sie mit hinaus in den Garten.«

»Na gut, aber pass auf, dass sie warm angezogen ist, ja, und mach keine …«

»Grace«, schalt John sie sanft. »Wir kommen schon klar. Kümmere du dich um dein Mädchen.«

Es war alles blitzschnell organisiert worden. Beca hatte bei ihrem Anruf am Montagabend fast schon hysterisch geklungen, als sie ihrer Urgroßmutter von dem Handgemenge erzählte. Also hatte Grace noch am selben Abend sofort Dolly Hughes vom Yoga angerufen, die erzählt hatte, am Dienstag mit ihrer Tochter einen Ausflug nach Cardiff unternehmen zu wollen. »Darf ich mitkommen?«, fragte Grace. »Nur um im Zug Gesellschaft zu haben. Vor Ort komme ich schon klar. Beca holt mich am Bahnhof ab.« Die Fahrt nach Cardiff würde insgesamt drei Stunden dauern, deshalb war der Plan, früh zu starten, um elf dort anzukommen und nachmittags wieder den Fünf-Uhr-Zug zu erwischen. Sie würde am Ende ziemlich erschöpft sein. Aber Grace wusste, wie wichtig es war. Es muss einfach sein, sagte sie sich. *Sie brauchen dich!*

Beca hatte am Telefon dermaßen durcheinander geklungen. »Eine Schlägerei! Meine Mutter war in eine *Schlägerei* verwickelt. Und jetzt verbreitet sich das überall im Internet.«

Es war schon erstaunlich, wie schnell sich herumgesprochen hatte, was passiert war. Selbst Dollys Tochter fragte Grace im Zug danach. Was wieder einmal bewies, welch entsetzliche Macht die sozialen Medien besaßen und wie viel Schlechtes oder Gutes sie anrichten konnten, je nachdem, aus welcher Richtung der Wind wehte. Zu Becas – *und* Elins – Ungunsten wehte der Wind an jenem Abend aus Richtung Pippa Bowen. Die fünfundvierzigjährige Pippa stammte aus einer Familie bösartiger Berufsklatschtanten, die selten ein gutes Wort über irgendjemanden verloren. An jenem Abend war sie mit ihren »Mädels« unterwegs gewesen – eine Ansammlung gehässiger Miststücke. Als sie Elin Matthews, die arrogante Schulleiterin von St. Stephen's, erblickten, wie sie sich mit der neuen Geliebten ihres Mannes prügelte – also, das war fast schon zu herrlich, um Worte dafür zu finden. Pippa zückte sofort das Handy, nahm den ganzen Vorfall auf Video auf und postete es Sekunden, nachdem die Türsteher die beiden Frauen getrennt hatten, bereits auf Instagram. Elin hatte eine blutige Nase. Fleur einen dreispurigen Kratzer quer über die Wange. Beide Frauen wurden auf die Pontcanna Street hinausbefördert, sehr zur Verwunderung der Gäste, die dort ihren Rosé im Freien genossen.

»Und was das Ganze noch verschlimmert hat, war, dass wir unser Set gerade erst angefangen hatten. Ich konnte ja schlecht Soozi im Stich lassen, indem ich vom Keyboard wegrenne«, hatte Beca weinend berichtet und dabei kaum Atem geholt. Hätte sie bloß nicht den fatalen

Fehler begangen, *MUM!!!* zu rufen und sich damit als Tochter dieser Dame mittleren Alters zu outen, die sich wie ein Hooligan im Stadion benahm. Sie hatte einfach nur dagesessen, nette Akkorde geklimpert, während Soozi mit verwirrter Miene den Text trällerte und ihr kurzzeitig die Stimme wegblieb. Einer der Sicherheitsleute hatte ihnen zugezischt, als er Elin nach draußen bugsierte: »Macht bloß weiter, verdammt!« Beca hatte gespielt wie in Trance. Sie hatte zugesehen, wie ihr Vater traurig in ihre Richtung sah, zerknirscht die Hände hob und tonlos die Worte *Es tut mir leid* formte, ehe auch er nach draußen verschwand. Sie hatte gesehen, dass Pippa Bowen das ganze Debakel filmte. Als die grinsende Pippa ihre Kamera für die letzte Sequenz des Dramas auf Beca richtete, wurde sie nicht enttäuscht: Beca nahm gerade lange genug die Hand vom Keyboard, um ihr den Mittelfinger zu zeigen, begleitet von einem eindeutigen, wenn auch stummen *Fuck off.* Hätte der Besitzer der Bar dies nicht gesehen, wäre sie vielleicht damit durchgekommen, sagte sie. Doch als sie ihr Set beendeten – ausnahmsweise zu gedämpftem Applaus –, wurden sie bar bezahlt, und man sagte ihnen, sie bräuchten nicht wiederzukommen. »Kann nicht zulassen, dass das Unterhaltungsprogramm meine Gäste beschimpft! Da hab ich ja bald keine mehr!«

»Es war ein totaler Albtraum, Grama Grace.«

Immer wieder während ihres Telefonats hatte Grace Beca bitten müssen, langsam zu machen und ein paar Erklärungen mitzuliefern. »Was meinst du damit, ihr wart gerade *am Anfang des Sets*? Und wer ist diese Soozi?«

Da hatte Beca kurz geschwiegen.

»Sie ist Sängerin«, antwortete sie. »Ich begleite sie am Keyboard und so.«

»Ach ja, natürlich! Deine Mum hat mir doch erzählt, dass du auftrittst.«

»Und was hat sie noch gesagt?«, erkundigte sich Beca misstrauisch. »Über Soozi, meine ich?«

Grace merkte, dass Beca ihr etwas verschwieg. »Nicht viel, nur dass …«

»Also, hör zu«, unterbrach Beca sie. »Sie ist auch meine Freundin, also meine Partnerin, okay? Aber werd jetzt bloß nicht komisch, so ist es einfach.«

»He, Moment mal, wer wird denn hier grade komisch?« Grace versuchte, ihre Überraschung nicht zu zeigen. »Das ist nur ein bisschen viel auf einmal. Also lass uns Prioritäten setzen. Wie geht es deiner Mutter? Und noch wichtiger: Wo ist sie?«

Das war der Hauptgrund für Becas Anruf gewesen. Zerknirscht gab sie zu, dass ihr Elins Verhalten so peinlich gewesen war, dass sie ihre Mutter angeschrien hatte. »Vor allen anderen, Grama Grace. Ich fühle mich so schlecht. Sie ist dann einfach irgendwie davongestolpert. Sobald ich mich beruhigt hatte, habe ich versucht, sie anzurufen, aber es ging nur die Mailbox dran. Dann hat sie mir geschrieben, dass ich nicht nach Hause kommen soll. Weil sie sich so sehr schämt. Oh Gott, was soll ich nur machen? Das ist alles Daddys Schuld, verdammt.«

Grace schlug vor, zuerst an der Tür zu klingeln. »Warum?«, beschwerte sich Beca. »Ich wohne doch auch hier.«

Sie standen vor dem Haus und überlegten, was sie tun sollten. »Aus Respekt, mein Schatz«, erklärte Grace. »Um deine Mum vorzuwarnen, dass wir da sind.«

»B, sie hat recht«, sagte Soozi. »Jetzt sei nich so blöd zu deiner Urgroßma und klingel einfach.«

Grace unterdrückte ein Lächeln. Sie mochte diese Soozi!

Wie erwartet, machte Elin nicht auf, selbst nachdem sie es ein paarmal versucht hatten, also gab Grace Beca schließlich grünes Licht, ihren Schlüssel zu benutzen.

Elin lag nicht im Bett, wie sie angenommen hatten. Sie saß einfach nur im Morgenmantel vor der Tür zur Terrasse, neben sich eine Tasse mit kalt gewordenem Kaffee und den Überresten des Make-ups vom vergangenen Abend im Gesicht.

»Mum?«, rief Beca aus dem Flur.

Und ohne sich umzudrehen, erwiderte Elin kaum hörbar: »Ich hatte doch gesagt, du sollst nicht nach Hause kommen.«

»Na, das ist ja eine nette Begrüßung für deine alte Großmutter!«, sagte Grace und betrat die Küche.

Elin stand schockiert auf. »Grama Grace!«

»Na, na, na, du hast aber schon besser ausgesehen, mein Mädchen.«

Grace breitete die Arme aus. Elin brauchte keine weitere Einladung, um sich hineinfallen zu lassen. »Ich bin eine totale Vollkatastrophe«, schluchzte sie, zu aufgelöst, um Grace' Anwesenheit zu hinterfragen.

»So ist's recht, mein Schatz, lass es raus.« Grace streichelte Elin den Rücken und ließ sie weinen. Als keine Tränen mehr übrig waren, trat sie zurück, hielt ihre Enkelin an den Schultern und sah sie an.

»Was soll ich nur tun, Grama Grace?«

»Na, deshalb bin ich ja hier. Als Erstes wird dir Beca ein Bad einlassen …«

»Ich tu was von dem Rosenöl hinein.« Beca sprang sofort los.

»… und dann holst du deine Abschminkmittelchen und Cremes und was du da sonst noch so hast heraus und machst dein Gesicht frisch. Ich habe schon Pandas gesehen, die waren weniger schwarz um die Augen als du im Moment.«

»Ich schaff das einfach nicht …«

»He, he«, wurde sie von Grace unterbrochen. »Es steht nicht zur Debatte. Wir vier gehen zusammen mittagessen!«

»Nein!«

»Oh ja.«

»Aber wie kann ich mich je wieder in der Öffentlichkeit sehen lassen? Es war heute Morgen sogar auf Wales Online zu sehen – *Wütende Schulleiterin schlägt in Kneipe zu!*«

»Erst mal ist das voll gelogen«, meldete sich Soozi zu Wort. Dann nahm sie sich einen Apfel aus der Obstschale und biss hinein. »Sie hat niemanden geschlagen, Grama Grace. Es war bloß 'ne kleine Rauferei unter Frauen, sonst nix. Echt albern! Sie hat sie noch nich mal geknufft.«

»Darum geht's doch gar nicht, Suzanne!«, fuhr Elin sie an. Und Grace signalisierte ihr stumm, dass es vielleicht am besten war, im Moment gar nichts zu sagen. Soozi hob beschwichtigend die Hände und aß weiterhin geräuschvoll ihren Apfel.

Grace nahm Elins Hände in ihre. »Hör zu, ich weiß, wie es ist, wenn über einen getratscht wird«, sagte sie.

»Tatsächlich?« Elin wirkte überrascht.

»Sagen wir mal so, über mich haben sich zu meiner Zeit einige das Maul zerrissen. Schließlich habe ich jahrelang mit einem verheirateten Mann zusammengelebt, oder etwa nicht?«

»Also, das ist ja wohl kaum dasselbe wie …«

»Sie haben's ja faustdick hinter den Ohren, Grama Grace!«, wurde sie von Soozi unterbrochen, die vor Begeisterung quiekte.

Dieses Mal funkelte *Beca* sie böse an, doch Grace fuhr völlig unbeeindruckt fort.

»Was ich ganz sicher weiß, ist, dass nur noch mehr und lauter getratscht wird, wenn du dich versteckst. Du musst die Sache im Keim ersticken. Geh hinaus und stell dich dem Feind. Steh aufrecht, statt dich klein zu machen.«

»Sie hat recht, El«, fügte Soozi hinzu. »Ich meine, alles, was du getan hast, war, um deinen Kerl zu kämpfen. Was is daran so schlimm? Die meisten Leute in Cardiff würden dich dafür feiern. Es kommt immer nur auf den Blickwinkel an, stimmt's, Grama Grace?«

Es war seltsam, dass Soozi sie »Grama Grace« nannte. Aber eigentlich gefiel es ihr ziemlich gut. »So ist es, Schätzchen. Also los jetzt. Ab ins Bad mit dir. Die Mädchen und ich suchen solange was raus, wo wir zum Mittagessen hingehen. Vorzugsweise in ein Lokal, wo man dich kennt.«

»Oh Gott«, stöhnte Elin und schlurfte nach oben.

»Und wasch dir die Haare, El!«, rief Soozi ihr hinterher. »Ich mach dir 'nen schönen Style.«

Grace war sich nicht sicher, was das genau bedeuten würde, aber sie vertraute darauf, dass es sich um eine Frisur handelte.

Sie gingen ins Romano's in der Innenstadt, und wie von Elin befürchtet, erkannten einige Leute sie tatsächlich wieder. Doch ob es nun daran lag, dass es niemanden so recht kümmerte, oder – wie Soozi gesagt hatte – sie Elins Verhalten gerechtfertigt fanden, vielleicht sogar cool, niemand machte blöde Bemerkungen. Im Gegenteil, sie schien ein gewisses Maß an Ansehen gewonnen zu haben. Ein paar wollten sogar ein Selfie mit ihr machen. Grace konnte sehen, wie Elin sich bei der Vorstellung wand, doch sie erstickte ihre Weigerung mit den Worten: »Na, ist das nicht schick, Elin! Du bist berühmt!«

Es wurde schließlich ein sehr nettes und fröhliches Mittagessen. Soozi und Grace verstanden sich wie zwei alte Freundinnen. Da Grace selbst nicht viel von unnötigem Herumgerede hielt, hatte sie Becas geradlinige Freundin schnell ins Herz geschlossen. Als sie beim Kaffee saßen und die Atmosphäre entspannt und locker war, stellte Soozi wieder einmal eine ihrer direkten Fragen.

»Also, Grama Grace, ich muss das jetzt einfach fragen …«

Grace merkte, wie Beca ihre Freundin anfunkelte und leise murmelte: »Was ist denn jetzt schon wieder?« Soozi ignorierte sie.

»… was halten Sie davon, dass Ihre Urenkelin auf Frauen steht? Ist das ein Schock oder so?«

Grace rührte ihren Kaffee um, während Elin schnell das Schweigen füllte. »Ach, lasst uns das jetzt nicht diskutieren, Soozi. Grama Grace stammt aus einer anderen Generation und …«

»Entschuldige bitte mal«, unterbrach Grace sie mit gespielter Empörung. »Ich kann durchaus für mich selbst sprechen.«

»Genau«, meinte Soozi. »Also schießen Sie los.«

»Ich finde es … ziemlich wunderbar«, sagte Grace, und ihre Stimme kippte dabei ein bisschen. »Ihr beide scheint zusammenzugehören. Deshalb: auf euch!«

Sie hob ihre Kaffeetasse, und Soozi tat es ihr nach. »Schön gesagt.«

Beca schlang die Arme um ihre Urgroßmutter. »Oh, danke, Grama Grace.«

»Hey«, scherzte diese. »Was bin ich? So eine Art Mafia-Oberhaupt, das euch seinen Segen gegeben hat?«

»Der Pate!«, scherzte Elin.

»Nein, die Patin!«, korrigierte Soozi lachend.

»Oh mein Gott – GIGI!«, platzte Soozi plötzlich heraus, als wäre ihr gerade erst etwas klar geworden. »So werde ich dich jetzt nennen. Kapiert? Grama Grace. GG. Gigi!«

»Sei still, du dumme Nudel!« Beca tat, als würde sie nach ihr hauen, und die beiden legten einen Schaukampf hin. Sie waren dabei so laut, dass der Kellner sie höflich zurechtwies. Daraufhin mussten alle vier furchtbar kichern.

Als Grace abends im Zug nach Hause saß, verschlief sie fast die gesamte Fahrt. Sie war auf bestmögliche Art erschöpft und dankbar, so einen herzerwärmenden Tag verbracht zu haben.

38

Elin

Der Besuch von Grace hatte Elin unglaublich gutgetan. Er hatte ihrer Seele wieder etwas Auftrieb verschafft. Nun saß sie an der offenen Terrassentür, nippte an einem Kamillentee und blickte hinaus auf die einsetzende Dämmerung, mit der sich langsam der Schlaf über den Garten senkte. Ja. Sie hatte im Verlauf der letzten Tage viel gelernt. Zum einen war ihr klar geworden, dass sie sich ein dickeres Fell zulegen musste. Sie dachte darüber nach, sich bei Greg zu entschuldigen, doch eigentlich sah sie keinen Grund dafür. Wenn es ihm peinlich war, wenn sie ihn beschämt hatte, dann war das gut so. Er hatte es verdient. Sie war es leid, sich zu entschuldigen. »Ich bin eine Kämpferin!«, flüsterte sie.

Elin genoss dieses neu gefundene Selbstbewusstsein und beschloss daher, etwas zu tun, was sie wahrscheinlich schon vor Wochen hätte tun sollen: nämlich ihre Anwältin zu feuern. Sie formulierte eine E-Mail, in der sie Maxine erklärte, dass ihr nicht gefiel, wie die Dinge liefen, und sie deshalb beschlossen hatte, die Scheidung selbst in die Hand zu nehmen. Elin hatte diese Online-Option ausführlich recherchiert. Vorausgesetzt, Greg war einverstanden, sollte dieser Prozess relativ schmerzfrei über die Bühne gehen. Pah, *schmerzfrei* – was für ein Witz. Doch zumindest würde es ihr nur einen Bruchteil der Kosten verursachen, die Maxine Letterman-Brace verlangte. Es ist einfach falsch, dachte Elin, dass die Scheidungsanwälte es ausnutzen, dass zwei Menschen so verletzlich sind und unter einer Trennung leiden.

Sie wünschte Maxine alles Gute, aber sie bedankte sich nicht für ihre Dienste. Die unfassbar hohen Rechnungen waren genug. Stolz klickte sie auf Senden.

Plötzlich machte es *pflopp!* Zuerst konnte Elin nicht richtig ausmachen, woher das Geräusch gekommen war. Also blieb sie still sitzen und wartete darauf, ob es wieder passieren würde. Was es auch tat. *Pflopp, pflopp!* Gefolgt von einer murmelnden Männerstimme: »Machen eine verdammte Sauerei, diese Dinger …« Es kam von nebenan. Ob das Rory war, der einen weiteren Auftrag im Garten erledigte? Aber weshalb sollte er so spät noch arbeiten? Inzwischen war es ziemlich dunkel. Es musste sich also um Mr. Chakrabarti handeln. Sie wollte gerade zu ihm rüberrufen, als es – *pflopp!* – wieder passierte. Und hätte sie es nicht mit eigenen Augen gesehen, hätte sie es nicht geglaubt. Wer auch immer dort drüben war, warf einfach rotzfrech Äpfel auf Elins Rasen! Auf Zehenspitzen schlich sie gebückt zu der Stelle, von wo das Obst geflogen kam, und sobald der fünfte Apfel durch die Luft gesaust kam, richtete sie sich abrupt auf und rief in ihrer besten Rektorinnenstimme: »Entschuldigen Sie bitte, aber was *tun* Sie hier eigentlich?«

Schweigen.

Dann ein Rascheln in den Blättern, gefolgt von einem Kopf im Laub. Es war tatsächlich Mr. Chakrabarti.

»Die fallen überall in meinen Garten«, schimpfte er. »Darum müssen Sie sich gefälligst kümmern.«

Nicht gerade ein sehr nachbarschaftlicher Austausch, dachte Elin. Es stimmte, ihr wunderschöner Apfelbaum, der neben der Mauer zur Linken einen Ehrenplatz einnahm, streckte seine Äste auch bis in den Garten nebenan. Die alte Mrs. Latham hatte das immer geliebt. Jeden Herbst machte sie köstliche Apfelkuchen und -aufläufe, die sie ihnen dann herüberbrachte. Bei dem Gedanken, dass es keine Apfelleckereien von ihrer lieben alten Nachbarin mehr geben würde, wurde Elin von einer tiefen Traurigkeit ergriffen.

»Bitte werfen Sie die Äpfel *nicht* auf meinen Rasen, Mr. Chakrabarti. Wenn Sie sie nicht essen wollen, dann sammeln Sie die Äpfel bitte auf und geben sie mir. Oder werfen Sie sie in den Biomüll. Und wenn Ihnen die Äste nicht gefallen, die über Ihre Mauer wachsen, dann schneiden Sie sie ab. Sollten Sie jedoch die Äste auf *meiner* Seite beschädigen, dann werden Sie von meiner Anwältin hören!« Die ich gerade gefeuert habe, wurde ihr klar.

Zitternd ging Elin zurück ins Haus. Es fühlte sich entsetzlich leer an ohne Greg und jetzt auch ohne Beca, die den Großteil ihrer Zeit bei Soozi verbrachte. Elin dachte, sie hätte sich inzwischen daran gewöhnt, aber offenbar war das nicht der Fall. Die Feindseligkeit ihres neuen Nachbarn zeigte ihr, wie schrecklich allein sie war, ganz ohne Unterstützung. Früher hätte Greg sich mit Charme und Humor um Mr. Miesepeter nebenan gekümmert. Der würde Greg inzwischen vermutlich aus der Hand fressen, ihm einen Drink einschenken und ihn zum Grillen einladen.

Einen Moment lang wurde Elin von dem Gedanken abgelenkt, dass Greg als Veganer nun ja nicht mehr grillte. Klar, er könnte natürlich ein paar Gemüsespieße auf den Rost legen, aber die würden ihn nicht wirklich zufriedenstellen. Wenn es etwas gab, das ihr Bald-Ex-Ehemann liebte, dann war es ein großes, saftiges Ribeye-Steak.

Sie schüttelte den Kopf. Weshalb dachte sie über Greg nach? Ihr Kopf musste von nun an eine Greg-freie Zone werden. Ein Vorgeschmack auf das, was vor ihr lag. Sie überlegte, sich mit Papierkram für Grace' Party abzulenken, aber irgendwie konnte sie sich nicht aufraffen. Wie sehr wünschte sie, diesen Ärger mit Mr. Chakrabarti eben nicht gehabt zu haben. Das würde sie zweifellos heute Nacht wach halten, und morgen war ein wichtiger Tag in der Schule. Einer der wichtigsten im ganzen Schuljahr: die Bekanntgabe der A-Level-Ergebnisse. Und nächste Woche dann die für den mittleren Schulabschluss.

Sie sollte Greg daran erinnern. Ach, da bist du ja wieder, dachte sie, schon wieder in meinem Kopf! Tief in ihrem Innern wusste sie, dass die Sache mit den Prüfungsergebnissen nur ein Vorwand war, ihn zu kontaktieren, doch sie schob den Gedanken beiseite und formulierte eine Nachricht.

Denk dran: Beca bekommt nächste Woche ihre Prüfungsergebnisse.

Die Antwort kam fast sofort:

Glaubst du wirklich, ich könnte das vergessen?

Und ehe sie darüber nachdenken konnte, schrieb sie zurück:

Können wir reden?

Drei wandernde Punkte erschienen, die anzeigten, dass er ihre Nachricht gelesen hatte und eine Antwort tippte. Elin starrte mit angehaltenem Atem aufs Display. Doch dann verschwanden die drei Punkte, die Nachricht wurde grün, und sie begriff, dass Greg nicht mehr online war. Sofort kam sie sich dumm vor, und die ganzen verletzten Gefühle kehrten mit voller Wucht zurück. Als hätte er sie noch einmal verlassen. Elin schaltete ihr Handy aus – ein sinnloser Versuch, ihre Würde zu wahren, denn wenn ihr Handy aus war, würde sie nicht wissen, ob er ihr schrieb oder nicht. Dann schloss sie die Terrassentür ab und ging nach oben ins Bett. Allein.

Natürlich gab es im Lehrerzimmer eine Menge Kommentare über »die Kämpferin«, wie sie inzwischen alle nannten. Elin war immerhin darauf vorbereitet und hoffte einfach, dass sich das Thema irgendwann erledigen würde. Im Großen und Ganzen waren die Kollegen voller Mitgefühl. »Schlagzeilen von gestern!«, meinte Kimberley James, die Kunsterzieherin. »Da wird morgen Fisch drin eingewickelt.«

Elin wusste, dass es gut gemeint war, und lächelte dankbar.

»Aber heutzutage wird kein Fisch mehr in Zeitungen eingewickelt!«, mischte sich Ted Rowett, Schulpessimist und Fachschaftsvorsitzender für Naturwissenschaften, ein. »Heutzutage gibt's diese Styroporboxen, und das dauert ewig, bis die sich zersetzt haben.«

Kimberley James verdrehte kopfschüttelnd die Augen, während Ted sich um Kopf und Kragen redete. »Heute liest doch keiner mehr Zeitung. Die hängen doch alle ständig nur an ihren Handys. Oh.«

Unbehagliches Schweigen folgte, woraufhin Elin rasch das Thema wechselte, weil ihr voller Entsetzen die Story auf Wales Online wieder einfiel. Aber wenn das das Schlimmste war, was passieren konnte, dann brauchte sie sich keine Sorgen zu machen. Am heutigen Tag interessierte sich sowieso niemand für Elin Matthews: Alles drehte sich nur um Noten, Studienplätze und Feiern oder Bedauern. Schließlich handelte es sich um einen Meilenstein im Leben dieser jungen Menschen und ihrer Familien.

Gegen sechzehn Uhr ging der Schultag langsam zu Ende. Einige Kollegen luden Elin ein, noch was trinken zu gehen, doch sie lehnte höflich ab. Nach all dem Trubel mit den Lehrern, Schülern und Eltern wollte sie nur noch nach Hause und ihre Ruhe haben.

Als sie gerade ins Auto stieg, piepste ihr Handy mit einer Textnachricht. Sie kam von Rory, dem Gärtner.

> Sind Sie heute Abend zu Hause? Man hat mich gebeten, Ihnen etwas vorbeizubringen.

Das klang irgendwie spannend, und so beschloss sie, den ruhigen Abend zu opfern, um ihre Neugier zu befriedigen.

»Ich bin nur der Bote«, sagte Rory entschuldigend, als er mit einem Arm voller Zweige und einer Kiste Fallobst vor ihrer Tür stand.

Elin brauchte kurz, um zu kapieren, was los war. »Oh mein Gott, hat er Sie gezwungen, meinen Apfelbaum zu stutzen?«

»Nur auf seiner Seite«, erwiderte Rory. »Ich fürchte, dazu hat er juristisch gesehen das Recht.«

»Ich weiß.« Elin war elend zumute. »Mensch, ich hätte nicht gedacht, dass er das tatsächlich macht!«

Sie starrte auf das Bündel in Rorys Armen. Es war irgendwie ein peinlicher Moment.

»Äh … soll ich das einfach hierlassen oder …«

»Du meine Güte, was ist nur los mit mir? Tut mir leid – würde es Ihnen was ausmachen, es nach hinten zu bringen?«

»Kein Problem.«

»Es hat sich angefühlt wie ein Verbrechen«, berichtete Rory, als Elin ihm ein kaltes Bier reichte. Sie saßen auf der Terrasse und blickten hinaus in den Garten, wo der ungleichmäßige Apfelbaum nur schwer zu übersehen war.

Der Abend war warm und für Cardiff überraschend ruhig. Kein entferntes Sirenengeheul oder Lärm von Sommerpartys im Park. Die Luft schien seltsam aufgeladen.

»Wie kann man einen Baum nicht mögen?«, fragte Elin zum zweiten Mal innerhalb einer halben Stunde. »Ich meine, schau ihn dir an! Der sieht total verstümmelt aus!«

»Ich weiß. Es tut mir so leid.« Rory klang, als würde er gleich weinen. »Ich dachte, wenn *ich* es mache, habe ich zumindest die Kontrolle darüber, wie viel abgeschnitten wird. Jemand anderes hätte einfach drauflosgesägt oder womöglich auch noch alle *deine* Äste entfernt und hinterher behauptet, es sei ein Versehen gewesen.«

Elin seufzte. Auch ihr war irgendwie zum Heulen zumute.

»Ich werde nie wieder für ihn arbeiten«, erklärte Rory.

»Weißt du was, ich kann hier nicht länger sitzen und mir dieses Elend anschauen.«

»Tja, ich kann dich verstehen.« Er trank den Rest seines Bieres und stand auf. »Ich finde allein raus.«

Er nahm sein Handy und seine Schlüssel und ging Richtung Haustür.

Auf einmal wurde Elin von einem Gefühl der Einsamkeit überwältigt. »Rory, hast du Lust, zum Abendessen zu bleiben? Falls du nichts anderes vorhast?«

»An was hattest du denn gedacht?«, fragte er.

»Fush and Chups?«, schlug sie grinsend vor.

Letztlich aßen sie einen Salat niçoise, gefolgt von Kokossorbet, das Greg einige Monate zuvor gemacht hatte.

»Puh, Ellie, das war aber lecker.«

Sie brachte es immer noch nicht über sich, ihn zu verbessern. Sie hatten sich eine Flasche Pinot Grigio geteilt, und ihr war ein wenig schummrig im Kopf. Es sah ihr gar nicht ähnlich, mehr als ein Glas zu trinken, aber am Tag der Notenverkündung war ihr immer zum Feiern zumute. Hoffentlich würde es ihr in einer Woche genauso gehen, wenn Beca ihre Ergebnisse bekam.

Ein paar Stunden mit Rory zu verbringen, war eine willkommene Abwechslung gewesen. Viel besser, als mit den Kollegen im »Fox and Hounds« etwas zu trinken. Er war ein faszinierender Mensch, was er hinter seinem eher zurückhaltenden Auftreten verbarg. Er besaß zwei College-Abschlüsse – einen Bachelor in Chemietechnik und einen Master in Mathematik. »Ach, und ausgebildeter Klempner bin ich auch«, meinte er lachend.

»Und dazu noch Gärtner?« Elin lächelte. »Ein Mann mit vielen Talenten. Ich bin überrascht, dass sich dich noch keine geschnappt hat.«

»Hab vermutlich noch nicht die richtige Frau getroffen. Ich meine, ich dachte, ich hätte es, aber … ach, egal …« Er sah sie dabei nicht an, sondern ließ gedankenverloren den Wein in seinem Glas kreisen. Ursprünglich stammte er aus Tauranga an der Ostküste Neuseelands, war aber vor fünf Jahren, als seine Ehe in die Brüche gegangen war, nach Großbritannien gekommen.

»Keine Kinder?«

»Nee«, meinte er, und sie konnte das Bedauern in seiner Stimme hören. »Aber ich hätte auch nicht auf die andere Seite der Welt reisen können, wenn ich welche hätte.«

»Manche Leute würden das trotzdem tun.«

»Tja, ich bin halt nicht *manche Leute.*« Ihre Blicke begegneten sich kurz, und Elin verspürte ein gewisses Kribbeln, das sie schon sehr lange nicht mehr empfunden hatte.

Sie hatte richtiggelegen, was sein Alter betraf. Er würde in ein paar Wochen vierzig werden.

»Am wievielten Oktober?«, fragte sie.

»Am fünfzehnten.«

»Ha, wie meine Tochter. Die wird siebzehn.«

Womit das Thema von *Elins* Familienstand angeschnitten war. Seltsamerweise war es ihr überhaupt nicht peinlich, ihm alles zu erzählen:

von Gregs Affäre, vom Scheidungsprozess, der Anwältin. Sogar von ihrem Horrorerlebnis in Salomé's Bar. Was er zum Glück zum Brüllen komisch fand. Er warf den Kopf zurück und lachte so herzhaft und volltönend und echt, dass Elin sich gut fühlte, ausnahmsweise mal unterhaltsam zu sein.

Sie kochte Kaffee, während er die Spülmaschine einräumte und den Tisch abwischte. »Danke fürs Essen«, sagte er, als sie ihm seine Tasse reichte.

»Ich fand es auch sehr schön«, erwiderte sie. Dann nippten sie eine Weile schweigend nebeneinander an ihrem Kaffee, den Rücken an die Kücheninsel gelehnt. Sich nicht anzusehen, machte die Unterhaltung irgendwie überraschend vertraut.

»Eines, was ich gelernt habe, seit ich hier bin, ist, dass die Briten manchmal zu höflich sind.«

»Echt? Sag mir, um wen es sich handelt – denjenigen würde ich gerne mal kennenlernen!«, scherzte Elin.

Doch Rory war ernst, nachdenklich. »Was ich sagen will, ist, dass ich eine Menge Leute getroffen habe, die ihre wahren Gefühle ignorieren und dadurch einen Haufen Chancen verpassen.«

»Und es dann bereuen, meinst du?«

»Ja.«

Elin nickte. »Hmm.«

Die folgende Stille war angenehm entspannt, während beide ihren Gedanken nachhingen.

»Ich fliege in zwei Monaten zurück«, sagte er.

»Das kann ich gut verstehen. Neuseeland muss atemberaubend schön ein.«

»Stimmt … Wales aber auch.«

»Stimmt.«

Wieder Schweigen. Sie spürte die Wärme seines nackten Arms neben ihrem, obwohl sie sich nicht berührten.

»Und … bereust du etwas, wenn du wieder gehst?«, fragte sie.

»Ich weiß noch nicht«, sagte er. »Kommt darauf an.«

»Auf was?«

»Auf das, was in den nächsten dreißig Sekunden passiert.«

Sie standen da, ihr Atem ging flacher, doch beide hatten den Blick weiterhin geradeaus gerichtet.

Dann, ehe die dreißig Sekunden vorbei waren, stellte Elin ihre Tasse ab, nahm ihm seine aus der Hand und streckte sich, um ihn zu küssen. Es war das Gewagteste, was Elin Matthews in ihrem ganzen Leben je getan hatte, und es fühlte sich verdammt toll an.

Rory war gute zehn Zentimeter größer als sie, sodass sie sich auf die Zehenspitzen stellen musste. Doch nachdem sie den ersten Schritt gemacht hatte, überließ sie ihm alles Weitere. Sie genoss, wie stark seine Arme waren, als er sie mühelos auf die Küchenarbeitsplatte hob. »Mein Gott, bist du schön«, flüsterte er, während er die Hand unter ihr Kleid schob und ihr ohne zu zögern den Baumwollslip auszog. Der Nervenkitzel war köstlich. Und als sie sich auf die glatte Granitfläche zurücksinken ließ, schossen ihr zwei Dinge durch den Kopf. Erstens: Lieber Gott, bitte lass Beca jetzt nicht heimkommen, und zweitens: Lady Chatterly, da staunst du, was?!

39
Grace

John war im Aufenthaltsraum, als Grace im Cadwallader House ankam. Eine der Pflegekräfte schickte sie zu der kleinen Nische bei den Fenstern. Es war eine ruhige Ecke, etwas abgetrennt von den Aktivitäten und dem geselligen Beisammensein der anderen und auch vom Lärm des Fernsehers. John zog sich oft zum Lesen dorthin zurück, doch heute saß er allein in einem der beiden gemütlichen Sessel und blickte in den Garten hinaus.

»Du wirkst aber heute sehr geheimnisvoll«, sagte Grace im Versuch, unbeschwert zu klingen, obwohl sie wusste, dass er ihr etwas sagen würde, das sie nicht hören wollte. Sie zog ihre Jacke aus und setzte sich neben ihn. John nahm ihre Hand, aber ansehen konnte er sie nicht.

»Cissies Blutuntersuchung …«, krächzte er. Grace wurde elend zumute. Mehr brauchte er nicht zu sagen.

Sie holte tief Luft. »Verstehe.« Sie nickte.

Cissie hatte in der Vergangenheit schon drei Krebsdiagnosen bekommen, jedoch immer gefolgt von Remission. Jedes Mal fragte Grace sich, ob das Glück sie jetzt verlassen würde. »Nun, wir kennen den Ablauf«, sagte sie zu John und versuchte, zuversichtlich zu klingen. »Wann fangen sie mit der Chemo an?«

Doch John blieb stumm, den Blick fest auf einen Star gerichtet, der draußen in der Vogeltränke ein munteres Bad nahm. Er schüttelte den Kopf. »Dieses Mal«, murmelte er schließlich, »glauben sie, dass es nicht … Sie sagen, es wäre besser, es ihr so leicht wie möglich zu machen.«

Grace neigte von Natur aus nicht zum Weinen. Doch bei diesen Worten stiegen ihr die Tränen in die Augen, und sie bekam einen Kloß im Hals. Da sie sich nicht zu sprechen traute aus Angst, die Kontrolle zu verlieren, saß sie einfach nur da, drückte seine Hand noch fester und versuchte, dieses lähmende Gefühl loszuwerden. Schließlich gelang es ihr, ihre Traurigkeit in Empörung umzuwandeln. »Wer hat das eigentlich beschlossen, hm?«

»Ich habe mit Dr. Choudhary gesprochen …«

»Und er hat das entschieden? Dass es eine Verschwendung von Geldern ist, einer Neunundachtzigjährigen mit Demenz Medikamente zu verabreichen? Hat er das? Will er das wirklich …«

»Grace!« John sah ihr tief in die Augen. »Du *weißt*, dass es nicht so ist.«

»Nein, John, das tue ich nicht. Das tue ich ganz und gar nicht.«

Dann stand sie auf und ging hinauf in den ersten Stock, um nach Cissie zu sehen, die dort mit geschlossenen Augen in ihrem Bett lag, aber nicht wirklich zu schlafen schien. Ihre Gliedmaßen waren ruhelos, sie summte vor sich hin und gab hin und wieder unverständliches Gebrabbel von sich. Ihre Augen blieben geschlossen, als Grace die Hand ihrer Freundin ergriff.

Was ist das Leben doch für eine Lotterie, dachte Grace, wie so oft. Wie kam es, dass sie selbst immer noch so ein erfülltes und aktives Leben führte, das sich, abgesehen von ein paar Zipperlein, seit jungen Jahren kaum verändert hatte? Während sich die liebe Cissie so vielen gesundheitlichen Herausforderungen hatte stellen müssen und sie hartnäckig gemeistert hatte, nur um wieder neuen zu begegnen.

»Ciss?«, flüsterte sie, und einen Moment lang ließ Cissies Unruhe nach, und sie öffnete die Augen. Als sie Grace sah, lächelte sie, ein seltener Moment der Verbindung zwischen zwei Menschen, die sich ihr ganzes Erwachsenenleben über gekannt hatten. Ebenso schnell war der Moment wieder vorüber: Cissie schloss die Augen und nahm ihr Gebrabbel wieder auf.

Als Grace zurück nach unten kam, saß John immer noch da.

»Verzeih mir, *cariad*«, sagte sie, schlang die Arme um ihn und küsste ihn auf den Kopf.

Er bedeckte ihre Hand mit seiner. »Bei mir brauchst du dich nie zu entschuldigen, Gracie«, erwiderte er lächelnd. Aber seine Stimme war voller Sorge.

Als Grace schließlich nach Hause kam, war es nach neun. Sie war länger als sonst im Pflegeheim geblieben, um John zu trösten und damit sie sich beide an die Nachricht gewöhnen konnten. Der Leiter der Einrichtung hatte ihr ein Bett für die Nacht angeboten, doch John hatte darauf bestanden, dass sie nach Hause ging und sich richtig ausruhte. Grace hatte eingewilligt, aber versprochen, am nächsten Tag wiederzukommen.

Trotz ihrer Erschöpfung ging sie erst einmal in die Küche, um sich ihre abendliche Ovomaltine zu kochen. Seltsam, welche Angewohnheiten man beibehielt. Ovomaltine war in ihrem Alter wohl kaum noch ein angemessenes Getränk vor dem Einschlafen – da sollte sie eher Kamillentee oder vielleicht sogar einen kleinen Whisky trinken. Doch Ovomaltine war früher ein abendlicher Trost gewesen, der sie nun seit Jahrzehnten begleitete.

Die Milch fing gerade an zu blubbern, als eine Erinnerung an ihre eigene Mutter auftauchte: *Nie die Milch kochen lassen, Grace. Gekochte Milch verbrennt dir die Zunge.* Fast siebzig Jahre war es jetzt her, seit ihre Mutter gestorben war. Sie hatten keine einfache Beziehung gehabt, und ein Schluchzer blieb in ihrer Kehle stecken, als ihr bewusst wurde, dass Zurückweisung den Anfang und das Ende ihres Lebens prägte: Ihrer eigenen Mutter waren Äußerlichkeiten wichtiger gewesen als Grace' Glück, und ihre eigene Tochter hatte sich schon lange aus ihrem Leben verabschiedet. Die Generationen auf beiden Seiten hatten ihr ihre Liebe entzogen. Doch sie hatte ihre Enkelin. Und ihre Urenkelin. Es ist also nicht alles schlecht, Grace Meredith, schalt sie sich selbst. Es war nur Übermüdung und die Sorge um Cissie, die das Selbstmitleid geweckt hatten. Grace brachte ihre Ovomaltine zum gemütlichen Küchensofa. Sie setzte ihre Brille auf und griff nach ihrem

Buch. Sie würde vor dem Schlafengehen noch ein Kapitel lesen. Es war ein Polizeithriller namens *Killer in Blau*, den ihr Neeta geliehen hatte. Ein Haufen Unsinn eigentlich.

Als sie vier Stunden später aufwachte, war die halb ausgetrunkene Ovomaltine neben ihr kalt geworden, das Buch lag in ihrem Schoß, und sie wusste nicht mehr, wo sie zuletzt gelesen hatte. Grace stand auf, streckte sich, trank ihre Tasse leer und schaltete die kleine Lampe aus. Immer noch ziemlich verschlafen schlurfte sie im Halbdunkel steif hinaus in den Flur, wo sie am Fuß der Treppe nach dem Pfosten des Geländers griff. Das Licht der Straßenlaterne fiel durch die Milchglasscheibe in der Haustür.

Und als sie sich gerade umdrehen und die Treppe hinaufsteigen wollte, sah sie es: die Umrisse einer Gestalt auf der anderen Seite des Glases. Grace wagte nicht, sich zu rühren. Entsetzt sah sie zu, wie sich die gusseiserne Klinke langsam nach unten bewegte, dann wieder hinauf, dann wieder hinunter. Gott sei Dank hatte sie daran gedacht abzuschließen. Würde als Nächstes jemand die Scheibe einschlagen? Um auf diese Weise einzubrechen?

Auf einmal spürte sie ihr Alter. Das Adrenalin schoss durch ihre Adern. *Kampf oder Flucht, Kampf oder Flucht* … Ihr Herz raste, und ihr Atem versuchte Schritt zu halten. Halt suchend umklammerte sie den Treppengeländerpfosten. Sollte sie schreien? Um Hilfe rufen? Aber wer würde sie hören? Es zwar zwei Uhr morgens, und die Mauern waren dick. Die Chancen, ihre Nachbarn Julie und Jeff alarmieren zu können, tendierten gen null. Nein. Es blieb ihr nur eines übrig: Sie würde mit dem Eindringling allein fertigwerden müssen.

Grace sah sich um auf der Suche nach etwas, womit sie sich verteidigen konnte, und packte einen Golfschläger, der im Schirmständer neben der Haustür herumstand. Sie wusste nicht einmal, wem er gehörte – sie selbst spielte definitiv kein Golf. Vielleicht noch einer von John? Und weshalb dachte sie gerade überhaupt über Golf nach?

»DIE POLIZEI IST UNTERWEGS!«, log sie und brüllte dabei, so laut sie konnte. »UND ICH BIN BEWAFFNET!« Sie umklammerte die Eisenstange und drückte sich gegen den Balken. Du hast den Krieg überlebt, sagte sie sich, und eine Pandemie, du schaffst das.

»Haben Sie keine Angst, Mrs. Meredith!«, rief eine Stimme von der anderen Seite der Tür, die wesentlich ängstlicher klang als Grace'. »Es ist alles in Ordnung.«

Sie kannte die Stimme nicht, aber der Tonfall löste Erleichterung aus, die ihren Körper durchströmte. Sie entriegelte das Schloss und riss die Haustür auf. Dann starrte sie ungläubig auf die beiden Personen auf ihrer Schwelle. Bei der einen handelte es sich um einen Polizisten, bei der anderen um eine etwas verlotterte ältere Frau, die schwach wirkte und eher vom Leben als von Fäusten vermöbelt worden zu sein schien. Es dauerte einige Sekunden, bis Grace begriff, wen sie da vor sich hatte.

»Alys!«

»Ich konnte sonst nirgends hin.«

Grace starrte ihre Tochter an. Mit offenem Mund und wie zu Stein erstarrt.

40

Alys

Zugegeben, sie hatte keine andere Wahl gehabt. Als die Polizei sie gefunden hatte, kauerte sie irgendwo außerhalb von Llanarth hinter einer 24-Stunden-Tankstelle neben einem Industriemüllcontainer. Es war nicht so furchtbar kalt gewesen, aber ihr Körper war nicht mehr so robust wie früher. Außerdem hatte sie seit Tagen kaum etwas gegessen, weil sie das bisschen Geld, das ihr geblieben war und das immer weniger wurde, möglichst zusammenhalten wollte. Es war nicht das erste Mal in ihrem Leben, dass sie unter freiem Himmel schlief, aber sie war ziemlich aus der Übung.

Der Fahrer aus Birmingham hatte sie in Fishguard abgesetzt. Er war auf dem Weg nach Irland, und kurz hatte sie mit dem Gedanken gespielt, ihn zu begleiten, doch selbst Alys' angeborene Abenteuerlust reichte nicht so weit. Wie sollte sie dort drüben überleben? Das Alter und die Müdigkeit machten ihr zunehmend zu schaffen, und sie schien ihren Bezug zur Wirklichkeit zu verlieren.

Einen Tag und eine Nacht lang hatte sie sich am Fährhafen herumgetrieben, die sanitären Anlagen dort genutzt und im Wartebereich geschlafen, indem sie so tat, als wäre sie zu früh für die Fähre. Als schließlich klar wurde, dass es sich dabei um einen Vorwand handelte, hatte das Fährpersonal sie höflich gebeten weiterzuziehen. *Weiterzuziehen!* Wenn sie nur wüsste, *wohin* sie ziehen sollte! Doch sie befand sich in einem solch vagen Zustand, durch Hunger und Kälte noch verstärkt, dass sie sich irgendwie nicht darauf konzentrieren konnte, was sie als

Nächstes tun sollte. Komm schon, Alys!, befahl sie sich. Wie wäre es mit dem Norden? Gab es da nicht irgendjemanden, an den sie sich wenden konnte? Sie durchsuchte ihre Erinnerung nach alten Freunden, Bekanntschaften, die sie während ihrer Nomadenjahre vielleicht gemacht hatte. Doch ihr kam niemand in den umnebelten Sinn. Sie würde einfach drauflosgehen müssen.

Also verließ sie Fishguard mit ihren Einkaufstaschen, streckte den Daumen raus und versuchte, per Anhalter weiterzukommen. Der LKW-Fahrer, der sie schließlich mitnahm, belehrte sie die gesamte Fahrt über, dass sie nicht allein reisen sollte. »Da draußen laufen jede Menge Irre rum! Verdammt, wenn *meine* Mutter auch nur auf die Idee käme, per Anhalter zu fahren, aus der würde ich echt Hackfleisch machen!« Ihre ruhelosen Gedanken begannen Spielchen mit ihr zu spielen, und sie musste die schrecklichen Bilder abschütteln, die seine Ausdrucksweise weckte.

Der Fahrer hatte sie an einer Raststätte abgesetzt, wo er über Nacht parkte. Es handelte sich eher um einen Autohof für LKW als um eine richtige Raststätte und war eindeutig schlechter als das, wo sie einige Tage zuvor genächtigt hatte. Sie erkannte die »Irren«, vor denen der Fahrer sie gewarnt hatte. Doch als sie später auf der Damentoilette an dem großen Spiegel vorbeikam und sich selbst sah, wurde ihr klar, dass auch sie dazugehörte – ohne Wurzeln, ohne Rechte, ungeliebt und, leider wahr, ungewaschen. Eine siebzigjährige Frau, die ihr gesamtes Leben in vier Plastiktüten mit sich herumschleppte.

Von dort aus war sie ein Stück mit einigen Deutschen mit Wohnwagen mitgefahren. Sie waren auf dem Weg nach Aberaeron. Sie hatte gelogen und behauptet, das sei perfekt – sie habe Freunde auf einem Bauernhof außerhalb der Stadt. Sie ließen sie am Ende eines Schottersträßchens aussteigen. »Von hier aus komme ich klar«, hatte sie mit so viel Begeisterung erklärt, wie sie nur aufbringen konnte. »Es wird mir guttun, mir ein bisschen die Beine zu vertreten und die letzten paar Meter bis zum Hof zu Fuß zu gehen.« Sie winkte ihnen, ehe sie sich umdrehte und in die entgegengesetzte Richtung davonging. Zu diesem Zeitpunkt hatte sie jegliches Gefühl dafür verloren, was sie mit sich anfangen sollte. Sie wartete buchstäblich darauf, dass jemand kam und ihr Leben in Ordnung brachte. Was für ein Chaos. Sie erinnerte sich nicht mehr daran, dass sie die geschlossene Tankstelle erreicht hatte. Oder sich dahinter niedergelassen hatte. Neben Müllcontainern zu schlafen, war vermutlich ihr persönlicher absoluter Tiefpunkt, doch da war sie von der ganzen Reise schon so erschöpft, dass es ihr egal war.

*

Der Polizist, der sie fand, war freundlich gewesen. Zuerst hatte sie versucht, Widerstand zu leisten, denn sie befürchtete, er würde sie wegen des Kirsty-Fiaskos und der Kreditkarte festnehmen. Doch als sie das erwähnte, schien er von nichts zu wissen und nur darauf bedacht zu sein, sie über Nacht an einem sicheren Ort unterzubringen. Er fragte sie, wo sie wohne, und sie antwortete, das wisse sie nicht. Er fragte sie, ob sie getrunken habe. Als sie ihm erklärte, dass sie seit dreißig Jahren keinen Tropfen mehr angerührt hatte, glaubte er ihr offenbar nicht. Wie unfair, hatte Alys gedacht, dass die Menschen einen automatisch für einen Alki halten, wenn man obdachlos ist. Als Nächstes erkundigte er sich freundlich, ob er einen Blick in ihren Geldbeutel werfen dürfe. Sie fühlte sich zu schwach, es zu verweigern. Plötzlich hielt er den Brief in der Hand, den sie von Grace bekommen hatte, und nickte, während er die Adresse vom Umschlag hinten abschrieb. »Na, dann kommen Sie mal mit, Miss Meredith«, sagte er und half ihr hoch. »Wir bringen Sie heim zu Ihrer Mam, richtig?« Zu diesem Zeitpunkt verfügte Alys über keinerlei Kraftreserven mehr, um zu protestieren.

Sie kamen gegen zwei Uhr morgens in Dylan's Quay an. Als sie vor der Tür von Sŵn-y-Môr standen, hatte Alys mehr denn je das Gefühl, sich in einem Traum zu befinden. Das Haus wirkte im Licht der Straßenlaterne irgendwie seltsam verzerrt und doch vertrauter als alles andere. Sie überredete den Polizisten, zu so später Stunde nicht zu klingeln, und schlug vor, stattdessen unter der Stiefelbürste nach einem Schlüssel zu suchen, denn ihr fiel wieder ein, dass er dort immer versteckt gewesen war. Doch da lag er nicht mehr, also versuchte er es vorsichtig mit der Türklinke. Auf einmal ertönte drinnen eine Stimme. Die ihrer Mutter. Stark und mutig.

Als Grace die Tür öffnete, hielt sie einen Golfschläger in der Hand, und ihrem Gesichtsausdruck nach hätte sie Drachen töten können. Alys wusste nicht, ob sie lachen, weinen oder weglaufen sollte. Der Polizist übrigens auch nicht.

Es fühlte sich an, als würden sie sich eine Stunde lang anstarren. Doch es konnten nur Sekunden gewesen sein. Dann ließ Grace ihre Waffe fallen, breitete die Arme aus und zog ihre verlorene Tochter an sich. Dann trat sie einen Schritt zurück, nahm Alys' Gesicht in beide Hände und betrachtete sie aufmerksam, als überprüfte sie jede Pore, um sich zu vergewissern, dass es sich tatsächlich um ihre Tochter handelte.

Der Polizist war verständlicherweise ziemlich verwirrt. Da er nicht ahnen konnte, dass sich die beiden Frauen seit drei Jahrzehnten nicht mehr gesehen hatten, nahm er schlichtweg an, Grace sei eben eine typische leidenschaftliche, walisische Mama mit einem Hang zur Dramatik. Er überließ die beiden sich selbst, und Grace rief ihm noch ihren Dank hinterher, als er den Weg zur Straße zurückging.

»Du kannst in deinem alten Zimmer schlafen, wenn du magst«, sagte Grace. Als wären die letzten dreißig Jahre nur ein kurzer Augenblick gewesen. Zehn Minuten später kroch Alys ins Bett und schnarchte bereits nach wenigen Sekunden.

Als sie erwachte, brauchte sie eine Weile, bis sie begriff, wo sie sich befand. Laut dem Wecker auf dem Nachttisch war es zehn nach zehn – Mann, sie hatte ewig geschlafen. Sie unternahm Anstalten, sich zu bewegen, aber jeder Muskel, jedes Gelenk protestierte schmerzhaft. Alys versuchte, sich an ihre Reise nach Dylan's Quay zu erinnern, und auch die Erinnerung an Grace' Reaktion war verschwommen. Doch sie war sicher, dass ihre Mutter sich über ihre Ankunft gefreut hatte. Trotzdem musste sie so schnell wie nur möglich weg von hier. Es war schlichtweg zu peinlich – mitten in der Nacht aufzutauchen, völlig verwahrlost und so gut wie stumm. Oh Gott, und dieser Bulle – was um alles in der Welt hatte Grace sich da wohl gedacht? *Alles wie immer – Alys wird selbst mit siebzig noch von der Polizei nach Hause gebracht.* Nein. Sie musste gehen. Wohin, wusste sie jedoch nicht.

Ein leises Klopfen an der Tür ließ sie erstarren. »Im Bad gibt's frische Handtücher, Schatz, und unten Frühstück, wenn du so weit bist.«

Es gelang Alys, ein schwaches »Danke« zu murmeln, dann wartete sie, bis die Schritte ihrer Mutter auf der Treppe verklungen waren. Nachdem sie unter ihren Sachen etwas halbwegs Sauberes gefunden hatte, ging sie ins Bad, um zu duschen.

Der Anblick im Spiegel war traurig. Sie erkannte sich selbst kaum wieder. Die Kratzer von Kirsty waren immer noch zu sehen, wenn auch nicht mehr ganz so frisch, und ihre Haare waren mit etwas Undefinierbarem verfilzt. Ihre Stirn zierte ein blasser blauer Fleck und ihr Kinn die Überreste ihrer letzten Mahlzeit. »Jesus, Maria und Josef, Alys!«, flüsterte sie. »Was ist nur aus dir geworden?«

Sie drehte die Dusche auf, stieg vorsichtig hinein und genoss die tröstliche Wärme des Wassers und den nostalgisch frischen Duft von Grace' Imperial-Leather-Seife. Langsam, mach langsam, sagte sie sich. *Eins nach dem anderen.*

41
Grace

Grace hatte Porridge und Eier gekocht, dazu eine große Kanne Tee. Es fühlte sich an wie die normalste Sache der Welt, in der Küche herumzufuhrwerken wie eine walisische Glucke, frisches Brot zu buttern und viel zu viel aufzutischen. Im Zweifelsfall einfach Essen hinstellen, dachte sie lächelnd. Eine bewährte walisische Strategie. Diese Glucke hatte nun wieder ein Küken, um das sie sich kümmern musste. Wobei Grace sich durchaus bewusst war, dass Alys' Besuch sicher nicht einfach werden würde. In der Nacht hatten sie nur einige wenige Worte gewechselt. Es war ihr gelungen, von dem Polizisten zu erfahren, dass man Alys unter freiem Himmel schlafend gefunden hatte, aber mehr wusste sie nicht. Sie würde sehr vorsichtig sein müssen.

Alys betrat zögerlich und etwas schüchtern mit einem höflichen Lächeln die Küche.

»Morgen«, murmelte sie unbeholfen.

Sie sah besser aus als in der Nacht zuvor, doch sie wirkte immer noch ziemlich zerbrechlich. Ihr attraktives Äußeres war nur noch eine ferne Erinnerung. Grace blieb jedoch positiv und munter. »Jetzt setz dich erst mal hin, und dann schauen wir, dass du was zu essen bekommst, ja?«

Die Eier waren offenbar sehr verlockend, und Alys stürzte sich gierig darauf. Weiß Gott, wann sie das letzte Mal was gegessen hat, dachte Grace.

*

Das Ritual des Frühstückens überdeckte fürs Erste die krasse Realität dieser Situation: Mutter und Tochter nach Jahrzehnten wieder vereint, während Verletzungen und Missverständnisse, Vergeltung und Schmerz dicht unter der Oberfläche brodelten und nur darauf warteten, hervorzubrechen.

Schließlich sagte Alys: »Hör zu, es tut mir leid, dass ich hier einfach so aufgekreuzt bin.«

»Aber ich habe dich doch eingeladen!«, erwiderte Grace lächelnd.

»Ich weiß, aber um ehrlich zu sein, hatte ich nicht vor herzukommen«, sagte Alys, und Grace' Lächeln erstarb.

»Oh, verstehe.«

»Was ich sagen will, ist, ich wäre nicht gekommen, wenn die Polizei mich nicht aufgelesen hätte. Die haben deine Adresse gefunden und zwei und zwei zusammengezählt. Ich war letzte Nacht einfach zu müde, um zu widersprechen, also habe ich zugelassen, dass sie mich hierherbringen, aber sobald ich das hier gegessen habe – es schmeckt übrigens fantastisch, vielen Dank –, bist du mich wieder los.«

Grace verbarg erfolgreich ihre Enttäuschung und schenkte ihnen beiden Tee nach. »Und wo wirst du hingehen? Zurück nach Brecon?«

»Ähm, nein. Da kann ich nicht mehr hin. Lange Geschichte.«

Grace nickte. »Steckst du in Schwierigkeiten, Schatz?«

Alys wandte den Blick ab. »Ich warte noch auf das dicke Ende, wenn du verstehst?«

»Eine komische Redewendung.«

»Stimmt.«

Einen Moment lang herrschte Schweigen. »Du brauchst Geld, vermute ich?«

»Ha, ich brauche immer Geld.«

»Dann geb ich dir welches.«

Das schien Alys in Bedrängnis zu bringen. »Was? Nein! Tut mir leid. Hör zu, mir geht's gut! Ich hätte es nicht erwähnen sollen. Wir haben uns grade erst wiedergesehen, und ich baue schon wieder Scheiße …«

»Es wird nicht geflucht, Alys Meredith«, sagte Grace und tat so, als würde sie schelten.

Alys lächelte nervös.

»Pass auf«, schlug Grace vor. »Wie wäre es, wenn du einfach ein paar Tage bleibst, hm? Wenigstens bis du wieder auf den Beinen bist. Denn für mich sieht's nicht so aus, als wärst du momentan in der Verfassung, um irgendwohin zu gehen.«

Grace mochte sich täuschen, aber der Vorschlag schien Alys fast zum Weinen zu bringen. Das arme Mädchen war offensichtlich völlig erschöpft, nicht nur körperlich, sondern auch emotional.

Sie brachte nur ein Nicken zustande und murmelte: »In Ordnung, danke.« Dann trank sie mehrere Schlucke Tee.

Sie unterhielten sich über belanglose, ungefährliche Dinge, zum Beispiel, wie es sich in Brecon so lebte, ob Alys immer noch malte, ob Grace immer noch schwamm, und die ganze Zeit umschifften sie erfolgreich das Thema Vergangenheit.

Vor allem aber vermieden sie das Thema Elin.

Doch nach ihrer dritten Tasse Tee schien Alys sich ein wenig zu entspannen.

»Wo ist eigentlich John? … Oh Gott, ist er gestorben?«

»Nein, Liebes.« Grace lächelte. »Er ist immer noch sehr lebendig. Aber er hat einige gesundheitliche Probleme, der Arme. Cissie auch. Sie leben beide seit einigen Jahren im Heim. Das Cadwallader House? Oben auf Bryn Gwyl? Cissie ist zuerst dorthin gezogen, und er folgte eine Weile später.«

»Hat seine Frau je in die Scheidung eingewilligt?«, erkundigte Alys sich mit einem trockenen Lächeln.

»Nein.« Grace schmunzelte. »Aber sie hat vor über zwanzig Jahren den Löffel abgegeben, daher …«

»Oh.« Alys wirkte überrascht. »Na, dann hoffen wir mal, dass ich *deine* Gene geerbt habe. Schau dich an, immer noch fit mit neunzig!«

»Das liegt eindeutig am Schwimmen«, erwiderte Grace.

Wieder folgte ungemütliches Schweigen, bis Alys schließlich sagte: »Ich möchte mich bei dir entschuldigen, Mum. Für alles. Was ich getan habe – nicht nur beim letzten Mal, als wir uns gesehen haben, sondern auch alles, was vorher war …«

»Du warst einfach unglücklich, mein Schatz. Ich denke, nachdem dein Dad gestorben ist, hast du …«

»Nein, das ist keine Entschuldigung dafür, wie ich mich benommen habe. Ich bin … Ich habe dich nicht verdient. Mich zu entschuldigen fühlt sich irgendwie so unzureichend an. Entschuldigung – was für ein verdammt lächerliches, wirkungsloses Wort.«

»Nicht fluchen!«

»Entschuldige.« Sie lächelte. »Aber ich meine es ernst. Ich traue mir selbst nicht, dass ich nicht wieder Mist baue. Ich bin der sprichwörtliche faule Apfel, und du brauchst mich nicht in deinem Obstkorb.«

»Oh, heute sind wir aber voller Metaphern, was, Kindchen? Komm mal her.« Grace streckte die Arme aus, zog Alys an sich und küsste sie aufs frisch gewaschene Haar, das nach Zitrone duftete.

»*Cariadus*«, flüsterte Grace.

»So hast du mich immer genannt, als ich noch klein war.« Alys war wieder den Tränen nahe. »Und jetzt kann ich mich nicht mal mehr daran erinnern, was es bedeutet.«

»*Mein Liebstes*«, antwortete Grace. »Ich hab dich immer geliebt, mein Schatz. Und tue es noch.«

Alys ließ sich von ihrer alten Mum umarmen. Und in dieser Umarmung schien ein ganzes Leben der Entfremdung dahinzuschmelzen.

Das Telefon unterbrach diesen unglaublich zärtlichen Moment.

Grace ignorierte das Klingeln.

Doch als sich der Anrufbeantworter einschaltete, fand die Mutter-Tochter-Versöhnung ein jähes Ende. »*Hallo, Grace, Betty hier vom Cadwallader House. Bitte erschrecken Sie jetzt nicht, aber wir mussten wegen Cissie den Arzt rufen. Es geht ihr gar nicht gut.*«

42

Beca

Es war bisher zweimal vorgekommen, dass Soozi einen Anruf weggedrückt hatte.

»Wer war das?«, fragte Beca beim ersten Mal, eher aus Neugier als aus wirklichem Interesse.

»Mein Cousin. Er macht irgendeine Scheiße durch, und ich hab jetzt keinen Bock, mit ihm zu sprechen.«

Daher nahm Beca beim zweiten Anruf einfach an, dass es sich wieder um Soozis Cousin handelte.

Als der dritte Anruf kam, unterhielten sie sich gerade darüber, was sie zu Ehren von Becas Prüfungsergebnissen unternehmen wollten – die sie tags darauf erhalten würde.

»Feiern werden wir jedenfalls nicht, eher unsere Sorgen ertränken«, meine Beca. »Aber *irgendwas* will ich schon machen.«

»Du brauchst doch sowieso keine doofen Abschlussprüfungen, meine Schöne.« Soozi küsste sie auf den Hals. »Du bist ein verdammtes Musikgenie. Ich wette, Mozart hat nie irgendwelche Prüfungen abgelegt.«

Beca lachte, teils weil die Liebkosungen am Hals kitzelten. »Lass das!«

»Hör zu«, sagte Soozi strahlend. »Wenn du bestehst, tragen wir Rot, und wenn du durchfällst, Blau. Slips, meine ich.«

In diesem Moment klingelte Soozis Handy.

Als sie aufs Display sah, verdüsterte sich ihre Miene. »Da muss ich ran«, erklärte sie.

»Hi, wie geht's?«, nuschelte sie ins Telefon, und während sie das Zimmer verließ, signalisierte sie Beca tonlos *Dauert nicht lange*, dann schloss sie die Tür hinter sich.

Beca nahm an, dass es sich um eine Ex handelte. Was sonst. Soozi war ziemlich offen gewesen, was ihre bisherigen Freundinnen anging, von denen eine gewisse Dani angeblich ziemlich anstrengend gewesen war. Vielleicht war sie wieder auf der Bildfläche aufgetaucht oder versuchte es zumindest. Beca hatte nie irgendwelche Fotos gesehen und war froh darüber. Denn obwohl ihr Selbstbewusstsein einen Riesenschub bekommen hatte, seit sie und Soozi zusammen waren, bezweifelte sie, dass sie Wettbewerb oder Vergleich aushalten würde. Diese ehemaligen Freundinnen waren bestimmt viel hübscher als sie. »Ich wünschte, du würdest begreifen, wie verdammt schön du bist«, hatte Soozi ihr immer und immer wieder versichert. »Ich hab's dir gesagt, ich geh nicht mit Hackfressen aus.«

»Das ist ein scheußliches Wort.«

»Egal. Was ich sagen will, ist, ich hab Geschmack. Du allerdings auch.« Und sie beendeten die Unterhaltung mit einem langen, innigen Kuss. An dieser Stelle hatte Beca beschlossen, Soozi beim Wort zu nehmen und ihr zu glauben.

Vertrauen war zwischen ihnen nie ein Thema gewesen. Vielleicht weil es sich um Becas erste Beziehung handelte und sie zu naiv war, um es besser zu wissen. Oder vielleicht lag es daran, dass Soozi so durch und durch glaubwürdig war. Beca kam nicht einmal auf die Idee, dass Soozi jemals lügen würde – es lag einfach nicht in ihrer Natur. Sie konnte schroff sein, ja, und manchmal auch ausfallend. Aber sie heuchelte nie, sondern sagte immer alles geradeheraus. Darum war die Entdeckung ihrer Unaufrichtigkeit auch ein so heftiger Schlag.

Der Anruf dauerte gute zehn Minuten, und als Soozi wieder ins Zimmer kam, sah sie aus, als wäre sie von einem Bus überfahren worden.

»Heeee.« Beca ging zu ihr und schlang die Arme um sie. »Was ist denn passiert? Alles klar?«

Doch Soozi blieb stumm.

»Was denn?«

Beca hatte Soozi noch nie weinen sehen. Sie nie verletzlich erlebt. Doch nun zitterte sie und konnte Beca kaum in die Augen sehen.

Stattdessen löste sie sich aus der Umarmung, hob die Hand, um Beca am Näherkommen zu hindern. Man sah ihr an, dass sie Kraft sammelte, um etwas Wichtiges zu sagen.

»Ich habe einen Plattenvertrag.«

»Wie bitte?«

»Und einen Manager.«

»Scheiße.«

»Ja. Scheiße.«

Beca merkte, dass Soozi auf *ihre* Reaktion wartete, ehe sie entschied, was sie selbst als Nächstes sagen und tun würde. Einige Sekunden lang war Beca wie gelähmt. Dann kamen von irgendwoher Tränen. Tränen des Glücks, des Stolzes.

Ermutigt fuhr Soozi fort: »Und es gibt eine Tour!«

»Eine *Tour*?«

»Ja. Belgien, Deutschland, vielleicht Schweden. Als Vorband von diesem Typen namens Seb Lowe. Ich hab seine Mucke schon gehört, und sie ist eigentlich ganz cool und …«

»DAS IST DER WAHNSINN!«, kreischte Beca lachend und dann weinend.

»Mensch, jetzt werd hier nich sentimental«, sagte Soozi, als Beca sie fest umarmte.

»Sorry. Ist nur ein kleiner Schock, weiter nichts – ich meine, es ist ein genialer Schock, aber trotzdem …«

»Ja.«

Doch dann … Wie in Zeitlupe fügten sich die Puzzlestücke zusammen.

»Dann waren das also die Anrufe?«

»Was meinst du?«

»Die Anrufe, dein Cousin … Ich nehme mal an, es gibt gar keinen Cousin, der Scheiße durchmacht.«

Soozi sah in den Spiegel und spielte an ihren Haaren herum. »Ähm, ja, also, ich wollt nichts sagen, bis alles sicher is.«

Da begriff Beca. Dass *sie* nicht Teil dieser fantastischen Neuigkeiten war. Dass man es ihr verheimlicht hatte, weil sie nicht zu dieser Welt gehörte. Soozis neuer Welt.

War es ein Akt der Selbstzerstörung? Eine Art masochistischer Impuls, der sie dazu brachte, die Frage trotzdem zu stellen? Denn es war eigentlich nicht nötig. Sie hätte die Antwort einfach annehmen können – aber irgendwie musste sie es aus Soozis Mund hören.

»Dann komm ich da also mit?«

Soozi betrachtete weiterhin ihr Spiegelbild.

»Nein, Kleines. Das geht nich.«

Beca nickte. Sie verstand.

»Die haben 'ne Band für mich. Vollerer Sound, weißte? Da braucht's mehr als ein Keyboard, und außerdem bist du …«

»Ich bin erst sechzehn.«

»Genau.«

Ein Moment des Schweigens. Und in diesem Moment traf Beca eine Entscheidung, von der Soozi überhaupt nichts ahnte.

»Ich bin so froh, dass du dich für mich freust, B!« Soozi schlang Beca die Arme um die Taille.

»Natürlich tu ich das. Das ist total der Hammer!« Beca zwang sich, froh und begeistert zu klingen. »Das müssen wir feiern. Ich bring uns von der Arbeit zehn Nachtische mit oder so, okay?«

»Klingt super«, meinte Soozi. Dann reckte sie das Kinn in die Höhe und sah Beca direkt in die Augen. »Das is doch *echt* okay für dich, oder? Denn wenn's nich so wäre, würdest du's sagen, oder?«

»Natürlich!«, erwiderte Beca. Und drückte Soozi rasch, um ihr Gesicht zu verbergen. »Jetzt muss ich mich aber schnell umziehen.«

»Ich auch.«

Beca war selbst überrascht, wie gut organisiert sie war. Vor allem in Anbetracht der Wut darüber, hintergangen worden zu sein, die in ihrem Körper tobte. Das Flattern in ihrem Bauch hörte gar nicht mehr auf. Keine Glücksschmetterlinge. Ängstliche, ärgerliche Schmetterlinge.

Wie konnte sie nur?

Es war nicht die Nachricht an sich oder die Tatsache, dass Soozi dieser Tour zugestimmt hatte, ohne es auch nur mit Beca zu besprechen. Nein – es war die Täuschung, das Verheimlichen, die Lügen. Die Tatsache, dass sie diese Treffen gehabt, diese Gespräche und Verhandlungen geführt, Deals abgeschlossen hatte … und Beca überhaupt nichts davon wusste. Soozi hatte sie vor vollendete Tatsachen gestellt. Wie konnte Beca ihr je wieder vertrauen? Die Intensität dieser Gefühle war überwältigend. Wut kam der Sache noch nicht mal annähernd nahe.

Sie hasste, hasste, *hasste* Soozi dafür, dass sie alles zertrampelt hatte, was zwischen ihnen war, nur für ihre Karriere, ohne auch nur an Beca zu *denken*.

Sie wusste genau, was sie tun würde.

Sie rief im Pub an und erklärte, sie fühle sich nicht gut. In Anbetracht der Tatsache, dass sie sich noch nie krankgemeldet hatte, war man dort voller Mitgefühl. Als Nächstes rief sie Grama Grace an. Sŵn-y-Môr war der einzige Ort, an dem sie jetzt sein wollte. Sie ertrug es nicht, nach Hause zu gehen – allein schon wegen der Prüfungsergebnisse morgen würde der Abend mit ihrer Mutter anstrengend werden. Aber dann noch ein Haufen Fragen dazu, die unweigerlich kommen würden, weshalb sie nicht bei Soozi war? Nein, danke. Das wär zu viel.

Bei Grama Grace nahm niemand ab, deshalb hinterließ sie eine Nachricht auf dem Anrufbeantworter, dass sie gerne für ein paar Tage kommen würde. »Ich hoffe, das ist okay. Ich brauch mal ein bisschen Abstand.« Sie wusste, ihre Urgroßmutter würde das verstehen. Hoffentlich war sie zu Hause, bis Beca dort ankam, wobei, so, wie sie sich im Augenblick fühlte, würde sie notfalls auch im Gartenschuppen schlafen.

Der Zug nach Carmarthen fuhr auf Bahnsteig zwei des Bahnhofs Cardiff ein, und Beca stieg ein.

Einen halben Kilometer entfernt, in Bellamy's Italian Place, war Soozi ganz aufgedreht vor Freude über ihre Neuigkeiten. Sie sang vor sich hin, während sie die Kundschaft bediente, tanzte beim Pizzamachen und hatte keine Ahnung davon, dass Beca soeben ihre Beziehung beendet hatte.

43
Elin

In weniger als fünfzehn Stunden würde Elin Becas Ergebnisse erfahren. Sie konnte nicht aufhören, daran zu denken, und wünschte, Beca würde nach Hause kommen, damit sie die Dinge zumindest durchsprechen konnten, einige nächste Schritte überlegen, abhängig von ihren Noten. Becas Schicht endete heute um neun Uhr. Sollte sie anbieten, sie von der Arbeit abzuholen? Oder benahm sie sich wieder wie ein Kontrollfreak?

Zur Ablenkung ging sie hinaus in den Garten, um ein paar heruntergefallene Äpfel aufzusammeln. Von *ihrer* Hälfte des Apfelbaumes. Der Apfelbaum, der sie für immer auf bittersüße Weise an den Abend erinnern würde, an dem sie sich *ungeheuerlich* benommen hatte. Was für ein wunderbarer Mann Rory war. Was für eine köstlich unerwartete und erotische Nacht sie miteinander verbracht hatten. Und wie erfrischend und untypisch es für sie war, dass sie kein Fünkchen schlechtes Gewissen deswegen verspürte. Ihr einziges Zugeständnis in diese Richtung war gewesen, im Gästezimmer mit ihm zu schlafen, aber trotzdem. Sie hatte sich erst versichert, dass Beca bei Soozi übernachten würde, dann hatte Elin die Haustür abgeschlossen und stundenlang ungetrübt reinen Ehebruch begangen. Theoretisch war sie schließlich immer noch verheiratet.

Auch der nächste Morgen war wunderbar gewesen. Sie hatte Frühstück gemacht, die Sonne schien, und sie hatten sich in bester Stimmung verabschiedet.

»Rory, ich will ganz ehrlich mit dir sein«, hatte Elin gesagt. »Sobald du gegangen bist, werde ich deine Nummer löschen. Und ich fände es gut, wenn du dasselbe tust.«

»Klar«, hatte er eingewilligt.

Verspürte sie einen Hauch von Enttäuschung, dass er kein bisschen protestierte? Vielleicht, aber es war trotzdem besser so. Sie beide hatten keine gemeinsame Zukunft, trotz aller Leidenschaft der vergangenen Stunden. Sie waren wie zwei Schiffe, die sich in der Nacht begegnet waren, irgendwo zwischen Wales und Neuseeland.

»Du weißt gar nicht, wie gut mir das getan hat«, sagte sie. »Sex auf der Kücheninsel zu haben und bis in die Morgenstunden damit weiterzumachen.«

»Mir auch.« Lächelnd stand er auf und sammelte seine Sachen ein. »Ich hoffe, dass alles gut wird bei dir, Ellie«, sagte er, ehe er die Tür öffnete. »Du verdienst es, glücklich zu sein.«

Sie wollte ihm dasselbe wünschen, aber seine netten Worte schnürten ihr dermaßen die Kehle zu, dass sie nur ein zittriges Lächeln zustande brachte.

Sie winkte ihm, schloss die Haustür und lehnte sich eine Minute lang dagegen, die Augen fest zugekniffen, um nicht zu weinen. »So«, sagte sie zu sich selbst. »Du hattest deinen Spaß. Und jetzt zurück in die echte Welt.«

Durch all diese Ereignisse der vergangenen Tage hatte Elin Grama Grace' Party ziemlich vernachlässigt, und es hatte sich ein Stapel an ungeöffneten Antwortbriefen auf dem Esstisch angesammelt. Zugegeben, ihre Begeisterung hatte in letzter Zeit etwas nachgelassen, und sie war verständlicherweise nicht ganz bei der Sache gewesen. Doch das war nicht Grama Grace' Schuld. Weshalb sollte ihre Großmutter leiden, nur weil Elins Kopf mit anderen Dingen beschäftigt war? Sie fing an, die Post zu öffnen und in ihrem Notizbuch abzuhaken, wer zur Party kommen würde. Sie freute sich, dass die meisten Antworten positiv ausfielen, doch ein paar Absagen gab es auch. Kurz überlegte sie, eine B-Liste der weniger guten Bekannten aufzustellen, um die

Gästezahl aufzufüllen. Während sie noch darüber nachdachte, meldete ihr Handy eine Nachricht von Beca.

Bin im Zug. Übernachte heute bei Grama Grace. Brauch mal einen Tapetenwechsel. Wir reden morgen.

Bei Grama Grace? Was um alles in der Welt …?

Sofort rief sie bei Beca an, wurde aber direkt zur Mailbox weitergeleitet. Also versuchte sie es bei Grace zu Hause. Noch ein Anrufbeantworter.

»Hallo, Grama Grace. Du weißt sicherlich, dass Beca auf dem Weg zu dir ist? Ich hoffe, das ist okay. Sie hat es mir gegenüber gerade erst erwähnt. Ruf mich an, wenn du kannst, damit ich weiß, dass sie gut angekommen ist. Tut mir leid wegen alledem.«

Natürlich wusste sie, weshalb Beca das tat. Sie glaubte, sie könnte vor den Prüfungsergebnissen davonlaufen. Um ehrlich zu sein, verstand Elin sie total. Auch sie machte sich große Sorgen, wie viele Fächer Beca überhaupt bestanden hatte. Vielleicht war es gut, dass sie nach Dylan's Quay fuhr. Andererseits … Oh, was war eigentlich mit Soozi? War Soozi bei ihr? Vermutlich. Aber in ihrer Nachricht hatte sie nicht *wir* geschrieben …

Elin atmete einmal tief durch, um sich zu beruhigen, dann wandte sie sich wieder der Einladungspost zu. »Konzentriere dich auf das, was du beeinflussen kannst«, sagte sie laut zu sich selbst. In Bezug auf Becas Ergebnisse konnte sie nicht das Geringste tun. Die Party zu organisieren hingegen lag vollständig in ihrer Hand. Und es würde ein spektakuläres Fest werden.

44

Grace

John war auf dem abgenutzten Krankenhausstuhl eingeschlafen, und Grace saß an Cissies Bett. Dann und wann streichelte sie ihre Hand und sprach mit ihr, als hielten sie ein Schwätzchen bei Kaffee und Kuchen.

»Ich kann nicht behaupten, dass es kein Schock war, Ciss. Ich meine, vor allem weil da dieser Polizist stand. Mir wurde ganz schwindelig, sag ich dir!« Grace lachte, aber es klang etwas hysterisch. »Das hätte einen Wirbel gegeben, was? Wenn ich umgekippt wäre und mir den Kopf angeschlagen hätte – dann lägen wir jetzt beide hier!«

Von Cissie kam natürlich keine Reaktion. Sie wirkte erstaunlich friedlich, trotz der Sauerstoffmaske und der Infusionskanüle, die an ihrem zarten Körper befestigt waren. Es war eine Erleichterung, dass sie nicht zu leiden schien.

»Und versteh mich nicht falsch, zuerst hatten wir uns beide nichts zu sagen. Na, das kannst du dir sicher vorstellen, oder? Ich meine, wo soll man da anfangen? Vor allem weil sie eigentlich gar nicht da sein wollte, glaube ich. Wie's scheint, hatte sie schlicht keine andere Wahl. Und du hättest sehen sollen, wie sie aussah, Ciss, oh mein Gott. Als hätte man sie an den Haaren rückwärts durch eine Hecke geschleift. Was für ein Anblick. Aber eine Mütze Schlaf und ein paar Tassen Tee haben ihr unglaublich gutgetan. Ich kann es kaum fassen! Warte, bis du sie siehst, meine Liebe, ich weiß, dass sie sich darauf freut ...«

Ihre Stimme versagte. Ihre Kräfte ließen langsam nach. Seit Mittag war sie schon da, und nun ging es auf acht Uhr abends zu.

*

Als sie am Krankenhaus angekommen war, wartete John dort bereits mit einem der Pfleger aus dem Heim auf sie. Er wirkte verhärmt und erschöpft und unglaublich traurig.

»Sie glauben, es wird nur noch wenige Tage dauern«, sagte er.

Zuerst wurde Grace sauer. Als hätte man sie geprellt, betrogen. »Das ist doch lächerlich. Wie kann das sein?«

Doch noch während sie schimpfte, wusste sie, dass es sinnlos war, sich aufzulehnen. Sie konnten nichts tun. Und Grace hatte ja gewusst, dass dieser Tag kommen würde. Sie hatte nur gedacht, sie würde es besser akzeptieren können, wenn es so weit war.

Hinter Verleugnung konnte sie sich am besten verstecken, deshalb fuhr sie mit ihrem erzwungen fröhlichen Geplapper fort.

»Ich sag dir was, Ciss, ich habe über meinen Geburtstag nachgedacht. Vor einer Weile hat Beca vorgeschlagen, wir könnten irgendwo gemeinsam mittagessen gehen, um zu feiern, und da war ich mir nicht sicher, aber vielleicht wäre das doch ganz schön. Deshalb möchte ich, dass du dich wieder aufrappelst, und dann kaufen wir uns was Schickes zum Anziehen, was? Vielleicht bei Alfredo's in Aberystwyth? Hauen wir mal so richtig auf den Putz, was meinst du?«

Cissie atmete gleichmäßig weiter und wirkte in ihrem Bett würdevoll und ruhig. Während in Grace ein Chaos der Gefühle tobte.

Die Krankenschwester kam herein und weckte John. »Ich denke wirklich, dass Sie beide jetzt nach Hause gehen sollten«, sagte sie sanft. »Cissie wird morgen ins St. Luke's verlegt. Dort werden sie es ihr schön machen, keine Sorge.«

»Ich will, dass sie mit mir nach Hause kommt.«

Grace hatte darauf bestanden, die Onkologin zu sprechen, die sich größte Mühe gab, für eine entspannte Atmosphäre zu sorgen. »Ich verstehe Sie, Mrs. Meredith«, sagte die Ärztin, »aber, ohne Ihnen zu nahe treten zu wollen, im Hinblick auf Ihr Alter und die Umstände halte ich das für keine gute Idee. Wir müssen ja auch an Ihre Gesundheit denken …«

John sah Grace an und drückte ihre Hand. Dann wandte er sich an die Ärztin: »Nun, *ohne Ihnen zu nahe treten zu wollen*, Dr. Kearns«, sagte er. »Ich glaube, Sie können nicht einschätzen, was für eine fähige Frau Mrs. Meredith ist. Sie geht immer noch im Meer schwimmen, müssen Sie wissen. Zweimal die Woche. Sie sind vermutlich nur halb so alt wie sie, doch ich wette, Sie hätten nicht so viel Durchhaltevermögen!«

Dr. Kearns lächelte. Grace merkte, dass sie langsam auftaute.

»Es gibt wirklich keinen besseren Ort«, fuhr John fort, »an dem meine Schwester ihre letzten Tagen verbringen könnte, als ihr altes Zuhause. Gepflegt von ihrer lieben Freundin Grace, die …« An dieser Stelle versagte ihm die Stimme, und er konnte nicht weitersprechen. Alle im Raum wussten, dass Cissie unweigerlich die letzte Reise ihres Lebens angetreten hatte, doch es laut auszusprechen, war trotzdem unendlich schwierig.

»Bitte, sagen Sie Ja.« Grace hasste die Verzweiflung in ihrer Stimme.

Dr. Kearns dachte einen Moment lang nach, dann willigte sie ein, unter der Bedingung, dass eine Schwester auf Abruf bereitstehen würde und dass Grace absolut ehrlich sagen musste, wenn es ihr zu viel wurde. Grace war einverstanden, und sie erhielten die Genehmigung, Cissie zurück nach Sŵn-y-Môr zu bringen.

Es schien seltsam, über diesen kleinen Sieg zu lächeln. Vor allem da John sie nicht begleiten würde. Er würde ins Cadwallader House zurückkehren und Cissie jeden Tag besuchen. »Du brauchst nicht auch noch mich zu versorgen.« Er zwinkerte ihr zu.

Cissie dämmerte immer wieder weg, doch sie versuchten, ihr so gut wie möglich zu erklären, dass Grace nach Sŵn-y-Môr fahren und alles vorbereiten würde und dass am nächsten Tag um zwei Uhr ein Krankenwagen Cissie nach Hause bringen würde.

Grace und John nahmen sich gemeinsam ein Taxi vom Krankenhaus und hielten sich die ganze Fahrt über an den Händen, bis sie beim Heim angekommen waren. »Ich ruf dich an, wenn sie da ist«, versprach Grace und küsste ihn auf die Wange.

Als er sich zu ihr umdrehte, wirkte er erschöpft vor Traurigkeit. »Wir müssen uns darauf vorbereiten, *cariad*. Das weißt du schon, oder?«

Sie brachte nur ein Nicken zustande.

45
Alys

Es war so ein seltsames Gefühl gewesen: allein in Sŵn-y-Môr zu sitzen, während Grace im Krankenhaus war. Das Telefon hatte zweimal geklingelt, und der Anrufbeantworter war angesprungen. Zuerst hörte sie die Stimme von Beca, kurz darauf gefolgt von Elin. Wer hätte das gedacht? Die Stimmen ihrer Enkelin und ihrer Tochter so kurz nacheinander. Die eine hatte sie seit 1992 nicht mehr gehört, die andere überhaupt noch nie. Es war aufregend. Vor allem die Vorstellung, dass Beca in diesem Moment auf dem Weg hierher war. Fast siebzehn Jahre alt, und doch würde Alys ihr zum ersten Mal begegnen.

Als sie Elins Stimme vernahm, stand sie gerade direkt neben dem Anrufbeantworter. Wie gerne hätte sie den Hörer abgenommen und gesagt: *Hallo, mein Schatz, hier spricht deine Mutter.* Doch Grace und sie hatten am Morgen kurz darüber gesprochen und beschlossen, noch eine Weile zu warten, ehe sie Elin die Neuigkeit überbrachten. »Du hast dreißig Jahre gewartet, Liebes«, hatte Grace gesagt, »da machen ein paar Tage mehr oder weniger auch keinen Unterschied.« Außerdem kannte Grace Elin besser als Alys – traurig, aber wahr –, also wusste sie, wie man am besten mit ihr umging. Und gemessen an Elins leicht angespanntem Tonfall sollte man es sich mit ihr nicht verscherzen. Nach einigem Nachdenken beschloss Alys nun, dass sie gerne noch ein paar relativ friedliche Tage verbringen wollte, ehe sie bei Elin die Bombe platzen ließ. Sie wurde ein bisschen zu alt für so viel Drama. Natürlich mussten sie erst mal

Becas Reaktion abwarten. Wenn sie nach ihrer Mutter kam, war sie möglicherweise nicht so erfreut. Zumal man ihr immer erzählt hatte, Alys sei schon lange tot.

»Oh. Hallo«, sagte Beca, als Alys die Tür öffnete.

»Du musst Beca sein«, erwiderte Alys mit zitternder Stimme. »Deine Urgroßmutter ist im Krankenhaus.«

»Oh Gott, was ist passiert?«

»Nein, um Himmels willen! Nichts! Es ist alles in Ordnung! Also, bei Cissie nicht – sie ist diejenige im Krankenhaus, und Grace ist dort, um sie zu besuchen und – oh Mann, ich bin so blöd. Hör zu, komm erst mal rein.«

Sie gingen durch den Flur in die Küche, wo Beca ihren Rucksack abstellte.

»Kann ich dir einen Tee machen? Ein Sandwich? Ich glaube, es ist noch Brot da und …«

»Äh … das soll jetzt nicht komisch klingen«, sagte Beca, »aber wer *sind* Sie?«

Alys gab sich allergrößte Mühe, ihr strahlendstes, freundlichstes Lächeln aufzusetzen. »Tja, also es ist so, ich bin …«

Beca sah sie fragend an.

»Okay, wie soll ich das jetzt sagen«, stammelte Alys. »Ich bin deine Großmutter!«

Schweigen. Verwirrung auf Becas Gesicht. »Ich dachte, du bist tot?«

Oh, Scheiße.

Zuerst entschuldigte sich Alys andauernd für ihre Anwesenheit und bot sogar an zu gehen. »D…das ist alles ein bisschen kompliziert zu erklären«, stotterte sie. »Warum die Dinge so sind, wie sie sind, mit mir und deiner Mum. Wahrscheinlich ist es am besten, wenn du sie fragst, was …«

Doch sie wurde von Beca unterbrochen. »Was auch immer zwischen dir und ihr gelaufen ist, das wird schon passen. Mum dreht gerne mal durch, aber am Ende beruhigt sie sich doch immer wieder.«

Alys hielt ihre Enkelin für einen Hauch zu optimistisch, doch sie wollte die Zuversicht des Mädchens nicht dämpfen. Außerdem gefiel ihr die stoische Haltung sehr, die Beca an den Tag zu legen schien. War das ein Merkmal dieser jungen Generation? Dass sie das Gefühl hatten, manche Dinge wären es wert, sich aufzulehnen, dagegen zu protestieren und sich zu weigern, sie zu akzeptieren, während andere – wie das klitzekleine Detail einer toten Großmutter, die wieder zum Leben erwachte – als *dann ist das halt so* betrachtet wurden? Es gab natürlich auch noch die Möglichkeit, dass sich Beca schlicht nicht für alte Familiengeschichten interessierte, die lange vor ihrer Geburt passiert waren. Oder vielleicht war ihr sechzehnjähriger Kopf gerade mit wichtigeren Dingen beschäftigt. Schließlich hatte sie auf dem Anrufbeantworter erwähnt, sie brauche »ein bisschen Abstand«. Wie auch immer – Alys hatte kein Recht nachzubohren.

Stattdessen konzentrierte sie sich darauf, sich mit ihrer neu gewonnenen Enkelin anzufreunden, während sie in der Küche saßen, die sie einmal so gut gekannt hatte, und Alys ihr die schöneren Geschichten aus ihrer Vergangenheit erzählte. Begebenheiten aus ihrer Zeit in Spanien, wo sie zwei Jahre lang als Reiseführerin rund um die historischen Denkmäler Madrids gearbeitet hatte.

»Wow, dann weißt du ja bestimmt eine ganze Menge über diese Bauwerke, oder?«

»Nicht wirklich. Ich hab mir das immer alles ausgedacht.«

»Echt jetzt?« Beca machte große Augen.

»Hat keiner gemerkt – du wärst überrascht, womit man durchkommt, wenn man nur selbstbewusst genug auftritt.«

Ermutigt durch Becas Reaktionen, zählte Alys ihre Berufe auf. »Ich war eine Weile Friseurin in Portugal. Hat aber nicht lange gehalten.«

»Weil du nicht gut Haare schneiden konntest?«, fragte Beca.

»Nein, Schätzchen, weil ich mit dem Ehemann der Chefin geschlafen habe.«

»Oh!« Beca lachte, offenbar schockiert, aber höchst amüsiert.

»Dann habe ich ein paar Jahre in Italien gelebt. In Florenz. Wunderschöne Stadt. So romantisch.«

»Warst du da auch Fremdenführerin?«

»Teilweise – aber das hat auch nicht funktioniert.«

»Weil du mit dem Ehemann der Chefin geschlafen hast?« Beca lachte in Erwartung der Pointe.

»Großer Gott, nein«, erwiderte Alys. »Bei der Gelegenheit habe ich mit der *Frau* der Chefin geschlafen!«

Da musste Beca so sehr lachen, dass sie sich an ihrem Toast verschluckte und Alys ihr mehrmals fest auf den Rücken klopfen musste.

Als Grace vom Krankenhaus zurückkam, fand sie am Küchentisch ihre Urenkelin und ihre Tochter vor, die sich prächtig zu verstehen schienen. Grace wirkte verwirrt und abwesend, und Alys beeilte sich, ihr zu versichern, es sei alles in Ordnung. Dass sie Beca erklärt habe, sie sei kein Geist, nur das schwarze Schaf der Familie, und jetzt würden sie sich ein bisschen kennenlernen.

»Komm, Mum, ich lass dir ein Bad ein«, fügte sie hinzu, weil sie irgendwie helfen wollte.

»Nein, Liebes, ich gehe direkt ins Bett. Ich muss morgen früh gleich wieder ins Krankenhaus, da sollte ich jetzt besser eine Runde schlafen.«

»Grama Grace, wie geht's Cissie?«, erkundigte sich Beca.

»Nicht gut, mein Schatz, überhaupt nicht gut. Sie wollten sie in ein Hospiz verlegen.«

»In ein Hospiz?«, wiederholte Alys. »Mein Gott, Mum, das war mir nicht klar.«

»Ja. Aber ich habe die Ärzte überredet, sie stattdessen hierherholen zu dürfen.«

»Wirklich? Ist das denn …«

Grace hob die Hand, um sie zu unterbrechen, denn sie war nicht in Stimmung für Widerspruch. Vor allem nicht von einer Tochter, die dreißig Jahre lang nicht Teil ihres Lebens gewesen war und daher keinerlei Recht hatte, ihrer Mutter gute Ratschläge zu erteilen. »Mach Beca morgen früh ihr Frühstück, ja?«

»Ich kann mir doch selber eine Schüssel Cornflakes holen«, sagte Beca leise.

»Cornflakes? Pah, wir kriegen was Besseres hin als *Cornflakes*«, sagte Alys.

Grace lächelte müde. »Nutz es aus, Bec. Sie hat eine Menge wiedergutzumachen.«

Alys und Beca strahlten sie an und sahen zu, wie Grace zur Treppe ging.

An der Tür blieb sie stehen. »Was machst du eigentlich hier, Beca Matthews? Alles in Ordnung zu Hause?«

»Ähm, lange Geschichte.« Becas Blick streifte flüchtig Alys. »Erzähl ich dir morgen.«

Grace nickte und schien erleichtert, nicht mehr reden zu müssen.

Auf dem Weg die Treppe hinauf rief sie: »Schön, euch beide in einem Raum zu sehen, wirklich. Wer hätte das gedacht? *Nos da*, gute Nacht.«

Als sie verschwunden war, schwiegen Beca und Alys einen Moment lang.

»Ich bekomme morgen meine Prüfungsergebnisse«, sagte Beca schließlich.

»Ah. Bist du deshalb hier?«

»Quasi. Ist zumindest einer der Gründe.«

Alys hielt inne. »Dann gehe ich mal davon aus, dass du glaubst, nicht besonders gut abgeschnitten zu haben.«

»Das trifft's ganz gut«, meinte Beca. »Meine Mum wird total durchdrehen. Konnte einfach nicht daheim sein, wenn das passiert.«

»Na, ich sag dir mal was: Ich finde die Anspannung *vor* einem unerfreulichen Ereignis immer viel schlimmer als das Ereignis selbst. Wie wäre es also, wenn ich dir jetzt noch einen heißen Kakao mache und dich dann Richtung Bettingen schicke.«

»Richtung was?« Beca lachte.

»Hast du den Ausdruck noch nie gehört? Verdammt, jetzt komme ich mir echt alt vor.«

Nachdem sie Beca ihren Kakao gereicht hatte, wusste sie nicht so recht, wie sie sich von ihr verabschieden sollte.

»Ich wasch dann mal noch schnell den Topf ab und so«, sagte sie. »Wir sehen uns morgen.«

»Ja. War echt cool, dich kennenzulernen, Nana Alys.«

Beca umarmte sie schüchtern und etwas unbeholfen, dann verschwand sie nach oben.

Alys war sprachlos. *Nana Alys, Oma Alys.* Sie strahlte. *Ich bin Nana Alys.*

46
Beca

Beca war am nächsten Morgen um Punkt acht Uhr unten in der Küche. Sie packte ihr Laptop aus, versicherte sich, dass der Akku noch voll genug war, und rief die Seite mit den Prüfungsergebnissen auf, die sie danach alle paar Minuten aktualisierte. Eigentlich sinnlos, denn die Ergebnisse wurden erst um zehn veröffentlicht. Aber sie musste sich auf irgendetwas konzentrieren. Es war eine gute Ablenkung von Soozi.

Zuerst hatte Beca vorgehabt, ihr nicht zu sagen, wo sie war. Einfach aus ihrem Leben zu verschwinden. Genau wie Soozi es mit ihr machen würde. Doch auf der Fahrt nach Carmarthen hatte sie viel Zeit zum Nachdenken gehabt, und während die walisische Landschaft am Fenster vorbeizog, konnte sie sich ein wenig beruhigen und klarer denken. Soozi nicht zu sagen, wo sie war, wäre einfach grausam. So sehr wollte sie ihr auch nicht wehtun, sie sollte nur begreifen, wie verletzt Beca war. Also hatte sie eine Nachricht formuliert.

> Bin auf dem Weg zu meiner Grama Grace. Brauche etwas Abstand von dir. Sorry, aber deine Neuigkeiten haben mich umgehauen. Dachte, ich komme damit klar, ist aber nicht so.

Sie drückte auf Senden und wartete auf die Reaktion. Die fast sofort kam.

> Was zum Teufel ...???

Dann fing ihr Handy an zu klingeln. Sie drückte den Anruf weg. Es klingelte wieder. Und wieder drückte sie weg. Dann eine neue Nachricht.

Was soll die Scheiße, B???

Da hatte sie ihr Handy ausgeschaltet.

Als sie es abends bei Grama Grace wieder einschaltete, hatte sie siebenunddreißig Nachrichten und vierzehn verpasste Anrufe von Soozi. Sie fühlte sich bestätigt und schaltete das Telefon wieder aus, ehe sie ins Bett ging und schlief wie ein Stein.

Doch jetzt war Morgen, und sie musste nicht nur mit weiteren Soozi-Nachrichten klarkommen, sondern auch noch mit ihren Prüfungsergebnissen *und* mit ihrer Mutter. Auch ihr Dad würde ihr wahrscheinlich in den Ohren liegen – falls er sich das Datum gemerkt hatte. Eines wusste sie ganz sicher: Sie würde Soozi heute nicht antworten. Die sollte erst mal nachdenken. Du kannst mir nicht einfach mein Herz stehlen und es wegwerfen, wenn dir was Aufregenderes begegnet, sagte Beca sich und merkte, wie wütend sie immer noch war. Doch vor allem war sie unendlich traurig.

Sie aktualisierte gerade wieder die Seite auf ihrem Laptop, als Nana Alys hereinkam.

»Ich weiß auch nicht, warum ich das mache«, seufzte sie, während Alys den Wasserkocher füllte. »Die werden frühestens in einer Stunde online gestellt.«

»Na, dann hoffen wir mal, dass sich alle zur selben Zeit einloggen und das System zusammenbricht«, meinte Alys, die nicht wirklich verstand, wie das Ganze funktionierte. »Hunger auf Arme Ritter?«

»Nie gehört, aber ja, bitte.«

Alys fuhr fort, ihr Spezialfrühstück, wie sie es nannte, zuzubereiten, und gab dabei zu, dass ihr das alles ziemlich naheging. »Ich habe das seit den frühen Achtzigern nicht mehr gemacht«, erklärte sie. »Mich um jemanden *gekümmert*, mein ich. Sagen wir mal so, meine Fähigkeiten als Mutter ließen eine Menge zu wünschen übrig. Vielleicht gibt einem das Leben manchmal doch eine zweite Chance. Wobei es in meinem Fall vermutlich eher eine zweiundzwanzigste Chance ist …«

Beca grinste. Sie mochte es, Alys zuzuhören. Ihr Dad würde Alys wahrscheinlich als »schrullig« bezeichnen. Außerdem war sie eine gute Ablenkung. Und wenn Beca etwas gerade brauchte, dann war es Ablenkung.

»Erzähl mir mehr von deiner Zeit in Italien«, unterbrach Beca Alys' Erinnerungen an die nicht so schönen alten Zeiten.

»Ach ja, Italien. Nun ja, damals habe ich natürlich noch getrunken.«

Beca sagte nichts.

»Ich vermute mal, davon hast du gehört.«

»Um ehrlich zu sein, spricht Mum nie von dir. Die einzigen Informationsbrocken, die ich aufgeschnappt habe, stammen von Grama Grace, und auch die erzählt nicht viel.«

»Oh«, machte Alys, und Beca kam sich ein bisschen hart vor.

»Entschuldige. Ich wollte nicht …«

»Gott bewahre, entschuldige dich nicht, Schätzchen. Wer könnte ihnen einen Vorwurf daraus machen, mich aus ihrem Leben gestrichen zu haben? Ich war ein verdammter Albtraum! Bin's wahrscheinlich immer noch, um ehrlich zu sein. Wobei ich jetzt wenigstens ein verdammter *nüchterner* Albtraum bin.«

Da kam eine Nachricht von Soozi. Die zehnte an diesem Morgen.

Kleines, bitte ruf mich an. Ich sterb hier ohne dich. Kuss

Beca freute sich insgeheim sehr. Sie genoss unweigerlich das Gefühl der Macht, obwohl sie so verletzt war. Dann beschloss sie, es zu ignorieren, und wandte sich wieder Nana Alys zu.

»Und was hat dich dazu gebracht, damit aufzuhören? Letzten Endes?«

Beca beobachtete, wie Alys einen großen Schluck Kaffee nahm, sich dann elegant die Mundwinkel mit der Serviette abtupfte und intensiv über ihre Antwort nachdachte.

»Das ist eine sehr lange Geschichte, aber im Grunde reicht es zu sagen: Ich bin auf eine Wahnsinnssauftour gegangen – ausgerechnet in Birmingham. Hat zwei Wochen gedauert, glaube ich. Habe in Ladeneingängen geschlafen, wurde eines Nachts zusammengeschlagen …«

»Oh Gott, nein!«, rief Beca entsetzt.

»… und bin schließlich in der Notaufnahme gelandet. Da war diese herzensgute Frau, das war ein echter Engel, also die hat mich unter ihre Fittiche genommen, gab mir ein Bett für die Nacht, saubere Kleidung, Ochsenschwanzsuppe – diese Suppe werde ich nie vergessen! – und hat mich eingeladen, mit zu einem Meeting zu kommen.«

»Einem Meeting?«

»Bei den Anonymen Alkoholikern.« Sie lächelte. »Die beste Entscheidung, die ich je getroffen habe. Es war mein zweiter Versuch, aber diesmal habe ich es geschafft. Seither gehe ich da regelmäßig hin. Vor Kurzem erst habe ich dreißig Jahre ohne einen Tropfen gefeiert.«

»*Wie bitte?*« Beca staunte. »Du hast seit dreißig Jahren keinen Alkohol mehr getrunken?!«

»Nö!«

Becas Handy brummte wieder. Noch eine Nachricht von Soozi. Dieses Mal ein einzelnes Fragezeichen. Sie wandte sich wieder Alys zu, die ihre Armen Ritter fast fertig hatte.

»Keinen Tropfen, nicht mal einen Schluck Champagner oder so?«

»Weder Schokolikör noch ein Stück Tiramisu. Ich benutze nicht mal Mundspülung, um ehrlich zu sein.«

»Wo ist das Problem mit Mundspülung?«, wollte Beca wissen.

»Du wärst überrascht, wie viele Produkte Alkohol enthalten.«

»Ja, schon, aber es trinkt doch niemand Mundspülung, oder?«

Alys zog die Augenbrauen hoch und grinste.

Beca war sprachlos. Alles, was sie bisher über ihre bis dato tote Großmutter gewusst hatte, all die Lücken, die sie im Lauf der Jahre mit ihren eigenen Geschichten gefüllt, all die Meinungen, die sie sich gebildet hatte, lose auf dem basierend, was ihre Mutter ihr nie erzählt, sondern bloß angedeutet hatte – all das und noch mehr drehte sich jetzt in ihrem Kopf, alles wurde neu zusammengesetzt. Sie war vollkommen durcheinander.

Alys stellte die Armen Ritter vor Beca hin, garniert mit einem Zweig Basilikum.

»Danke. Du bist … ich weiß auch nicht. Das, was du mir grade erzählt hast, du bist echt der Wahnsinn, Nana Al.«

»Heyyyy, bloß weil ich nichts trinke, bin ich noch lange keine Heilige. Ganz im Gegenteil.« Eine kleine Falte bildete sich zwischen Alys' Brauen. »Meine Abstinenz ist die einzige Konstante in meinem Leben. Wenn ich die verliere, bin ich echt am Arsch. Entschuldige meine Ausdrucksweise. Themawechsel: Wie schmecken die Armen Ritter?«

»Voll gut.« Beca grinste sie an. »Ich wünschte, du wärst früher zurückgekommen.«

»Gib mir achtundvierzig Stunden, dann bist du froh, wenn du mich los bist, das schwör ich dir.«

Beca lachte.

»Also dann«, meinte Alys. »Was ist mit dir?«

»Hm?«

»Erzähl mir was von dir. Freund? Freundin?«

»Nein!«, gab Beca ein wenig zu schnell zurück und wurde rot bis an die Haarwurzeln.

»Schon gut! Musst mir nicht gleich den Kopf abreißen.«

»'tschuldigung«, erwiderte Beca mit einem schüchternen Lächeln. »Es gab da jemand … aber es hat nicht funktioniert.«

»Haben diese ganzen Nachrichten damit zu tun?«

»Ähm, ja. Gewissermaßen.«

»Mir ist aufgefallen, dass du nicht geantwortet hast.«

»Nein. So weit bin ich noch nicht.«

Sie lächelten sich an. Und Beca war erleichtert, dass ihre Großmutter nicht weiter nachbohrte.

»Wenn du mich fragst, sind Beziehungen der reine Albtraum. Meiner Meinung nach sollten wir alle Sologamisten werden. Seht ihr jungen Leute das heutzutage nicht auch so?«

»Was genau?«

»Sologamie. Wenn man sich selbst heiratet. Ich finde die Vorstellung ziemlich klasse – ich würde mir eine recht nette Ehefrau abgeben!«

Beca lachte prustend los. Und Alys stimmte mit ein. Die beiden wirkten wie zwei alberne, kichernde Schulmädchen, die sich über einen Witz amüsierten.

In diesem Moment gab Becas Laptop ein Signal von sich, und ihre Miene änderte sich schlagartig.

Die Ergebnisse waren da.

»Oh, Scheiße«, sagte sie mit Blick auf den Bildschirm. »Okay, dann wollen wir mal.«

Sie tippte ihr Passwort ein und wartete darauf, dass ihr Name auftauchte. Alys schwieg. Sie legte lediglich vorsichtig die Hand auf die Schulter ihrer Enkelin.

Und dann sahen sie es: jede Menge Fünfen.

Fette Fünfen. Durchgefallen.

Außerdem zwei Sechsen in Mathe und in den Naturwissenschaften … wie erwartet. Das war keine große Überraschung.

Überraschend waren jedoch die beiden Dreien!

»Ich hab Musik und Kunst bestanden!«, flüsterte Beca. Dann drehte sie sich zu Alys um und brüllte: »Ich hab Musik und Kunst bestanden!! Zwei Cs!«

»Bravo!« Und obwohl sie sich gerade erst kennengelernt hatten, umarmte Alys ihre Enkelin. Eine Glückwunschumarmung von Becas neuer Großmutter.

Sofort fing Becas Handy an zu klingeln. Sie sah aufs Display. »Das ist Mum.«

»Meinst du nicht, du solltest mit ihr sprechen?«, fragte Alys, und Beca hörte heraus, dass sie nicht sicher war, ob sie das überhaupt etwas anging.

»Noch nicht«, antwortete sie. Sie ertrug es nicht, jetzt mit ihrer Mutter zu reden. Sie wusste, der Moment würde kommen, wo sie sich ihr stellen musste, aber jetzt wollte sie einfach nur diesen kurzen Moment der Freude genießen. »Ich hab Musik und Kunst bestanden«, wiederholte sie leise. Als würde eine Tatsache daraus, wenn sie es aussprach.

Ihr Handy hörte auf zu klingeln. Fünf Sekunden später fing der Festnetzapparat an.

Alys sah Beca an, doch die rührte sich nicht vom Fleck. Der Anrufbeantworter erwachte zum Leben und forderte dröhnend auf, »eine Nachricht zu hinterlassen«.

»Beca, hier ist Mum. Warum gehst du nicht ran? Hör zu, ich hab die Ergebnisse gesehen, und ich will, dass du jetzt keine Panik bekommst. Wir kriegen das hin, okay? Sobald ich mich in der Schule gezeigt habe, steige ich ins Auto und komme zu dir, ja?« Dann legte sie auf. Keine Glückwünsche, nur Mitgefühl für die katastrophale Situation.

Beca vergrub den Kopf in den Händen.

»Sie klingt nicht allzu sauer«, tröstete Alys.

»Ich weiß. Sie ist bloß *enttäuscht.* Es ist schlimmer, wenn sie enttäuscht ist, glaub mir.«

Becas Handy leuchtete auf. Wieder Soozi:

Sagst du mir, wie es gelaufen ist? Rufst du mich an??

RUF MICH ENDLICH AN VERDAMMT (ich vermiss dich xxx)

»Ach, lasst mich doch in Ruhe!«, jammerte Beca, ehe sie ihr Handy ausschaltete und zur Seite warf. »Ich geh zurück ins Bett.«

»In Ordnung«, meinte Alys. »Und ich verdünnisier mich besser mal. Bin mir nicht sicher, ob deine Mum sich freuen würde, wenn ich ihr die Tür aufmache.«

»Danke. Fürs Reden und so, du weißt schon. Du bist echt nice.«

Alys lächelte zurück, und auf dem Weg nach oben hörte Beca ihre Großmutter rufen: »Ich glaub, ich mach mal einen Spaziergang. Dann habt ihr beiden etwas Ruhe.«

Beca antwortete nicht und hörte ein schwaches »Viel Glück!«.

Das würde sie mit Sicherheit brauchen.

47
Grace

Grace hatte den Vormittag damit verbracht, zwischen Krankenhaus und Cadwallader House hin- und herzupendeln, um die nötigen Vorbereitungen für Cissies Ankunft zu treffen. Sie war erschöpft. In ihrem Kopf herrschte ein solches Durcheinander, doch sie musste Ruhe bewahren. Cissie brauchte sie jetzt, und der liebe John auch. Sie versuchte, sich zu sammeln, als sie sich Sŵn-y-Môr näherte, wo sie überrascht Elins geparktes Auto entdeckte.

Elin.

Ihr wurde elend, als ihr klar wurde, was das bedeutete: Vermutlich war Elin inzwischen Alys begegnet, und da sie nicht vorgewarnt war, musste der Schock umso größer gewesen sein. Und dann waren da auch noch die Prüfungsergebnisse. Wenn Beca schlecht abgeschnitten hatte, wäre Elin fix und fertig. Grace konnte das ganze emotionale Tohuwabohu jetzt eigentlich überhaupt nicht brauchen. Das Timing hätte nicht schlechter sein können.

Sie schloss die Tür auf, betrat das Haus und horchte einen Moment. Es klang nicht so, als wäre Alys in der Nähe. Gemessen an dem, was Elin gerade sagte, war ihre Enkelin lediglich damit beschäftigt, ihrer Enttäuschung Luft zu machen und ihren Frust an der jungen Beca auszulassen.

»Das ist einfach nur peinlich! Herrgott noch mal, Beca, hast du vergessen, dass du die Tochter der Schulleiterin bist?«

»Oh ja, als würdest du mich DAS je vergessen lassen!«, brüllte Beca zurück. »Und wie immer geht es hier nur um DICH! Ich bin dir völlig egal. Was ICH durchmache, zählt nicht, sondern nur, wie schlecht DU dastehst. Das ist alles, was dich interessiert!«

»Natürlich ist mir wichtig, was du durchmachst.« Elins Tonfall wurde etwas weicher.

Grace, im Türrahmen, hüstelte höflich. »Stimmt was nicht, mein Schatz?«

»Ja, es stimmt etwas überhaupt nicht«, erwiderte Elin, ohne den Blick von Beca abzuwenden, die sich in Grace' großem Sessel zusammengerollt hatte und an ihren ohnehin schon abgekauten Nägeln knabberte. »Deine Urenkelin hat fünf Jahre weiterführende Schule weggeworfen und es geschafft, glorreich durch sämtliche Prüfungen zu rasseln!«

»Ich bin nicht bei *allen* durchgefallen!«, protestierte Beca heulend und wandte sich Unterstützung suchend an Grace. »Kunst und Musik habe ich bestanden!«

»Ja, toll. Sie hat zwei Dreien bekommen«, heulte Elin noch lauter. »Zweimal *Befriedigend!*«

»Dann herzlichen Glückwunsch«, sagte Grace leise und zwinkerte Beca zu. »Das sind zwei mehr, als ich je hatte.«

Es gelang Beca, ein bisschen zu lächeln, was Grace das Herz brach. Sie ging zu ihr und setzte sich auf die Armlehne, damit sie das verloren wirkende sechzehnjährige Mädchen an sich drücken konnte.

Elin verdrehte die Augen. »Es hat keinen Sinn, sie zu verhätscheln, Grama Grace. Damit erreichen wir überhaupt nichts.«

»Elin, *Iesu Mawr!* Warum muss es bei dir *immer* um Leistung gehen?«

»Ich meine ja nur …«

»Ich weiß, was du meinst, Elin. Aber ich glaube, du täuschst dich. Dieses Kind braucht jetzt gerade ein bisschen Unterstützung von dir, keine Schelte.«

Sie spürte, wie sich Beca in ihre Armbeuge kuschelte, und hörte sie murmeln: »Ja, genau.«

Woraufhin Elin total ausflippte. »Was ist denn so falsch daran, das Beste für sein Kind zu wollen? Hm? Warum bin ich hier die Böse, wenn ich doch immer nur wollte, dass …« Da liefen Elin die Tränen über die Wangen, über ihre bis dahin so gefassten, kühlen Wangen. »Das Einzige, was ich jemals wollte, war, dass du es im Leben richtig gut hast, Beca. Eine ordentliche Ausbildung und Stabilität! Ein sicheres Zuhause! Das habe ich mir immer für dich gewünscht …«

Beca wirkte nun fast verängstigt, und Grace bezweifelte, dass sie ihre Mutter jemals so gesehen hatte. Grace hingegen war Elins Neigung zu Nervenzusammenbrüchen leider sehr vertraut. Sie hatte nur seit Jahren keinen mehr miterlebt. Sie stand auf, löste sich sanft aus Becas Umarmung und wandte sich stattdessen Elin zu, die ihrer Großmutter beinahe in die Arme fiel.

»Hey, Vorsicht«, warnte Grace liebevoll. »Du wirfst mich noch um!«

»Tut mir leid.« Elin verbarg schluchzend das Gesicht an Grace' Hals. So standen sie einige Minuten lang da, während Grace Elin über die Haare strich und beruhigende Worte murmelte.

Als sie sich schließlich wieder zusammengerissen hatte, richtete Elin sich auf, wischte sich das Gesicht ab und versuchte, etwas Autorität wiederzugewinnen.

Wann erzähle ich es ihr?, überlegte Grace. *Wann, um alles in der Welt, ist der richtige Moment, um ihr zu sagen, dass Alys zurückgekommen ist?*

Elin war ohnehin schon völlig durch den Wind und so empfindlich. Ihr zu eröffnen, dass die Mutter, die sie damals verlassen hatte, nach Jahrzehnten wieder aufgetaucht war, könnte ihr den Rest geben …

»Was wir jetzt tun müssen«, begann Elin ganz ruhig, »ist uns überlegen, wie es weitergehen soll, mehr nicht. Und darüber haben wir doch eben gesprochen, oder, Beca?«

»Ich werde die Prüfungen *nicht* wiederholen, und ich werde auch ganz sicher *nicht* mit der Schule weitermachen, das kannst du vergessen!«

»Oh doch, das wirst du, mein Fräulein!« Elin hatte wieder auf Angriffsmodus geschaltet. Ihr Gefühlsausbruch war vergessen, und sie war wieder in ihre Schulleiterinnenrolle geschlüpft.

Doch Beca zeigte sich kampflustig. »Ich bleibe hier. Ich will hier bei Grama Grace wohnen.«

»Nun, darüber müssen wir erst mal sprechen …«, wandte Grace ein, doch sie wurde übertönt.

»MACH DICH NICHT LÄCHERLICH! UND WOVON WILLST DU LEBEN? VON LUFT??«

»ICH SUCH MIR EINEN JOB, IN NEETAS CAFÉ ODER SO!«, rief Beca triumphierend.

»Und was ist mit Soozi?«, fragte Grace, doch Elin war lauter.

»Na, das ist ja fantastisch. Du willst also für den Rest deines Lebens kellnern und Eis in Waffeln löffeln, ja?«

»Dabei bin ich wenigstens GLÜCKLICH. Du beklagst dich DAUERND über deinen Job. Weißt du, wie sie dich in der Schule nennen? MRS. MIESEPETER! – GENAU! Weil du immer so VERDAMMT SCHLECHT DRAUF BIST!«

»DAS REICHT JETZT!«, rief Grace, so laut sie konnte. »HÖRT SOFORT AUF! ALLE BEIDE!«

Beca und Elin waren auf der Stelle still. Wären sie Hunde gewesen, hätten sie erschrocken gewinselt und die Schwänze fest zwischen die Hinterbeine geklemmt.

Grace schloss die Augen und schlug die Hände vors Gesicht, um ihre Gedanken und Kraft zu sammeln. Dann wandte sie sich an die beiden: »In ein paar Stunden wird der Krankenwagen Cissie hierherbringen …«

»Cissie?«, wurde sie von Elin erstaunt unterbrochen.

»Sie kommt nach Hause, um hier … nun, du weißt schon.« Grace konnte die Worte nicht aussprechen.

»Warum hast du mir nichts davon gesagt? Wann wurde das …«

»Grama Grace, das tut mir so leid«, flüsterte Beca.

Grace nickte, holte tief Luft und versuchte, sich möglichst schnell vom emotionalen Aufruhr des Streits zu erholen – eine Art von Aufruhr, den ihr Heim seit Langem nicht mehr erlebt hatte.

»Wenn ihr das wirklich so meint, dann schiebt ihr jetzt diesen ganzen Unsinn beiseite, denn, ganz ehrlich, das Leben ist zu kostbar, um sich wegen ein paar alberner Prüfungen zu streiten. Meint ihr nicht?«

Beca stimmte sofort zu, aber Grace merkte, dass Elin nicht überzeugt war. Dieses Thema war noch nicht ausgestanden.

Ein Klingeln an der Haustür durchbrach die angespannte Stimmung.

»Ich geh schon!« Elin war verständlicherweise froh, den Raum zu verlassen.

Grace und Beca standen einen Moment lang schweigend da. Der Sturm, der gleich losbrechen würde, war nicht mehr zu verhindern.

»Ich nehme an, du hast ihr noch nichts erzählt?«, flüsterte Grace und ergab sich dem Unausweichlichen. Beca schüttelte den Kopf. Gemeinsam gingen sie hinaus in den Flur, um dem Drama beizuwohnen.

Sie beobachteten, wie Elin die Tür öffnete.

Und lauschten der Stille, die folgte.

Alys.

Nervös lächelte sie die Tochter an, die sie seit dreißig Jahren nicht mehr gesehen hatte, und suchte nach den richtigen Worten. Alles, was sie herausbrachte, war …

»Hallo, Elin.«

Alys und Elin
1982–1992

48
Elin

Elf Jahre alt

Sie schlendert die Newport Road entlang, während der Innenstadtverkehr neben ihr seinen Ampel-Tanz vollführt – *Stehen, Warten, Anfahren, dann vorwärts; Schnell, Langsam, Stop.* Staubige Fahrzeuge mit offenen Fenstern lassen den heißen Smog herein und einen Mischmasch aus Tönen von verschiedenen Radiosendern und Kassettenrekordern heraus, die miteinander wetteifern. Das musikalische Chaos mischt sich mit Hupen und Motorengebrumm und dem mechanischen Hämmern von einer Baustelle in der Nähe. Sommer in der Stadt.

Elin erkennt eine Melodie wieder, die alle in ihrer Klasse gerne singen: die Steve Miller Band mit der immer wiederkehrenden Zeile »Abra-abra-cadabra, I wanna reach out an grab ya«.

Keine Musik, die Elin mag.

Obwohl sie weiß, dass sie ihr gefallen sollte. Um so zu sein wie die anderen.

Aber das ist sie nicht. Nicht, wenn es um Musik geht. Und auch sonst nicht.

Heute war ihr letzter Grundschultag. Mrs. Rogers hat geweint, als sie sich von ihnen allen verabschiedet und jedem ein kleines Geschenk überreicht hat – einen Schlüsselanhänger in Form eines vierblättrigen Kleeblatts aus glänzender grüner Emaille. Einige der Jungs warfen ihres weg, sobald sie aus dem Schultor gerannt kamen, um besonders cool zu wirken, während sie aus vollem Hals Pink Floyds »Another Brick in the Wall« sangen – *We don't need no education.* Aber Elin hat ihren Anhänger ganz fest gehalten, weil sie Glücksklee liebt. Sie wird immer darauf aufpassen. Inzwischen hat sie ihn schon an ihrem Hausschlüssel befestigt, indem sie ihn zwischen den Doppelring aus Metall gequetscht hat, damit er nicht abgehen kann.

Sie öffnet die schmutzige Tür mit der zerbrochenen Glasscheibe neben Mac's, einem heruntergekommenen Schnellimbiss, dessen Gerüche ihr Zuhause jeden Tag füllen. Sie mag Mac. Er ist nett. Und seine Frau auch. Sie hat Elin oft Frühstück umsonst gegeben. Obwohl sie nie darum gebeten hat.

Im Hausflur hört Elin laute Stimmen. Ängstlich geht sie über den fleckigen violetten Teppich, der die Treppe zu ihrer Wohnung hinaufführt. Die Tür ist angelehnt, also geht sie hinein. Da steht ein Mann, den sie nicht kennt, zusammen mit zwei anderen, die Arme verschränkt und irgendwie unheimlich. Ihre Mutter weint. Das ist nichts Neues.

Die Männer sehen Elin nicht sofort, ihre Mutter hingegen schon. Sie ändert ihre Taktik, indem sie die Männer anschreit: »Und das ist mein Kind! Wollt ihr das auch rauswerfen? Wie ein Stück Müll, den keiner will?«

»Miss Meredith, Sie haben diese Wohnung einfach besetzt. Sie haben kein Recht, hier zu sein.«

Elins Mutter packt Elin am Arm und zieht sie an sich. Nicht aus Liebe, vermutet Elin, sondern um sie als Druckmittel bei dieser Verhandlung zu benutzen. »Hören Sie, lassen Sie mich nur noch eine Woche hierbleiben. Dann habe ich Zeit, um …«

»Das haben Sie letztes Mal auch gesagt. Und das Mal davor. Sie haben genau eine Stunde, um Ihre Sachen zu packen und zu verschwinden, ansonsten werden meine Freunde das für Sie übernehmen. Ihre Entscheidung.«

Elins Mutter sinkt auf die Knie und heult: »Ich schaffe das nicht, ich kann das einfach nicht. Bitte! Bitte, helfen Sie mir.« Elin ist nicht sonderlich schockiert. So etwas kommt häufiger vor, und sie hat sich daran gewöhnt, ihre Mutter so zu sehen.

Auch die Männer wirken wenig beeindruckt. Einer der beiden mit den verschränkten Armen versucht, sie freundlich anzulächeln, aber sie funkelt ihn nur böse an. Es ist keine fröhliche Situation. Lächeln ist nicht angebracht.

»Wir können auch das Jugendamt anrufen – die holen das Kind ab, wenn Sie wollen. Da wäre die Kleine besser dran als im Moment …«

Ihre Mutter schnappt nach Luft und faucht: »Wagen Sie das ja nicht!«

»Kommen Sie in einer Stunde wieder, bis dahin sind wir weg«, sagt Elin und hilft ihrer Mutter beim Aufstehen.

Die Männer wirken unsicher, überrumpelt von der Reife dieses Schulkinds. Nachdem der Gerichtsvollzieher gegangen ist, herrscht Stille im Zimmer.

»Es tut mir leid, Baby«, weint ihre Mutter und reibt sich die Augen.

»Du musst den Koffer vom Schrank runterholen«, sagt Elin, während sie anfängt, ihren Schlüssel vom Glücksklee-Anhänger zu lösen.

49
Alys

Dreißig Jahre alt

»Nur bis ich was gefunden habe«, erklärt sie zitternd und mit roten Augen. Sie braucht etwas zu trinken. Aber sie wagt es nicht, danach zu fragen, will ihr Glück nicht überstrapazieren.

»Nur heute Nacht«, sagt er. »Und das Kind schläft in der Küche. Die kann nicht im selben Zimmer sein, das wär nicht richtig.«

Die Wohnung ein Apartment zu nennen, wäre hoch gegriffen. In Wirklichkeit ist es nicht mehr als ein Schlafzimmer mit drei Türen, die in den Flur, ins Bad und in eine winzige Küche führen. In einer Ecke steht ein abgewetztes Zweisitzersofa, daneben ein paar Stühle mit harter Lehne und ein gelber Resopaltisch, den mehrere leere Bierdosen und ein überlaufender Aschenbecher zieren. Es ist der letzte Strohhalm. Der einzige Ort, der Alys einfiel, die einzige Person, die sie um Hilfe bitten konnte. Sie kann ihn nicht wirklich ihren Freund nennen – eher eine Kneipenbekanntschaft, dessen Bett sie ein paarmal geteilt hat. Wobei das Bett eher die glamouröse Ausnahme war: Ein leerer Biertisch und eine feuchte Gasse waren auch mit dabei. Bei der Erinnerung zuckt Alys zusammen.

Sie blickt auf Elin hinab und ringt sich ein Lächeln ab.

»Das wird lustig, oder? Ausgerechnet in einer Küche zu schlafen!«

Das Kind starrt sie an. Durchbohrt sie mit diesem Blick, der Schuldgefühle in ihr weckt und den sie inzwischen so gut kennt. Der Blick, der ihr zu verstehen gibt, dass sie versagt hat. Für sie beide. Wieder einmal.

»Schläfst *du* auch in der Küche?«

Alys zögert.

Ehe sie antworten kann, mischt er sich ein. »Nein, deine Mummy schläft bei Onkel Jack. Sie wärmt ihm nachts die Füße.« Dann lacht er und haut Alys auf den Hintern, ehe er im Bad verschwindet.

Die Toilette ist so nah, dass sein Pinkelgeräusch eine unendlich lange Zeit den Raum füllt. Alys sieht, wie ein Licht in den Augen ihrer Tochter erlischt.

Sie hat begriffen.

Dann Enttäuschung.

Scham.

»Komm, wir richten dir eine kleine Höhle ein, ja?« Alys versucht, begeistert zu klingen, während sie die Kissen vom Sofa nimmt und auf den Küchenboden legt, um ein improvisiertes Bett zu bauen. Aus dem hastig gepackten Koffer zieht sie einige Pullover als Decke heraus, und ihren Mantel rollt sie zu einem Kopfkissen zusammen. »Ist nicht für lange, versprochen«, flüstert sie und deckt Elin in dem lächerlichen Bettprovisorium zu. Nebenan rauscht die Klospülung.

50

Grace

Neunundvierzig Jahre alt

»Ist ja gut, mein Schatz«, flüstert sie. »Alles wird gut, wart's nur ab.« Sie drückt das Kind an sich, küsst es auf den Scheitel. Sie sitzen im Besucherzimmer des Krankenhauses in Cardiff, wo die Augustsonne durchs Fenster brennt und das Plastik der fest installierten orangefarbenen Stühle weich macht. Wie vertraut es sich anfühlt, die Arme um das ihr anvertraute Menschlein zu legen: vertraut und doch neu. Denn sie hat diese Enkelin, ihr einziges Enkelkind, erst ein paarmal getroffen. Was für eine stille Seele, denkt sie. Ganz anders als ihre eigene Tochter in dem Alter.

Ein Arzt kommt den Gang entlang auf sie zu und nimmt lächelnd auf dem Plastikstuhl neben ihnen Platz.

»Wo ist meine Mutter?«, will Elin wissen.

»Sie ruht sich gerade ein bisschen aus«, antwortet er. »Sie ist sehr müde, und wir müssen sie eine Weile im Auge behalten.« Dann wirft er Grace einen bedeutungsvollen Nicht-vor-dem-Kind-Blick zu.

Grace nimmt ihren Geldbeutel heraus und findet einige Münzen. »Weißt du was, mein Schatz? Sei doch so lieb und hol deiner Grama Grace einen Kaffee. Und für dich einen Kakao.«

Elin sieht sie an und seufzt. Sie weiß, dass ihre Großmutter sie damit ablenken will, doch sie akzeptiert den Auftrag, ohne sich zu beschweren.

Vielleicht ist es das arme Mädchen müde, immer Bescheid zu wissen, denkt Grace. *Sie hat schon viel zu viel gesehen.*

Sie beobachten, wie Elin in Richtung Getränkeautomat davongeht, dann legt der Arzt los.

»Alys geht es gut«, sagt er.

»Kann ich zu ihr?«

»Noch nicht. Sie hat starke Beruhigungsmittel bekommen und muss ins Whitchurch Hospital verlegt werden. Für psychiatrische Betreuung.«

Die Worte erschüttern sie. Sie klingen nach Versagen und Schwäche, und Grace wünscht sich, sie könnte einfach mit ihrer Tochter schimpfen, sie dafür strafen, so hysterisch zu sein. Es hätte schließlich nicht so weit kommen müssen. Wenn Alys nur nicht so stur gewesen wäre. Wenn sie sich bloß hätte helfen lassen.

»Ich habe sie im Stich gelassen.«

»Nein. Das ist absolut nicht wahr.«

Einen Moment lang sitzen sie schweigend da und beobachten, wie Elin in der Ferne die Anweisungen des Automaten befolgt.

»Wir müssen uns jetzt auf das Positive konzentrieren«, sagt der Arzt.

»Was genau ist positiv an einer Überdosis?«

»Die Tatsache, dass es keine Absicht war. Das macht einen riesengroßen Unterschied. Es war sicher ein Hilferuf. Aber Alys *hat* nach Hilfe gerufen, und wir haben sie gehört.«

Das macht Grace wütend, und sie kann es sich nicht verkneifen: »Nein, *wir* haben sie nicht gehört – dieses elfjährige Kind dort drüben hat sie *gefunden*. Das wird das arme Ding ein Leben lang prägen.«

Der Arzt nickt. Er widerspricht nicht. Grace versucht, die Bilder vor ihrem inneren Auge zu vertreiben, doch sie halten sich hartnäckig: wie Elin in irgendeiner gottverlassenen Absteige vergeblich versucht, ihre Mutter zu wecken; wie sie die Tablettenflasche findet und auf die Straße runterrennt, wo sie einen Fremden um Hilfe bittet, weil es kein Telefon gibt, um den Notarzt zu rufen. Wie der Sozialdienst sie aufsammelt, während man ihrer Mutter den Magen auspumpt, und sie fragt, wen man anrufen könne. Elin wusste niemanden, keine Freunde der Familie, nur einen Mann in einem Café namens Mac, der zum Glück einsprang und sich kümmerte. Grace wagt sich gar nicht auszumalen, was passiert wäre, wenn Elin nicht schließlich der Besuch bei ihr eingefallen wäre – fünf Jahre zuvor, zum fünfundzwanzigjährigen Thronjubiläum –, wenn sie sich nicht dunkel an diese ferne Großmutter erinnert hätte, die Alys seither aus ihrem Leben verbannt hat. Ihre unfassbar egoistische Tochter. Die nun ihr elfjähriges Kind sich selbst überließ, beinahe verwaist und völlig verängstigt.

»Mrs. Meredith?«

Grace wird klar, dass sie nicht zugehört hat. »Entschuldigung, wie bitte?« Sie sieht Elin mit zwei beigefarbenen Plastikbechern in der Hand näher kommen, deren Inhalt sie auf gar keinen Fall verschütten will.

»Ich habe gesagt, wenn Sie nicht in der Lage sind, sich um Elin zu kümmern, dann wird das Jugendamt vorübergehend eine Pflegefamilie finden müssen, bis es Alys wieder gut genug geht, um …«

»Oh, Elin kommt mit zu mir«, unterbricht sie den Arzt. »Das steht überhaupt nicht zur Debatte, Herr Doktor.«

51
Elin

Elf Jahre alt

Elin ist sich nicht sicher, ob sie lieber Walisische Kekse oder Eierkuchen bäckt. Der Teig für die Kekse schmeckt auf jeden Fall am leckersten, und sie liebt es, sie mit Grama Grace' Plätzchen auszustechen und sie dann auf den schweren schwarzen Backstein zu legen, damit sie langsam bräunen können. Aber es macht auch Spaß, den Pfannkuchenteig zu gießen – sie muss dabei die richtige Menge abschätzen, damit er die korrekte Größe hat, und es schaffen, einen perfekten Kreis zu produzieren.

Aunty Cissie sagt, Elins Eierkuchen schmecken sogar noch besser als die von Grama Grace. Und das will etwas heißen. Weil Grama Grace nämlich ganz toll kochen kann. Elin mag Aunty Cissie. Sie muss manchmal über die albernsten Dinge kichern, und das ist ansteckend. Und wenn sie einmal damit anfängt, dann dauert es ewig, bis sie wieder aufhört. Grama Grace nennt sie ein albernes Huhn. Aber sie sagt es mit einem Lächeln.

Aunty Cissie wohnt in Grama Grace' Pension. Von allen Bewohnern mag Elin sie am liebsten. Mr. Hughes ist sehr höflich, aber er bleibt gern für sich. Grama Grace sagt, das liegt daran, dass er ein sehr trauriger Mann ist, weil seine Frau gestorben ist und sie keine Kinder hatten. Er ist bei Grama Grace eingezogen, weil er sonst vielleicht vor Einsamkeit sterben würde. Es wohnen noch drei andere Menschen hier: Onkel John, der Grama Grace' Freund ist, und Miss Jones, die an einer Privatschule Walisisch und Musik unterrichtet. Sie ist dünn und winzig wie eine Maus und spricht immer Walisisch mit Grama Grace. Dann gibt es noch Mr. Harman, der gerne Kleider trägt. Er hat Elin einmal seine Garderobe gezeigt, und sie durfte seine Schuhe anprobieren. Sie waren zu groß. Er muss sie per Post bei einem speziellen Versandhaus bestellen. Letzte Woche durfte Elin ihn schminken, bevor er abends ausging. Sie hat es nicht besonders gut hinbekommen, aber er wollte sie offensichtlich nicht kränken und erklärte, sie sei ein künstlerisches Naturtalent. Das ist sie nicht. Kunst ist nicht ihr Ding. *Musik* ist ihr Ding. Miss Jones hat ihr gezeigt, wie man Cello spielt. Sie sagt, sie solle unbedingt damit weitermachen. An einem Abend hat Miss Jones sie auf Grama Grace' Klavier begleitet, und sie haben ein Mini-Konzert für die Hausbewohner veranstaltet. Aunty Cissie weinte, als Elin spielte. Sie sagte, es sei mit das Schönste, was sie je gehört habe.

Elin drückt leicht mit dem Schaber auf die Kekse. Neben ihr steht bereits ein voller Teller mit fertigen. Das hier ist die letzte Fuhre. Sie atmet tief den süßen Backgeruch ein – eine tröstliche Mischung aus Butter und Rosinen und Gewürzen. Ein Aroma, das sie für immer mit diesem Haus verbinden wird, mit Trost und Sicherheit.

»Na, du hast ja einen ganzen Berg voll gemacht!«, sagt Grama Grace. »Wir hätten einen Stand auf dem Markt von Dylan's Quay aufmachen und sie verkaufen sollen.« Grama Grace drückt Elin fest und zwingt sich, fröhlich zu klingen. Obwohl Elin weiß, dass sie es nicht ist. Genauso wenig wie sie selbst. Denn heute kommt ihre Mutter, um sie abzuholen.

»Deiner Mummy geht's wieder total gut, meine Süße!«, hatte Alys vergangene Woche am Telefon verkündet. »Ist das nicht wunderbar?«

»Ja«, hatte Elin leise geantwortet.

Sie möchte ja, dass es ihrer Mutter besser geht – natürlich will sie das. Aber sie versteht nicht, warum sie nicht alle hier zusammen bei Grama Grace wohnen können. Warum müssen sie zurück nach Cardiff?

»Aber wir werden nicht in Cardiff wohnen, Schätzchen!«, hatte Alys durch die knisternde Telefonleitung erklärt. »Wir werden an einen viel aufregenderen Ort ziehen als Cardiff!«

Die letzte Ladung Kekse ist fertig, und Elin tritt einen Schritt zurück, um ihr Werk zu bewundern. Sie schließt die Augen und prägt sich dieses Gefühl ganz fest ein: diese unsichtbare, warme Decke aus Liebe und Behaglichkeit. Sie sammelt sie in sich. Weil sie nicht sicher ist, wie lange es dauern wird, bis sie das wieder fühlt.

Das leise Ding-Dong der Türglocke durchbricht ihren Trancezustand, und sie öffnet die Augen. Grama Grace lächelt sie an und flüstert. »Willst du aufmachen, oder soll ich?«

52

Alys

Einunddreißig Jahre alt

Der Schulterstand fällt ihr inzwischen viel leichter. Das sollte auch so sein, nach über drei Monaten täglicher Yogaübungen. Alys atmet aus und lässt sich im Schatten der spanischen Palmen in den Lotussitz sinken. Das Gras ist kühl unter ihren Füßen. Sie kann immer noch nicht glauben, dass sie hier leben – der Reiz und die Schönheit von Madrid, dazu kostenlose Unterbringung und eine Ausbildung für Elin an der katholischen Schule am Ort. Alles dank Eduardo.

Sie hatte ihn nach drei Wochen Aufenthalt im Whitchurch Hospital in der Gruppentherapie kennengelernt. Wer hätte gedacht, dass jener Tag eine solch riesige Veränderung in ihrem Leben bewirken würde? Eduardo war ein neunundvierzigjähriger spanischer Psychiater, der sich ein Sabbatjahr von seiner Universität in Madrid nahm und unter Dr. Powells Anleitung die Gruppe beobachtete. Zuerst war er Alys kaum aufgefallen. Um ehrlich zu sein, hatte sie in diesem Stadium keine Zeit, irgendjemanden wahrzunehmen. Ihr ging es nur darum, diejenigen mit Entscheidungsgewalt davon zu überzeugen, dass es ihr besser ging und man sie nach Hause gehen lassen sollte. Wo auch immer »zu Hause« sein würde.

Als sie Eduardo schließlich bemerkte, fand sie ihn sehr überheblich und beschloss, er sei einer jener arroganten Intellektuellen, die sich für etwas Besseres hielten als alle anderen. Später – viel später – gestand er ihr, dass er ihr vom ersten Moment an, als er »dieses herrliche Gesicht« gesehen hatte, verfallen war. Die Stärke seiner Gefühle hatte ihn geängstigt. Und er wusste auch, dass es höchst unprofessionell war, irgendeine Art von Beziehung mit einer Patientin einzugehen. Denn das war Alys im Grunde. Selbst wenn Eduardo nur Beobachter war.

Sechs Wochen nach ihrer Einweisung war Dr. Powell der Meinung, dass Alys tatsächlich genug Fortschritte gemacht hatte, um entlassen zu werden. Und solange das Jugendamt sicher sein konnte, dass sie eine passende Unterkunft fand, standen die Chancen gut, dass sie zusammen mit Elin einen Neuanfang starten konnte.

Alys war höchst erfreut gewesen und hatte nur zu gern Eduardos Angebot angenommen, sie als ihr Fürsprecher zum Termin mit Mrs. Ramsay, der Sozialarbeiterin, zu begleiten. Während des Treffens hatte Eduardo stumm dagesessen. Stets der Beobachter, stets der spanische Gentleman. Doch sobald der Termin vorbei war und die Einzelheiten geklärt waren, hatte er Alys zurück zum Aufenthaltsraum begleitet. Er fragte sie, ob sie einen kleinen Abstecher durch die Gartenanlagen des Krankenhauses machen wolle, die Septembersonne erwärme den Tag so schön. Alys war fasziniert von Eduardos blumigem Gebrauch der englischen Sprache, und da ihr nach Feiern zumute war, willigte sie ein.

Sie setzten sich auf eine Bank unter einer alten Eiche, und ohne große Umschweife oder Vorwarnung erklärte Eduardo ihr seine überwältigende Liebe.

»Du bist eine bemerkenswerte Frau. Ein Meisterwerk göttlicher Schöpfung. Komm mit mir, bitte, nach Spanien.«

Zuerst fragte Alys sich, ob ihre Medikamente ihrem Kopf einen Streich spielten, so unerwartet kam der Ausbruch dieses Mannes, mit dem sie bisher kaum mehr als ein paar Worte gewechselt hatte. Doch es dauerte nicht lang, bis sie begriff, dass es ihm todernst war. Und als sie die Aussicht, mit ihrer elfjährigen Tochter in einem Hostel zu wohnen und in der trostlosen City von Cardiff irgendwie ihren

Lebensunterhalt zusammenzukratzen, mit der Vorstellung verglich, zweitausend Meilen in die spanische Sonne zu fliegen, um mit einem Mann zusammenzuleben, der es ernst zu meinen schien, fiel die Wahl leicht. Der einzige Haken an der Sache war Elin. Würde er dafür bezahlen, dass sie ebenfalls mitkam? Und falls ja, wie würde es Elin gefallen, in Spanien zu leben?

Eduardo zögerte nicht. Natürlich wusste er von Alys' Tochter – sie hatte in den Gruppensitzungen oft genug von ihr gesprochen –, und es wäre ihm eine Ehre, auch sie mitzunehmen.

In diesem Sinne hatte Alys sich auf den Weg nach Dylan's Quay gemacht, um die Tochter abzuholen, die sie den ganzen Sommer über nicht gesehen hatte, und sie in ein besseres Leben unter netteren Menschen mit einer faszinierenden Kultur zu entführen.

Als sie im Haus ihrer Mutter ankam, empfand sie den vertrauten Sog des Kummers. Die Wolke aus negativer Energie und Traurigkeit aus ihrer Jugend, welche die zwei Jahre überschattete, die sie dort gewohnt hatte, schien so stark wie eh und je. Dieser Ort barg für sie zu viele Erinnerungen. Darum war sie auch nur einige wenige Male zurückgekehrt, aus Pflichtgefühl – eines dieser Male war anlässlich des Thronjubiläums gewesen, wo sie sich mit billigem Champagner betrunken und schließlich mit dem Postler geschlafen hatte.

Doch was auch immer sie in der Vergangenheit ihrer Mutter gegenüber empfunden haben mochte, trotz des kolossalen Grolls, den sie mit sich herumschleppte, konnte sie nicht leugnen, dass Grace sie vor zwei Monaten gerettet hatte, als ihr dieses »kleine Missgeschick« passiert war. Weiß Gott, was aus Elin geworden wäre, wenn Grace nicht angeboten hätte, sich um sie zu kümmern, während Alys sich in der Klinik erholte.

Sie hatte am Telefon zuerst mit ihrer Mutter gesprochen und ihr von dem geplanten Umzug nach Spanien erzählt. Sobald die Worte ausgesprochen waren, wartete Alys auf die Missbilligung. Sie konnte förmlich hören, wie Grace sich auf die Zunge biss, fühlte das negative Urteil in Wellen ausströmen. Was hat die dumme kleine Alys jetzt wieder angestellt?, dachte ihre Mutter vermutlich. *Keinerlei Realitätsbezug, dieses Mädchen. Spanien. Du lieber Himmel.* Doch Grace hatte die Nachricht lediglich höflich entgegengenommen und gesagt, Alys wisse hoffentlich, was sie tue, und dass sie Elin gern in Dylan's Quay lassen könne, wenn ihr das lieber sei. Die Gesamtschule in der Nähe sei wirklich sehr gut, und Elin gehe ja ohnehin schon seit ein paar Wochen dorthin.

»Warum?«

»Nun, weil das neue Schuljahr begonnen hat, mein Schatz. Sie braucht Routinen.« Grace' Stimme schien leiser zu werden und ihre Unsicherheit zuzunehmen. »Ich dachte einfach, falls du noch nicht bereit bist … sie zurückzuholen …«

»Du hältst mich für eine völlige Versagerin, oder, Mutter?«

»Eine was?«

»Du denkst, ich komme nicht klar. Nur weil ich einmal Scheiße gebaut habe, verdammt.«

»Alys, bitte, nicht fluchen, das ist so unnötig.«

Doch Alys ignorierte sie, und der ganze schwelende Groll brach aus ihr heraus. »So leicht wirst du mich nicht los.«

Grace seufzte am anderen Ende der Leitung. »Alys, *cariad.*«

»Nenn mich nicht so!« *Cariad* hatte ihr Vater immer zu ihr gesagt. Dieser Kosename gehörte ihrer Mutter nicht.

Schweigen. Dann versuchte Grace es erneut.

»Ich weiß, wie unglücklich du gewesen bist, wie schwierig die Dinge waren …«

»Elin hat sich über mich beklagt, nehme ich an?«, fuhr Alys sie an. »Habt ihr beide ordentlich zusammen abgelästert, ja?«

»Mein Schatz, ich will doch nur helfen, das ist alles.«

»Indem du mich von meiner Tochter fernhältst?«, rief sie.

»Schluss jetzt«, sagte Grace bestimmt. »Bitte reg dich nicht auf. Ich will wirklich nicht, dass du dich aufregst.«

Alys versuchte sich zu beruhigen. Sie dachte an die Atemübungen, die sie in Whitchurch gelernt hatte, schloss die Augen und atmete tief ein und aus.

»Hör zu, Mum, es tut mir leid, okay? Ich glaube einfach nur, dass das eine tolle Chance ist für mich und Elin. Ich werde mich sehr anstrengen, alles wiedergutzumachen.«

»Ich weiß, mein Schatz«, erwiderte Grace sanft. »Ich ruf sie mal. Dann kannst du ihr die guten Neuigkeiten selbst erzählen.«

*

Elins Reaktion war so gedämpft gewesen wie bei allem, was ihre Mutter vorschlug. Alys hatte versucht, Begeisterung für ihr neues Leben in Spanien zu wecken, doch Elin interessierte sich kaum dafür. Dann war der Todesstoß gekommen.

»Ich möchte hier bei Grama Grace bleiben«, murmelte sie.

Alys hätte am liebsten losgeheult. Gebrüllt. Um sich geschlagen, weil es so unfair war. Sie gab sich doch alle Mühe, oder? Es besser zu machen. Es wiedergutzumachen, dass sie ihre Tochter dermaßen im Stich gelassen hatte. Sie holte tief Luft und sagte: »Nun, das verstehe ich natürlich, Elin. Aber es ist leider nicht möglich. Du bist meine Tochter, und du kommst mit mir, in Ordnung?« Es war eine fast wörtliche Wiederholung der Unterhaltung, die Grace mit Alys vor Jahren geführt hatte, als es um den Umzug nach Dylan's Quay gegangen war. Was für eine Ironie.

Das ist nun fast vier Monate her. Und falls Elin das Leben in Wales immer noch vermisst, dann gelingt es ihr, diese Tatsache gut zu verbergen. Die katholische Schule, auf die sie geht, ist mit einem Waisenhaus verbunden, wo Alys im Tausch gegen Kost und Logie aushilft. Eduardo hat das alles organisiert. Dass er mit dem Vorstand dort befreundet ist, hat sich als Glücksfall entpuppt.

Sie mussten Elin natürlich anlügen. Was Eduardos Frau betraf. Alys hat kein Problem damit, dass er verheiratet ist – die Ehe bedeutet ihr sowieso nichts, aber sie will weder in Spanien noch in Wales irgendwelche Pferde scheu machen. Falls also jemand fragt, dann erklärt sie, dass Eduardos Mutter sehr streng ist. »Sie wird diese Welt bald verlassen und in eine bessere eingehen«, sagt sie und versucht dabei, fromm und gottesfürchtig zu wirken.

Sie wirkt alles andere als fromm und gottesfürchtig, wenn sie einmal die Woche nackt in Eduardos Armen liegt, wenn er sie zu Sangria und Sex in ein Hotel am Ort entführt. Das Leben könnte deutlich schlechter sein, denkt sie.

»Mum?«

Alys öffnet die Augen und lächelt Elin an, die wie immer mit ernster Miene in ihrer Schuluniform vor ihr steht.

»Du kommst zu spät!«

Alys sammelt ihre Yogasachen ein. Es ist Heiligabend, und der Nachmittagsgottesdienst in der kleinen Schulkapelle fängt bald an. Es kommt Alys komisch vor, in der spanischen Sonne Weihnachten zu feiern. Aber wenigstens sitzen sie nicht in einer feuchten WG in Cardiff fest, wo man ständig nach 50-Pence-Stücken für den Stromzähler suchen muss. »Komme schon!«, ruft sie und springt auf.

53
Elin

Zwölf Jahre alt

Liebe Grama Grace,
bitte verzeih, dass dieser Brief so kurz ist, aber ich habe es ein bisschen eilig, damit ich ihn noch einwerfen kann, bevor wir in den Zug steigen. Mum will nicht, dass ich es dir erzähle, aber ich finde, du solltest wissen, dass wir nach Barcelona ziehen.
Das mit Eduardo ist irgendwie schiefgegangen.
Wie sich herausgestellt hat, hat er keine Mutter.
Sondern eine Frau.
Die nicht sehr begeistert war, als sie das mit Mum herausgefunden hat, wie du dir vorstellen kannst. Deshalb müssen wir jetzt abhauen. Mum sagt, es ist toll und aufregend und dass ich es als großes Abenteuer betrachten soll, aber es fühlt sich für mich nicht besonders toll an. Ich schreib dir wieder, wenn wir eine neue Adresse haben.
Hab dich sehr lieb,
Kuss, Elin

PS: Ich wünschte, wir könnten stattdessen zu dir ziehen.

54
Grace

Fünfzig Jahre alt

Ostern 1983

Grace blickt noch einmal in ihre Geldbörse, um sich zu vergewissern, dass sie das Bargeld hat – Peseten im Wert von zweihundert Pfund, in frischen neuen Banknoten, die sie erst gestern von der NatWest Bank in Dylan's Quay abgeholt hat. Was für ein Glück, dass die welche auf Lager hatten.

Paulo, der Taxifahrer, ist nett, und sein Englisch ist gut. Wenigstens müssen sie sich nicht auf Grace' sehr begrenzte Spanischkenntnisse verlassen, die sich auf »bitte«, »danke« und »wo geht's zum Bahnhof?« beschränken. Sie ist jetzt seit fast einem Tag unterwegs und sehnt sich nach einer Dusche und einer Mütze Schlaf. Paulo erzählt ihr, dass es ein sehr gutes, günstiges Hotel in der Nähe von ihrem Ziel gibt, und ihr gesunder Menschenverstand gewinnt: Sie sollte sich wirklich ausruhen, bevor sie tut, weswegen sie hergekommen ist. Vermutlich wird eine Stunde mehr oder weniger auch keinen Unterschied machen. Deshalb sagt sie Paulo, dass sie sehr gern zuerst in diesem Hotel einchecken möchte. Sie hätte die Reise besser planen sollen, aber sie traf die Entscheidung herzukommen hastig und ohne große Vorüberlegungen. *Fahr einfach hin. Fahr zu Elin.*

John hatte sie nach Heathrow gebracht, was enorm großzügig von ihm war – vor allem da er sich derzeit nicht mehr viel weiter als bis

Swansea wagte. Cissie kam auch mit, um ihm auf der Rückfahrt Gesellschaft zu leisten. Sie hatte sogar angeboten, mit nach Spanien zu kommen, aber jemand musste ein Auge auf die Dinge zu Hause haben. Außerdem hatte Grace keine Ahnung, was sie vorfinden würde, wenn sie dort eintraf, und sie hatte das Gefühl, Cissies Anwesenheit könnte Öl ins Feuer gießen. Diese liebe, unschuldige Seele. Gerade sie hatte das nicht verdient.

Das Taxi hält vor einem gepflegten, aber einfachen Hotel, das zwei Sterne vom spanischen Fremdenverkehrsamt verliehen bekommen hat. Paulo holt ihr Gepäck aus dem Kofferraum und bietet ihr galant seinen Arm, um sie zur Tür zu begleiten. Grace lehnt höflich ab – ein Automatismus, wenn es um solch altmodische Aufmerksamkeiten geht, obwohl sie weiß, dass er es gut meint und ihr nicht zu nahe treten will. Sie folgt ihm in einen winzigen Rezeptionsbereich, wo er ihr rasch ein Zimmer organisiert. Er scheint die Dame am Empfang zu kennen, eine freundliche Frau mit wachen braunen Augen und schneeweißem Haar, das sie zu einem losen, einem Baiser ähnelnden Knoten gesteckt hat. Sie ist schwarz gekleidet und besitzt die trauervolle Ausstrahlung einer Witwe. Genau wie ich, denkt Grace bei sich und erinnert sich an das letzte Mal, dass sie Schwarz getragen hat. Doch dann lacht die Witwe, und ihr Gesicht leuchtet auf – offensichtlich mag sie Paulo gern.

Grace bietet ihm ein Trinkgeld, das er gerne annimmt. Er lächelt sie an, ehe er geht. »Schlafen Sie jetzt. Sie sind sehr müde, ich denke. Sehr müde und vielleicht ein bisschen traurig.« Sein Blick verweilt, als versuchte er, ihre Gedanken zu lesen. Die Mischung aus seiner Freundlichkeit und ihrer Erschöpfung überwältigt sie so sehr, dass sie mit den Tränen kämpfen muss. »Viel Glück!«, ruft er, als er durch die Doppeltüren des Hotels hinausgeht.

Sie schläft länger als geplant, und als sie aufwacht, eilt sie unter die Dusche, wo sie kurz ihren Körper vom Wasser erfrischen lässt. Draußen ist es jetzt dunkel, und während sie sich abtrocknet, wird sie plötzlich von Nervosität gepackt, was ihr wohl bevorstehen mag. Doch sie hat keine Wahl.

Es war Elins jüngster Brief, der sie zu dieser Entscheidung bewogen hat. Es ist erst drei Tage her, seit sie ihn bekommen hat, doch es fühlt sich viel länger an. Sie schreiben sich nun schon über mehrere Wochen an eine Postfachadresse, und Grace hat das Gefühl, dass der Kontakt zwischen ihnen so etwas wie einen Rettungsanker für die kleine Elin darstellt.

Von Alys war natürlich nichts gekommen. Nicht seit jenem Anruf. »Du kannst genauso gut erfahren, dass das mit Madrid nicht geklappt hat«, hatte sie durch eine rauschende, piepsende Telefonleitung gebrabbelt. »Und bevor du mit *hab ich dir ja gleich gesagt* anfängst, es war nicht meine Schuld, okay?« In diesem Moment wurde Grace klar, dass Alys nichts von der Korrespondenz zwischen ihnen wusste, davon, dass Elin ihrer Großmutter bereits von dem Umzug nach Barcelona erzählt hatte. Mit angehaltenem Atem wartete sie darauf, ob Alys ihr die Wahrheit sagen würde oder nicht. »Also die Visum-Leute haben behauptet, wir hätten nicht alle richtigen Formulare ausgefüllt, deshalb mussten wir weiterziehen. Wir sind jetzt in Deutschland.«

Grace schluckte. Alys' Lüge schmerzte.

»Jedenfalls ist mein Geld gleich alle. Ich ruf noch mal an irgendwann. Elin lässt dich grüßen.« Dann war die Verbindung abgebrochen. Sie nahm an, dass Alys wieder einmal das Gefühl hatte, versagt zu haben, und nicht durch weiteren Kontakt mit ihrer Mutter daran erinnert werden wollte.

»Du schätzt mich so falsch ein, mein Schatz«, hatte Grace sinnloserweise ins Telefon geflüstert, das ihr ins Ohr schnurrte, wie um zu bestätigen, dass niemand zuhörte.

Das war vor bald drei Monaten gewesen.

Mithilfe von Pantomime und gebrochenem Englisch erklärt ihr die Dame an der Rezeption, deren Name Maria ist, den Weg zu dem Wohnblock, zu dem Grace will. Sie versucht, ihrem Gast klarzumachen, dass es keine schöne Gegend ist – ihr Neffe soll Grace begleiten, um sie zu beschützen.

Grace' erste Reaktion ist abzulehnen, doch dann fragt sie sich, warum sie so stur ist. Wie oft schon hat John lachend zu ihr gesagt: »Lass dir doch helfen, du dumme Gans!«

Wie sich herausstellt, handelt es sich bei besagtem Neffen um Paulo, den netten Taxifahrer. Innerhalb von Minuten ist er an der Hotelrezeption. Und dieses Mal nimmt Grace tatsächlich seinen Arm.

Während sie zielstrebig die Hauptstraße entlanggehen, tauchen sie in die Feier-Stimmung des abendlichen Barcelona ein – bunte Lichter, Gitarren und Maracas, eine Flamenco-Vorführung auf einem Platz in der Nähe, die köstlichen Düfte, die aus den Tapas-Bars strömen, fröhliche Stimmen und Gelächter. Doch dann biegen sie in eine Seitenstraße ab, und sofort ändert sich die Atmosphäre. Es fühlt sich nicht direkt gefährlich an, aber doch viel weiter entfernt vom Stadtzentrum als nur ein paar Meter.

Ihre Unterhaltung ist verständlicherweise spärlich. Grace versucht zu erklären, was sie vorhat. Dass sie gekommen ist, um ihre zwölfjährige Enkelin zu suchen und nach Hause nach Wales zu holen. Weil die Mutter dieser Enkelin nicht mehr in der Lage ist, sich um sie zu kümmern. Sie erklärt nicht, dass sie bezweifelt, dass Alys jemals dazu in der Lage war. Aber sie sagt, sie glaubt, Alys sei in Schwierigkeiten.

»Und Ihre Tochter, Alys – wird sie mit Ihnen kommen, nach Hause?«

Grace seufzt. »Ich hoffe es.«

Sie erreichen die Adresse, die Grace sich sorgfältig von Elins letztem Brief abgeschrieben hat. Der Brief, an den Grace sich immer noch voller Unbehagen erinnert. *Es gefällt mir hier nicht, Grama Grace. Manchmal wacht Mum tagelang nicht auf, und die anderen Leute schreien immer nur rum oder sind betrunken …*

Grace drückt auf den Klingelknopf. Es ertönt kein Geräusch, nichts, was darauf hindeuten würde, dass jemand von ihrer Anwesenheit weiß. Sie versucht es erneut. Nichts.

Paulo schüttelt den Kopf.

Dann kommt plötzlich ein lachendes Pärchen aus dem Eingang gestolpert, trunken vor Liebe oder Lust oder Sangria, ohne die beiden Fremden zu bemerken, die draußen warten. Paulo fängt die Tür auf, ehe sie ins Schloss fällt, und sie treten ein.

Drinnen steigen sie drei Treppenabschnitte hinauf. Das steinerne Treppenhaus hallt vor Feindseligkeit wider. Sie erreichen Nummer vier. Zuerst wirkt die Tür verschlossen, doch als sie anklopfen wollen, gibt sie nach und öffnet sich in einen dunklen Flur. Die Stille ist beunruhigend. In gewisser Weise wäre es besser gewesen, laute Stimmen zu hören, Gebrüll oder sogar Streit – das wäre wenigstens ein Hinweis darauf, dass drinnen Leben herrschte, wenn auch wildes. Doch da ist nichts.

Paulo ruft: »Hola?« Niemand antwortet.

Sie gehen weiter in den Flur hinein. Es riecht muffig. Zigaretten und Moder, gemischt mit schimmligen Zwiebeln. Kein Ort für ein Kind, denkt Grace.

Paulo öffnet langsam die Tür zu einer kleinen Küche. Da ertönt eine Stimme, die Grace trotz der Angst, die darin mitschwingt, sofort wiedererkennt. »Wenn Sie näher kommen, dann schlage ich zu!« Es ist Elin.

Grace schiebt sich an Paulo vorbei in den Raum. »Keine Angst, mein Schatz, es ist alles gut!«

»GRAMA GRACE!«, schreit Elin und rennt auf sie zu, wobei sie die große, rostige Pfanne fallen lässt, mit der sie sich verteidigen wollte. Sie halten sich eine Ewigkeit lang fest, wobei Grace versucht, durch eine bloße Umarmung ganz viel Liebe und Sicherheit zu vermitteln.

»Wo ist deine Mutter, Kleines?«, flüstert sie.

»Da drin«, schluchzt Elin und zeigt auf das andere Zimmer.

Paulo geht voran und streckt die Hand aus, um Grace davon abzuhalten, ihm zu folgen, denn offensichtlich ist er besorgt, was er vorfinden könnte.

Anfangs ist es schwierig, in der Dämmerung und den Schatten dieses kleinen Raumes, dieser jämmerlichen Version eines Schlafzimmers irgendetwas zu erkennen. Auf dem Boden liegt eine Matratze mit zwei Decken und einem Mantel. Daneben stehen drei leere Weinflaschen und ein überquellender Aschenbecher. In einer vergessenen Porzellantasse schwimmen die Überreste von schwarzem Kaffee. Die Fenster haben keine Vorhänge, keine Läden, und draußen geht das Nachtleben von Barcelona unbeirrt weiter. Auf dem provisorischen Bett liegt eine Gestalt, reglos.

Es ist Alys.

Sie hat ihnen den Rücken zugedreht, hat sich abgewendet von allen Fragen, Vorwürfen und jeglicher Verantwortung. Abgewendet vom Leben.

Paulo kniet sich hin und rüttelt sie sanft am Arm. »Entschuldigung? Miss?« Es kommt keine Antwort, und Grace schnappt unwillkürlich nach Luft, denn sie befürchtet das Schlimmste.

Nun packt Paulo Alys etwas fester an der Schulter und dreht sie auf den Rücken.

Immer noch nichts, dann ein tiefes Stöhnen. »Ärrrgghh …«

»Señora?«

Alys zuckt zurück und findet plötzlich die Kraft, sich zu fürchten. »W-wer sind Sie, verdammt noch mal?«

Paulo zieht sich zurück, und Grace, die jegliche Geduld und jegliches Mitgefühl verloren hat, wird wieder einmal von Wut über den Egoismus ihrer Tochter erfüllt. »Diese üble Ausdrucksweise kannst du dir sparen, Alys Meredith«, schimpft sie lautstark. »Und jetzt setz dich hin und erzähl mir genau, was passiert ist.«

55

Alys

Einunddreißig Jahre alt

Es ist lange her, seit sie das letzte Mal solchen Komfort genossen hat. Auch wenn die Umgebung nichts Besonderes ist, kommt es Alys wie Luxus vor. Denn dieses saubere, karge Zwei-Sterne-Hotelzimmer ist meilenweit von dem entfernt, wo sie herkommt. Sie starrt aus dem Fenster in den sonnigen Tag hinaus, der auf der Straße unten seinen gemütlichen Lauf nimmt. Menschen, die ihr Leben zu leben haben, Routinen zu befolgen – fröhliches Geplauder mit Passanten, der Austausch von Höflichkeiten, Witzen, Beileidsbekundungen, Tratsch. All dieser menschliche Umgang miteinander. Den Alys schon lange nicht mehr pflegt. Sie glaubt, jetzt den zweiten Tag hier zu sein, oder ist es der dritte? Alles ist so verschwommen. Ihr Kopf tut immer noch weh, obwohl sie brav die großen Karaffen mit Wasser leer getrunken hat, die man ihr ständig aufs Zimmer bringt, auf Tabletts mit kleinen Tellern voll Essen. Sie bemüht sich, etwas zu sich zu nehmen. Es klappt immer besser.

Wieder und immer wieder geht sie in Gedanken durch, was passiert ist. Wie sie hier gelandet ist. Der Mann weckte sie auf, und ihre Mutter war da. *Ihre Mutter!* Sie kann es immer noch nicht fassen. Zuerst dachte sie, es sei eine Art Albtraum – Elin stand neben ihr und wirkte total verängstigt. Es wurde laut, dann gab es Tränen, und plötzlich hielt ihre Mutter sie in den Armen und versicherte ihr, dass alles gut werden würde. Der nächste Teil fehlt in ihrer Erinnerung. Sie weiß, dass sie geschlafen hat. Sie erinnert sich, dass sie in einer Wanne saß, mit ihrer Mutter daneben, die sie badete – freundlich, leise, wie damals, als sie noch ein Kind war, ihr liebevoll die Haare mit Shampoo wusch und mit warmem, sauberem Wasser ausspülte. Den Schmerz wegspülte. Und dabei die ganze Zeit beruhigend auf sie einredete. »Gleich sind wir fertig, und dann stecken wir dich ins Bett, nicht wahr, mein Schatz?«

Madrid wirkt jetzt wie ein anderes Leben. Eduardos Gesicht, wie er hilflos hinter der Frau stand, die sie angebrüllt hatte. Seine Ehefrau. Alys verstand nicht, was sie hörte oder was sie sah – Elins Kleidungsstücke, ihre Besitztümer, alles wurde hinausgeworfen. Verbannt. Schon wieder. Eduardo, der zurückkehrte, nachdem seine Frau gegangen war, sich entschuldigte, sie um Verzeihung bat, während er gleichzeitig ihre Sachen in sein Auto packte, um sie beide zum Bahnhof zu fahren. Sie aus seinem Leben zu schaffen. Wie er hastig die Reise nach Barcelona organisierte und ihr Namen und Adresse eines Fremden in die Hand drückte, der ihr helfen würde, wenn sie dort ankam.

Doch bei ihrer Ankunft war dieser Fremde nirgends aufzufinden, sodass sie wieder einmal eine neue Existenz für sie beide aufbauen und dabei die ganze Zeit versuchen musste, Elin davon zu überzeugen, dass es Teil ihres großen gemeinsamen Abenteuers war. Ihre einzige Verdienstmöglichkeit, nachdem ihr Bargeld aufgebraucht war, bestand darin, auf der Straße zu singen, zusammen mit Elin, die sich in Grund und Boden schämte. Es war improvisiert und verzweifelt – in Wirklichkeit bettelten sie, wobei Alys versuchte, diese Tatsache zu verbrämen. »Man nennt das Straßenkunst, Liebling! Das wird spaßig! Mummy war mal Sängerin, vergiss das nicht. In einer Band!« Sie sah die Ernüchterung in Elins Gesicht, sah, wie ihre Tochter wieder einmal aushalten musste, dass ihre Mutter nicht anständig für sie sorgen konnte. Wenigstens das war etwas, worin Alys Beständigkeit an den Tag legte: in ihrem Versagen als Mutter.

Ein leises Klopfen an der Tür. Alys rührt sich nicht. Sie hat nicht das Gefühl, irgendwelche Rechte zu haben – als wäre sie ein Gast in ihrem eigenen Zimmer.

»Wie fühlst du dich heute?« Grace kommt mit Elin im Schlepptau herein. Elin wirkt ängstlich, wie immer. Wie schrecklich zu wissen, dass ihre eigene Tochter Angst vor ihr hat.

Grace setzt sich aufs Bett. Elin bleibt an der Tür stehen. Unbeholfen. Sie ist jetzt in diesem Alter – muss sich durch das Minenfeld der Pubertät tasten, ohne Kontrolle darüber zu haben, was ihr junger Körper mit ihr anstellt. Nicht zu wissen, wie sie stehen soll, die Arme unbequem vor der Brust verschränkt, um nicht angesehen zu werden. Alys versucht, sich daran zu erinnern, ob sie Elin erklärt hat, was es bedeutet, eine Frau zu werden – wie man mit den monatlichen Turbulenzen umgeht, wie man BHs kauft. Aber wie alles andere ist auch diese Erinnerung verschwommen.

»Besser«, schwindelt sie.

»Na, du hast auf jeden Fall wieder mehr Farbe im Gesicht, oder, Elin?«

Elin nickt. Man sieht ihr deutlich an, dass sie viel lieber irgendwo anders wäre als in diesem Zimmer.

»Meinst du, du bist bereit für ein bisschen frische Luft?«

Sie spazieren zum Strand. Wie herrlich Barcelona ist, diese Stadt am Meer. Jede Menge Touristen. Es ist Ostern, sagt Grace. Alys kann Kirchenglocken hören – irgendwie ist das tröstlich, obwohl sie nie religiös war.

»Das wird Santa Maria del Pi sein!«, verkündet Grace bemüht fröhlich. »Das ist eine fantastische Kirche. Wir waren gestern dort, nicht wahr?«, sagt sie an Elin gewandt, die nickt. Das Mädchen hat den ganzen Morgen über kaum ein Wort gesprochen.

Zu dritt sitzen sie da, schauen aufs Meer hinaus und nippen an Zitronenlimonade aus Dosen, deren erfrischende, säuerliche Kühle in Alys' Mund zischt. Sie wünschte, es wäre Wein. Sie wünschte, sie könnte dieses viel, viel zu reale Gefühl des Versagens betäuben. Das Gefühl lähmenden Kummers.

Und dann kommt es.

Das Ultimatum.

»Also«, sagt Grace und räuspert sich mit einem kleinen Hüsteln. »Wir müssen Pläne schmieden.« Sie wartet auf eine Antwort von Alys, und als keine kommt, fährt sie fort. »So kann es offensichtlich nicht weitergehen. Ich habe viel mit Elin darüber gesprochen, nicht wahr? Und wir haben beschlossen, dass es das Beste ist, wenn sie bei mir lebt.«

Grace macht eine kleine Pause, die Raum für eine Reaktion lässt, doch wieder kommt keine. Denn Alys hat irgendwie schon damit gerechnet und keine Energie zu protestieren. Und auch nicht den Wunsch danach.

»Sie kann zurück in die Schule in Dylan's Quay – das ist eine nette Schule, wirklich. Erinnerst du dich noch daran, aus der Abschlussklasse? Ich weiß, du warst nicht sonderlich begeistert, aber ich glaube, Elin hat es in den paar Wochen, die sie dort war, gut gefallen, oder, Schatz?« Grace scheint nicht mehr aufhören zu können mit Reden. Sicher hat sie Angst, Alys könnte vor Wut explodieren.

Sie erlöst ihre Mutter von deren Qualen. »Ich denke, das ist eine wirklich gute Idee«, sagt sie leise.

Das scheint Grace zu überrumpeln. Sie gerät aus dem Konzept. »Also, nun warte doch mal, ich bin noch nicht fertig. Wir haben noch gar nicht über dich gesprochen. Du kommst natürlich auch mit. Ich möchte, dass ihr beide bei mir wohnt. Also, anfangs müsst ihr euch ein Zimmer teilen, bis ich …«

Alys unterbricht sie. »Ich komme nicht mit.«

»Wie bitte?«

»Ich werde hierbleiben. Mich wieder aufrappeln. Dieses Mal schaffe ich es, das weiß ich.«

Sie sieht, wie Grace und Elin sich einen Blick zuwerfen – Zweifel, Misstrauen, Mitleid. Doch vor allem Verwunderung, dass Alys bleiben will.

»Ja«, sagt Grace. »Du hast recht, du *wirst* dich wieder aufrappeln. Aber du wirst es zu Hause tun. In Wales.«

Alys sieht ihre Mutter an. Sie weiß, es ist zwecklos zu widersprechen. Es gelingt ihr zu lächeln. »In Ordnung.«

Grace erwidert das Lächeln, und zum ersten Mal an diesem Tag ist ein Hauch von Erleichterung in Elins Miene zu erkennen, eine minimale Entspannung ihrer dauerhaft gerunzelten Stirn. »Das ist wunderbar«, ruft Grace. »Ich bin so stolz auf dich, mein Schatz.«

»Ich auch«, fügt Elin schüchtern hinzu. Und Alys spürt, wie ihr das Herz bricht.

Grace legt die Arme um ihre Tochter und ihre Enkelin. »Unser Flug geht um sieben, also müssen wir früh raus, aber das ist kein Problem. Paulo, der nette Taxifahrer, wird uns zum Flughafen bringen. Oh, ist das aufregend! Ein Neuanfang, nicht wahr? Die drei Amigos!«

Und Alys lässt sich umarmen. Denn es ist einfacher so.

56

Elin

Zwölf Jahre alt

Sie klopfen an Alys' Tür und warten auf eine Antwort. Da keine kommt, klopfen sie noch einmal. Vielleicht hat sie verschlafen, deshalb überreden sie Maria, die Managerin, sie ins Zimmer zu lassen. Es ist leer. Auf dem Bett liegt eine Nachricht: *Ohne mich seid ihr erst mal besser dran. Ich komme bald nach, wenn ich alles auf die Reihe gekriegt habe.*

Elin bricht in Tränen aus. Sie war so überzeugt davon gewesen, dass alles gut werden würde, dass sie endlich eine Art Familie sein und bis ans Ende ihrer Tage glücklich zu Hause in Wales leben würden. Sie beobachtet, wie Grama Grace tief durchatmet, um die Kraft zu finden, ihre wahren Gefühle zu verbergen und ihrer zwölfjährigen Enkelin zu versichern, dass das nicht das Ende der Welt ist. Sie erklärt, dass nie wirklich sicher war, ob Alys zu diesem Zeitpunkt mit ihnen nach Wales zurückkehren wollen würde. So sanft wie möglich versucht sie Elin klarzumachen, dass ihre Mum nach ihren eigenen Grundsätzen lebt und es hasst, festgenagelt zu werden. Dass sie hungrig nach Abenteuern ist und deshalb nie lange ein normales Leben führen kann. »Du hingegen brauchst etwas Stabilität, mein Schatz. Ich glaube, tief in ihrem Herzen weiß das deine Mum, deshalb hat sie …«

»… mich verlassen.«

»*Nein!*«, widerspricht Grace etwas zu heftig. »Das darfst du nie denken. Deine Mutter liebt dich sehr. Sie kommt nur gerade mit der Verantwortung nicht klar.«

Für Elin klingt das nach einer Ausrede. Aber sie sagt nichts, weil sie Grama Grace nicht traurig machen will. Sie kann sehen, dass ihre Großmutter versucht, für sie beide stark zu sein.

»Wir zwei machen jetzt einfach weiter, melden dich wieder in der Schule an und schauen, dass du dich einlebst, ja? Und ehe du dichs versiehst, steht deine Mum wieder vor der Tür und verlangt nach einer Schüssel heißem Eintopf.«

57

Grace

Fünfzig Jahre alt

John holt sie vom Flughafen ab und befürchtet das Schlimmste, als er sieht, dass Alys nicht dabei ist.

»Oh nein, Grace! Sie wird doch nicht …«

Grace unterbricht ihn. »Alys hat beschlossen, noch nicht mit uns zurückzufliegen«, sagt sie und signalisiert ihm mit einem Blick, dass sie ihm später alles erklären wird, wenn sie allein sind.

Elin weint fast die gesamte Heimreise über. Sie wünscht sich, alles wäre anders, ihre Mutter wäre anders. Auf der Fahrt zurück nach Westwales lässt Grace zu, dass ihre Enkelin sich an sie kuschelt. Sie küsst Elin auf den Kopf, und John versucht, sie mit seinen fröhlichen Geschichten abzulenken. Er berichtet ihr, dass er und Cissie das Zimmer unterm Dach für sie hergerichtet haben. »Dass Mr. Harman gerade jetzt ausgezogen ist, passt zeitlich perfekt!«

Und Grace erklärt: »Er hat die Liebe gefunden, Elin, Schatz. Einen wunderbaren Mann namens Murray.« Sie sieht, wie sich die Mundwinkel ihrer Enkelin leicht nach oben biegen, und das muss fürs Erste reichen.

Es ist immer noch hell, als sie zu Hause ankommen, und Grace führt Elin in ihr neues Zimmer. Als Elin sieht, dass darin zwei Betten stehen, fängt sie erneut an zu weinen.

Es wird Zeit brauchen, denkt Grace.

58
Alys

Vierzig Jahre alt

Neun Jahre später

In Aberystwyth ist an diesem Tag der Teufel los. Der Julisonnenschein macht Einwohnern, Feriengästen und Schülern gleichermaßen gute Laune. Die Studenten tragen schwarze Talare, denn es ist die Woche der Abschlussfeiern. Die inzwischen vierzigjährige Alys sitzt auf der Kaimauer, hält sich an einem Kaffee fest und saugt die meersalzige, fröhliche Atmosphäre in sich auf, während ihr die Austernfischer, die auf Mittagessen hoffen, ein Ständchen bringen. Es geht ihr gut. So gut. Seit drei Monaten ist sie trocken und spürt die positiven Auswirkungen auf ihr ganzes Wesen – körperlich fühlt sie sich fit wie seit Jahren nicht mehr, und auf emotionaler Ebene ist sie zufrieden und zuversichtlich.

Sie nennen es die Rosa Wolke. Das Gefühl der Euphorie, das die Abkehr vom Alkohol anfangs auslöst. Mehrere Leute in den AA-Meetings, an denen sie teilgenommen hat, haben sie davor gewarnt. »Sei vorsichtig, dass du nicht denkst, die ganze Welt ist auf einmal perfekt, denn das ist sie nicht«, sagte einer der Alteingesessenen bei einem Newcomer Meeting in Newport. Sie tat ihn als mürrischen alten Kerl ab und beschloss, sich nicht von ihm – und auch von sonst niemandem – diese neue Begeisterung fürs Leben verderben zu lassen.

Bei ihrer Rückkehr nach Wales, nachdem sie jahrelang durch Europa gezogen war, trank Alys mehr als je zuvor. Vielleicht lag es an den Geistern der Vergangenheit, die sie verfolgten und quälten. Sie wusste, dass das passieren würde, und wenn sie eine Wahl gehabt hätte, wäre sie für immer in Portugal geblieben, wo das Leben an der frischen Luft ihren Alkoholkonsum zumindest auf ein »zivilisiertes« Maß begrenzt hatte. Doch ein Waliser, mit dem sie sich dort eingelassen hatte, musste die Biege machen, und da sie glaubte, ihn zu lieben, glaubte, er sei *Mr. Right*, spielte sie die loyale Freundin und hielt zu ihm. Ein großer Fehler, wie sich herausstellte. Sie fanden eine Wohnung in Cardiff, die bald Zentrum für alle und jeden wurde, die rund um die Uhr Party machen wollten. Und nicht nur mit Saufen. Es gab eine Menge Drogen. Damit kam Alys einigermaßen klar, aber als sie *Mr. Right* bei einem flotten Dreier auf ihrem Wohnzimmerfußboden überraschte, beschloss sie, wieder einmal ihre Koffer zu packen und zu verschwinden. Sie machte sich auf den Weg Richtung Newport, wo sie ein paar Bekannte hatte.

Einige Monate lang surfte sie von Couch zu Couch. Wenn ihre Trinkerei zu viel wurde, setzte man sie vor die Tür. Letzten Endes war ihr keine andere Möglichkeit geblieben, als sich – zuerst nur widerwillig – zu den Anonymen Alkoholikern zu schleppen. Bei ihrem ersten Meeting war sie immer noch ziemlich betrunken gewesen, und man sagte ihr, sie solle am nächsten Tag wiederkommen. Das tat sie, nachdem es ihr gelungen war, vierundzwanzig Stunden lang nüchtern zu bleiben. Sie hatte das gesamte Meeting damit verbracht, sich die Seele aus dem Leib zu heulen. Eine ältere Dame hatte Mitleid mit ihr und bot ihr ein Bett für die Nacht an – oder für länger, wenn es ihr gelang, trocken zu bleiben. »Aber sobald du dir einen Drink genehmigst, fliegst du raus«, sagte sie. »Kann nicht riskieren, selbst rückfällig zu werden.«

Alys verstand zu diesem Zeitpunkt nicht, was sie damit meinte, aber rückblickend tut sie es. Sie schaffte einen zweiten Tag ohne Alkohol, dann einen dritten, bis sie den ersten Meilenstein eines ganzen Monats erreicht hatte. Bei dem Mittagsmeeting in Newport überreichten sie ihr einen glänzenden »Ein-Monats-Chip«, der ihre Leistung würdigte.

Ihr erster Gedanke war, aus reiner Gewohnheit, dass sie das mit einem Drink feiern musste. Dann fiel ihr wieder ein, dass sie ja aufgehört hatte. Puh!

Bei den Anonymen Alkoholikern war sie von Anfang an total in ihrem Element. Sie ging täglich zu einem Meeting, manchmal sogar zu zweien. Sie lebte das Konzept mit jeder Faser ihres Körpers und spürte deutlich, wie es ihr dadurch immer besser ging. Nachdem sie eine Sponsorin gefunden hatte – eine Frau in ihrem Alter, die seit fünf Jahren trocken war –, begann sie mit dem Zwölf-Schritte-Programm. Manche fanden, dass sie es überstürze, und meinten, sie solle warten, bis sie noch einen längeren Zeitraum geschafft habe. Doch Alys war mit Feuereifer dabei und wollte alles mitnehmen, was die AA zu bieten hatten. Nachdem sie Schritt acht abgeschlossen hatte, bei dem sie *eine Liste aller Personen erstellte, die sie verletzt hatten, und bereit war, es bei allen wiedergutzumachen*, begriff Alys, dass sie den Stier der Demut bei seinen sehr langen Hörnern packen und nach Dylan's Quay zurückkehren musste, um sich bei ihrer Mutter für ihr Fehlverhalten in der Vergangenheit zu entschuldigen. Dasselbe würde sie natürlich bei Elin tun müssen, aber alles zu seiner Zeit.

So sitzt sie nun in Aberystwyth, nachdem sie am Morgen mit dem Zug aus Newport gekommen ist. Nach einer Kaffeepause, während der sie all ihren Mut zusammennimmt, wird sie die halbstündige Busfahrt nach Sŵn-y-Môr antreten.

John ist im Vorgarten, als sie dort ankommt. Sie steht einen Moment lang unentdeckt am Tor und sieht zu, wie er in den Blumenbeeten Unkraut jätet. Er wirkt genau wie immer, vielleicht ein bisschen grauer, und Alys verspürt eine plötzliche Welle der Zuneigung für ihn. Besser spät als nie, denkt sie. Mein Gott, sie hat sich damals dem armen Mann gegenüber einfach abscheulich verhalten, obwohl sein einziges Vergehen darin bestand, ihrer Mutter ein besseres Leben zu bieten. Und Alys ebenso, wenn man's genau nimmt.

»John!«, ruft sie zögerlich. Er richtet sich auf und schirmt die Augen vor der Sonne ab, um zu sehen, wer da ist.

Verwirrung verwandelt sich in Wiederkennen. »Du liebes bisschen, Alys? Bist du das?« Sie strahlt ihn an und macht eine kleine Verbeugung, als er mit ausgestreckten Armen auf sie zukommt und über die Schulter hinweg Richtung Haus ruft: »Grace! GRACE! KOMM SCHNELL!«

Er umarmt sie spontan, und sie sieht Tränen in seinen Augen glitzern.

Hinter ihm ertönen eilige Schritte. »Was ist los? Was ist …« Dann sieht Grace ihre Tochter. »Nein! Du meine Güte, mein kleines Mädchen!«

Es ist ein wunderbares Wiedersehen. Sie fallen sich alle ständig ins Wort, um die Ereignisse der letzten neun Jahre zu erzählen. Gemeinsam sitzen sie in der Küche, trinken Tee, und Alys macht viel Aufhebens darum, den von Cissie angebotenen Sherry zur Feier des Tages abzulehnen. Auch Cissie freut sich sehr, sie zu sehen.

»Ich trinke nicht mehr!«, verkündet Alys stolz. »Seit fast drei Monaten nicht mehr. Und das ist gewissermaßen auch der Grund, weshalb ich hier bin.«

Eine halbe Stunde später haben John und Cissie sich zurückgezogen, während Alys mit Grace im Wohnzimmer sitzt. Grace hat nur zu gern eingewilligt, ihre Tochter »Wiedergutmachung leisten« zu lassen.

»Wenn dir das hilft, aber du musst dich nicht wirklich für irgendetwas entschuldigen, mein Schatz. Du warst jung und hattest Probleme. Das Leben war einfach nur ein bisschen viel für dich, das ist alles. Aber …«

»Jedenfalls möchte ich das tun, bitte, Mum.« Alys ist ein bisschen ungehalten, dass ihre Mutter ihre Pläne durchkreuzt.

Sie holt tief Luft und bittet stumm ihre Höhere Macht um Geduld. Dann beginnt sie mit einer, wie sie glaubt, großen Geste: Sie gibt die hundert Pfund zurück, die sie in Barcelona aus Grace' Geldbörse gestohlen hat. Grace blickt auf das Geld und scheint abzuwägen, ob sie es annehmen soll oder nicht. »Das ist sehr lieb von dir, Alys«, sagt sie streng. »Aber ich will es nicht. Ich habe dich seit neun Jahren nicht gesehen. Hundert Pfund sind wie ein Tropfen im Ozean im Vergleich zu dem, was ich sonst in der Zeit für dich ausgegeben hätte. Also bitte, behalte es.«

Alys weiß, dass ihre Mutter es gut meint, aber sie ärgert sich trotzdem darüber, dass Grace das Geld nicht annimmt und auch keine sonderliche Dankbarkeit an den Tag legt. Schließlich ist das eine große Sache. »Nein, Mum.« Sie streckt ihr die Geldscheine hin. »Es ist mir wichtig, keine Schulden zu haben. Bitte mach mir das nicht kaputt.«

Da sie Alys' Gereiztheit spürt, nimmt Grace das Geld ohne weiteren Kommentar.

Als Nächstes holt Alys ein großes Notizbuch heraus und listet alle Vorfälle auf, in denen sie sich Grace gegenüber im Lauf der Jahre ungerecht oder unmöglich verhalten hat. Für jedes einzelne Ereignis entschuldigt sie sich mit vollendeter Reue.

Grace lauscht stumm, während Alys ihre Liste durchgeht. Als sie fertig ist, bedankt sie sich aufrichtig bei ihrer Tochter und wünscht sich, dass sie nun nach vorn schauen können.

Das sollte Alys eigentlich reichen. Doch sie kann es einfach nicht auf sich beruhen lassen. Überwältigt von Ärger, dass ihre Mutter sich nicht für *ihren* Anteil am Zusammenbruch ihrer Beziehung entschuldigt, verlangt sie im Gegenzug ebenfalls Abbitte.

»Aber wofür soll *ich* mich denn entschuldigen?«, fragt Grace verwirrt.

»Na, wenn du dir das nicht selbst beantworten kannst, dann hat das alles verdammt wenig Sinn!«, erwidert Alys sauer. Und was so positiv begonnen hat, mit solch guten Absichten und einer entspannten Stimmung der Versöhnung, wandelt sich in ungutes Schweigen. Alys sitzt da wie ein schmollendes Kind, während Grace nicht zu wissen scheint, was sie mit sich anfangen soll.

Es hilft auch nicht, dass Grace immer wieder auf die Uhr schaut.

»Was ist denn los, Mum? Wärst du lieber woanders?«

»Nein, das ist es nicht!«, sagt Grace. »Wenn ich gewusst hätte, dass du kommst, hätte ich natürlich abgesagt. Aber ich habe um drei einen Friseurtermin. Wir wollen … Nun, wir haben morgen eine wichtige Veranstaltung.«

»Wichtiger, als Zeit mit deiner Tochter zu verbringen, die du seit neun Jahren nicht mehr gesehen hast?« Alys zieht einen Flunsch.

Grace seufzt. »Hör zu, ich weiß nicht, wie ich dir das sagen soll«, beginnt sie. »Elin bekommt morgen ihr Abschlusszeugnis verliehen, an der Uni in Aberystwyth. Wir gehen alle drei hin. Sie hat mit einer Eins abgeschlossen. In Musik.«

Alys hat das Gefühl, als würde sich in ihrem Innern ein gähnendes Loch auftun. Sie empfindet Stolz und Zurückweisung. Stolz, weil ihre Tochter erfolgreich ein Studium abgeschlossen hat, und Zurückweisung, weil sie nicht Teil dieser unglaublichen Leistung gewesen ist. »Das ist … fantastisch«, stammelt sie.

»Ja«, erwidert Grace sanft. »Wir sind alle mächtig stolz auf sie.«

Grace spricht von *ihrer* Tochter – *Alys'* Tochter. Und Alys wird das Gefühl nicht los, dass ihr diese Tochter weggenommen wurde. Obwohl sie vom Kopf her natürlich weiß, dass das nicht stimmt. Elin wurde *gerettet*, nicht genommen.

»Wann ist die Zeremonie?«, will Alys wissen und sieht einen Ausdruck von Besorgnis über Grace' Gesicht huschen.

»Warum?«

Alys lacht. »Na, weil ich da natürlich hingehen möchte!«

Grace schüttelt den Kopf. »Das kannst du nicht, Schatz. Zunächst einmal brauchst du eine Eintrittskarte.«

»Dann nehme ich die von Cissie. Oder von John. Die beiden sind ja nicht mit ihr *verwandt*. Ich bin ihre Mutter, Herrgott noch mal.«

»Alys – du warst jetzt seit fast zehn Jahren nicht mehr Teil von Elins Leben. Und selbst davor warst du …«

»War ich *was*, Mum? Eine beschissene Mutter? Los, sag es!«

Grace seufzt und reibt sich die Schläfen. Dann nimmt sie Alys' Hand. »*Cariad*, ich freu mich so sehr, dich wiederzusehen, wirklich. Und ich hoffe, dass du jetzt immer Teil unseres Lebens sein wirst. Aber Elin ist erst einundzwanzig. Sie hat eine Menge durchgemacht …«

»Genau, reib's mir nur unter die Nase!«, fährt Alys sie an und zieht ihre Hand weg.

An diesem Punkt reißt Grace der Geduldsfaden.

»Du hast sie im Stich gelassen, Alys! Seit sie zwölf ist, hat sie kein Wort mehr von dir gehört. Du kannst nicht erwarten, dass du einfach zurück in ihr Leben spazieren kannst, als wäre nichts geschehen. Das geht nicht. Es wird Zeit brauchen.«

»Vielen Dank auch, Mum«, erwidert Alys mit tränenerstickter Stimme. Sie steht auf, sammelt ihre Sachen zusammen und geht zur Tür. »Ich versuche mein Bestes, weißt du? Ich versuche es wirklich.«

Dann stürmt sie aus dem Haus, während Grace ihr noch hinterherruft: »Alys! Bitte geh nicht! Nicht so, nicht schon wieder!«

Doch Alys marschiert den Weg hinunter, an John mit seiner Gartenschere vorbei. »Bleibst du nicht zum Abendessen?«, fragt er.

»Ach, verpiss dich!«, zischt sie ihn an. Und als sie das Gartentor hinter sich zuknallt, weiß sie schon genau, wohin sie als Nächstes gehen wird.

59
Elin

Einundzwanzig Jahre alt

»Auf drei – *un, dau, tri*!«

Alle achtundzwanzig Absolventen werfen jubelnd ihre Hüte in die Luft, blicken mit strahlendem Lächeln nach oben, während sich ihr ganzes Leben verlockend vor ihnen ausbreitet. Es ist ein wunderschöner, denkwürdiger Augenblick, den John mit seiner Olympus Trip festhält. Hinter ihnen am Strand applaudieren die Wellen der Leistung dieser jungen Leute an diesem wolkenlosen Julitag. Elin liebt es, die Worte immer wieder vor sich hin zu sagen: *Elin Meredith, Bachelor of Music* – mit einem Einserabschluss von der Aberystwyth University. Bald wird sie ihre Pädagogikausbildung beginnen, damit sie danach an einer weiterführenden Schule unterrichten kann. Die Welt liegt ihr zu Füßen. Und sie fühlt sich sehr, sehr geliebt.

Die Uni Aberystwyth war immer ihre erste Wahl gewesen. Als es damals darum ging, sich für eine Uni zu entscheiden, wollten viele ihrer Mitschüler möglichst weit weg von zu Hause studieren, träumten von einem wilden und aufregenden Leben ohne die lästige Aufsicht ihrer Eltern. Nicht so Elin. Sie war schon weit weg gewesen. Hatte am eigenen Leib erfahren, was sich andere als »aufregendes Leben im Ausland« ausmalten, als Tanz auf dem Vulkan. Für Elin war die Zeit auch aufregend gewesen, nur nicht im positiven Sinn. Für sie war es eine mitunter furchtbare Qual gewesen, die sie nur zu gern vergessen wollte. Deshalb hatte sie in ihrem letzten Schuljahr Aberystwyth in ihrer Bewerbung um einen Studienplatz auf Platz eins angegeben. Es war nur eine halbe Stunde Fahrt von Dylan's Quay und ihrer geliebten Grama Grace entfernt, die sie neun Jahre zuvor gerettet hatte.

»Und noch eines von euch beiden und Ciss«, sagt John. Die drei bauen sich auf, Elin in der Mitte, stolz in ihrem Talar und auch mit ihrem Hut wieder auf dem Kopf, flankiert von Grama Grace und Aunt Cissie. »Und lächeln!«, ruft John, während er ein Foto nach dem anderen macht.

»So, und jetzt noch eines von uns vier.« Elin bittet eine Mitabsolventin, Fotografin zu spielen. Das wird das Foto sein, das sie rahmen und dem sie in ihrem zukünftigen Heim einen Ehrenplatz einräumen wird. Denn das ist das Foto ihrer Familie. Ihrer einzigen Familie.

John hat zum Mittagessen einen Tisch für vier bei Alfredo's reserviert, dem besten und edelsten Restaurant in der Stadt. Es sind noch andere stolze Eltern da, die sich um die Tische dieses belebten, beliebten Lokals drängen, um die akademischen Leistungen ihrer Söhne und Töchter zu feiern. Und ihrer Enkelinnen.

Nach dem Tiramisu hält John eine kurze Rede – »Du machst uns so stolz, Elin, Schatz, so unglaublich stolz!« –, und sie erheben ihr Glas und weinen vor Freude.

Als sie das Restaurant verlassen, sind sie immer noch ganz beschwingt. Auf dem Weg zum Bahnhof haken sie sich unter.

»Elin! Warte!«

Die Stimme klingt zaghaft und unsicher.

Doch es ist zweifelsfrei ihre.

Sie drehen sich alle gleichzeitig um und sind sprachlos ob des Anblicks, der sich ihnen bietet.

Sie ist betrunken.

Natürlich ist sie das.

Sie schwankt beim Gehen.

»Können wir reden?«, lallt sie. »Ich will dir nur das hier geben …«

Elins Mutter, die sie seit neun Jahren nicht mehr gesehen hat, steht da und streckt ihr ein Stofftier hin – irgendeine Art von Fuchs oder Bär im Talar, mit einer Zeugnisrolle in der Pfote, auf der *Herzlichen Glückwunsch!* steht. Das Vieh ist hässlich und kitschig. Alys' Hände, die das Geschenk halten, zittern, genau wie ihre Stimme.

Elin sieht es an, aber sie rührt sich nicht vom Fleck, weil sie immer noch nicht ganz begreift, was gerade passiert.

John fasst sich als Erster: »Alys! Das ist aber eine Überraschung.« Es klingt nicht sonderlich überzeugend.

Alys ignoriert ihn und konzentriert sich ganz auf Elin. Sie will, dass ihre Tochter das Geschenk nimmt.

»Ich verstehe das nicht.« Hilfe suchend sieht Elin Grama Grace an.

»Weißt du was?«, sagt Cissie und hakt sich bei John unter. »John und ich gehen schon mal voraus, dann könnt ihr drei euch unterhalten, ja?«

Doch John will nicht gehen. Er legt Grace beschützend den Arm um die Schultern.

»Ich wollte dich sehen«, erklärt Alys nervös. »Es ist ein besonderer Tag, oder nicht? Ich wollte dir sagen, wie stolz ich auf dich …«

»Woher wusstest du, dass ich hier bin?«, will Elin wissen, die immer noch nicht versteht.

Während des kurzen Schweigens sieht Alys Grace an. Diese schließt seufzend die Augen.

»Ich habe es ihr gesagt«, antwortet sie. »Sie kam gestern zu uns nach Hause und …«

»Ich wollte, dass es eine Überraschung ist!«, unterbricht Alys.

Jetzt würde Elin am liebsten lachen. Es ist wie bei einer dieser Sendungen mit versteckter Kamera. Das Ganze fühlt sich an wie ein riesengroßer Witz.

Alys versucht zu erklären, verhaspelt sich, weil sie unbedingt alles sagen will, gehört werden will. »Ich bin wieder hierher zurückgezogen, weißt du, nach Wales! Ich wohne bei jemandem in Newport, Ellie …«

»NENN. MICH. NICHT. SO.« Wut steigt in Elin auf.

»Es tut mir leid, es ist einfach …« Alys fängt an zu weinen. »Es ist so schön, dich zu sehen. All die Jahre über, die ganze Zeit wollte ich …« Sie macht einen Schritt nach vorn, um Elin zu umarmen, doch die zuckt zurück.

»Was MACHST du da?«

»Verzeih. Es tut mir leid.«

Elin sieht ihre Großmutter an. Das Gefühl des Verrats ist sogar noch größer als die Wut darüber, ihre Mutter wiederzusehen. »Wie konntest du nur?«, zischt sie und dreht sich weg.

»Bitte, nimm doch wenigstens das hier!« Wieder versucht Alys, Elin das Stofftier zu geben.

Ohne sie anzusehen, schlägt Elin es ihr aus der Hand. Es fliegt in hohem Bogen durch die Luft und landet unelegant auf dem Gehweg.

»Ich habe aufgehört zu trinken, mein Schatz! Vor drei Monaten.«

Kurz herrscht Schweigen, während Elin diesen Widerspruch verarbeitet. Dann erwidert sie höhnisch: »Tickst du noch ganz richtig? Du kannst dich kaum auf den Beinen halten!«

»Hab mir nur ein bisschen Mut antrinken müssen, bevor ich dich treffe, mehr nicht.«

Elin sieht ihre Mutter an. Diese erbärmliche, bedürftige Gestalt, mit der sie nicht verwandt sein möchte. »Geh fort, Alys«, sagt sie leise. »Du bist hier nicht erwünscht. Und du wirst es nie sein. Du bist PEINLICH!« Das letzte Wort brüllt sie förmlich, sodass die Leute auf der Straße herschauen. Elin will nur noch weg. Sie dreht sich um und läuft los.

Da kommt der Schrei. Die Rache der Verwundeten. Plötzlich stürzt Alys sich auf sie, schlägt wild um sich und kreischt dabei: »Ich gebe mein Bestes, du undankbares kleines Gör! Ich tue, was ich kann, verdammt!«

Elin versucht, sie wegzustoßen, doch Alys lässt nicht locker. Elin hat Angst. Nicht weil die schwachen Boxhiebe Kraft hätten, sie treffen ja nicht mal richtig. Sie hat Angst vor dem wahnsinnigen Blick ihrer Mutter und dem Schmerz, den sie dabei empfindet, ihn wiederzusehen.

Nun zieht Grace Alys von Elin weg, während John versucht, sich zwischen sie alle zu schieben. »Lass das, Alys! HÖR AUF!«

Doch noch ehe jemand sie zurückhalten kann, wendet sich Alys gegen Grace, und – *ZACK!* – der Schlag kommt wie aus dem Nichts und knallt auf die Wange ihrer Mutter. Grace schreit auf vor Schmerz und hält sich das Gesicht, während Elin kreischend ihre Großmutter verteidigt.

Alys bricht auf dem Boden zusammen. Inzwischen ist ein Polizist aufgetaucht, der die sich versammelnde Menge zurückdrängt, die von dem Spektakel an diesem sonnigen Nachmittag angelockt wurde. Mit den Worten: »Hier gibt es nichts zu sehen!«, schickt er sie fort.

Alle fünf schnappen nach Luft und überprüfen, ob sie verletzt sind. Alys weint und entschuldigt sich in einem fort, während der Polizist Grace fragt, ob sie Anzeige erstatten will. Grace schüttelt den Kopf. Cissie tupft derweil mit einem Taschentuch das Blut ab, das nun über die Wange ihrer Freundin rinnt.

»Kommt«, sagt John leise. Und er führt Elin, Cissie und Grace weg vom Schauplatz der Auseinandersetzung. »Dieses Mal bist du zu weit gegangen, Alys«, sagt er, als sie sich abwenden. Sie lassen Alys heulend und betrunken auf dem Gehweg zurück, wo sie sich gegen den Arm des Polizisten wehrt, der ihr beim Aufstehen behilflich sein will.

2022

60

Elin

Sie erkannte sie nicht sofort wieder. Ihre eigene Mutter, dort vor der Tür. Sie wusste nicht, wer das war.

Das Alter spielte natürlich eine Rolle, aber vor allem war der Anblick so unerwartet, kam so völlig aus dem Nichts heraus. Das sorgte für die größte Verwirrung, bis ihr Gehirn sich neu sortiert und verarbeitet hatte, was und wen sie da vor sich sah. Selbst dann brachte sie nur ein Wort heraus: »Nein.«

Sie drehte sich nach Beca und ihrer Großmutter um, die hinter ihr im Flur standen, Grace wie eine Löwin, die ihr Junges verteidigt. »Keine Sorge, ich kümmere mich«, sagte Elin.

Da kam Grace auf sie zu und legte ihr beschwichtigend die Hand auf den Arm. »Es ist alles in Ordnung, mein Schatz, Alys wohnt schon seit ein paar Tagen hier.«

Elin runzelte die Stirn, sah wieder Alys an, die ein versöhnliches Lächeln aufgesetzt hatte, und dann Beca.

»Wir wollten es dir erzählen. Es gab nur noch keine Gelegenheit …«

Aber Elin schüttelte bereits die Hand ihrer Großmutter ab und ging davon, hinaus in den Garten und immer weiter, egal wohin, Hauptsache weg von dem Verrat, der sich ihr hier offenbarte. Als sie die Hintertür öffnete, hörte sie Beca hinter sich herrufen, und Grace, die sie sanft beruhigte. »Sie schafft das schon, Liebes, gib ihr einfach ein bisschen Zeit, ja?«

Elin stieg am Ende des Gartens die Stufen zum Pool hinauf und setzte sich auf eine kleine Steinmauer, mit dem Rücken zum Haus. Wie sehr sie sich wünschte, Greg wäre jetzt da. Sie fühlte sich so unglaublich allein.

In den ersten Jahren hatte es Zeiten gegeben, in denen Grama Grace immer mal wieder das Thema Alys in Unterhaltungen anschnitt. Doch Elin blieb einfach stumm, bis ihre Großmutter anfing, von etwas anderem zu reden, und schließlich hörte Grace auf damit. Dann lernte Elin Greg kennen, und als der bei ihnen daheim einen Internetzugang einrichtete, suchte sie nach Menschen aus ihrer Vergangenheit und nahm über Friends Reunited Kontakt zu einigen alten Kommilitonen von der Uni auf. Sie fand es aufregend, und ihr wurde klar, dass sie ihre Mutter vermutlich auf demselben Weg aufspüren könnte. Eines Abends gab sie Alys' Namen in die Suchmaschine ein, doch ihre Finger zögerten über den Tasten, während sie darüber nachdachte, ob sie es wirklich wagen sollte. Spul mal ein Stück vor, hatte sie sich gesagt. *Was passiert, wenn du sie tatsächlich findest? Was passiert, wenn sie wieder Teil deines Lebens wird und wieder alles kaputt macht?* Und natürlich diese uralte Frage: *Was werden die Leute denken?* In Wahrheit war die Verbindung zu ihrer Mutter schon vor langer Zeit ausradiert worden. Der Schmerz, den Alys ihr mit ihrer Trinkerei und ihrem Verhalten in den frühen Jahren angetan hatte, hatte in Elins Leben gewütet. Diese Jahre würden sie nie zurückbekommen. Einige Beziehungen sollten einfach nicht sein, hatte sie beschlossen. Die zu ihrer Mutter gehörte dazu. Danach hatte sie nicht weiter darüber nachgedacht, nach ihr zu suchen.

»Komm wieder rein, *cariad*«, sagte Grace, die die Stufen zu ihr hinaufgestiegen kam.

Auf einmal fühlte Elin sich wieder wie damals mit fünf, während Grace ihr den Arm um die Schultern legte und sie auf den Scheitel küsste.

»So sollte es nicht laufen. Ich schwöre, ich wollte dich warnen, es erst mit dir besprechen.«

»Es ist deine Entscheidung, was du tust, Grama Grace – es ist dein Haus ...«

»Und sie ist meine Tochter«, unterbrach Grace sanft, aber bestimmt.

Elin zuckte mit den Schultern, um locker zu wirken.

»Ich möchte, dass du mir einen Gefallen tust, Liebes.«

»Bitte mich nicht, mit ihr zu reden, weil ...«

Grace unterbrach sie wieder. »Ich möchte, dass du mir hilfst, alles für Cissie vorzubereiten.«

Das Zimmer ging zum Meer hinaus, was bedeutete, dass den Großteil des Tages die Sonne hereinschien. Der weiße Flor am halb geöffneten Fenster bewegte sich sanft im Luftzug. Mit seiner Atmosphäre seliger Ruhe wirkte dieser Ort beinahe heilig. Wie das Vorzimmer zum Himmel, dachte Elin, die immer noch wie betäubt war von ihrem Wiedersehen mit Alys. Sie beobachtete, wie ihre Großmutter geschickt die Höhe des Bettes und die Kissen anpasste, das Gesicht von Kummer gezeichnet. Elin zwang sich, nicht an ihre Mutter zu denken.

»Du hast das wirklich unglaublich schön für sie hergerichtet, Grama Grace«, sagte sie.

»Das hoffe ich, mein Schatz.«

Grace lächelte sie traurig an, während sie die Kissen aufschüttelte. Ein letzter Blick durchs Zimmer, dann schien sie zufrieden. »So, jetzt muss ich nur noch den Sessel aus meinem Zimmer rüberbringen. Hilfst du mir dabei?«

»Du hast doch hoffentlich nicht vor, hier zu *schlafen*? In einem Sessel?«

»Ich werde sie nicht allein lassen.«

Es hatte keinen Sinn zu widersprechen. Während sie das sperrige Möbelstück über den Flur in Cissies Zimmer schoben, konnte Elin sich nicht länger zurückhalten. Eine regelrechte Tirade an Beschwerden platzte förmlich aus ihr heraus.

»Tut mir leid, aber wie kannst du es ertragen, sie auch nur hier im Haus zu haben? Ich kapier das einfach nicht. Herrgott, du hast gesagt, sie ist mitten in der Nacht einfach so aufgetaucht!«

»Irgendwann erreicht man ein Alter, mein Schatz, da überrascht einen nichts mehr.«

»Aber warum ist sie hier? Bestimmt will sie was schnorren. Denn sind wir doch mal ehrlich, niemand kann aus seiner Haut, und Alys erst recht nicht. Ich hoffe nur …«

»Nenn sie nicht Alys, *cariad.* Sie ist deine Mutter.«

»Nur biologisch«, gab Elin zurück. »Ich habe Angst, dass sie dich ausnutzt, mehr nicht. Gerade jetzt – mit Cissie und allem. Unterm Strich ist sie eine egoistische, alkoholsüchtige Narzisstin, die sich selbst wichtiger war als ihr Kind.«

»Sie ist hier, weil ich sie eingeladen habe. Ich habe ihr geschrieben.«

»Wie bitte?«

Grace erklärte das mit der Nachricht und der Galerie. »Hör zu, wenn es um Beca ginge und du Beca seit einem halben Leben nicht mehr gesehen hättest und dann die Möglichkeit bekämst, dich zu versöhnen – dann würdest du das doch auch tun, oder?«

»Ich hätte nie zugelassen, dass es überhaupt so weit kommt zwischen uns!«, keifte Elin.

»Nein, natürlich hättest du das nicht.« Grace seufzte, aber es lag noch etwas anderes in ihrer Stimme.

Schweigend drehten sie den Sessel in die richtige Richtung und schoben ihn neben das Bett. Unten klingelte es an der Haustür. »Das werden sie sein«, sagte Grace.

Elin trat einen Schritt nach vorn und umarmte ihre Großmutter. »Es tut mir so leid, dass das alles gleichzeitig passiert. Aber mach dir keine Sorgen, ich bin da, ja? Ich werde ein paar Tage bleiben. Ein Auge auf alles haben.«

»Danke«, erwiderte Grace. »Du bist hier immer willkommen, Elin, Schatz, das weißt du. Aber es muss sich wirklich niemand um mich kümmern. Und du musst unbedingt damit aufhören, alle Welt dazu bringen zu wollen, sich anständig zu benehmen. Das muss sehr anstrengend für dich sein, und du wirst damit nie Erfolg haben.«

Mit diesen Worten ging Grace nach unten, um die Tür zu öffnen. Elin blieb oben zurück wie ein gescholtenes Kind.

»Es ist einfach nicht fair, Greg.« Sie schluchzte vor dem Bildschirm, während sie wieder einmal Trost am Ende des Gartens suchte. Ihr war völlig egal, wie sie aussah, oder dass sie sich von ihm scheiden ließ und damit sämtliche Trostprivilegien zwischen Eheleuten aufgegeben hatte: Er war der einzige Mensch, mit dem sie jetzt sprechen konnte. Beca war verschwunden und Grama Grace verständlicherweise mit der Ankunft der armen Cissie beschäftigt. »Ich meine, das hier sollte doch *mein* Zufluchtsort sein, *mein* sicheres Zuhause, und jetzt taucht *sie* hier auf und macht alles kaputt. Ich will nicht mal im Haus sein, während sie da ist …«

»Na, komm«, meinte Greg, dessen digitalisierter Miene es immer noch gelang, Mitgefühl auszudrücken. »Atme mal tief durch – du tust dir selbst keinen Gefallen, wenn du dich so aufregst.«

»Und heute sollte es um Beca gehen! Um ihre Prüfungsergebnisse! Ich hatte noch gar keine Gelegenheit, richtig mit ihr zu sprechen.«

»Ich auch nicht. Meinst du, es geht ihr gut? Wenn ich sie anrufe, geht immer sofort die Mailbox dran.«

Elin schnäuzte sich kräftig und versuchte sich zusammenzureißen. »Greg, um ehrlich zu sein, habe ich keine Ahnung. Ich dachte, sie würde total fertig sein, aber stattdessen schien sie beeindruckt davon, dass sie Kunst und Musik bestanden hat!«

»Na, so ganz unrecht hat sie da ja auch nicht, El.«

Elin schnappte nach Luft. Wenn er sie so nannte, wollte sie sich an seine Brust werfen und sich in seine Arme kuscheln. Ehe sie sich bremsen konnte, hatte sie die Worte ausgesprochen: »Ich wünschte, du wärst jetzt hier.«

»Du klingst wie eine Grußkarte!« Er lachte, offenbar peinlich berührt von ihrer Offenheit. Elin saß auf der hausabgewandten Seite des hässlichen Swimmingpools. In der Ferne konnte sie den Lärm des Sommers vom Strand hören – Tagestouristen und Feriengäste, die sorglose Tage verbrachten voller Genuss und Entspannung, ganz ohne Pflichten. Und was stand bei Elin auf dem Programm? Eine entfremdete Mutter, eine distanzierte Tochter und eine Großmutter, die langsam die Geduld mit ihr zu verlieren schien. Alle unter einem Dach versammelt.

»Wie soll ich da nur wieder reingehen, Greg?«, schluchzte sie. »Wie kann ich im selben Haus schlafen wie diese Frau? Und wie lange hat sie vor hierzubleiben?«

»Du könntest jederzeit nach Cardiff zurückkommen.«

»Nein, Grama Grace braucht mich. Und Beca braucht mich. Ich kann nicht.«

Es folgte ein kurzes Schweigen, eine Pause, nur unterbrochen vom Kreischen der Möwen am Himmel, dann sagte er: »Und was wäre, wenn ich sagen würde, dass *ich* dich brauche?«

Elin starrte schniefend aufs Handy, weil sie nicht gleich begriff, was sie da hörte und sah. Dann fiel der Groschen.

»Greg …? Wo bist du?«

Er seufzte. »Werd nicht sauer, ja?«

»Oh mein Gott, du bist im Haus!« Sie spürte, wie Ärger und Hilflosigkeit in ihr aufstiegen. »Wie kannst du es wagen!« Sie wollte ihm sagen, dass er umgehend von ihrer Anwältin hören würde, doch dann fiel ihr wieder ein, dass sie keine mehr hatte. »Du hast kein Recht mehr, dort zu sein, Greg.«

»Ich weiß, ich weiß, es ist nur … Hör mir doch erst mal zu.«

»Alle deine Sachen sind in der Garage, für die du einen Schlüssel hast. Es gibt absolut keinen Grund für dich, ins Haus zu gehen!« Sie wurde immer hysterischer.

»Elin, HÖR MIR ZU!«

Doch ehe sie antworten konnte, wurde sie kalt erwischt. Sie war so in das Gespräch mit Greg vertieft gewesen, dass sie nicht gehört hatte, wie Alys näher kam.

»Elin?«, sagte ihre Mutter. »Können wir reden?«

61

Beca

Die Stadt war zum Abend fast leer, die Gitter vor den Souvenirläden ratterten herunter. Ein paar Leute standen vor dem Schnellimbiss Schlange, angelockt vom leckeren Duft des frittierten Schellfischs, und über ihren Köpfen kreisten hoffnungsvolle Möwen. Beca war bei Neeta gewesen, um wegen eines Jobs anzufragen.

»Tut mir leid, Kindchen, aber vermutlich werde ich eher weniger Personal brauchen, jetzt, wo sich die Saison dem Ende zuneigt.«

»Damit hab ich schon gerechnet.«

Sie wollte nicht wirklich zu Grama Grace nach Hause zurückgehen. Die Stimmung im Haus war so blöd – ihre neue Nana Alys blieb in ihrem Zimmer, um Elin nicht zu begegnen. Beca ging ihrer Mum aus dem Weg, weil sie wusste, dass sie entweder zu Alys oder ihren Prüfungsergebnissen befragt werden würde, und Grama Grace saß am Bett ihrer sterbenden Freundin. Es war nicht gerade ein fröhliches Heim.

Plötzlich hörte sie Musik. Sehr laute Musik, die sich näherte. Beca erkannte die Stimme von Aretha Franklin, die »R.E.S.P.E.C.T.« sang. Als sie sich umdrehte, sah sie ein herankommendes Auto, die Fenster weit heruntergelassen, sodass die walisische Promenade mit amerikanischem Soul beschallt wurde. Beca ging weiter, doch der Wagen bremste scharf neben ihr und hielt an. Ein roter Ford Ka, mindestens zehn Jahre alt. Am Steuer saß Soozi, eingehüllt in eine Wolke von Vape. Sie sah unheimlich schön aus.

»Echt jetzt …?«, stammelte Beca, die ihren Augen kaum traute, während ihr Magen sich zusammenzog.

»Wenn der Prophet nicht zum Bär kommt …«, rief Soozi über die Musik hinweg.

»Es heißt Berg.«

»Hä?«

»Nicht *Bär.*«

»Scheißegal. Du hast meine Nachrichten nich beantwortet und mich nich zurückgerufen, also is mir nix anderes übrig geblieben.«

»Aber woher wusstest du, dass ich hier bin?«, fragte Beca verwirrt.

»Wusst ich nich. Bin halt rumgefahren und hab dich gesucht.«

Im Bemühen, locker zu bleiben und die Atemlosigkeit zu kontrollieren, die ihre Aufregung verraten könnte, trat Beca einen Schritt zurück und musterte das Auto.

»Keine Sorge, is nich geklaut.« Soozi grinste. »Gehört meinem Freund Parker. Aber er will es um zehn zurückhaben, deshalb hab ich nich viel Zeit.«

Beca fing an zu lachen.

»Hey, was is daran so lustig?«

»Nix.« Beca kicherte. »Ich wusste bloß nicht, dass du Autofahren kannst!«

»Es gibt 'ne Menge, was du nich von mir weißt, Schätzchen. Und jetzt steig ein und schnall dich an. Is Vorschrift.«

Zehn Minuten später parkten sie vorne an der Landzunge, in Richtung der untergehenden Sonne. Einige Leute hatten es sich mit Kameras im Gras gemütlich gemacht, um den Anblick festzuhalten und ein Bier dazu zu trinken. Das war in Dylan's Quay eine Art Tradition – Beca hatte von Grama Grace davon gehört. »Wenn die Sonne untergeht, fangen sie alle an zu klatschen«, erklärte sie Soozi, die so tat, als müsste sie sich übergeben.

»Schnulzig.«

»Mein Gott, bist du abgebrüht.« Beca lachte. »Ich wette, du hast während des Lockdowns auch nie dem Krankenhauspersonal applaudiert?«

»Natürlich hab ich das – aber das is was anderes. Die helfen den Leuten. Das hier is nur ein verdammter Planet, der jeden Tag um 'nen anderen verdammten Planeten kreist, so sicher wie das Amen in der Kirche.«

»Da hast du recht.«

Schweigend saßen sie da.

»Wie geht's deiner Gigi? Die Frau is echt cool.«

»Momentan nicht so gut. Ihre beste Freundin liegt im Sterben«, sagte Beca und war überrascht von ihrer eigenen Gelassenheit.

»Oh Mann, was für'n Scheiß.«

»Ja. Und weil Grama Grace nicht will, dass sie im Krankenhaus stirbt, hat sie dafür gesorgt, dass man sie zu ihr nach Hause bringt. Ich find den Gedanken schon ein bisschen gruselig, dass sie im Zimmer neben mir den Löffel abgibt.«

»Nett«, meinte Soozi sarkastisch.

»Eigentlich hab ich bloß Angst«, erwiderte Beca. Denn so war es. Was ihr erst in diesem Moment bewusst wurde. Zu viele Abschiede, dachte sie. Sie versuchte, die Stimmung aufzulockern. »Ach ja, und bis auf zwei bin ich durch alle Prüfungen gerasselt.«

»Nich schlecht.«

»Außerdem ist meine echte Großmutter wieder aufgetaucht, nachdem sie dreißig Jahre lang tot war.«

»Boah! Echt jetzt?«

»Jepp. Meine Mutter ist stinksauer. Sie hat kein Wort mit ihr gewechselt.«

»Überrascht mich nicht.«

Die untergehende Sonne leuchtete wie ein riesiger orangefarbener Oktopus, der im Meer versinkt und seine Strahlen wie Tentakeln im vergeblichen Versuch ausstreckt, sich an den sterbenden Tag zu klammern. Soozi öffnete das Handschuhfach und holte zwei kleine Flaschen Ingwerlimonade heraus. Dabei berührte ihr Arm den von Beca. »Bitte schön.« Sie reichte Beca eine der Flaschen. »Ich will einen Toast ausbringen.«

Becas Herz wurde schwer. Sie spürte, dass ein weiterer Abschied bevorstand.

»Also. Ich starte morgen auf Tour!«, platzte Soozi heraus. Sie wandte sich vom Sonnenuntergang ab, um Beca direkt anzusehen.

Beca erwiderte ihren Blick nicht, sondern starrte geradeaus auf die Sonne, deren Publikum sich nun als Silhouette vor dem schwindenden Licht abzeichnete. »Aufregend.«

Sie stießen mit den Flaschen an und tranken schweigend. So gern Beca begeistert klingen wollte, es gelang ihr einfach nicht.

»Das hab ich dir zu verdanken, Kleines. Der Agent hat uns spielen hören – an dem Abend im Salomé's.«

»Sei nicht bescheuert, natürlich hat das nix mit mir zu tun – du bist die Sängerin …«

»Ja, aber du hast mir den Arsch gerettet, schon vergessen? Ich hätte keinen dieser Gigs spielen können, wenn du nicht gewesen wärst.«

Soozis Stimme war jetzt leiser, hatte die übliche Forschheit und Energie verloren. Sie griff nach Becas Hand. »Aber kannst du dir wirklich vorstellen, dass ich so was ablehne? So eine Chance? Würdest du das wirklich für mich wollen?«

Beca zuckte mit den Schultern.

»Nein, das würdest du nich, sei nicht bescheuert. Du würdest nich wollen, dass ich bis ans Ende meiner Tage im Bellamy's rumheule und nie mehr sein werde als eine Kneipensängerin.«

»Ich weiß«, flüsterte Beca. Und sie wusste auch, gleich würde sie weinen. »Aber ich kann wenigstens so tun, oder? Als ob ich dich nicht vermissen würde. Ich lieb dich, verdammt noch mal.« Sie hasste sich selbst dafür, es auszusprechen. Es kam ihr so vor, als hätte sie ein tiefes Loch gegraben und sich kopfüber reingestürzt.

»Und ich lieb dich, B«, flüsterte Soozi zurück und streichelte Beca übers Haar. »Daran darfst du nie zweifeln.«

Aber die Zweifel waren nun mal da. Sie würden immer da sein. Weil es auf der ganzen Welt niemanden wie Soozi Cole gab. Und weil Beca sie nicht festhalten konnte. Ihr fiel die Libelle wieder ein, damals im Garten. An dem Tag, als Soozi das erste Mal ihre Hand gehalten hatte. Sie war weggeflogen, ließ sich nicht einfangen. Bei der Erinnerung daran hätte sie am liebsten wieder geweint.

Draußen hatte sich das Licht verändert. Der Oktopus war schließlich versunken, und die versammelte Menge klatschte, wie Beca es vorausgesagt hatte.

»In einem Monat bin ich wieder daheim.«

»Ja, mit irgendeiner deutschen Tussi namens Helga oder Heidi im Schlepptau, und dann gehst du wieder auf Tour. Tu nicht so, als könnten wir weitermachen wie bisher, weil wir beide wissen, dass das nicht passieren wird. Es ist ein Einjahresvertrag! Da wirst du sicher jemanden kennenlernen.« Beca wusste, sie klang wie ein beleidigtes Kind.

»He! Schwachkopf!«, rief Soozi. »Ich fahr nich auf irgendein europäisches Fickfest! Ich werd arbeiten bis zum Umfallen. Außerdem geh ich mit keiner ins Bett, deren Sprache ich nich sprech.«

»Rassistin«, sagte Beca, und ein winziges Lächeln umspielte ihre Mundwinkel. Soozi knuffte sie spielerisch gegen den Arm.

Da hatte Beca endlich den Mut, Soozi anzusehen. Sie wünschte sich, sie würde ihre Hand nie loslassen. Sie beugten sich vor und küssten sich. Ein unendlich zärtlicher, bittersüßer Kuss, der nach Kummer schmeckte. *Meine Liebste, meine Liebste, meine Liebste …*

Dann ertrug Beca den Schmerz und die nahende unausweichliche Trennung nicht länger. Sie hob wieder ihre Flasche mit der Ingwerlimonade und zwang sich, unbeschwert zu klingen. »Dann trinken wir auf dich, *Kleines*.« Sie stießen ein zweites Mal an.

»Gehst du dann wieder ran, wenn ich anrufe?«, fragte Soozi.

»Vielleicht.«

»Du bist echt so eine verdammte Zicke«, sagte Soozi und drehte den Zündschlüssel.

Als sie bei Grama Grace ankamen, brannte noch Licht. Alys saß vor dem Haus, mit einem Becher Tee in der Hand. Sie winkte, und Beca nickte ihr zu. »Das ist meine neue Großmutter«, meinte sie.

»Sieht nach Hippie aus. Bisschen anders als deine Ma, was?«

»Das kannst du laut sagen.« Beca versuchte, gefasst zu klingen und das Zittern in ihrer Stimme zu unterdrücken.

Sie warf wieder einen Blick zum Eingang und stellte erleichtert fest, dass Alys gerade zurück ins Haus ging.

»Also dann«, sagte sie und stieg aus dem Wagen, »verpiss dich mal. Und schreib mir, wenn du in Deutschland bist.« Sie schloss die Tür und wartete mit verschränkten Armen, bis Soozi weggefahren war.

Sobald der Ka hinter der Kurve verschwunden war, sackte Beca in sich zusammen und fing leise an zu weinen.

62

Alys

Ruhelos lag sie auf dem Bett. Wie seltsam es war, wieder in ihrem »alten Zimmer« zu sein – eine Bezeichnung, die nostalgische Gefühle suggerierte, wo es doch in Wirklichkeit nur eine Notlösung gewesen war. Ein Ort, wo sie in den späten Sechzigern zwei Jahre lang jede Nacht schlief, bis sie das nötige Kleingeld beisammenhatte, um nach London abzuhauen und nie mehr zurückzublicken. Sŵn-y-Môr war das Zuhause ihrer Mutter. Das Zuhause ihrer Tochter. Jetzt sogar das Zuhause ihrer Enkelin. Aber Alys war dort nicht zu Hause. Andererseits hatte der Begriff »zu Hause« in Alys' Leben eigentlich nie eine Rolle gespielt. Nicht seit ihr Vater gestorben war. Klammerte sie sich nach all den Jahren immer noch an die Verbitterung von damals? Wie lange war sein Tod her, fünfundfünfzig Jahre?

Sie stand auf und ging ans Fenster, das leicht geöffnet war und die salzige Luft hereinließ. Es war jetzt kühler, denn der September stand vor der Tür. In der Ferne konnte sie das rhythmische Rauschen der Wellen in der Bucht hören, und einige Zimmer weiter die leisen Geräusche ihrer Mutter, die über ihre sterbende Freundin wachte.

Nach dem Drama des Tages war Ruhe im Haus eingekehrt. Zugegeben, die Begegnung mit Elin hätte schlimmer laufen können: Man hätte Alys rauswerfen können – sie gar nicht erst über die Schwelle lassen. Doch Elin war einfach weggegangen. Was hatte Alys denn erwartet? Ein Hollywood-Wiedersehen mit ihrer Tochter, von der sie sich vor drei Jahrzehnten getrennt hatte? Eine emotionale, tränenreiche

Versöhnung? Fähnchen und Wimpel und zur Feier des Tages noch eine Torte? *Sei nicht albern, Alys Meredith.* Doch die Zurückweisung im Garten – wow. Das war schon heftig gewesen.

Sie hatte Elin aufgeregt am Handy reden hören. Der Name Greg war mehrfach gefallen – Elins Freund? Ehemann? Chef? Wer auch immer er war, sie schien ziemlich sauer auf ihn zu sein. Ja, Alys hätte die beiden einfach in Ruhe lassen sollen, und, nein, es war nicht gerade der beste Zeitpunkt gewesen, aber Alys hatte das Gefühl, wenn sie die Gunst der Versöhnungsstunde jetzt nicht nutzte, würde sich die Gelegenheit vielleicht nie wieder bieten. Schlechte Entscheidung, wie sich herausstellte. Eine ganz schlechte Entscheidung.

Elin war bereits stinksauer, als Alys sich ihr näherte. Weshalb hatte sie nicht einfach kehrtgemacht und war ins Haus zurückgegangen? War sie vielleicht auf einer Art Selbstzerstörungstrip? Die Einladung zu einem Gespräch – *Können wir reden?* Mehr hatte sie gar nicht gefragt – wurde sofort auf dermaßen aggressive Art abgeschmettert. Elin stellte unmissverständlich klar, dass sie absolut nichts mit dieser »beschämenden, peinlichen, unmoralischen und schrecklichen Person, die sich Mutter nannte«, zu tun haben wollte.

»Bisschen heftig!«, hatte Alys mit einem kleinen Lächeln erwidert, von dem sie hoffte, dass es die Wogen etwas glätten würde, aber nein. Elin kannte kein Pardon. »Wenn es nach mir ginge, dann hätte ich dich vom Grundstück werfen lassen, aber das hier ist Grama Grace' Haus, und ich werde ihren Wunsch respektieren, dass du bleiben darfst. Obwohl ich es für einen riesengroßen Fehler halte. Aber sieh dich vor, wenn du während deines Aufenthalts hier in meine Nähe kommst. Und WAGE ES JA NICHT, noch mal mit Beca zu sprechen.«

Mit diesen Worten stürmte sie davon, zurück ins Haus, wo sie die nächsten vierundzwanzig Stunden damit verbringen würde, dieser »entsetzlichen Person« aus dem Weg zu gehen.

Das sollte dir eine Lehre sein, Alys Meredith, dachte sie, als sie stocksteif im Garten von Sŵn-y-Môr stand und versuchte, die Abfuhr mit einem Lachen fortzuwischen und so zu tun, als wäre ihr gleichgültig, was soeben passiert war. Ihre zitternden Hände und der Schwindel in ihrem Kopf zeugten vom Gegenteil. Halt suchend griff Alys nach dem Geländer, das Grace' seltsamen Pool umgab. Das Gefühl der Verletzung war vernichtend, ebenso wie die Überzeugung, dass sie es nicht besser verdient hatte.

Den Rest des Abends saß Alys entweder in ihrem Zimmer oder wanderte wie eine verlorene Seele durchs Haus. Dann und wann hörte sie Stimmen – gedämpfte Unterhaltungen, von denen sie ausgeschlossen war. Vielleicht Elin oder Beca am Telefon, oder die Krankenschwester, die in Cissies Zimmer mit Grace sprach. Als sie sicher sein konnte, dass niemand in der Küche war, schlich sie nach unten, um nach etwas Essbarem zu suchen. Grama Grace' Speisekammer zu öffnen war wie eine Reise in die Vergangenheit: Regale voller Vorräte, in Päckchen und Dosen, Kondensmilch und Oxo-Brühwürfel, Cadbury's Kakao und Ovomaltine. Ovomaltine! Was für eine Erinnerung an früher. Alys musste lächeln, als sie das Haltbarkeitsdatum einiger Lebensmittel sah: eine Flasche Tomatensauce von 2009. Sie fragte sich, ob ein paar der Corned-Beef-Dosen womöglich sogar noch aus ihrer Kindheit stammten. Ihre Mutter hatte Verschwendung stets gehasst. Bei dem Gedanken musste sie lächeln – ein ungewohntes Gefühl, denn sentimentale Nostalgie war sonst nicht Teil ihrer Mutter-Tochter-Erinnerungen.

Alys butterte sich zwei Scheiben selbst gebackenes Brot – unglaublich! Ihre Mutter backte mit knapp neunzig ihr Brot immer noch selbst –, schnitt etwas Tomate und frisches Basilikum klein – aus Grace' Garten, wie's aussah – und holte ein Stück Cheddar aus dem Kühlschrank. Sie hatte ganz vergessen, wie gut und gesund bei Grace gegessen wurde, und auf einmal überkam sie das überwältigende Bedürfnis zu weinen. Sie fühlte sich wieder wie fünfzehn statt wie siebzig.

Als sie fertig war, spülte sie ihren Teller ab und machte sich eine Tasse Ovomaltine, denn die Nostalgie hatte sie nun vollends am rosaroten Wickel. Sie setzte sich mit ihrer Tasse nach draußen, da sah sie ein Auto kommen. Es war Beca mit einer Freundin. Auf ihr Winken erhielt sie ein Nicken zur Antwort. Halt dich zurück, sagte sie sich. Und nahm es als Anlass, wieder ins Haus zu gehen.

Als sie an Cissies Zimmer vorbeischlich, hörte sie Grace singen, sanft und beruhigend. »Suo Gân«, ein walisisches Wiegenlied – dasselbe, das Grace Alys immer gesungen hatte, als sie noch klein war.

»Ai angylion fry sy'n gwenu
Arnat ti yn gwenu'n llon?«
(Sind dort Engel oben im Himmel,
die lächeln, wenn du sie anlächelst?)

Zögernd blieb sie vor der Tür stehen. Angezogen von der tröstlichen Melodie, überlegte sie hineinzugehen. Doch es fühlte sich falsch an. Also schlich sie auf Zehenspitzen in ihr Zimmer zurück und versuchte, sich so gut wie möglich in die respektvolle Stille einzufügen, die den Sterbenden gebührt.

63
Beca

»Du bist aber früh wach«, stellte Elin fest, die mit einem benutzten Teller und einer Tasse in die Küche kam. Offenbar hatte sie am Abend zuvor in ihrem Zimmer gegessen und wahrscheinlich nicht geschlafen, in Anbetracht der dunklen Ringe unter ihren Augen.

»Morgen«, grunzte Beca, den Mund voller Cornflakes.

»Sind wir heute etwas wortkarg, oder wie?«

Und los geht's, dachte Beca. Die Lehrerinnenstimme. Gespielte Fröhlichkeit mit kaum verhohlener Härte.

»Was denn?«

»Es heißt *Guten* Morgen, nicht *Morgen.* Du klingst wie diese maulfaulen Typen«, sagte Elin.

»Ach Mum, lass gut sein«, seufzte Beca und bereute es sofort. Ihre Mutter hatte offensichtlich mal wieder diese typisch kleinkarierte, genervte Laune und suchte förmlich Streit.

»Kein Grund, unverschämt zu werden, Beca.«

»Du bist diejenige, die unverschämt ist!«

»Tut mir leid«, gab Elin nach. »Bei mir ist gerade einfach nur eine Menge los.«

»Nun, da bist du nicht die Einzige.« Beca fragte sich, wo Soozi wohl gerade war. Am Flughafen? Im Zug? Die ganze Geschichte war ein solcher Schock gewesen, dass sie gar nicht nach Reisedetails gefragt hatte. Wenn sie jetzt zurück nach Cardiff fuhr, könnte sie Soozi vielleicht noch einmal sehen, bevor sie abreiste. Doch was hätte das für einen Sinn? Es würde den Schmerz nur verschlimmern. *Aus den Augen, aus dem Sinn*, hieß es nicht immer so? Beca seufzte in die Stille hinein, die sich ausgebreitet hatte, und beobachtete, wie ihre Mutter den Wasserkocher füllte und die Teekanne unterm Heißwasserhahn anwärmte.

»Hat sie schon irgendwas zu dir gesagt?«, flüsterte Elin mit einem Blick in den Flur hinaus, um sich zu versichern, dass die Luft rein war.

»Wer?« Beca wusste genau, wen sie meinte.

»Deine Großmutter. Alys. Ist sie auf dich zugekommen?«

»Zählt Winken?«, fragte Beca mit sarkastischem Unterton. »Denn sie hat mir gestern Abend zugewinkt, als ich nach Hause gekommen bin.«

»Du weißt genau, was ich meine!«, fing Elin schon wieder an zu schimpfen, bremste sich aber schnell. »Verzeih!« Sie löffelte lose Teeblätter in die Kanne, dann hielt sie mitten in der Bewegung inne.

»Was ist los?«, erkundigte sich Beca mit gerunzelter Stirn.

»Ähm … nichts. Der Tee … Er hat mich an was erinnert, das ist alles.«

»Was ist denn überhaupt das Problem mit euch beiden? Solltest du dich nicht freuen, sie nach so langer Zeit wiederzusehen?«

»Es ist kompliziert.«

»Das sagst du immer über Dinge, denen du dich nicht stellen willst.«

Elin seufzte. »Beca, ich will nicht darüber reden. Worüber ich hingegen reden *will*, bist du. Und was deine nächsten Schritte sind.«

»Ach, Mum …«

»Ich schimpfe auch nicht, versprochen. Aber wir brauchen einen Plan. Das ist alles hier ziemlich schwierig mit – also, mit allem, was gerade los ist. Ich lasse Grama Grace nur ungern allein, aber ich glaube, es ist das Beste, wenn du und ich heute Abend nach Cardiff zurückfahren.«

»Nein.«

»Was soll das heißen, *nein*?«

Beca kratzte ihre Schüssel aus und spülte sie ab. »Hör zu, es tut mir leid«, sagte sie sanft, weil sie es leid war zu streiten, doch ihre Entscheidung stand fest. »Ich werde nicht mit der Schule weitermachen, und ich komme auch nicht zurück nach Cardiff.«

»Beca …«

»Nein, Mum. Ich weiß, du denkst, das gestern war bloß meine erste Reaktion, aber ich habe es ernst gemeint. Also hör bitte auf, mich überreden zu wollen.«

»Bec, du machst einen sehr großen Fehler. Bildung verschafft dir so viele Freiheiten.«

»Aber es gibt im Leben mehr als Schule, weißt du. Du kannst das nur nicht sehen, weil du selbst es anders gemacht hast. Aber ich bin nicht du, Mum. Ich will nicht das Gleiche machen wie du, verstehst du?«

»BRAVO!« Von Beca und Elin unbemerkt, war Alys in die Küche gekommen. »Da bin ich ganz deiner Meinung, meine Liebe!«

»Was erlaubst du dir!« Elin fuhr herum, entsetzt über die Unterbrechung. »Das hier ist eine private Familienangelegenheit, und da du nicht Teil dieser Familie bist, halt dich gefälligst raus.«

»Geht klar. Mag jemand einen Tee?«

»Mum hat gerade eine Kanne gemacht«, sagte Beca, die nur zu gern die Aufmerksamkeit von sich ablenken wollte.

»Für *mich*!«, sagte Elin, und Beca hätte beinahe gelacht, so kindisch klang ihre Mutter. Sie konnte nicht umhin, Alys dafür zu bewundern, dass sie Elins Gereiztheit einfach ignorierte und sich eine Tasse vom Ständer nahm. »Ich tu einfach noch einen Löffel mehr rein, dann reicht's für zwei.«

Elin verdrehte die Augen.

»Oh, Elin, weißt du noch …«, begann Alys.

»Hör auf«, gab Elin zurück.

»Was denn?«, fragte Beca.

»Ach, damals, als wir in Spanien gelebt haben …«

»*Du* hast in Spanien gelebt?«, wollte Beca von ihrer Mutter wissen. »Warum hast du mir nie davon erzählt?«

»Es gehört nicht zu den Dingen, an die ich mich gerne erinnere«, murmelte Elin.

»Ich weiß, dass Nana Alys dort war, aber …«

»*Nana Alys?*«, wiederholte Elin schockiert.

»Jedenfalls«, fuhr Alys fort und ließ den Tee ziehen, »hat mein damaliger Freund, Eduardo …«

»Diese Witzfigur«, warf Elin ein, doch Alys ließ sich nicht beirren.

»Eduardo hat uns auf eine kleine Reise nach Portugal mitgenommen, stimmt's? Und da sind wir auf diese Insel gefahren, wo diese Teeplantage war – ach, wie hieß die noch gleich? San irgendwas.«

»São Miguel«, sagte Elin widerwillig.

»São Miguel! Genau! Da haben wir diese Teeproduzenten besucht und zugeschaut, wie sie den Tee verarbeiten. Die Blätter sind nämlich zuerst grün, musst du wissen, Beca, und dann werden sie getrocknet, da werden sie dann schwarz und – oh, Elin, weißt du noch, wie Eduardos Auto auf dem Rückweg den Geist aufgegeben hat und er eine Kanne mit Wasser aus dem Bach füllen musste, um …«

»JETZT HALT ENDLICH DEN MUND, VERDAMMT!«

Alys sah aus, als wäre sie geschlagen worden.

Beca hätte fast gelacht – eine reflexartige Reaktion darauf, ihre Mutter fluchen zu hören, was höchst selten vorkam. Selbst an dem Abend der Kneipenschlägerei hatte sie nicht geflucht.

»Hör auf, hier was vorzuspielen!«, zischte Elin. »Hör auf, so zu tun, als wäre alles in Ordnung, als wären wir plötzlich eine große, glückliche Familie, nur weil du gnädigerweise beschlossen hast, zurückzukommen und deine Mutter zu besuchen. Deine bald neunzigjährige Mutter, die zufällig die letzten dreißig Jahre über ganz wunderbar ohne dich klargekommen ist. Genau wie ich. Warum verpisst du dich also nicht wieder dorthin zurück, wo du hergekommen bist, Alys, und lässt uns alle in Ruhe, denn ich sag dir mal was: HIER WILL DICH KEINER HABEN!«

Man hätte die Stille mit dem Messer schneiden können. Als hätte sich das Zimmer mit schnelltrocknendem Zement gefüllt.

Alys starrte Elin an. Sie öffnete den Mund, doch es kamen keine Worte heraus. Elin erwiderte trotzig ihren Blick. Ohne Reue.

»*Ich* schon«, sagte Beca leise.

Die beiden Frauen wandten sich ihr zu.

»Ich hab noch nie eine Oma gehabt.«

Sie sah, wie Alys sich entspannte und schluckte. »Danke dir«, flüsterte sie, kaum hörbar.

Da fing Elin an zu schreien. Vor lauter Frust und Hilflosigkeit packte sie den Milchkrug und schmetterte ihn auf den Boden.

Beca war entsetzt. »Mum, hör auf! Was machst du denn da?«, rief sie.

Alys wollte ihrer Tochter helfen, hatte jedoch Angst, alles nur noch schlimmer zu machen. Sie streckte die Hand aus, wurde jedoch weggestoßen. Beca fragte sich, ob ihre Mutter sogar nach ihr beißen würde, so außer sich war sie vor Wut.

»BOAH, OKAY, SCHON GUT, BERUHIG DICH MAL!«, brüllte Alys.

Elin schluchzte und schluchzte, bis plötzlich eine Stimme das ganze traurige Spektakel unterbrach.

»Was um alles in der Welt ist hier los?«

Grama Grace war hereingekommen, in der Hand eine Wärmflasche und einen Eiskübel. Sie sah erschöpft aus. Sofort schien Elin wieder zu Sinnen zu kommen. Sie sprang auf, wischte sich übers Gesicht, strich ihre Haare glatt und murmelte: »Es tut mir leid, es tut mir leid«, wie ein erschrockenes Kind.

»Da oben liegt ein Mensch im Sterben«, sagte Grace leise. »Im Sterben.«

»Entschuldige, das ist alles meine Schuld«, sagte Alys, doch Grama Grace ignorierte sie.

»Und ihr glaubt, es ist in Ordnung, in *meinem* Haus, in *meinem* Zuhause, herumzuschreien wie am Spieß?«

Peinlich berührt sahen sie sich an und warteten darauf, dass irgendjemand die Führung ergreifen und sie aus dieser misslichen Lage befreien würde.

»Ihr solltet euch schämen.«

»Es tut mir leid, es tut mir so leid«, wiederholte Elin und eilte aus dem Zimmer.

»Ich geh raus.« Beca nahm ihre Jacke von der Stuhllehne und ließ ihre Grama Grace und Alys zurück, um die Sache zu klären. Und ich hab meine Familie immer für langweilig gehalten!, dachte sie bei sich, als sie hinaus in den Augustvormittag trat.

64

Grace

Grace leerte die Wärmflasche und stellte sie zum Abtropfen auf. Wie sie so am Spülbecken lehnte, hatte sie Angst, im Stehen einzuschlafen, so unfassbar müde war sie.

»Kann ich irgendwie helfen?« Alys klang wie eine höfliche Fremde. Was sie ja im Grunde auch war.

Grace' instinktive Reaktion war abzulehnen. Unabhängig wie immer. Doch sie war so erschöpft, und obwohl sie es Alys gegenüber nicht richtig zum Ausdruck gebracht hatte, war sie so froh darüber, dass sie da war. Sie wollte Austausch mit ihrer Tochter, egal wie klein. »Hol mir doch bitte ein paar Eiswürfel aus dem Gefrierschrank, Schatz, und tu sie da rein.« Sie reichte Alys den Eimer und beobachtete sie. Alys schien sichtlich erfreut, helfen zu können.

»Blöde Frage, ich weiß, aber wie geht's ihr denn?«

»Gar nicht blöd. Sie ist ruhig, sagen wir mal so. Viel mehr kann man auch nicht verlangen.«

»Nein.« Alys drückte den Plastikbehälter hin und her, um die gefrorenen Würfel zu lösen.

»Mehr als das schafft sie nicht mehr«, sagte Grace. »Ich streiche ihr damit über die Lippen, damit sie ein bisschen Feuchtigkeit bekommt …« Sie verstummte, weil alles so vergeblich war.

»Warum setzt du dich nicht wenigstens fünf Minuten hin?«

»John wird bald da sein, und dann kann er übernehmen.«

»Ich freue mich sehr darauf, ihn wiederzusehen«, sagte Alys und versuchte dabei zu vermitteln, wie leid es ihr tat, dass sie einen so unschuldigen Beteiligten aus dem Leben ihrer Mutter dermaßen schlecht behandelt hatte.

Grace lächelte traurig. »Komm mit zu Cissie«, sagte sie.

Es klang gar nicht wie Atmen. Eher nach Röcheln. Gemischt mit Schnarchen. Gleichmäßig, rhythmisch und doppeltönig, wie ein freundliches Nebelhorn, das die Welt von ihrer noch andauernden Existenz in Kenntnis setzte. Nicht zum ersten Mal fragte sich Grace, welche Orte Cissie wohl in ihrem komatösen Kopf besuchte.

Alys näherte sich zögerlich dem Bett.

»Du brauchst keine Scheu zu haben«, flüsterte Grace und sah ihre Tochter zum ersten Mal seit deren Ankunft richtig an. Was für eine schöne Frau sie war. Mit siebzig immer noch umwerfend. Diese markanten Züge – das ausgeprägte Kinn ihres Vaters und seine grauen Augen. Das war ein gutes Erbe.

»Hallo, Cissie«, sagte Alys beim Näherkommen. »Lange her, was?«

Grace drückte einen frischen Waschlappen im kalten Wasser der Schüssel aus und strich damit sanft über Cissies Stirn. Ihr blieben nur noch kleine Gesten des Kümmerns, während Cissies Welt mit jeder Sekunde schrumpfte.

»Ich bin nach Hause gekommen.« Alys räusperte sich nervös. »Besser spät als nie, was, Ciss?«

Alys und Grace tauschten ein weiteres höfliches Lächeln aus, während das Geräusch von Cissies regelmäßigem Atmen den Raum erfüllte, sodass sie schweigend dasitzen konnten. Alys' Blick fiel auf Grace' Ausgabe von *Killer in Blau* auf dem Nachttisch, und sie sagte: »Lustig, das habe ich vor gar nicht allzu langer Zeit auch gelesen.«

»Nun, ich hatte es angefangen und wieder weggelegt. Gestern habe ich danach gegriffen und Cissie daraus vorgelesen, nicht wahr, Ciss? Alles ein bisschen weit hergeholt, würde ich sagen.«

Alys lächelte, und das Schweigen breitete sich wieder aus.

»Wie lange kennt ihr euch eigentlich schon, Mum? Du und Cissie? Ich glaube, das hast du mir nie erzählt.«

Die Gelegenheit, eine solch glückliche Erinnerung noch einmal zu durchleben, heiterte Grace sichtlich auf. »Ein Leben lang!«, antwortete sie. »Stimmt's, Ciss? Wir waren sechzehn. Haben damals natürlich noch in Neath gewohnt. Und ich hatte gerade angefangen, in Protheroe's General Store zu arbeiten. Erinnerst du dich noch an den alten Mr. Protheroe?«

»Jackie Protheroes Großvater! Ja, natürlich!«

»Nun, der hatte damals so eine Art Gemischtwarenladen, wo er von allem etwas verkauft hat – Obst und Gemüse, Corned Beef und so –, damals war noch vieles rationiert. Das können sich die Leute in all dem Überfluss heutzutage gar nicht mehr vorstellen!«

»Hörst du sie, Cissie?«, scherzte Alys. »Jetzt klingt sie wie eine quengelige alte Dame, hab ich recht?«

»Pass nur auf, du!« Grace erwiderte das Lächeln. »Jedenfalls gab es dort nicht nur Lebensmittel. Wir haben auch Dinge des täglichen Gebrauchs verkauft. Putzmittel, Öldosen, Malerfarbe und so weiter, und eines Morgens kommt diese junge Frau hereingestürmt und sagt: Oh mein Gott, Sie müssen mir helfen! Mrs. Crocombe hat mich geschickt, um etwas zu besorgen, aber ich weiß nicht, wo ich das bekomme …«

»Toller Name, *Mrs. Crocombe*«, sagte Alys. »Wer war sie? Cissies Chefin oder wer?«

»So ist es – bei der Stadtverwaltung«, antwortete Grace. »Das arme Ding, Cissie war erst sechzehn, genau wie ich, und sie arbeitete dort seit ein paar Wochen. Putzte, kochte Tee, so was in der Art. Wir hatten damals alle großen Respekt vor der älteren Generation. Wenn die einem etwas auftrugen, dann hätte man nicht mal im Traum daran gedacht zu widersprechen. Das zumindest hat sich zum Guten gewandelt …«

»Und was ist dann passiert?«, fragte Alys. »Cissie kam hereingestürmt und …«

»Ja, sie braucht also meine Hilfe. Ich sag: Was genau ist es denn? Und sie meint: Farbe. Für die Bodenleisten. Daraufhin ich: Das ist kein Problem, da haben wir sogar eine kleine Auswahl, sie soll sich also keine Sorgen machen. Doch Cissie besteht darauf, dass es eine bestimmte Farbe sein muss – Schottenkaro, sagt sie. Mrs. Crocombe hatte ganz eindeutig Schottenkaro-Farbe gesagt. Ich sehe mir die Dosen auf dem Regal an. Es gibt Grün und Braun und Weiß, aber nichts, was auch nur entfernt an Schottenkaro erinnert. Vielleicht ist das eine Spezialfarbe oder so?, schlage ich vor. Cissie wird immer aufgeregter, weil sie Angst hat, dass man sie entlässt. Sie tut mir so leid. Ich sage: Sei nicht albern, wegen so was kann sie dich doch nicht entlassen! Mr. Protheroe wird bestimmt versuchen, diese Farbe zu bestellen, keine Sorge.

In diesem Moment kommt Mr. Protheroe zurück in den Laden. Er war so ein netter Mann! Unheimlich freundlich! Wir erzählen ihm also das Dilemma. Ich sage: Mrs. Crocombe hat dieser jungen Dame aufgetragen – denn, vergiss nicht, damals kannte ich ihren Namen ja noch nicht, stimmt's, Ciss? –, ich sage also: Sie soll eine Dose Schottenkaro-Farbe besorgen. Aber wir haben keine da. Können Sie welche bestellen? Und Mr. Protheroe sieht mich mit großen Augen an, als hätte er mich nicht richtig gehört. Wie bitte?, fragt er. Schottenkaro-Farbe, wiederhole ich. Da fängt er an zu – ich denke, *glucksen* ist das beste Wort, um es zu beschreiben. Er klingt wie ein Truthahn und wird dabei immer lauter – er lacht uns aus! Cissie und ich schauen uns an. Was ist denn so lustig?, fragen wir uns. Vor lauter Lachen kann Mr. Protheroe gar nicht sprechen, deshalb stehen wir bloß da und schauen ihn an, während ihm die Tränen über die Wangen kullern. Schließlich reißt er sich zusammen und sagt: Schottenkaro-Farbe? Was soll denn Schottenkaro-Farbe sein? Dann zeigt er auf den Kalender hinter der Kasse. Habt ihr gesehen, was heute für ein Datum ist?, will er wissen. Wir schauen beide hin, nicht wahr, Ciss? Und es ist der erste April. Mr. Protheroe sagt: Man hat Sie reingelegt, Miss. April, April!«

»Oh, ist das herrlich.« Alys lächelte. »Zum Brüllen komisch.«

»Ja, wir fingen auch an zu lachen, und dann konnten wir gar nicht mehr aufhören«, sagte Grace. »Und seither haben wir noch viel mehr gelacht. Hab ich recht, *cariad*?« Cissies Augenlider zuckten, und Grace war sicher, dass sie jedes Wort mitbekommen hatte.

Das Klingeln der Türglocke unten durchbrach den fröhlichen Moment. »Ich geh schon«, bot Alys an und überließ Grace und Cissie ihren glücklichen Erinnerungen.

65

Alys

Der Mann an der Tür wirkte etwas verdattert. »Oh, Entschuldigung … Ich wollte zu Elin?«

»Ja?«

»Ich bin Greg«, erklärte er. »Elins Ehemann.«

»Und ich bin Elins Mutter.« Alys genoss seinen Schock ein bisschen.

»Heiliger Strohsack!«, sagte er.

Hinter ihr waren Schritte auf der Treppe zu hören. »Was ist los?«

»Ich habe gerade meinen Schwiegersohn kennengelernt«, sagte Alys zu Elin.

»Er ist nicht dein Schwiegersohn, denn *du* bist nicht länger meine Mutter und *er* nicht länger mein Ehemann. Wir lassen uns scheiden.«

»Du lieber Himmel, und ich dachte, *mein* Leben wäre kompliziert. Nett, dich kennenzulernen, Gregory.«

Dann ließ sie die beiden dort schweigend stehen, bis sie außer Hörweite war.

Sie wusste nicht, wohin sie gehen sollte. In Cissies Zimmer zurückzukehren fühlte sich irgendwie aufdringlich an. Außerdem würde John bald kommen. Doch wo sollte sie sonst hin? Sie konnte das Haus nicht wirklich verlassen – mit nicht mal fünf Pfund in der Tasche. Das kleine Teufelchen in ihr grinste bei der Vorstellung, wie Elin reagieren würde, wenn sie sie anschnorrte. Nein, das war definitiv keine Option. Ein AA-Meeting wäre natürlich die beste Idee. Das würde sie zumindest erden, und sie könnte bei einer Tasse Kaffee eine Runde mit anderen Alkis quatschen – bestimmt gab es nur Pulverkaffee, aber immerhin umsonst. Da durfte man nicht wählerisch sein. Ja. Ein Meeting. Das würde sie machen. Auf ihrem Handy war keinerlei Guthaben mehr, also musste sie irgendwo Internet auftreiben, um die AA-Gruppe hier vor Ort zu googeln. Hat Grace unterm Dach immer noch ein Arbeitszimmer?, fragte sie sich und machte sich auf den Weg nach oben, um nachzusehen.

Ja, es war immer noch da. Der staubige, mit Bücherregalen vollgestopfte Raum mit dem grauen Aktenschrank in der Ecke sah mehr oder weniger noch exakt so aus wie früher. Genau wie die Speisekammer. Der einzige wirkliche Unterschied war Grace' Computer, der stolz auf dem Tisch thronte.

Alys holte tief Luft, setzte sich an den Schreibtisch und bewegte die Maus, um den PC aufzuwecken. Sie war gleichzeitig erleichtert und entsetzt, dass er nicht passwortgeschützt war – da konnte ja jeder hergelaufene Taugenichts all ihre persönlichen Sachen anschauen. Dann fühlte sie sich sofort schuldig. War *sie* nicht genau das? Ein Taugenichts?

Das Google-Fenster tauchte auf dem Bildschirm auf, und Alys gab *AA-Meeting, Dylan's Quay* ein. Während sie aufs Laden der Suchergebnisse wartete, dachte sie über ihre nächsten Schritte nach. Sosehr sie die Vorstellung auch hasste, sie würde sich Geld von ihrer Mutter leihen müssen. Die Frage war nur, wann der richtige Zeitpunkt war, das Thema anzuschneiden. Aber Grace hatte es ihr schließlich angeboten – am Morgen nach ihrer Ankunft. Alys ärgerte sich über sich selbst, dass sie es in diesem Moment nicht angenommen hatte. War es zu spät, jetzt noch zu fragen? Um wie viel sollte sie bitten? Wie viel brauchte sie? Und wofür?

Sie klickte auf die *Ein Meeting finden*-Option und sah, dass um zwölf Uhr eines im Quaker House stattfinden würde. Um sich die Adresse zu notieren, suchte sie nach Zettel und Stift. Dabei öffnete sie erst eine Schublade und dann noch eine. In der zweiten befand sich eine

Geldkassette, in deren Schloss der Schlüssel steckte, ohne irgendeine weitere Sicherheitsvorkehrung. Die Versuchung war einfach zu groß. Alys drehte den Schlüssel und hob den Deckel an. In der Kassette lag ein ordentlicher Stapel Banknoten, hauptsächlich Fünfziger, außerdem ein paar Zehner. Die Macht der Gewohnheit veranlasste sie dazu, das Geld zu zählen. Es waren fast dreitausend Pfund. Zwei Gedanken schossen ihr durch den Kopf: Erstens, warum um alles in der Welt hatte ihre betagte Mutter so viel Bargeld im Haus, noch dazu in einer *offenen* Geldkassette? Damit forderte man das Schicksal doch quasi heraus. Und zweitens, wie leicht wäre es, dieses Geld einfach zu nehmen?

Sie schloss die Augen und versuchte, vernünftig zu denken.

Dreitausend Pfund. Ihr Atem ging schneller, als sie sich einen Weg aus ihrer aktuellen Klemme ausmalte.

Wahrscheinlich würde es nicht mal besonders weit reichen. Sie schuldete Kirsty immer noch eintausendsieben- oder -achthundert Pfund, für die Sachen, die sie gestohlen und verkauft hatte. Meine Güte, was hatte sie sich *dabei* bloß gedacht? Aber wenn sie dieses Geld schnell zurückzahlte, würde wenigstens die Polizei nicht bei ihr vor der Tür stehen. Es wäre also gewissermaßen das kleinere Übel. Vielleicht würde sie sogar ein paar Bonuspunkte für ihre Ehrlichkeit bekommen und eine Einladung, noch mal in dem Cottage in Brecon zu wohnen? Oder war das zu optimistisch gedacht? Also gut, wenn sie Kirsty das Geld zurückgezahlt hatte, würde ihr dann noch genug für die Kaution für eine kleine Wohnung irgendwo bleiben? Nichts Schickes, nur ein Dach über dem Kopf, wo sie schlafen und essen und irgendwie wieder neu anfangen konnte. Ja, das Geld in ihrer Hand würde ihr einen Neuanfang ermöglichen. Und sobald sie eine feste Adresse hätte, würde sie endlich ihren Stolz überwinden und Sozialhilfe beantragen. *Bau diesmal keinen Scheiß, Alys!* … Oh Mann, sie war zu alt für das alles, aber es könnte so viele Probleme lösen, dieses Geld. Und, ja, wenn sie das tat, würde sie für alle Zeiten die Brücken hinter sich abbrechen – würde nie wieder hierher zurückkehren können, sondern müsste für immer verschwinden. Andererseits war sie dreißig Jahre lang ohne Familie ausgekommen. Wäre das wirklich das Ende der Welt?

»Alys?«, Grace' Stimme draußen im Flur ließ sie zusammenzucken.

»Im Arbeitszimmer!«, rief sie zurück, stopfte dann rasch das Geld in ihre Tasche, schob die Schublade zu und konzentrierte sich wieder auf den Computermonitor. Dort schloss sie die AA-Website und suchte nach *Restaurants in Dylan's Quay*.

Grace erschien in der Tür. »Ich will John nur etwas Zeit allein mit Cissie ermöglichen.«

Alys nickte mitfühlend und hoffte, ihrer Mutter würde nicht auffallen, dass sich ihr Gesicht vor Schuldbewusstsein rötete. »Dann lass ich dich mal in Frieden, Mum. Ich dachte, ich such mir was zum Mittagessen.«

Grace zeigte auf den Bildschirm. »Das ist das Café von meiner Freundin Neeta. Schau doch da mal vorbei und richte ihr Grüße aus, mein Schatz.«

»Wird sie nicht schockiert sein, dass ich immer noch lebe?«

»Ha! Da hast du recht«, erwiderte Grace.

Ein Stockwerk tiefer rief John: »Gracie? Bist du da oben?«

»Ich komme schon!« Grace verließ das Zimmer.

Als sie wieder allein war, zog Alys nachdenklich das Geld aus der Tasche und betrachtete es seufzend.

66

Elin

»Meinst du nicht, ich sollte Grace Hallo sagen?«, fragte Greg. »Es kommt mir sonst ein bisschen unhöflich vor.«

»John ist gerade da! Und ich glaube, sie hat schon genug um die Ohren«, fuhr Elin ihn an. »Ihre Freundin kann jeden Moment …«

»Ach, Elin, jetzt lass doch mal gut sein.«

Sie biss sich auf die Zunge. Er hatte recht. Sie war gnadenlos. Schimpfen, nörgeln, meckern, streiten, anschnauzen. Es schien im Umgang mit *allen* ihr Normalmodus zu sein. Und Greg gab sich doch wirklich Mühe, oder? Schließlich war er extra hergefahren, um sie zu sehen. Elin seufzte. »Manchmal hasse ich mich selbst.«

»Ich wünschte, das würdest du nicht tun, El.« In diesem Moment sah er sie so voller Zärtlichkeit an, dass sie schon wieder wütend wurde.

»Hör auf, nett zu mir zu sein!«, keifte sie. »Das bringt mich völlig durcheinander.«

Sie saßen in Grama Grace' Wohnzimmer, normalerweise ein Ort voller Ruhe und Gelassenheit, die Irische See nicht weit entfernt hinter dem großen Erkerfenster.

»Greg, ich weiß einfach nicht, wie wir von hier weitermachen sollen. Es ist zu viel passiert.«

»Deshalb hab ich ja auch eine Therapie vorgeschlagen.«

»Bist du verrückt? Kannst du dir vorstellen, was die Leute sagen würden, wenn sie das herausfinden? Nach meinem furchtbaren Ausraster da in der Kneipe halten mich sowieso schon alle für plemplem.«

»Aber sie werden es nicht herausfinden. Darum geht es doch bei einer Therapie: Es ist *vertraulich*.«

Dass sie so besessen davon war, was andere Leute von ihr dachten, hatte Greg immer gestört. Er nannte es »ihre Fixierung auf die Meinung anderer«. Was an sich schon wie etwas aus einem Selbsthilfebuch klang. Wobei er im Grunde recht hatte. Seit sie denken konnte, hatte sie Angst, die Leute würden über sie tratschen. Dass man über sie lästerte, sich über sie lustig machte, sie demütigte. Greg konnte das nie verstehen. »Du kannst nicht verhindern, dass andere über dich reden, Elin. Aber du kannst verdammt noch mal aufhören, deine Lebenszeit damit zu vergeuden, dir deswegen Sorgen zu machen!« So ziemlich dasselbe, was Grama Grace vor weniger als einem Monat zu ihr gesagt hatte.

Zuerst hatte sie sich geweigert, ihn hereinzulassen. Hatte versucht, ihn wieder fortzuschicken. Doch er bestand darauf, dass sie erst miteinander redeten. Da Elin wusste, dass sich Alys in Hörweite befand und John jeden Moment eintreffen konnte, willigte sie zähneknirschend ein. Wenn es schon eine Szene geben sollte, dann wenigstens hinter verschlossenen Türen. Außerdem war sie nach ihrem Zusammenbruch am Morgen noch völlig ausgelaugt und wusste gar nicht, wie lange sie da überhaupt vor der Tür herumstehen könnte.

Zuerst saßen sie nur schweigend da, unterbrochen von einem gelegentlichen Kommentar von Greg.

»Heiliger Strohsack, das war ja mal eine interessante Art, meine Schwiegermutter kennenzulernen!«

»Ja.«

Es folgte ein langes, unbehagliches Schweigen.

»Habt ihr euch schon *irgendwie* unterhalten?«

»Nein. Und um ehrlich zu sein, wünschte ich, sie würde einfach abhauen. Es ist schon genug los, ohne dass sie noch zusätzlich Stress macht.«

»Ja, verstehe, aber trotzdem. Dreißig Jahre. Du bist doch bestimmt ein *kleines bisschen* neugierig, oder? Wo sie die ganze Zeit gesteckt hat? Vielleicht hat sie sogar noch andere Kinder? Könnte doch sein?«

»Greg, das ist lächerlich. Sie war über vierzig, als ich sie das letzte Mal gesehen habe. Da war sie betrunken und pleite. Sie konnte sich schon nicht um *mich* kümmern – warum sollte sie da noch ein Kind bekommen?« Die Vorstellung war natürlich völlig absurd, aber in ihrem Zustand der Paranoia fingen Elins Gedanken trotzdem an zu kreisen. Sie wusste überhaupt nichts über Alys. Das Olympische Feuer der Wut, das sie ihrer Mutter gegenüber empfand, war nie erloschen, deshalb war schlicht kein Platz gewesen für Neugier.

»Ich wünschte, ich könnte mich von *ihr* scheiden lassen«, sprach sie ihren Gedanken murmelnd aus.

»Elin, du kannst dich nicht von allen in deinem Leben scheiden lassen, sobald du dich über sie ärgerst!« Sie wollte gerade etwas erwidern, als Greg fortfuhr: »Und wo wir schon von Scheidung sprechen, deshalb bin ich hier.«

Elin wurde elend zumute. Sie war so wild entschlossen gewesen, ihre Anwältin zu feuern – nachdem sie ein Honorar von achttausend Pfund dafür gezahlt hatte, dass diese Frau sie kein Stück weitergebracht hatte. Elin war davon überzeugt gewesen, dass dieses Online-Verfahren einfach, effizient und so viel günstiger sein würde. Schließlich hatte sie genug andere Sorgen – vor allem Beca, aber natürlich auch die Party für Grama Grace –, dass sie am liebsten den Kopf in den Sand gesteckt hätte in der Hoffnung, dass sich alles einfach in Luft auflöste. Was natürlich nicht passieren würde. Denn hier saß Greg, der den ganzen Weg nach Dylan's Quay gefahren war, um zu fragen, wie es weiterging.

»Warum warst du in unserem Haus?«, wollte sie wissen. »Du weißt, du kannst nicht einfach Sachen ohne meine Einwilligung holen.«

»Elin, ich habe einen Fehler gemacht.«

Sie konnte sich den Lacher nicht verkneifen. War es ein hysterisches Lachen? Vor Überraschung? Erleichterung?

»Es ist vorbei. Mit ihr, meine ich.«

Dann legte Greg los. Was Fleur anging. Er wollte, dass Elin alles wusste, sagte er. Fleur war ebenfalls Lehrerin an der Sprachschule. Nach der Weihnachtsfeier hatte er sie nach Hause gefahren.

»Die Feier bei Barry Latimer?«, fragte Elin. »Du hast gesagt, der Abend war sterbenslangweilig.«

»Na, ich konnte dir ja schlecht erzählen, dass mich eine Einunddreißigjährige angebaggert hat, oder?«

»Mein Gott, Greg, was bist du doch für ein Klischee«, murmelte sie.

»Ich weiß.«

Sie schwiegen. Aus dem selbstquälerischen Bedürfnis heraus, mehr zu wissen, drängte Elin ihn schließlich fortzufahren.

»Ich weiß auch nicht«, erwiderte er, gereizt, verlegen. »Du hast mich irgendwie gar nicht mehr wahrgenommen. Sie schon, schätze ich mal.«

»Na, das ist aber jetzt ziemlich erbärmlich. Du willst tatsächlich *mir* die Schuld an deiner Affäre geben?«

Greg beantwortete die Frage nicht. »Sie war *anders*. Sie wirkte … erleuchtet? Vielleicht wegen der tiefgehenden Erfahrung, die sie hatte, als ihr Vater diese Welt verlassen hat, und …«

»Ihr Vater hat *was*?«, unterbrach ihn Elin. Greg schloss die Augen und bereute offenbar seine Worte. »Seit wann drückst du dich so geschwollen aus? Ist er heimgegangen, vor seinen Schöpfer getreten, hat den Geist ausgehaucht … Sag doch einfach, er ist gestorben.«

Greg versuchte, ein Lächeln zu unterdrücken, was Elin nicht entging. Ein Funken der Freude flackerte in ihrem Herzen auf, ein winziger Moment der Verbindung. »Sprich weiter«, sagte sie. Es war schmerzhaft, eine komplette Beichte anzuhören, die ihm vermutlich mehr brachte als ihr, aber irgendwie wollte sie trotzdem alles hören.

»Nach Weihnachten hab ich doch mit dem Laufen begonnen, wenn du dich erinnerst.«

»Oh Gott …«

»Da haben wir angefangen …«

»Das ist doch ein *Witz*!«

»Also, willst du es jetzt wissen oder nicht?«

»Zwei Fragen, Greg: Wie war der Sex, und warum habt ihr euch wirklich getrennt?«

Seufzend vergrub er den Kopf in den Händen. »Okay, es war *meine* Entscheidung zu gehen …«

»Na, das ist aber sehr nett von dir. Zuerst brichst du mir das Herz und dann ihr!«

»Wir haben einfach«, fuhr er fort, ohne darauf einzugehen, »ach, ich weiß auch nicht, wir leben in unterschiedlichen Welten. Sie hat dauernd so wirklich peinliche Sachen gesagt. Und was den Sex angeht …«

»Ja?« Auf einmal fühlte Elin sich sehr verletzlich. Greg hingegen wirkte nur noch betretener.

»Ich konnte nicht so recht mit ihr mithalten.«

Elin starrte ihn einen Moment lang an und dachte über das nach, was sie gerade gehört hatte. Dann fing sie an zu lachen. Sie versuchte, damit aufzuhören, doch es ging nicht.

»Das ist nicht witzig!« Greg klang ziemlich sauer.

»Im Gegenteil. Das ist höchst amüsant!«

»Mir wurde klar, dass wir als Freunde besser funktionieren würden.«

»Oh prima, und deshalb kommst du zur Zweitbesten zurückgekrochen. Zu deiner klapperigen alten Frau.«

»Neiiiin.«

»Das ist schon echt komisch, wenn man darüber nachdenkt, Greg. Du wagst den Sprung in eine Affäre, weil du glaubst, du könntest es mit irgendeinem jüngeren Model treiben, doch dann stellt sich heraus, dass *du* nicht fit genug bist!« Ihre Erheiterung war ansteckend, und ganz gegen seinen Willen fing Greg ebenfalls an zu lachen. Doch dann wurden Elins Lachtränen zu echten Tränen, und die Stimmung kippte wieder.

»Danke, dass du ehrlich zu mir warst.«

»Es ist so eine Erleichterung«, seufzte er lächelnd. »Gibt mir das Gefühl, dass da vielleicht noch etwas Hoffnung besteht. Für uns?«

Er sah sie an, und am liebsten wäre sie dahingeschmolzen.

Doch sie wandte den Blick ab. »Nein, Greg. Es gibt keine Hoffnung.«

Man merkte ihm deutlich an, wie verletzt er war. »Himmel, du weißt echt, wie man jemanden aufbaut, was?«

»Du bist doch hoffentlich nicht hergekommen, weil du mit *Mitgefühl* meinerseits gerechnet hast?«

Er runzelte die Stirn. Verwirrt, stumm. Dann griff er nach ihrer Hand. Sie ließ es zu, obwohl sie heftig dagegen ankämpfen musste, nicht schwach zu werden. »Ich habe einen Fehler gemacht«, sagte er sanft. »Ich bin ein wandelndes Klischee. All die Anschuldigungen, die du mir an den Kopf werfen willst, ja, das stimmt alles. Aber was du nicht kannst – was dir nicht gelingen wird –, ist, mir meine Liebe zu dir zu nehmen.« Elins ganzer Körper verkrampfte sich, und doch entzog sie ihm ihre Hand nicht. »Ich will einfach unsere Ehe nicht wegwerfen, ohne es wenigstens noch mal versucht zu haben, und alles, worum ich dich bitte, ist, darüber nachzudenken, dass wir uns Hilfe holen.« Er sah sie erwartungsvoll, verzweifelt an. »Elin?«

»Nein«, sagte sie, den Blick aus dem Fenster gerichtet. Sie musste sich enorm zusammenreißen. »Es gibt keine Hoffnung für uns, Greg, denn auch ich habe eine Affäre gehabt.«

Es waren die Nerven, das wusste sie. Aber trotzdem war sein Lachen in dieser Situation nicht hilfreich. »D…du hast was?«, stotterte er ungläubig.

»Was ist dein Problem, Greg? Kannst du nicht glauben, dass die alte, langweilige Elin in der Lage ist, Sex mit einem anderen Mann zu haben? Tja, habe ich aber! Und es war fantastisch. Und im Gegensatz zu dir war er durchaus imstande dazu!«

»Du lügst«, sagte Greg leise.

»Du kannst mir glauben oder auch nicht, das überlasse ich dir. Aber wenn es dich interessiert, sein Name war Rory, er ist erst neununddreißig und ein Gärtner aus Neuseeland. Ja, ich habe gelogen. Es war keine Affäre, sondern nur ein One-Night-Stand. Aber trotzdem, was für eine Nacht!« Und dann fügte sie kindischerweise noch hinzu: »Wir haben's auf der Kücheninsel getrieben.«

»Auf der Kücheninsel«, wiederholte Greg, völlig konsterniert.

»Siehst du, Greg, wir können nicht mehr zurück, weil wir *beide* Scheiße gebaut haben.« Elin hustete das Krächzen in ihrer Stimme weg. »Weil wir beide untreu gewesen sind.«

Sie wusste, wie sehr sie ihn verletzte, aber sie konnte einfach nicht damit aufhören, obwohl es unangebracht und schamlos grausam war.

»Ach, Elin«, flüsterte er, »das ist alles so unendlich traurig.«

»Ja, nicht wahr?« Ihr Tonfall war hart. »Mach die Tür leise zu, wenn du rausgehst.«

Er tat wie geheißen und ließ Elin reglos und stocksteif zurück. Bis sie seinen Wagen wegfahren hörte und wusste, dass es nun ungefährlich war zu weinen.

67

Alys

Das Mittagsmeeting im Quaker House hatte ihr unglaublich gutgetan. Sie war eine halbe Stunde vor Beginn dort gewesen, und eine freundliche Frau namens Sheila hatte ihr eine Tasse Kaffee und einen Keks angeboten. Dann fand Alys einen Platz etwas weiter hinten und wartete auf die anderen Teilnehmer. Der Raum war schön: saubere Stühle, ein gekehrter Fußboden und Fenster, die weiches Sonnenlicht hereinließen. Definitiv besser als so manche der schäbigeren Versammlungsräume, die sie im Lauf der Jahre erlebt hatte.

Das Treffen war überraschend gut besucht gewesen. Als die Vorsitzende fragte, ob sich irgendwelche Besucher vorstellen wollten, schossen ungefähr ein Dutzend Hände in die Höhe.

Erstaunlich, wie viele Alkoholiker in Dylan's Quay ihre Ferien verbringen, dachte Alys.

»Ich heiße Barbara, ich bin Alkoholikerin, komme aus Yorkshire und mache hier Urlaub.«

»Ich bin Steve, Alkoholiker, und zu Besuch aus Glasgow.«

»Ich bin Alys, Alkoholikerin«, sagte sie, »und ich bin nur … auf der Durchreise.«

Sie hatte beschlossen, heute sonst nichts beizutragen, sondern nur den Geschichten der anderen zu lauschen. Manchmal gab es Leute, die sich selbst ein bisschen zu gern reden hörten, und Alys hasste den Gedanken, dass sie eine davon sein könnte. Doch während sie demjenigen zuhörte, der heute seine Geschichte erzählte, wurde sie plötzlich von Gefühlen überwältigt. Sein Name war Charles – ein junger Kerl, also zumindest jüng*er*, vielleicht knapp über vierzig? Und Alys hatte absolut nichts mit ihm gemeinsam. Er war Engländer, verheiratet, zwei Kinder, besaß ein Ferienhaus hier in Westwales und war vermutlich steinreich. Als er jedoch mit den Anwesenden seinen Weg teilte, sprach er darüber, wie er nach einer fünfjährigen Pause vor Kurzem wieder Kontakt zu seinem Vater aufgenommen hatte, sich bei ihm für sein Verhalten während der betrunkenen Zeiten entschuldigt und wieder mit ihm versöhnt hatte. Wie dankbar er war, dass ihm die Abkehr von der Flasche das ermöglichte. »Als ich noch gesoffen hab, war ich so voller Wut auf ihn, wisst ihr? Ich habe mich so darüber geärgert, wie er sich während meiner Kindheit verhalten hat, wie er meine Mutter behandelt hat, seine Distanz zu uns Kindern.« Als Charles fertig war und die Vorsitzende das Meeting wieder öffnete, wollte Alys unbedingt doch etwas beitragen. Seine Geschichte hatte ganz unerwartet Widerhall in ihr gefunden. Sie erzählte der Runde, dass auch sie sich von ihrer Familie entfremdet hatte, sich die Situation mit ihrer Mutter jedoch endlich zu klären schien. »Hab ja nur dreißig Jahre gebraucht, um an diesen Punkt zu kommen!« Alle lachten. »Bei meiner Tochter bin ich mir allerdings nicht so sicher, aber man kann schließlich nicht alles haben, stimmt's? Wie sollte man so viel Glück sonst verkraften?!«

Sie verließ das Meeting mit einem Gefühl der Leichtigkeit. Die dreitausend Pfund hatte sie zuvor in die Kassette zurückgelegt, was schon mal ein Schritt in die richtige Richtung gewesen war. Allerdings bedeutete das auch, dass sie jetzt eine andere Lösung würde finden müssen – eine ehrliche Lösung – für ihr aktuelles finanzielles Problem und das der Wohnungslosigkeit. Sie hatte noch vier Ein-Pfund-Münzen und ein paar Pence in der Tasche, abgesehen von der nicht mehr funktionierenden Kreditkarte. Sie ging zur Post, kaufte eine Grußkarte und eine Briefmarke. Den Umschlag adressierte sie an Kirsty im Cottage in Brecon, und in die Karte schrieb sie:

Ich stehe für immer in deiner Schuld dafür, dass du mir geholfen hast, und ich kann mich selbst nicht leiden, weil ich deine Freundlichkeit so schamlos ausgenutzt habe. Anbei findest du deine Kreditkarte. Ich verspreche dir, sobald ich es kann, zahle ich dir alles zurück, was ich dir schulde. Es tut mir unendlich leid.
Alles Liebe,
Alys

Als sie den Brief eingeworfen hatte, stand sie heimatlos und ohne einen Penny da, doch irgendwie war sie zufrieden. Beschwingt und zuversichtlich machte sie sich auf den Weg zurück nach Ŵn-y-Môr. Als sie an Neetas Café vorbeikam, entdeckte sie zu ihrer Freude ihre tolle junge Enkelin, die allein an einem Tisch saß und die Speisekarte studierte. Sie konnte es sich nicht leisten, mit ihr Mittag zu essen. Aber sie konnte sie auch nicht einfach ignorieren.

»Huhu!«, rief sie.

»Oh, hallo«, erwiderte Beca.

»Und, was nimmst du?«

»Keine Ahnung.« Beca klang irgendwie trüb. »Ein Panino?«

»Pass auf, dass du vor Begeisterung nicht explodierst!« Daraufhin musste Beca unfreiwillig grinsen. »Was für ein unglaubliches Lächeln du hast«, sagte Alys. »Du solltest es öfter benutzen.«

»Sei still und sag nicht solche Sachen!« Beca lachte. »Ist mit meiner Mum alles okay? Sie war ein bisschen durchgeknallt heute Morgen, oder?«

»Jaaa … wobei das vermutlich meine Schuld ist. Ich glaube, ich rege sie auf, wenn ich auch nur im selben Zimmer bin. Dein Dad ist gekommen.«

»Oh Gott, aber die verdammte Fleur hat er hoffentlich nicht mitgebracht, oder?«

»Gehe ich recht in der Annahme, dass ›die verdammte Fleur‹ der Grund für die Scheidung deiner Eltern ist?«

»Schätze schon. Wobei mir nie irgendjemand irgendwas sagt.«

Neeta kam mit ihrem Bestellblock. »Ich gebe zu, ich bin ein bisschen neugierig«, sagte sie frech. »Aber ihr zwei scheint euch zu kennen?«

Beca wurde rot und nuschelte: »Ähm, ja, das ist meine Oma. Meine Nana Alys.«

»Großer Gott!«, rief Neeta. »Ich dachte, du bist tot!«

»Lange Geschichte«, sagte Alys mit einem schiefen Lächeln Richtung Beca.

Neeta war voll in ihrem Element. »Na, die Ähnlichkeit lässt sich nicht leugnen. Du bist deiner Mama wie aus dem Gesicht geschnitten!«

»Vielen Dank«, meinte Alys. »Wenn man bedenkt, wie lange meine Mutter schon lebt, nehme ich das mal als Kompliment.«

»Warum esst ihr zwei nicht was miteinander?«

Alys wollte gerade höflich ablehnen, da sagte Neeta die magischen Worte: »Geht aufs Haus.« So ein großzügiges Angebot konnte sie ja schlecht ablehnen.

»Die Panini sind lecker«, schlug Neeta vor.

»Das habe ich schon gehört.« Alys zwinkerte Beca zu.

Die zwinkerte zurück. »Und, magst du ein Bier dazu oder so was, Nana Alys? Einen kleinen Rosé vielleicht?«

»Für mich nicht, danke. Leitungswasser reicht.«

Als Neeta ihnen das Besteck brachte, sagte sie: »Mensch, Bec! Jetzt hab ich keine Ausrede mehr, was? Jetzt *muss* ich eine Marzipan-Alys machen.«

Dieses Mal war Alys diejenige, die verwirrt dreinschaute, bis Beca ihr von der bevorstehenden Überraschungsparty für Grama Grace erzählte. »Neeta steuert die Torte bei, und sie will Marzipanfigürchen von allen Familienmitgliedern draufstellen, aber von dir konnte sie keine machen ...«

»Weil ich tot bin?«, witzelte Alys.

»Genau!«, rief Neeta. »Aber dich krieg ich locker hin, ein Kinderspiel. Oh, ich bin ja so aufgeregt!« Dann kehrte sie in die Küche zurück.

Die Unterhaltung war so entspannt zwischen ihnen beiden. Lag es an den verschiedenen Generationen? Alys hatte Leute sagen hören, dass Enkel viel einfacher seien als die eigenen Kinder, aber sie hatte das immer für einen Mythos gehalten. Vielleicht war ja doch etwas Wahres dran.

»Dann magst du also Kunst?«, fragte Alys vorsichtig.

»Ja, am liebsten Batiken. Und Siebdruck.«

»Wow, das habe ich beides noch nie ausprobiert. Vielleicht kannst du mir das mal zeigen?«

»Na klar«, meinte Beca.

»Ich hab's eher mit langweiliger Aquarellmalerei.«

»An Aquarell ist doch nichts langweilig«, widersprach Beca. »Da oben vom Berg hat man eine fantastische Aussicht.«

»Komm doch irgendwann mal mit mir mit.«

»Ja, gern.«

Und Alys verspürte eine Welle der Zuneigung für diesen besonderen jungen Geist ihr gegenüber, mit dem sie sich sofort so verbunden fühlte. Durfte sie sich ausmalen, dass Beca eine Art zweite Chance darstellte – nicht was das Muttersein anging, aber fürs *Bemuttern*. Sie würde niemals wiedergutmachen können, was sie in der Vergangenheit angerichtet hatte. Aber vielleicht könnte sie etwas Neues aufbauen? Jemanden inspirieren? Ermutigen?

»Meinst du, du würdest zu Grama Grace' Party kommen?«

»Wenn ich eingeladen bin«, antwortete Alys.

»Hm. Da muss Mum vermutlich ziemlich überredet werden. Aber was auch immer du tust, erwähne es *nicht* Grama Grace gegenüber. Wenn du denkst, Mum wäre jetzt sauer auf dich – wenn du ihr die Überraschungsparty versaust, wird sie explodieren.«

Sie lachten. Da klingelte Becas Handy: Elin. »Wenn man vom Teufel spricht.« Sie drückte den Anruf weg.

»Beca«, sagte Alys und nahm ihre Hand. »Ich weiß, es ist ganz normal, sich manchmal nicht mit seiner Mutter zu verstehen – ich bin weiß Gott kein leuchtendes Beispiel! Ich war jahrzehntelang wütend auf meine. Aber deine Mum gibt wirklich ihr Bestes, weißt du? Und sie ist eine gute Seele.«

»Warum setzt du dich für sie ein?«, wollte Beca wissen. »Nachdem sie dich so fertiggemacht hat. Wenn sie mehr wie du wäre, entspannter und lockerer und so, dann wäre sie echt viel glücklicher.«

»Elin ist eine wunderbare Mutter. Und das hat sie nicht von mir gelernt.«

Beca seufzte. Dieses Mal kam eine SMS – auch von Elin.

Ruf mich an. Sofort. Es geht um Cissie.

»Oh mein Gott«, flüsterte Beca und sah Alys an.

68

Grace

Stand-up Paddling. Das würde ihr gefallen. Ein bisschen so, als würde man auf dem Wasser laufen – ha! Auf so einem Brett könnte sie eine Art moderner Jesus sein. Den beiden dort drüben schien es jedenfalls Spaß zu machen – diesem Paar mittleren Alters in ihrer Nähe. Sie konzentrierten sich darauf, das Gleichgewicht zu halten, während sie das Wasser in langsamem, gleichmäßigem Rhythmus nach hinten schaufelten. Rechts und links und rechts … Grace hob beim Vorbeischwimmen die Hand zum Gruß, und der Mann winkte zurück. »Perfekter Tag heute, oder?«

»Unbedingt!«, erwiderte sie. Und schwamm weiter. Ja, ein perfekter Tag. Das Meer war flach wie ein Pfannkuchen, und die sanften Wellen schwappten kaum bis an den Strand. Heute waren eine Menge Leute im Wasser, um die ruhige See auszunutzen. Gegen Ende August war es auch nicht mehr so kalt, weil die Bucht sich im Lauf des Sommers erwärmt hatte.

In der Ferne konnte Grace zwei kleine Segelboote erkennen, die in einem eleganten Zickzack-Tanz langsam aneinander vorbeimäanderten. Was für eine uralte Kunst. Allein mit Wind und Segel zu navigieren. Im Einklang mit den Elementen. Friedlich. Sanft. Ganz anders als das wütende Dröhnen des Jetski-Fahrers ein Stück entfernt, der ziellos durchs Wasser pflügte und dabei bloß Hektik und Selbstgefälligkeit ausstrahlte. *Aus dem Weg, aus dem Weg!*, schien er zu rufen. Da würde ich doch lieber das Segelboot wählen, dachte Grace. Und schwamm weiter – mit weiten, kräftigen Zügen, Richtung Unendlichkeit.

*

Sie war nur fünf Minuten nicht im Zimmer gewesen. Unten war leise die Haustür hinter Greg ins Schloss gefallen, und sie hatte Elin wie einen launischen Teenager auf ihr Zimmer stürmen hören. »Ich sehe besser mal nach, ob alles in Ordnung ist«, hatte sie zu John gesagt. »Ciss, ich bin gleich wieder da.«

Wie erwartet lag Elin weinend auf ihrem Bett. Sie erzählte ihrer Großmutter von Gregs Besuch und was er gesagt hatte. »Ich weiß nicht, was ich tun soll, Grama Grace«, schluchzte sie.

Grace hatte Elin über die Stirn gestreichelt wie damals, als sie noch klein war. »Nun, du kennst ja das Sprichwort: *Wenn du nicht weißt, was du tun sollst, tue nichts*. Ich bezweifle, dass Greg es eilig hat wegzulaufen. Warum bleibst du nicht noch eine Nacht hier und denkst in Ruhe über alles nach? Du könntest sogar deine Mutter um Rat fragen!«, schlug sie vor, obwohl sie wusste, wie gewagt das war.

»Danke, das lass ich lieber bleiben«, fauchte Elin. Und Grace hatte frustriert die Augen geschlossen.

Als sie zu Cissies Zimmer zurückkehrte, stand John draußen vor der Tür und wirkte völlig verloren. Ein kleiner, verängstigter Junge.

»Sie hat uns verlassen«, sagte er, kaum hörbar. »Meine kleine Schwester, Gracie. Sie ist nicht mehr da.«

Grace hatte immer gedacht, sie wäre in Cissies letztem Moment bei ihr. Dass es irgendwie so sein würde wie in all den Filmen. Was war das Letzte, was sie zu ihr gesagt hatte? Sie konnte sich noch nicht einmal richtig daran erinnern – *Bis gleich, Ciss? Bin gleich zurück?* Irgendetwas Gewöhnliches und Unwichtiges, so viel stand fest.

John hatte angefangen zu weinen, schwerfällig und unbeholfen, während er versuchte, ohne Hilfe auf sie zuzugehen, sodass er auf dem

Weg beinahe stürzte. Sie hielten sich in den Armen, und Grace tröstete ihn mit beruhigenden Küssen, streichelte ihm den Rücken und versicherte ihm, dass alles gut werden würde. Dann löste sie sich sanft von ihm.

»Elin!«, rief sie, und obwohl ihr Körper verkrampft war, klang ihre Stimme ruhig und pragmatisch. Sie hätte genauso gut nach ihrer Enkelin rufen können, um sie zu fragen, ob sie auch eine Tasse Tee haben wolle. »ELIN!«, rief sie noch einmal, etwas lauter.

Schritte ertönten, dann tauchte Elin auf.

»Ruf den Arzt an, Liebes, ja?«

Sie ertrug es nicht, Cissie noch mal zu sehen. Sie wollte das nicht als letzte Erinnerung behalten. John und Elin wuselten geschäftig um sie herum, jemand erwähnte, Beca anzurufen. Irgendwie wirkte alles ein bisschen verschwommen.

»Ich gehe eine Runde schwimmen«, sagte sie. Doch niemand schien sie zu hören. Vielleicht hatte sie den Satz gar nicht laut ausgesprochen. Vielleicht waren die Worte nur in ihrem Kopf gewesen. Ganz langsam, wie in Zeitlupe, ging sie auf ihr Zimmer und zog sich aus. Ihre Arme fühlten sich bleischwer an, als sie in ihren Speedo-Badeanzug stieg und sich danach wieder ankleidete. Sie nahm ein Handtuch vom Halter über der Heizung, dann ging sie die Treppe hinunter und zur Haustür hinaus.

Als sie die Stufen zum Strand erreichte, fuhr der Wagen des Arztes die Promenade Richtung Sŵn-y-Môr entlang. Ihm würde bald der Bestatter folgen, um Cissie mitzunehmen. Um den Tod aus dem Haus zu tragen.

Grace schluckte schwer und ging weiter bis zum Sand.

Sie musste inzwischen eine gute halbe Meile hinausgeschwommen sein. Niemand war mehr vor ihr. Die Segelboote waren vorbeigefahren und die Paddler weit hinter ihr. Vom Strand konnte sie die fröhlichen Rufe und das freudige Quieken spielender Kinder hören, ein Klangteppich aus Ferienglück. Sie drehte sich auf den Rücken, um sich treiben zu lassen, und blickte in den kobaltblauen Himmel hinauf, über den ein zarter Wolkenfetzen zog. Lustig, dass ich die Sterne nicht sehen kann, dachte sie, und trotzdem weiß, dass sie dort oben sind. Ihr Gesicht war nun nass vor Tränen, und sie schloss fest die Augen, um den Schmerz in ihrem Herzen zu lindern.

69

Alys

Als sie bei Sŵn-y-Môr ankamen, fuhr der Leichenwagen gerade weg. Alys stand mit Beca da und sah ihm nach.

»Arme Cissie«, flüsterte Beca.

»Ja.« Alys seufzte.

Sie drehten sich um und gingen langsam ins Haus, wo John und Elin am Küchentisch saßen. Alys lief auf John zu, um ihn zu umarmen. »Es tut mir so unendlich leid. Cissie war eine wunderbare Frau. Und sehr lieb zu mir in der kurzen Zeit, die ich sie kannte.«

»Danke, Alys.« Er tätschelte ihren Handrücken.

Beca war im Türrahmen stehen geblieben und rot geworden vor lauter Unbeholfenheit. Sie war noch zu jung, um irgendwelche Erfahrung mit dem Tod oder mit Beileidsbekundungen zu haben. »Ja, tut mir leid«, nuschelte sie. John lächelte sie nachsichtig an.

»Möchtest du einen Tee?«, fragte Elin Beca leise.

Beca und Alys antworteten im Chor: »Ja, bitte.«

Elin zögerte. Vermutlich wollte sie etwas sagen wie: *Dich hab ich nicht gefragt!*, bis ihr dann klar wurde, wie kindisch das klingen würde. Unter den gegebenen Umständen. Stattdessen stand sie auf und füllte den Wasserkocher.

»Wo ist denn Mum?«, fragte Alys in der Annahme, sie sei oben.

»Das wissen wir nicht genau«, antwortete Elin.

»Was soll das heißen, ihr *wisst es nicht*?« Alys war irritiert von der Aussage ihrer Tochter.

»Sie ist aus dem Haus gegangen«, erklärte John. »Es war ein ziemliches Durcheinander vorhin. Ich glaube, sie wollte etwas frische Luft schnappen nach … du weißt schon, nachdem es passiert ist.«

»Aber wie lange ist das jetzt her?« Alys versuchte, ihre Verärgerung im Zaum zu halten.

»Hör auf, Theater zu machen«, sagte Elin. »Es geht ihr sicher gut.«

»Das weißt du doch aber nicht!«

»Doch, das tue ich«, fuhr Elin sie an, und ihre Stimme kippte. »Denn im Gegensatz zu dir kenne ich *deine* Mutter zufälligerweise ziemlich gut! Und nur damit du's weißt, sie ist eine unglaublich unabhängige und kompetente Frau, die manchmal einfach nur ihre Ruhe braucht.«

»Mum!«, mischte Beca sich ein. »Jetzt sei doch nicht so bescheuert!«

»Wie bitte? Wie *kannst* du es wagen, so mit mir zu sprechen, Beca Matthews …«

»Herrgott noch mal, lass gut sein mit deiner Scheinheiligkeit, Elin …«, wurde sie von Alys unterbrochen.

»Schluss jetzt, BITTE!«, brachte John alle drei zum Schweigen. »Das passt jetzt gerade nicht.«

Niemand sagte ein Wort. Dann räusperte sich Elin.

»Entschuldigung«, murmelte sie und rührte den Tee in der Kanne um. »Trinkst du ihn immer noch schwarz?«, fragte sie Alys widerwillig, ohne sie dabei anzusehen.

»Ja. Vielen Dank«, erwiderte Alys ebenso widerwillig und glaubte zu sehen, wie Beca ob ihres kindischen Verhaltens die Augen verdrehte.

»Aber Elin hat recht«, sagte John. »Grace hat gerne ihre Ruhe, vor allem wenn alles ein bisschen viel wird. Es gibt wirklich keinen Grund zur Sorge.«

Na, dann weiß ich ja Bescheid, dachte Alys.

Alys war nicht sicher, ob sie Elins Rechthaberei noch lange würde ertragen können. Typisch Schulleiterin. Und pausenlos dabei, zu organisieren: Sie hatte bereits ihr Laptop aufgeklappt und angefangen, John dabei zu helfen, die Vorkehrungen für Cissies Beerdigung zu treffen, den besten Bestatter vor Ort herauszusuchen. Außerdem hatte sie angeboten, Freunde und Familienmitglieder anzurufen, um ihnen die Nachricht zu übermitteln. Alys wusste, dass Elin es nur gut meinte. Sie persönlich dachte eben, dass John vielleicht ein bisschen mehr Zeit und Ruhe brauchte, um alles zu verarbeiten. Andererseits kannte sie John nicht so gut wie Elin, woher sollte sie also wissen, was am besten war?

»Es gibt eigentlich niemanden«, sagte er traurig. »Oben im Cadwallader House sollten wir natürlich Bescheid sagen, aber abgesehen davon gibt es niemanden. *Wir* waren ihre Familie. Grace und ich.«

»Und wir!«, hatte Elin hinzugefügt. »Cissie war schließlich wie eine Tante für mich!«

In diesem Moment verließ Alys unauffällig den Raum, denn sie kam sich sehr ausgeschlossen vor in dieser kleinen »Familien«-Runde.

Wie sie so auf dem Bett lag, dachte sie darüber nach, was für ein seltsamer Tag das gewesen war. Ein Tag voller Höhen und Tiefen. Obwohl damit zu rechnen gewesen war, und obwohl Alys Cissie nicht wirklich gekannt hatte, war ihr Tod für Alys trotzdem schmerzhaft. Und ehrlich gesagt – oder eher *egoistisch gesagt* –, hatte er ihr die Tour vermasselt. Denn nun würde es noch schwieriger werden, mit Grace über ihre persönliche Situation zu sprechen oder um die Hilfe zu bitten, die sie selbst brauchte. Vielleicht würde es heute Abend eine Möglichkeit geben, wenn Grace nach Hause kam. Alys musste nur einen Moment mit ihr allein erwischen, ohne Elins ständiges Gemecker und ihren übertriebenen Beschützerinstinkt. Sie tut so, als wäre sie Grace' Bodyguard, dachte Alys und grinste bei der Vorstellung, wie Elin ganz in Schwarz mit dunkler Sonnenbrille und Headset vor ihrer Großmutter stand.

Das Regal in ihrem Zimmer war vollgestopft mit Kleinkram und Brettspielen. Dazwischen lag eine Staubschicht. Alys streckte den Finger aus und fuhr über eines der Regalbretter. *Das* war etwas, wobei sie ihrer Mutter helfen konnte. Dem Haus einen ordentlichen Frühjahrsputz verpassen.

Offensichtlich waren Grace und sie an gegenüberliegenden Enden des Spektrums angesiedelt, was Besitztümer anging. Alys hatte eine fast buddhistische Einstellung zu Dingen – ihr Hab und Gut passte heutzutage in zwei Tragetaschen. Zugegeben, das war nicht aus freien Stücken so, sondern weil sie oft überstürzt hatte aufbrechen müssen, aber trotzdem. Sie hatte gelernt, mit sehr wenig auszukommen. Wohingegen Grace an jahrzehntealten Gegenständen zu hängen schien.

Alys zog ein Puzzle unter einem Monopoly-Spiel heraus: Das Londoner Parlamentsgebäude blickte ihr vom Schachteldeckel entgegen. Sie erinnerte sich noch aus ihrer Kindheit in Neath daran. »Meine Güte!«, murmelte sie. Dann fiel ihr Blick auf eine kleine Büchersammlung. »Milly-Molly-Mandy!«, rief sie und spürte einen Kloß im Hals, als sie mit dem Finger über die Buchrücken strich und ihr wieder einfiel, wie Grace ihr als kleines Mädchen abends diese Geschichten vorgelesen hatte.

Ganz oben auf dem Regal lag ein Fotoalbum, dessen brauner Leineneinband nach Jahren der Sonneneinstrahlung völlig ausgebleicht war. Auf dem Bett sitzend schlug Alys das Album auf, und der unverkennbare Geruch versetzte sie sofort wieder in ihre Jugend. Auf der ersten Seite prangten zwei Hochzeitsfotos. Das Gesicht ihrer Mutter und das ihres Vaters starrten ihr entgegen. Hinter ihnen die Kirchentür. Er lächelte. Sie nicht. Ihr schlecht sitzendes Kostüm wirkte an diesem Tag, der doch ein glücklicher sein sollte, sehr trist. Verdeckte es einen Babybauch? Alys hatte vor all den Jahren beschlossen, Grace zu glauben, als sie sagte, John sei nicht ihr Vater. Zumal auch die Daten nicht zusammenpassten – Grace und Aneurin heirateten ein Jahr, ehe Alys auf die Welt kam. Wenn Grace also an ihrem Hochzeitstag schwanger war, dann nicht mit Alys. Hatte es noch ein anderes Baby gegeben – vor ihr? Musste Grace *deshalb* heiraten? Und falls ja, warum hatte *John* sie dann nicht geheiratet? Er liebte sie offensichtlich. Warum ließ er sie im Stich, sodass sie Aneurin heiratete? Das ergab keinen Sinn. Die Erinnerung an den Inhalt des Briefes ihrer Großmutter an ihren Vater war verschwommen – es hatte irgendetwas davon drin gestanden, Grace' Ruf zu retten. Aber warum?

Auf dem zweiten Foto blickte das Paar ebenfalls direkt in die Kamera, flankiert von einer untersetzten kleinen Frau mit stolzem Lächeln – zweifellos Alys' Großmutter, die gestorben war, als Alys noch ein Baby war. Neben ihrer Großmutter stand ein Mann, der ihr entfernt bekannt vorkam. Reverend Irgendwas. Reverend Jenkins! Eine jüngere Version von ihm. Aber, ja, er war derjenige gewesen, der den Begräbnisgottesdienst ihres Vaters geleitet hatte.

Eine große Traurigkeit überwältigte Alys, als sie diese Fotos betrachtete. Zu wissen, was Grace getan hatte, dass sie nicht den Mann heiratete, den sie liebte. Von den damaligen Gepflogenheiten dazu gezwungen, die Stimme ihres Herzens zu ignorieren und sich stattdessen den Regeln der Gesellschaft zu beugen. Schuldgefühle packten sie, als sie sich wieder daran erinnerte, wie gnadenlos sie sich ihrer Mutter gegenüber verhalten hatte. Wie sie Grace als die Böse hingestellt hatte, weil sie sich weigerte, Alys' armen Vater zu lieben. Gleichzeitig verspürte sie großen Kummer für *ihn*. Und Ärger, dass die gesellschaftlichen Normen damals die Menschen in ihrem Leben dermaßen eingezwängt hatten. Irgendwann würde sie das Thema mit Grace noch einmal anschneiden, aber nicht heute.

Sie blätterte die Seiten um. Es waren nur etwa ein Dutzend Bilder. Wie kostbar waren Fotos damals noch. Die Brownie-Kamera ihres Vaters fiel ihr wieder ein! Die bot pro Film nur acht Gelegenheiten, eine besondere Erinnerung einzufangen. Fotos wurden in Ehren gehalten. Wie anders war das doch in der heutigen digitalen Welt. Klick, löschen, wieder klick. Es gab einige Schnappschüsse von ihr als Baby, in einem weißen Rüschenkleid mit Häubchen, während sie abwechselnd zuerst von Grace und dann von ihrem Vater gehalten wurde. Es gab nur ein einziges Foto von ihnen dreien zusammen, eine Aufnahme vom Fotografen, die eigentlich gerahmt sein sollte: Eine Blumenvase stand auf einem hohen Ständer neben einer mit Samt bezogenen Chaiselongue, auf der Grace mit der kleinen Alys saß. Diese wiederum schwenkte etwas, das wie eine Fahne aussah. Ihr Vater stand stolz dahinter. Darunter war das Datum abgedruckt – *1953* – und der Name des Fotografen: *Evan David and Sons, Dylan's Quay.* Es war das Jahr der Krönung gewesen. Alys hatte einst ein ähnliches Foto besessen, von ihr und ihrem Dad, in einem Silberrahmen. Was ist damit wohl passiert?, fragte sie sich.

Danach gab es keine Aufnahmen mehr. Offenbar hatte Grace aufgegeben. Oder vielleicht war es Alys' Vater gewesen, der sein kurzlebiges

Familienfoto-Hobby wieder hatte fallen lassen. Die restlichen Seiten waren leer.

Abgesehen von einer: Auf der letzten Seite prangte mittig ein einzelner Abzug, älter als die anderen. Drei junge Menschen, die an einem Bahnsteig vor einem Zug namens *The Golden Arrow* standen. Sie hatten einander untergehakt und lachten.

Alys griff nach ihrer Lesebrille, um es genauer anzusehen. In der Mitte stand ihre Mutter! Sie strahlte übers ganze Gesicht. Neben ihr war ein junger Mann, der frech in die Kamera grinste. Und ja, es war John, sehr schick in einem Vierzigerjahre-Anzug mit Filzhut, wie es damals Mode war. Und schließlich … Cissie? Das musste sie sein! Ihre blonden Locken und leuchtenden Augen strahlten Begeisterung und Vorfreude aus.

Vorsichtig löste Alys das Foto aus den Klebeecken und las, was hinten drauf stand.

LONDON, MAI 1950 – CYNTHIA, ICH UND JOHN.
BON VOYAGE!

Soso, dachte Alys. Lächelnd nahm sie das Foto mit nach unten, um es John zu zeigen.

Inzwischen saßen die anderen im Wohnzimmer. John blickte aus dem großen Fenster, und Elin telefonierte.

»Schau mal, was ich gerade gefunden habe!« Alys streckte John das Foto hin, doch er reagierte nicht sofort.

»Wir machen uns langsam ein bisschen Sorgen um Grace, Schatz. Beca ist runter an den Strand gegangen, um nachzusehen, ob sie dort ist.«

»Oh.« Alys verspürte einen Stich des schlechten Gewissens. Sie war so mit ihrer Reise in die Vergangenheit beschäftigt gewesen, dass sie gar nicht mehr darüber nachgedacht hatte, wo Grace stecken könnte. »Ich dachte, du hast gesagt, es kommt öfter vor, dass sie allein loszieht?«

»Ich weiß, aber das ist jetzt schon eine ganze Weile her. Elin ruft gerade im Cadwallader House an und fragt nach, ob die sie vielleicht gesehen haben.«

Elin sah zu ihnen herüber und schüttelte den Kopf, während sie das Gespräch beendete. »Kein Glück, fürchte ich. Ich glaube, ich rufe noch kurz Neeta an. Und vielleicht versuche ich es bei Dolly Hughes vom Yoga. Im Heim waren sie übrigens alle sehr betroffen von der Nachricht. Ich habe versprochen, dich zurückzufahren, sobald Grama Grace nach Hause kommt – Oh, Neeta? Elin hier …« Dann ging sie in die Küche, um dort weiterzutelefonieren.

»Was wolltest du mir denn zeigen?«, fragte John.

»Wie? Ach so. Das hier. Hab ich oben gefunden.« Sie reichte John das Foto.

Er holte seine Brille aus der Brusttasche, setzte sie auf und gab einen erfreuten Laut von sich. Tränen der Rührung liefen ihm über die Wangen. »Na, so was! Wo hast du das denn her?«

»Es war oben in einem Album.«

Er drehte es um. »Neunzehnhundertfünfzig! Ja, das stimmt. Da war der Krieg seit fünf Jahren vorbei, aber wir waren immer noch alle total aus dem Häuschen.«

»Das kann ich mir vorstellen.« Alys freute sich, ihn lächeln zu sehen. »Was habt ihr denn in London gemacht? Und was ist das für ein Zug?«

»Der *Golden Arrow*, der *Goldene Pfeil*. Fantastisches Gefährt. Das war gewissermaßen das damalige Gegenstück zu unserem *Eurostar* heute.«

»Wirklich?«, fragte Alys überrascht.

»Von London, Victoria Station, nach Dover mit dem *Golden Arrow*, dann eine Fähre von Dover nach Calais, und von dort aus weiter mit *La Flèche d'Or* …«

»Der *Goldene Pfeil* auf Französisch!«, unterbrach Alys lächelnd.

»Genau. Der fuhr bis nach Paris!«

»Wow. Was für eine tolle Reise. Und ihr wart alle noch so jung – Mum muss damals wie alt gewesen sein, siebzehn? Achtzehn? Was ist mit dir und Ciss?«

»Ciss war siebzehn, ja, und ich war …« Er hielt inne. »Ich war knapp neunzehn.«

»Mein Gott, wie mutig, ihr drei.«

Er sah sie einen Moment lang an, dann nahm er die Brille ab. »Oh, aber ich bin nicht mitgefahren. Das waren nur Grace und Cissie.«

»Aber du bist …«

»Ich habe sie nach London begleitet und dafür gesorgt, dass sie sicher bis zum Zug kommen.«

»Oh, verstehe.«

Er zögerte und setzte an, etwas zu sagen, doch dann brach er wieder ab.

»Was denn?« Alys war neugierig.

»Nur die beiden sind nach Frankreich gefahren, Liebes. Zur Weinlese. Unten im Süden.«

Dann reichte er ihr das Foto zurück. »Stell dir das mal vor! Einen ganzen Sommer lang haben sie …«

Doch Alys hörte nicht mehr zu, weil sie sah, wie eine Polizeistreife vor dem Haus hielt. Ihr erster Gedanke war *Kirsty*. Sie musste sie also doch noch angezeigt haben, und nun hatte man Alys aufgespürt. Bestimmt gab es einen Vermerk über sie in den Polizeiakten, nachdem man sie letzte Woche aufgesammelt hatte. Es hatte keinen Sinn mehr davonzulaufen. Das Spiel war aus.

»John, warte mal kurz«, sagte Alys und ging in den Flur hinaus. Sie öffnete die Tür, als der Beamte gerade klingeln wollte.

»Hallo«, sagte sie. »Vermutlich suchen Sie mich. Ich bin Alys Meredith.«

»Äh, ja, das ist richtig.«

»Und wie läuft das jetzt? Verhaften Sie mich oder muss ich …«

»Sie verhaften? Sind Sie eine Verwandte von Grace Meredith?«

Hinter ihr kam Elin den Flur entlangmarschiert und übernahm auf ihre übliche Art das Zepter. »Guten Tag, Sir. Ich bin Elin Matthews. Gibt es ein Problem?«

»Es geht um Mrs. Meredith. Grace Meredith.«

»Oh mein Gott.«

»Ich fürchte, es hat einen Unfall gegeben.«

70

Elin

Greg war gerade erst wieder in Cardiff angekommen, als er umdrehen und zurück nach Westwales fahren musste. Aber Elin war sehr froh, dass er es tat.

»Und wer hat dann die Küstenwache gerufen?«, wollte er wissen, als er sie im Wartezimmer antraf.

»Zwei Stand-up-Paddler. Die haben sie zuvor rausschwimmen sehen und dann bemerkt, dass sie nicht mehr zurückgekommen ist.«

»Das Rettungsboot war in weniger als drei Minuten da«, sagte Beca. »Meint ihr, sie werden in diesem Programm *Saving Lives at Sea* davon berichten?«

Ihr Dad lächelte.

»Schlechtes Timing, Beca«, sagte Elin. Wobei sie keine Kraft hatte zu schimpfen. Man hatte ihr erklärt, Grace habe im Wasser einen ganz leichten Herzinfarkt erlitten und sei »ein bisschen in Schwierigkeiten geraten«. Das war offensichtlich eine ziemliche Untertreibung.

»Sie meinen, sie wäre fast ertrunken?«, hatte Alys gefragt.

»Darüber denken wir jetzt nicht nach, Mrs. Meredith«, hatte der Arzt in der Ambulanz gesagt. »Das Wichtigste ist, dass man sie rechtzeitig erreicht hat, und wie es aussieht, wird man sie nur über Nacht hierbehalten.«

John war ins Cadwallader House zurückkehrt, sobald klar war, dass es Grace gut ging.

»Du hattest einen furchtbaren Tag«, hatte Elin zu ihm gesagt. Sie hatte hastig einige Dinge für ihre Großmutter zusammengepackt – Nachthemd, Hausschuhe, Kosmetikbeutel und Wechselkleidung. Die Arme trug ja nur ihren Badeanzug, als man sie einlieferte. »Wir setzen dich auf dem Weg im Heim ab und halten dich dann auf dem Laufenden. Komm doch morgen zum Mittagessen vorbei. Grama will dich bestimmt sehen.«

Sobald sie ihn sicher abgeliefert hatten, stieg Elin wieder ins Auto, und sie machten sich auf den Weg ins Krankenhaus. Beca saß vorn und Alys auf der Rückbank. Die Stimmung wäre unerträglich gewesen, hätte Beca die oberflächliche Unterhaltung nicht am Laufen gehalten.

Es war fast einundzwanzig Uhr, als man sie endlich zu Grace ließ. »Nur zwei Personen, tut mir leid«, sagte die Schwester. »Das sind die Regeln hier im Krankenhaus.«

»Geh du mit Beca«, sagte Alys. »Ich werde hier warten und solange meinen Schwiegersohn kennenlernen.«

Die beiden folgten der Schwester, doch dann blieb Elin plötzlich stehen. »Ehrlich gesagt, Bec, ich glaube, Alys sollte mitkommen. Ist das für dich in Ordnung?«

»Natürlich. Nana? Mum möchte, dass du sie begleitest.«

Elin hätte sie gerne korrigiert: *Nein, ich will nicht, dass sie mich begleitet, ich denke nur, sie sollte es tun.* Doch das hätte so rüpelhaft geklungen, also schwieg sie und nickte nur knapp.

Grace war in einem Nebenzimmer untergebracht. Sie sah erstaunlich gut aus, wenn man bedachte, was sie durchgemacht hatte. »Es ist mir ja *so* peinlich«, seufzte sie. »Dass die extra mit dem Rettungsboot rausfahren mussten, um mich zu holen. Da werde ich nie drüber wegkommen!«

»Warum hast du uns denn nicht gesagt, dass du schwimmen gehst?«, wollte Elin wissen, als sie auf der anderen Bettseite von Alys Platz nahm.

»Ich weiß auch nicht, Schatz.« Ihre Stimme klang etwas schwächer als sonst. »Es war alles irgendwie so ein Durcheinander, nachdem John mir gesagt hat, dass sie gestorben ist. Ich habe es einfach nicht geschafft, zu ihr hineinzugehen, sie zu sehen …« Dann fing sie an zu weinen. »Die arme Cissie.«

»Oh, Mum«, flüsterte Alys und nahm ihre Hand. »Es tut mir so leid.«

Sie warf Elin einen Blick zu und bedeutete ihr, die Taschentücher vom Nachttisch zu reichen.

Elin gehorchte. »Hör zu, ich frage nach, ob ich heute Nacht bei dir bleiben darf. Ich kann problemlos auf dem Stuhl hier schlafen. Und wenn dann alles gut ist, lassen sie dich morgen nach Hause.«

»Aber nur, wenn du sämtliche deiner Prüfungen mit Auszeichnung bestehst!«, sagte Alys in gespieltem Feldwebel-Tonfall.

Elin stellte groteskerweise fest, dass sie ihre Mutter um deren Humor beneidete. Um ihre Fähigkeit, eine Situation aufzulockern und anderen selbst in den schwierigsten Momenten ein Lächeln zu entlocken. Das hatte sie tatsächlich schon immer gut gekonnt. Und sie hatten sich weiß Gott in einigen schwierigen Situationen befunden, als Elin noch klein war.

»Das wirst du schön bleiben lassen«, verkündete Grace und schnäuzte sich. »Eine Runde gut schlafen, das ist alles, was ich brauche. Und was soll das schon bringen, hier auf einem blöden alten Stuhl zu übernachten? Sag mir, wie geht es John?«

»Einigermaßen okay«, antwortete Elin. »Er macht sich natürlich Sorgen um dich.«

»Ja, nun, sag ihm, dass er das nicht braucht. Wir müssen eine Beerdigung planen. Seine Schwester ordentlich verabschieden. Ich hab hier mal eine Liste gemacht – von Hymnen und so. Und da steht auch ein Gedicht drauf, von R. S. Thomas. Das hat Ciss sich gewünscht.«

»Grama Grace«, staunte Elin, als sie die Liste überflog, die zwar mit zittriger Hand, aber trotzdem leserlich geschrieben war. »Wann hattest du denn Gelegenheit, das alles aufzuschreiben?«

Grace tat, als wäre sie beleidigt. »Elin Matthews, seit wann vergeude ich auch nur eine Minute meines Lebens? Du weißt doch: Müßiggang ist aller Laster Anfang. Und jetzt verschwindet und lasst mich schlafen.«

Lächelnd verstaute Elin Grace' Übernachtungssachen im Schrank und stellte sicher, dass genug Wasser in der Karaffe war. Alys küsste ihre Mutter auf die Stirn, wobei Elin nicht entging, dass sie vorher kurz zögerte. Wie viele Jahre sind wohl seit dem letzten Mal vergangen?, fragte sie sich.

»Gute Nacht, Mum«, sagte Alys. Und dann, als staubte sie einen Satz ab, der so lange unbenutzt gewesen war, dass er sich ganz fremd anfühlte, flüsterte sie: »Ich hab dich lieb.«

Alys das sagen zu hören, schnürte Elin die Kehle zu. Sie wusste selbst nicht, warum. Eigentlich sollte sie wütend sein über die Anmaßung ihrer Mutter. Alys hatte kein Recht mehr, solche Dinge zu sagen. Dieses Privileg hatte sie schon vor Jahrzehnten verspielt. Im Grunde sollte Elin sogar anzweifeln, dass es ernst gemeint war. Doch irgendwie glaubte sie Alys, wünschte sich aber, es nicht zu tun. Denn das Leben war so viel einfacher, wenn sie ihrer Mutter nicht glaubte.

»Gute Nacht, Grama Grace«, sagte auch sie. »Wenn dir *irgendwas* einfällt, was du vor morgen brauchst, dann sollen sie mich einfach anrufen, okay?«

»Ja, Ma'am!« Grace salutierte spöttisch.

Alys und Elin gingen zur Tür.

»Ach, da gibt es tatsächlich etwas«, sagte Grace, und sie drehten sich um.

»Klärt ihr beide das mit euch?«

»Wie bitte?« Elin spürte sofort, wie die ungute Spannung im Raum zunahm, und sie wagte es nicht, Alys anzusehen.

»Sobald ihr nach Hause kommt. Trinkt eine Flasche Wein zusammen oder so was.«

»Ich trinke nicht!«, sagte Alys.

»Tust du nicht?«, fragte Elin höchst erstaunt.

»Nein. Seit dreißig Jahren nicht mehr.«

»Scheiße.«

»Na, dann trinkt eine Tasse Kakao!«, sagte Grace und klang ein wenig genervt. »Oder ein Glas Orangensaft. Irgendwas – aber *redet* endlich. In Gottes Namen, das Leben ist so kurz.«

Sie lächelten beide höflich und verließen das Zimmer mit der Absicht, Grace' Wunsch ganz bestimmt nicht nachzukommen.

71
Elin

Sie konnte einfach nicht schlafen. Sie hatte angeboten, im Zimmer von Grama Grace zu übernachten, damit Greg ihr Bett haben konnte. Er hatte nämlich bereits verkündet, dass er es nicht schaffen würde, noch mal zurück nach Cardiff zu fahren. Als sie vom Krankenhaus zurückkamen, waren sie alle zu müde gewesen, um sich noch die Mühe zu machen, das freie Einzelbett zu beziehen. Die Erleichterung, dass es Grama Grace gut ging, war reihum so groß, dass eine abendliche Gesprächsrunde oder eine Familienzusammenführung unnötig erschien, und sie waren direkt ins Bett gegangen. Greg verschwand als Erster nach oben, gefolgt von Beca, die sich in ihr Zimmer verzog. Alys hatte ein höfliches »Gute Nacht« gemurmelt und war dann ebenfalls gegangen, sodass es Elin überlassen blieb, alles abzuschließen.

Grama Grace' Bett war außerordentlich bequem. Warum sind wir nur alle so versessen auf dicke Daunendecken?, fragte sich Elin. Ein schlichtes Laken und eine normale Decke waren so viel besser. Und sie beschloss, zu Hause das Ehebett – nein, *ihr* Bett – ebenso umzugestalten.

Ihr Bett. War es das nun? Hatte Greg darin geschlafen, während sie hier bei Grama Grace war? Obwohl sie sich dagegen wehrte, fand sie die Vorstellung reizvoll. Er war heute Abend so nett gewesen. So lieb und fürsorglich. Wie der alte Greg. Statt des traurigen alternden Idioten, der versuchte, etwas oder jemand zu sein, der er nicht war.

Vielleicht verdiente er ja doch eine zweite Chance. Denn was war die Alternative? Ein Leben allein? Wollte sie das wirklich? Sie konnte all die feministischen Stimmen in ihrem Kopf protestieren hören, dass sie keinen Mann nötig hatte, um ihre Existenz zu rechtfertigen, dass er ihr Vertrauen einmal missbraucht hatte und es deshalb wieder tun würde, dass er jemanden wie sie gar nicht verdient hatte. *Bla, bla, bla*. Doch was war sie für eine Heuchlerin! Sie war auch nicht besser als er, nicht wirklich. Untreue war Untreue.

Die Wahrheit war jedoch, neuseeländische Gärtner und einunddreißigjährige Hippiemädels hin oder her, die tiefe Wahrheit war, dass Greg vor allem ihr Freund war. Alles andere – der Sex und die Romantik und all das – war ein Bonus: Es war die Freundschaft mit ihm, die Elin am meisten vermisste. Die sie am dringendsten brauchte. Und wenn dieses Eingeständnis sie zu einer Verräterin an der feministischen Sache machte, dann war das eben so. Sie konnte nichts gegen ihre Gefühle tun.

Als sie sich auf die Seite drehte, fiel ihr Blick auf den Plexiglas-Fotowürfel auf Grama Grace' Nachttisch, und sie fragte sich, ob sie den wohl heimlich ausleihen konnte. Seit Monaten sammelte Elin nun schon Fotos aus Grama Grace' Leben, um sie einzuscannen und für eine Collage für die Geburtstagsfeier zu verwenden. Die Feier! Bis dahin war es nur noch eine Woche. Die Ereignisse der letzten vierundzwanzig Stunden bedeuteten doch hoffentlich nicht, dass sie die Party absagen musste? Sie hatte schon so viel Mühe reingesteckt! Nein. Das passte schon alles. Es würde Grama Grace zumindest aufmuntern. Und John auch. Das einzige Haar in der Suppe war, dass Alys bestimmt mit einer Einladung rechnete. *Herrgott noch mal, diese Frau!* Wie konnte eine einzelne Person allein so viel Chaos anrichten? Weshalb hatte sie zurückkommen müssen? Elin schüttelte den Gedanken ab, knipste die Nachttischlampe an und griff nach dem Fotowürfel, um sich abzulenken.

Sie hatte ihn noch nie richtig angeschaut, da sie normalerweise nicht viel Zeit im Zimmer ihrer Großmutter verbrachte. Weshalb auch. Da war ein Foto von ihr selbst, im Alter von fünfzehn Jahren, auf dem sie Kerzen auf einem Geburtstagskuchen ausblies, und in derselben Fläche noch eines von ihrer Abschlussfeier – sie mit Grama Grace, John und Cissie. Außerdem ein Hochzeitsfoto von ihr und Greg aus dem Jahr 2003. Mein Gott, war sie glücklich gewesen an jenem Tag! Nächstes Jahr hatten sie zwanzigsten Hochzeitstag – wollte sie das alles wirklich wegwerfen? Seufzend drehte sie den Würfel weiter, um eine Aufnahme von Grace im Badeanzug in ein Handtuch gewickelt anzuschauen, am Strand von Dylan's Quay. Die Dekorationen hinter ihr an der Straße deuteten darauf hin, dass es wahrscheinlich am Weihnachtstag aufgenommen worden war. Welches Jahr war das wohl?, fragte Elin sich. Vielleicht 2012? Sie schauderte, wenn sie an Grace und ihre Schwimmrunden im offenen Meer dachte. Nach dem heutigen Tag würde sie das doch wohl hoffentlich sein lassen? Es gab noch zwei weitere Fotos: eines von Alys und Grace vor Sŵn-y-Môr, wie sie Elin an der Hand hielten. Das Haus war mit bunten Wimpeln geschmückt. Elin erinnerte sich noch gut: 1977, das silberne Thronjubiläum. Damals war sie sechs Jahre alt. Es war der einzige Besuch in Dylan's Quay, an den sie sich erinnerte, bevor es mit Alys richtig schlimm wurde. Auf dem Foto lächeln sie alle. Elin und Grace schwenken die britische Fahne, Alys trinkt Champagner. Seufzend drehte Elin den Würfel, um sich das letzte Bild anzusehen. Es war eine Aufnahme von Grace und Cissie. Beim Gedanken an die arme Cissie zog sich ihr Herz zusammen. Immerhin ruhte sie nun in Frieden, erlöst von den Dämonen der Demenz, die sie im Lauf der Zeit zunehmend gequält hatten. In diesem Foto gab es weder Qual noch Dämonen: Die beiden Freundinnen waren offenbar auf irgendeiner Veranstaltung, vor etwa sechs oder sieben Jahren. Sie standen in ihren »Sonntagskleidern«, wie Grama Grace es nennen würde, vor einem Schloss, hatten einander die Arme um die Schultern gelegt und wirkten höchst zufrieden. Das musste unbedingt in die Party-Collage! Lächelnd warf Elin einen Blick auf den Wecker. Halb vier. Und sie war immer noch hellwach. Vielleicht würde ein Kamillentee helfen …

72

Alys

Alys saß, in einem Schlafanzug von Grace, mit einer Tasse in der Hand im Dunkeln, als Elin in die Küche kam und das Licht einschaltete. »Huch! Ich hab dich gar nicht gesehen!«, fuhr sie Alys erschrocken an.

»Ich hab mir eine Ovomaltine gemacht«, erwiderte Alys leise. »Kleine Reise in die Vergangenheit.«

»Wir müssen morgen frische Milch kaufen. Es ist kaum noch welche da.« Elin füllte den Wasserkocher.

»War das ein Seitenhieb?«, erkundigte sich Alys.

»Nein.« Dann zögerte Elin. »Um ehrlich zu sein, doch, das war es. Hör zu, Alys, was willst du hier? Wie lange willst du noch bleiben, weil …«

»Ich kann mich nicht ständig dafür entschuldigen, wer ich bin und was ich getan habe, okay?«, unterbrach Alys sie.

»Dich *ständig* entschuldigen? Ich kann mich nicht daran erinnern, dass du dich *jemals* entschuldigt hättest. Kein einziges Mal.«

»Das stimmt überhaupt nicht. Du hast mir nur nie Gelegenheit gegeben, es richtig zu tun.«

»Na, dann mal los, Alys …«

»Nenn mich doch Mum, verdammt!«

»Nein, das werde ich nicht tun. Weil du für mich keine Mum bist.«

Alys schüttelte seufzend den Kopf.

»Aber, bitte, *Alys*, fahr ruhig fort«, sagte Elin spitz. »Sag mir, wie leid es dir tut. Dass du dich eigentlich nie richtig gekümmert hast. Dass du mich in Gefahr gebracht und vernachlässigt hast. Dich so abgeschossen hast, dass du beinahe unser Zuhause in Brand gesetzt hättest. Dass du mit so vielen Männern geschlafen hast, dass ich nie wusste, wem ich morgens beim Frühstück begegnen würde – also, Frühstück kann man es ja eigentlich nicht nennen, weil du selten mal daran gedacht hast, was zu essen zu kaufen …«

Elin war jetzt voll in Fahrt, während ihr die Tränen über die Wangen liefen und sie ihrer Mutter Dinge an den Kopf warf, die sie seit dreißig Jahren loswerden wollte. Alys spürte, wie ihr die Farbe aus dem Gesicht wich, und auf einmal war sie so unendlich müde. Doch Elins Tirade ging weiter.

»… sag mir, wie leid es dir tut, dass du dich so peinlich benommen hast, dass ich nie Freundinnen von der Schule mit nach Hause bringen konnte und es deshalb einfacher war, erst gar keine Freunde zu *haben*, oder wie leid es dir tut, dass du mich nach Lust und Laune quer durch Europa geschleppt hast – *Wir werden so ein tolles Abenteuer erleben, mein Schatz!* –, weil es dir gerade gepasst hat, oder wie wäre es mit einer Entschuldigung dafür, dass du mich überhaupt *bekommen* hast! Dafür, dass du dich von einem verheirateten Mann hast schwängern lassen, der nichts mit dir zu tun haben wollte. Und mit *mir* auch nicht …«

»Das war nicht meine Schuld …«

»Nein, natürlich nicht. Nichts war jemals *deine* Schuld, hab ich recht, Alys? Dass du nie für mich da warst, war nicht deine Schuld, oder zu vergessen, mit mir über BHs oder Jungs oder Menstruation zu sprechen – und auch nicht die versehentliche Überdosis, als ich elf war. Das war auch nicht deine Schuld! STIMMT'S? ALYS, ELF JAHRE WAR ICH ALT! UND HAB DICH BEWUSSTLOS AUF DEM BADEZIMMERFUẞBODEN GEFUNDEN, NACHDEM DU ZU VIELE PILLEN GESCHLUCKT HAST!«

Die beiden Frauen standen sich gegenüber. Elin bebte vor Wut und Verbitterung. Verzweifelt wischte sie sich über die Wangen, um sich dann wieder dem Wasserkocher zuzuwenden.

Das Telefon klingelte. Keine von beiden achtete darauf.

Alys blieb stumm und reglos aus Angst, dass jedes Wort es noch schlimmer machen würde.

Das Telefon hörte auf zu klingeln, die Tränen flossen weiter, das Wasser kochte.

Alys beobachtete, wie Elin einen Kamillenteebeutel in eine Tasse fallen ließ und der kleine Faden mit dem Fähnchen vom heißen Wasser verschluckt wurde, als sie es darübergoss. Elin klammerte sich mit beiden Händen an der Arbeitsplatte, am Leben fest. In Alys' Kopf drehte sich alles. Sie hatte Angst, auf der Stelle zusammenzubrechen. Also versuchte sie, tief durchzuatmen.

Dann ertönte ein herzzerreißendes, verzweifeltes Heulen, das tief aus Elins Brust kam und doch so klang, als stammte es von jemand anderem oder *etwas* anderem.

Alys wurde vollkommen von diesem Urbedürfnis überwältigt, ihrem Kind in Not zu helfen.

Sie legte Elin die Hand auf die Schulter – ganz zögerlich und doch so vertraut.

Elin zuckte unter der Berührung zusammen, aber sie stieß Alys nicht weg. Stattdessen drehte sie sich langsam um.

Und gab nach.

Gab endlich nach.

Ließ zu, dass ihre Mutter die Arme um sie schlang und sie zum ersten Mal, seit sie zwölf war, an sich drückte. Alys hielt sie ganz fest. Dann fing sie langsam an, ihre Tochter hin und her zu wiegen und sehr leise, kaum hörbar zu flüstern:

»Es.

Tut.

Mir.

So.

Unendlich.

Leid.«

Als Beca in die Küche gestürmt kam, erblickte sie Alys und Elin in einer Mutter-Tochter-Umarmung, die nach außen hin wirkte wie eine alltägliche Begebenheit. Ein Anblick, den sie gleich mit dem zerstören würde, was sie den beiden sagen musste.

»Ihr seid nicht ans Telefon gegangen«, keuchte sie atemlos.

Mutter und Tochter lösten sich voneinander und sahen Beca an.

»Was denn?« Elin wirkte benommen, erschöpft und verwirrt.

»Das war das Krankenhaus«, sagte Beca. »Grama Grace ist gestorben.«

73
Beca

Sie hatte zwei ganze Tage lang nur geweint, obwohl die Woche nach Grama Grace' Tod irgendwie auch eine der schönsten ihres Lebens war. Es herrschte so eine friedliche Atmosphäre im Haus, eine Art trauriger Ruhe. Ihre Mum und Nana Alys lachten und weinten immer wieder gemeinsam, während sie Grama Grace' Sachen durchgingen. Sie wirkten jetzt mehr wie enge Schwestern als wie zerstrittene Mutter und Tochter. Beca fiel ein Mädchen bei ihr in der Schule wieder ein, die eine achtzehn Jahre ältere Schwester hatte. Im Grunde war es ein bisschen so ähnlich. Außer, dass sich Nana Alys mehr wie die kleine Schwester benahm und Elin wie die große. Manchmal fand Beca die beiden zusammen ziemlich nervig – mitunter fühlte sie sich sogar irgendwie ausgeschlossen. Andererseits missgönnte sie den beiden diese neu gefundene Nähe nicht. Sie hatten weiß Gott genug Zeit voneinander getrennt verbracht. Immer wieder fanden sie Neues übereinander heraus, erzählten sich Sachen, die sie im Lauf der Jahre verpasst hatten. Zum Beispiel Nana Alys' spirituelle Erleuchtungsphase, als sie in Mexiko lebte, oder die Tatsache, dass Mum mit zweiundvierzig noch einen Master gemacht hatte, dass Alys inzwischen allergisch auf Aspirin war und Elin sehr gut Cello spielen konnte.

Soozi war am Telefon echt süß gewesen. Was im Grunde ein zweischneidiges Schwert war, denn je netter sie war, umso mehr liebte Beca sie.

»Die war einfach der Hammer, deine Gigi«, hatte Soozi gesagt. »Eine echt besondere Lady.« Woraufhin Beca sofort wieder losheulen musste. Soozi hatte tatsächlich ihr Versprechen gehalten und seit ihrer Abreise jeden Tag angerufen oder zumindest eine Nachricht geschickt. Sie berichtete ihr, wo sie gerade war, wie die Tour lief, wer ein Idiot war und wer okay, und wie das Publikum reagierte. Unter jede Nachricht schrieb sie: »PS: Heidi lässt dich herzlich grüßen« oder »Helga freut sich schon total drauf, dich kennenzulernen«, was Beca zum Lachen brachte. Am Abend zuvor hatte Soozi über eine knisternde Verbindung aus München angerufen. »Hör zu, Kleines, Freitagabend sind wir in Stuttgart, dann haben wir zehn Tage keine Auftritte. Ich komm also nach Hause, okay?«

»Echt jetzt? Sooz, das ist der Wahnsinn!« Beca konnte die Begeisterung in ihrer Stimme nicht verhehlen.

»Natürlich. Dann bin ich nämlich bei der Beerdigung für dich da. Kann deine Hand halten …«

»Um ehrlich zu sein, bräuchte ich vielleicht mehr als das. Könntest du mir einen Gefallen tun …?«

Es war John, der eine gemeinsame Trauerfeier vorgeschlagen hatte. Zuerst hielt Elin es nicht für »angemessen«, und Nana Alys schloss sich ihrer Meinung an. Grace und Cissie waren gute Freundinnen, ja, aber seit wann bekamen Freundinnen gemeinsam das letzte Geleit? John hatte dazu geschwiegen, und rückblickend war er extrem geduldig gewesen. Und loyal. Doch der Weg aufs Amt, um die Todesfälle registrieren zu lassen, brachte sie dazu, ihn in einem ganz neuen Licht zu sehen.

Als Cissies nächster Angehöriger war er mit ihnen allen aufs Rathaus gekommen – mit Beca, ihren Eltern und Nana Alys. »Da können wir genauso gut zwei Fliegen mit einer Klappe schlagen«, hatte ihr Dad gesagt, woraufhin ihre Mum mit ihm schimpfte, er sei respektlos. Aber sie hatte dabei gelächelt. Irgendwie schien sie ihn in letzter Zeit wieder zu mögen. Und hatte sogar eingewilligt, die Scheidung vorerst auf Eis zu legen. Vielleicht machte der Tod so etwas mit den Menschen.

Als es ans Ausfüllen der Formulare ging, erkundigte sich die Beamtin – eine sehr große Frau mit passend langem Gesicht – nach Grama Grace' Familienstand.

»Verwitwet«, antwortete Alys und nickte Elin traurig zu.

»Um genau zu sein …«, meldete sich John zu Wort, und alle sahen ihn an. »Hört zu, ich hätte euch das wirklich früher erzählen sollen, aber ich habe versprochen, das Geheimnis zu hüten, und ich habe nie …«

»Oh mein Gott, John!«, rief Elin. »Ihr habt heimlich geheiratet! Du und Grama Grace!«

»Verdammt, ich *wusste* es«, sagte Alys, als hätte sie soeben einen Kriminalfall gelöst. »Aber warum habt ihr nichts gesagt?« Sie lächelte tränenüberströmt. »Meine Güte! Dann bist du mein Stiefvater!« Und sie versuchte, ihn zu umarmen, doch er schob sie weg, wenn auch nicht unfreundlich.

»Warte, warte, nein! Ihr versteht nicht«, sagte er.

Die Beamtin wirkte verwirrt. »Dann war Mrs. Meredith also gar nicht verwitwet? Ist es das, was Sie sagen wollen?«

»Ja, mehr oder weniger … formell betrachtet …«

»Lass dir Zeit, John«, beruhigte ihn Greg sanft.

»Um genau zu sein, war sie *zweifach* verwitwet.«

»Hä?« Elin sah zuerst ihn an, dann Alys.

»Der Tod deines Vaters hat sie natürlich das erste Mal zur Witwe gemacht«, erklärte John. »Doch das zweite Mal …«

Erneut breitete sich Schweigen aus, während John nach den richtigen Worten suchte.

Alys fand sie für ihn.

»Cissie«, sagte sie, als ihr plötzlich alles klar wurde.

»Wie bitte?«

»Sie war mit Cissie verheiratet. John, hab ich recht?«

Es folgte ein Moment der Sprachlosigkeit, als alle versuchten, diese Aussage zu verdauen. Dann fing Elin an zu schimpfen – *Das kann doch nicht ihr Ernst gewesen sein! Das ergibt überhaupt keinen Sinn, Grama*

Grace war mit einem Mann verheiratet gewesen und hatte ein Kind, wie konnte sie da lesbisch sein?

»Nimm's mir nicht übel, Beca«, fügte sie hinzu, und Beca kam sich vor wie in einer schwarzen Komödie. Sie wandte ein, dass ihre Mutter ein bisschen bescheuert sei. »Seit wann können Lesben keine Kinder haben? Außerdem heiraten jede Menge Leute jemanden vom anderen Geschlecht und outen sich später als homosexuell.«

»Jetzt sei nicht so begriffsstutzig, Beca, du weißt genau, was ich meine. Es ergibt einfach keinen Sinn, dass Grama Grace *nichts gesagt* hat.« Dann machte sie alles nur noch schlimmer, indem sie John fragte – ziemlich beleidigend –, ob er den Verstand verliere. »Denn ihr beide wart doch ein *Paar*, John, schon vergessen? Ihr wart jahrelang zusammen!«

»Nein«, erwiderte er geduldig. »Das habt ihr nur *angenommen*. Alle haben das. Und wir … wir haben diese Annahme so stehen lassen. Es war einfacher so.«

John fasste in die Tasche seines Jacketts, zog einen braunen Umschlag heraus und reichte ihn Elin. »Mach ihn auf.«

Sie tat wie geheißen und holte eine Heiratsurkunde heraus. Darauf stand, dass Grace Meredith am 5. April 2015 Cynthia Rhiannydd Edwards auf dem Standesamt in Beaumaris, Anglesey, geheiratet hatte. Die Ehe war von John Edmund Jenkins und einem gewissen Pennant Arthur bezeugt worden.

»Und wer ist dieser Pennant Arthur?«, wollte Greg wissen.

Bei der Erinnerung musste John lächeln. »Bloß ein armer Kerl, den wir auf der Straße aufgelesen haben, um einen zweiten Trauzeugen zu haben!«

»Ich heiße mit zweitem Namen Rhiannydd.« Alys wirkte völlig überwältigt.

»Ja, stimmt«, sagte Elin leise.

»Ich dachte, *du* wärst das, John«, fuhr Alys fort. »Vor all den Jahren, da hab ich *dir* die Schuld gegeben. Als du zur Beerdigung meines Vaters gekommen bist und ich gesehen habe, wie sie dich angeschaut hat …«

»Sie hatte mich fast zwanzig Jahre lang nicht mehr gesehen, darum.«

»Und als wir dann nach Dylan's Quay gezogen sind – ich dachte, das sei alles wegen dir …«

Dann fing Alys an zu weinen.

»Alys, ich habe Grace geliebt. Das habe ich wirklich.« Ein Schluchzen mischte sich in Johns Stimme. »Aber als Schwester, mein Schatz, nichts weiter.«

Die Beamtin senkte den Kopf. In ihrem Job war sie an Tränen gewöhnt. Aber ihr nächster Termin würde in wenigen Minuten beginnen, und sie befürchtete, dass diese Familie noch eine ganze Weile brauchen würde.

»Ich war so grässlich zu euch allen. So grässlich zu meiner Mutter!«

»Mum, schhh, ist ja gut.« Elin umarmte sie. Dieses Mal war sie an der Reihe mit Trösten. »Du konntest es doch nicht wissen«, beruhigte sie ihre Mutter. »Woher hättest du es wissen sollen?«

Grace und Cissie
1950-1968

74

Oktober 1950

Sonntagnachmittage haben etwas Unwirkliches an sich, denkt Grace. Oder vielleicht sind es nur diese speziellen Sonntagnachmittage. Sie liegen nebeneinander auf Grace' Bett, die Kleidung abgestreift, während die Sonne durch die Netzvorhänge fällt. Sie halten Händchen, und Cissies Kopf ruht auf Grace' Schulter, ein Durcheinander aus blonden Locken, die sich frei entfalten dürfen.

»Was vermisst du am meisten?«, flüstert Cissie, die immer noch den herrlichen Nachklang dessen genießt, was sie gerade getan haben, und die Unantastbarkeit ihrer gemeinsamen Nachmittage nicht durch laute Unterhaltung stören will.

»So vieles«, flüstert Grace zurück und streichelt den Arm ihrer Geliebten. Ihre Haut ist weich wie Satin. »Das Wetter …«

»*Bien sûr!*«

»Den Wein …«

»*Mais oui!*«

»Und schlafen. Mit dir. Ohne irgendwelche Sorgen.«

Cissie dreht sich auf die Seite, sodass ihr Gesicht nun nah an dem von Grace liegt. Sie zeichnet das Profil von Grace' Nase nach, bis über ihre Lippen. Neckend beißt Grace ihr sanft in die Fingerspitze und lächelt.

»*Je t'aime*«, seufzt Cissie mit übertrieben französischem Akzent, woraufhin sie sich kichernd küssen. Noch einmal. Denn sie wissen, dass sich ihre wöchentliche Gelegenheit des Zusammenseins dem Ende zuneigt. Grace' Mutter wird demnächst von ihrem Besuch bei einer kranken Tante zurückkehren. Dort geht sie jeden Sonntagnachmittag hin. Grace' Mutter ist ein Gewohnheitstier. Sie funktioniert wie ein Uhrwerk. Und ihre Routine erlaubt den beiden diese Freiheit. Seite an Seite nebeneinanderzuliegen, ohne Angst.

Seit drei Wochen sind Grace und Cissie nun zurück in Wales. Drei Wochen ist es her, seit ihr herrlicher Sommer in Frankreich zu Ende ging. Als sie im Mai an der Victoria Station in den *Golden Arrow* stiegen, taten sie es als Freundinnen; als sie im September in Paris den *Flèche d'Or* nahmen, taten sie es als Liebende. Und als heimliches Liebespaar waren sie nach Wales zurückgekehrt.

Zu Beginn ihrer Reise wussten sie beide insgeheim, jede für sich, was sie für die andere empfanden. Grace würde später sagen: »Ich wusste es in der Sekunde, als du in den Laden gekommen bist und nach Schottenkaro-Farbe gefragt hast.«

»Und ich wusste es in der Sekunde, als du versprochen hast, welche aufzutreiben«, erwiderte Cissie stets.

Sie hatten es beide gewusst.

Sie hatten es immer gewusst.

Doch sie hatten sich nicht getraut, einander ihre Gefühle mitzuteilen, aus Angst vor Zurückweisung – oder, schlimmer noch, Abneigung. Beide Mädchen behaupteten, sie hätten sich mit einer platonischen Freundschaft begnügt und weitergemacht wie bisher, wäre jener wunderbare Abend nie passiert. »Ich hätte mich bis ans Ende meiner Tage nach dir verzehrt«, sagte Cissie. »Solange ich nur in deiner Gesellschaft sein konnte, hätte ich damit gelebt.« Und Grace gestand ihr, dass sie dasselbe empfand.

Weder Grace noch Cissie konnten genau sagen, an welcher Stelle sich ihre Beziehung verändert hatte, wann sie mutiger geworden waren oder wer den ersten Schritt gemacht hatte. Sie wussten nur, dass es passiert war, auf einem Gehöft in Bordeaux am Ende eines glücklichen Abends, als sie ein bisschen Wein getrunken, lange gelacht und laut mit ihren neuen französischen Freunden gesungen hatten. Auf dem Rückweg zu ihrem kleinen Heuschober-Zimmer hatten sie sich an den Händen gehalten und waren stehen geblieben, um den Erntemond zu betrachten. Ein stiller Moment des Staunens und der Ehrfurcht. Keine von beiden sagte ein Wort; sie blickten nur in den Himmel empor.

Dann sahen sie sich an.

Hielten sich immer noch an den Händen.

Standen am Abgrund des Missverständnisses.

Wo sie Gefahr liefen, alles kaputt zu machen.

Dann war es passiert.

Ihr kostbarster, zarter erster Kuss, in Mondlicht getaucht, der stumm eine Million Worte ausdrückte.

»*Dwi'n caru ti,* Gracie«, flüsterte Cissie.

»*Dwi'n caru ti, 'fyd*«, erwiderte Grace.

Und durch die Alchemie der Liebe wurde in jener Nacht ihre Freundschaft verwandelt.

»Warum sind wir überhaupt zurückgekommen?«

Die Frage ist rein rhetorischer Natur – sie haben seit jenem Tag vor drei Wochen, als sie in Dover in den *Golden Arrow* stiegen, immer wieder darüber nachgedacht. Warum haben sie ihr Leben in Bordeaux aufgegeben, um zurück in die Dunkelheit, den Schmutz und die düstere Stimmung von Nachkriegs-Großbritannien zu kommen? Auf ihrer Liste von Fehlentscheidungen steht die Rückkehr nach Wales ganz oben. Und sie werden noch jahrzehntelang den Preis dafür zahlen. Doch jetzt haben sie diesen einen Moment, dieses Bett, die Seidigkeit ihrer Körper, die sie inzwischen so gut kennen, jede Kurve und Nuance, jeden Seufzer und jedes Geräusch, jede Freude. Oh, welche Lust.

So vertieft sind sie in diese Lust, dass sie nicht hören, wie unter ihnen die Haustür geöffnet und wieder geschlossen wird. Sie hören nicht die Verärgerung in der Stimme von Grace' Mutter, die früher zurückgekehrt ist, weil sie sich nicht gut fühlt. Sie hören nicht die

Schritte auf der Treppe. Und auch nicht die Klinke von Grace' Zimmertür, als diese sich öffnet, um ihre Mutter herein- und das Glück hinauszulassen.

Doch sie hören die Worte, die auf sie einprasseln.

Ekelhaft.

Krank.

Pervers.

Böse.

Widerlich.

Beschämend.

Und *Huren!*

Hektisch versuchen sie sich anzuziehen, während sie immer noch unter Beschuss sind, ein Trommelfeuer aus Schlägen und Beschimpfungen. Sie versuchen, den Hieben und Schreien auszuweichen, die auf sie niederprasseln, als wären sie Ungeziefer. Als könnte der Angriff irgendwie die Schönheit dessen zerstören, was sie erschaffen haben. Dessen, was sie sind. Und wer sie immer sein werden.

Cissie weint. »Geh!«, ruft Grace, die will, dass ihre Freundin flieht und sie selbst den Schmerz für sie beide auf sich nehmen kann. Die sie vor dieser entsetzlichen Erniedrigung bewahren will.

Sie hört die Haustür ins Schloss fallen und stellt sich der Wut ihrer Mutter. Gedemütigt. Beschämt.

»Du bist abscheulich!«, zischt ihre Mutter. Der Faustschlag trifft sie hart auf die Wange, die nur Minuten zuvor mit winzigen Küssen bedeckt worden war.

75

November 1950

Es ist John, der zu ihrem Retter wird. Der liebe John, Cissies sanfter Bruder. Geduldig wartet er und beobachtet den Laden, um einen Moment abzupassen, wenn Grace allein ist. Tag für Tag wartet er, doch immer hat Grace Gesellschaft. Ihre Mutter begleitet sie als selbsternannte Bewacherin jeden Morgen zur Arbeit, trifft sie um eins zum Mittagessen und holt sie am Ende ihrer Schicht wieder ab. Grace ist nie unbeobachtet. Doch John weiß, wenn er nur geduldig genug ist, wird sie es irgendwann sein. Schließlich kommt seine Gelegenheit. Es ist elf Uhr an einem Mittwochmorgen, zwei Wochen nachdem sie auf diese brutale, herzlose Weise »entdeckt« wurden.

Wie wäre es ihnen ergangen, wenn der gute John nicht gewesen wäre? Der liebevolle Bruder, der nicht urteilt, sondern nur ihre Liebe in all ihrer zarten Herrlichkeit sieht. Er ist bereit, sitzt im Café auf der anderen Straßenseite und wartet und wartet. Dann ist es so weit: Mr. Protheroe verlässt sein Geschäft und verkündet fröhlich, er sei gleich wieder zurück. »Gleich« könnte alles bedeuten, von fünf Minuten bis zu einem ganzen Nachmittag. Aber John braucht nur sechzig Sekunden.

Er überquert die Straße, öffnet die Ladentür und überbringt drinnen seine Botschaft: Sonntagabend, unter der Brücke in Maes Wen, wird Cissie mit ihm zusammen warten. Aber es ist ihre einzige Möglichkeit. Cissie wird ihre Familie, ihr Zuhause verlassen – genau wie Grace es tun müsste – und könnte dann nicht mehr zurückkehren. John wird sie beide durch die Nacht fahren, damit sie in einen weiteren Zug steigen und diese grausame, böse Welt hinter sich lassen können, die nichts von Liebe versteht.

»Du hast nur diese eine Chance, Gracie«, sagt er.

»Ich werde da sein, koste es, was es wolle«, erwidert sie.

Als Grace' Mutter sie am Ende des Arbeitstages abholt, hat sie keine Ahnung, nicht den blassesten Schimmer, dass ihre Tochter demnächst im Schutz der Dunkelheit von zu Hause weglaufen wird. Sie hat keine Ahnung, wie sehr die Aussicht auf Flucht ihr einziges Kind erfüllt. Für Grace' Mutter zählt nur eines wirklich: was die Leute denken. Sie lebt in Angst vor Schande. Der gute Ruf steht über allem, über dem Glück und ganz sicher über der Liebe. Das Ansehen ist alles, was zählt. Sie kann keinen Tratsch brauchen: Es darf keine Gerüchte über schändliches Verhalten geben. Weshalb sie jeden Schritt ihrer Tochter überwachen und unbedingt verhindern muss, dass ihre widerwärtigen Neigungen jemals wieder ihr hässliches Haupt erheben.

Dann ist Sonntag. Grace geht mit ihrer Mutter in die Kirche, wo sie Reverend Jenkins lauscht, wie er lautstark das Wort Gottes in den Mund nimmt und ihnen allen verkündet, wie sie ihr Leben zu leben haben, dass Gott nach ihrer Reue, ihrem Opfer und ihrer Buße verlangt. Er spricht nicht von Liebe. Aber das ist Grace egal. Sie sitzt in tristes Schweigen gehüllt da, ihre Miene verschlossen und seelenlos. Dieses Bild zeigt sie der Welt. Nicht, was in ihrem Herzen ist. Nicht die unbändige Freude, das Zählen der Stunden, der Minuten, bis sie frei sein wird.

Vor der Kirche spricht ihre Mutter mit Mr. Aneurin Meredith, dem Lehrer. Lächelnd unterhalten sie sich, und ihre Mutter wendet sich an Grace, damit auch sie nett mit Mr. Meredith plaudert. Doch Grace weigert sich. Ihr ist nicht nach belanglosem Geplänkel zumute. Auf dem Heimweg schimpft ihre Mutter mit ihr, weil sie so unhöflich zu ihm war. Grace lässt alles über sich ergehen – denn in weniger als zwölf Stunden wird sie frei sein.

Sie kann ihre Mutter schnarchen hören. Sie zählt zehn Schnarcher, dann schleicht sie, die kleine Reisetasche in der Hand, nach unten. Sie weiß, welche Stufen knarren und auf welche sie geräuschlos treten kann.

Sie dreht den Schlüssel um, drückt die Klinke herunter, tritt nach hinten hinaus in den Garten und schließt geräuschlos die Tür. Es ist eine klare, frische Novembernacht, und der Mond wird ihr den Weg weisen. Der gute alte Mond. Als sie an der kleinen Ladenzeile vorbeigeht, fühlt sie sich sicher im Mondlicht und atemlos vor freudiger Aufregung.

Hinter sich kann sie Stimmen hören. Das »Lamb and Flag« hat gleich Sperrstunde. Über diese Kneipe weiß sie so einiges: Kein anständiger Kerl würde da reingehen. Dort wurden nicht am Ende eines langen Tages kleine Gläser dunkles Ale in mäßigen Mengen getrunken, sondern dort trafen sich jene, die auf einen Kampf aus waren – die Unruhestifter, die Ärger suchten. Grace beschleunigt ihre Schritte, um so viel Distanz wie möglich zwischen sich und die Sperrstunden-Stimmen zu bringen. Als sie um die Ecke biegt, stellt sie erleichtert fest, dass die Straße vor ihr leer ist – hier gibt es keine Häuser, keine Kneipengänger, betrunken und in Kampfeslaune. Sie hat noch eine halbe Meile vor sich. »Ich bin fast da«, flüstert sie vor sich hin.

Da treten sie aus den Schatten. Es sind zwei. »Was haben wir denn da?«, höhnen sie, als Grace versucht vorbeizugehen. Sie lassen sie nicht.

»Nur böse Mädchen sind um diese Tageszeit noch unterwegs«, sagt der eine.

»Böse Mädchen, die Ärger suchen«, spottet der andere und spuckt angewidert aus.

»Lass mich LOS!«, schreit sie, als er nach ihrem Arm greift.

»Oh, là, là«, äfft er sie nach und packt sie wieder, diesmal am Hals.

Da beißt sie fest zu. Er schreit auf vor Schmerz.

Und der andere fängt an, seinen Gürtel zu öffnen. »Wenn Zicken beißen, dann muss man ihnen eine Lektion erteilen«, knurrt er.

Sie versucht wegzurennen, doch der andere ist zu schnell. Das Letzte, was sie sieht, als ihr Kopf auf den Boden aufschlägt, ist, wie der Inhalt ihrer Übernachtungstasche, ihre Seifenschale und die Gesichtscreme, in die Gosse rollt.

76

Dezember 1950

»Und das hier ist dein *Geliehenes.*« Lächelnd befestigt ihre Mutter die Markasit-Brosche an Grace' Revers. »Die habe ich getragen, als ich deinen Vater geheiratet habe.«

Grace erwidert nichts. Sie hat Angst, sonst zu weinen.

Ihre Mutter missversteht ihr Schweigen und beginnt unaufgefordert im Singsang den alten Reim aufzusagen: »*Something old, something new, something borrowed, something blue!*« Ihre Stimme hallt schrill und falsch im spärlich möblierten Schlafzimmer wider. »Dann lass dich mal ansehen.« Sie dreht Grace um und stellt sich hinter sie, während sie beide das Spiegelbild über dem Frisiertisch betrachten.

Ihr Kostüm wirkt irgendwie lächerlich. Ein schlichter Rock mit einem Jackett, hastig innerhalb von drei Tagen genäht. Mrs. Simpson aus dem Tuchwarengeschäft hatte ihnen einige Meter grauen Tüll zu reduziertem Preis überlassen. »Nicht gerade glamourös, ich weiß«, hatte ihre Mutter gesagt, als sie das Schnittmuster auf dem Küchentisch ausgebreitet hatte, »aber Tüll ist nicht rationiert, und in der Not frisst der Teufel Fliegen.«

Das war erst vergangene Woche.

Grace hat drei Nächte lang im Bett gelegen und dem Summen der Nähmaschine gelauscht, das von unten heraufdrang, unterbrochen von gelegentlichen Flüchen. Grace' Mutter ist keine geborene Schneiderin, und das Ergebnis ihrer Bemühungen ist ein schlecht sitzender Zweiteiler, der sowohl Taille als auch Brust verhüllt und überhaupt nichts Brautähnliches an sich hat. Die Markasit-Brosche glänzt unpassend auf dem dumpfen Spüllappen-Stoff.

»Wird schon reichen«, sagt ihre Mutter. Und sie drückt Grace' Schultern, als gäbe sie ihre mütterliche Verantwortung hiermit ein für alle Mal ab. Nach dem heutigen Tag muss sich jemand anderes um ihre Tochter kümmern.

Die blauen Flecken sind inzwischen natürlich verheilt. Zumindest die körperlichen. Wobei die Übelkeit bei der Erinnerung immer noch ihren ganzen Körper überwältigen kann.

An ihrem Bett auf der Krankenstation hatte ihre Mutter Grace in gedämpftem, barschem Flüsterton zurechtgewiesen, damit keiner der anderen Besucher etwas mitbekam. Es geschehe ihr nur recht, hatte sie ihrer Tochter erklärt. Welche normale Frau streife auch in der Dunkelheit durch die Straßen? Es war doch klar, dass dort Männer waren, hatte sie gesagt. Dass es Ärger geben würde. Was hatte sich Grace nur dabei gedacht? Dummes, törichtes Mädchen. Der einzige Versuch des Trostes war ein schwaches Tätscheln ihres Armes gewesen und das Angebot, ein Glas Wasser zu holen.

Jetzt sagt sie zu Grace, sie müsse dankbar sein. Es hätte alles noch viel schlimmer kommen können. »Wenn es ein Kind gegeben hätte, obendrein«, erklärt ihre Mutter mit einem scharfen, missbilligenden Schnaufen. »Sei zumindest dafür dankbar.«

Sei dankbar.

Sei dankbar, dass man dich gefunden hat.

Sei dankbar, am Leben zu sein.

Doch sie ist nicht am Leben. Nicht mehr wirklich.

Ihr Lebenswille ist in jener Nacht gestorben. Nicht wegen dem, was sie ihr angetan haben, sondern weil sie nie Gelegenheit hatte, es Cissie zu erklären. Die Annahme zu korrigieren, dass sie ihre Meinung geändert hatte. Und nun ist es zu spät.

Als ihre Mutter den Lehrer, Mr. Meredith, zum Tee einlädt und ihr später von ihrem gemeinsamen Plan berichtet, erhebt Grace keine Einwände. Weil ihr inzwischen alles egal ist. Ihr Geist lebt anderswo. »Beschädigte Ware«, sagt ihre Mutter und trocknet sich die Augen vor lauter Scham, während Mr. Meredith ihr mit einem Lächeln tröstend versichert, sie solle sich keine Sorgen machen. Als wäre ihre Mutter bei alledem das Opfer. Nicht sie. Grace ist nur der Unruhestifter.

Vor der Kirche wartet schon der Pfarrer, um sie zu begrüßen. Eine einsame Gestalt in seinem dunklen Aufzug. Er bemüht sich um ein Lächeln, doch Fröhlichkeit passt nicht gut zum jungen Reverend Jenkins. »*Bore da!*«, ruft er. »Wir sind drinnen alle schon bereit!« Dann macht er auf dem Absatz kehrt.

Grace gerät ins Straucheln. Lauf weg!, sagt die Stimme in ihrem Kopf. *Los. Mach schon.*

Da sie ihren Widerstand spürt, flüstert Grace' Mutter: »Jetzt komm schon. Du weißt, es ist am besten so.« Und sie zieht ihre Tochter am Arm durch die Tür in die Kirche.

Er dreht sich nicht um, um sie zu begrüßen. Dafür ist sie dankbar. Sie würde es nicht ertragen, die Unterwürfigkeit in seinen wässrigen Augen zu sehen, die Bewunderung und, Gott bewahre, die Lust. Er versucht, Autorität auszustrahlen. Das sagt ihr schon der Anblick seines Rückens. Stocksteif steht er da, die Schultern angespannt, im verzweifelten Versuch, die militärische Haltung auszudrücken, die ihm immer fehlte. Zwei Weltkriege haben sein Leben überschattet, und doch hat er in keinem von ihnen gedient. Grace verurteilt ihn dafür natürlich nicht, aber sie spürt seine Scham. Dass er sich irgendwie minderwertig fühlt.

Er ist fünfunddreißig Jahre alt.

Sie ist gerade mal achtzehn.

Die Zeremonie ist glücklicherweise kurz. Und genau wie bei ihrer Brautausstattung gibt es keine unnötigen Extras. Schnell und schmerzlos werden die notwendigen Punkte abgehakt. Nicht so, wie sie sich ihren Hochzeitstag ausgemalt hätte. Langsam schreibt sie ihren Namen in das Urkundenbuch, als würde sie mit dieser Unterschrift ihr Leben abgeben. Dabei denkt sie: *Wo bist du? Was machst du jetzt gerade?* Und sie beißt sich auf die Lippe, um nicht zu weinen.

Im Haus – seinem Haus, das nun ihr *gemeinsames* Haus ist – wurde im vorderen Zimmer ein kleines Mittagessen vorbereitet. Nichts Aufregendes, nur das, was die Lebensmittelrationierung eben hergibt. Doch Grace ist froh darüber. Sie schafft es nicht zu essen, schafft es nicht zu leben. Warum ist sie nicht weggelaufen?

Die Standuhr im Flur, der nach Bibel riecht, schlägt die Stunde wie eine Begräbnistrommel, und sie könnten genauso gut bei einem Leichenschmaus sein statt bei einer Hochzeit. Mr. Protheroes Finger tanzen anmutig über das spärliche Angebot an Sandwichs, ehe er sich für Corned Beef mit Chutney entscheidet. In Tassen mit klappernden Untertassen schwappt lauwarmer, dünner Tee. Es gibt keinen Sherry. Dies ist kein Haushalt, in dem Sherry getrunken wird. Sie hat keinen Sherry-Trinker geheiratet.

Ihr Ehemann. Grace wagt einen Seitenblick auf ihn, mit seinem ordentlich gestutzten Schnurrbart und den sauberen Händen, seit dreizehn Jahren Lehrer, der nach Teerseife und Desinfektionsmittel riecht. Er räuspert sich, um etwas zu sagen, und sein Ton ist förmlich, als würde er zu einer Schulversammlung sprechen. »Ich möchte gerne ein paar Worte sagen, wenn ich darf.« Sie hört die Sätze aus seinem Mund kommen, aber sie hört nicht zu: Stattdessen beobachtet sie seine Lippen, rot und feucht wie Erdbeermarmelade, und sie verschließt die Augen vor dem Anblick.

Sie denkt an weichen Rotwein und die Weinberge von Bordeaux, die französische Sonne auf ihren Gesichtern, während sie dicke Trauben von den Rebstöcken schneiden, die Finger klebrig vom süßen Saft, und riesige Körbe zu ihren Füßen füllen. Und dann, wenn die Arbeit des Vormittags getan ist, sitzen sie im Schatten der Weinreben und lassen sich ein Picknick aus kräftigem Käse, Pfirsichen und, wenn sie Glück haben, ein bisschen Schinken schmecken. Und sie lachen – berauschendes, mädchenhaftes Lachen, trunken nicht von Wein, sondern von der Gesellschaft der jeweils anderen. Und dem Abenteuer, das sie gemeinsam erleben. Und den Momenten, wenn die Zeit stillsteht und sie einander, gefühlt jahrzehntelang, in die Seele blicken. Glücklich, glückselig, eingesogen, aufgenommen und durchdrungen zu sein von Liebe.

»… und möge dies die stabile Basis unseres Bundes bilden, für viele, viele Jahre.« Die Rede ihres Gatten ist zu Ende, und Tante Edna schlägt ein bisschen zu begeistert mit einem Apostellöffel gegen ihre Teetasse, um ihre Zustimmung auszudrücken.

Grace wird aus ihren Erinnerungen zurück in den Salon und die schreckenserfüllte Gegenwart gerissen. Sie sieht, wie Mr. Protheroe seine Teetasse leert und nach dem Mantel greift. Pflicht erfüllt, Zeit zu gehen. Er klopft ihrem Ehemann kräftig auf den Rücken, ehe er seine Aufmerksamkeit ihr zuwendet. »Nun denn, *Mrs.* Meredith.« Ihr neuer Name lässt sie innerlich zusammenzucken. »Ich will vor frühestens Dienstag keine Spur von dir im Laden sehen«, dröhnt er. »Ihr zwei Turteltäubchen braucht ein paar Flitterwochentage – und wenn es auch nur hier in Neath ist.«

»Um euch gegenseitig richtig kennenzulernen, nicht wahr?«, pflichtet Mrs. Joyce ihm bei.

Und auf einmal verabschiedet sich die ganze Hochzeitsgesellschaft, bis nur noch sie beide übrig sind.

Ihr Ehemann schließt die Haustür sanft hinter dem letzten Gast, und dann stehen sie beide schweigend da, am Rand dieses gemeinsamen Lebens. Grace bemerkt eine ihr nicht vertraute Liebenswürdigkeit in seiner Stimme, als er ihre Hand nimmt. »Du wirst lernen, mich zu lieben, weißt du.« Und sie fragt sich, ob das ein Befehl oder ein Versprechen ist. Die Haut seiner Finger und seiner Handfläche ist feucht vor Nervosität, so völlig anders als die Hand, für die sie alles geben würde, um sie nun zu halten.

»Ich spüle besser mal die Tassen ab«, flüstert sie. Und geht zurück in die Küche. Ihr Eheleben hat begonnen.

77

Oktober 1951

»Es ist ein Mädchen«, verkündet die Hebamme über die blökenden Schreie des Neugeborenen hinweg, das wie ein Lämmchen klingt. Sie schnippelt geübt an der Nabelschnur herum, klemmt das Ende mit einer Klammer ab und schiebt das Baby dann auf die Waage. »Die Kleine hat ein gutes Gewicht. Dreitausendsiebenhundert Gramm.« Es sind nur wenige Minuten, aber es scheint wie eine Stunde, bis Mutter und Kind wieder vereint sind – eine ganze Reihe an Untersuchungen, die zuerst gemacht werden müssen. Grace' Flehen, ihr Kind halten zu dürfen, wird mit einem »Immer mit der Ruhe« abgetan. »Wir müssen die Kleine nur kurz waschen, dann gehört sie ganz Ihnen. Haben wir schon einen Namen?«

»Rhiannydd.«

»Schön.«

»Also, so möchte ich sie jedenfalls nennen …« Ihre Stimme verstummt, unsicher, schwach und voller Sehnsucht, dieses kleine Wesen in den Armen zu halten.

Endlich überreicht die Hebamme ihr das Kind, gewaschen und in ein frisches weißes Tuch gewickelt. »So, bitte schön, da ist deine Mama, nicht wahr, *cariad*?«

Grace hält sie und genießt das Weinen. Das unzweifelhafte Zeichen, dass sie lebt, etwas braucht. Das Zeichen, dass ihr Baby nun wirklich auf der Welt ist. »Ich würde für dich sterben«, flüstert sie. »*Cariadus.*« Sie küsst ihre Tochter auf den Kopf.

Das Kind hat die Augen geschlossen, müde von seiner anstrengenden Reise, und beruhigt sich durch die Berührung seiner Mutter, schnieft kurz und schläft dann ein.

Am nächsten Tag kommt er zu Besuch, mit neuer Krawatte, einem breiten Lächeln und einem Blumenstrauß. Sie ist erst wenige Minuten zuvor mit Stillen fertig geworden und vergewissert sich rasch, dass sie anständig, vorzeigbar aussieht. Die Vorstellung, er könnte sie in halb entblößtem Zustand sehen, ist furchtbar. Ihre vereinzelten intimen Begegnungen endeten in dem Moment, als sie von ihrer Schwangerschaft erfuhr. Und wenn er zuvor im Bett auf sie hinaufgestiegen war, hatte er sie nie nackt gesehen. So erfüllt sie nun der Gedanke, er könnte sie beim Stillen beobachten, mit purem Entsetzen.

Höflich küsst er sie auf die Wange. »Gut gemacht!«, beglückwünscht er sie, als hätte sie gerade den ersten Platz beim Backwettbewerb des Kirchenfests gemacht. »Dann zeig mal her«, verlangt er. »Zeig mir mein kleines Mädchen!« Er reicht mit einem kurzen Nicken die Blumen einer vorbeigehenden Schwester und beugt sich dann über das Bettchen. Als er die Kleine herausnehmen will, versucht Grace ihn aufzuhalten. »Sie ist gerade erst eingeschlafen.« Doch er ignoriert sie, zieht die satingefasste Decke zurück und hebt das Baby hoch. Grace ist überrascht, wie geübt er wirkt, wie entspannt er dasteht und sie wiegt. Der Inbegriff eines stolzen Vaters.

»Wir werden sie Alys nennen«, verkündet er. »Nach meiner Großmutter.«

»Aber ich möchte, dass sie Rhiannydd heißt. Das haben wir doch besprochen.« Grace versucht, die Panik zu unterdrücken, die sich in ihre Stimme schleicht.

»Ich weiß, aber im Nachhinein kommt es mir doch nicht richtig vor. Also lass uns einen Kompromiss finden – Rhiannydd kann ihr zweiter Vorname sein, ja?«

Er sieht sie fragend an, als böte er ihr eine Wahl in der Angelegenheit. Doch natürlich tut er das nicht. Die Entscheidung ist gefallen und jeglicher Widerspruch zwecklos.

»Nächste Woche gehen wir zum Rathaus und lassen die Geburt registrieren. Gemeinsam als Familie, wenn du dich gut genug fühlst, Liebes. Ansonsten gehen wir beide zusammen hin.« Mit gurrenden Geräuschen wiegt er seine Tochter, die zufrieden in seinen starken Armen schläft, und zeigt Grace gegenüber eine Seite, die sie noch nie an ihm gesehen hat. Sie möchte ihr Baby so gerne zurückhaben. Doch er hält sie mit resoluter Haltung fest und bringt damit seinen Besitzanspruch klar zum Ausdruck.

»Was sagen wir dann dazu, kleine Alys, hmm?«

78

Siebzehn Jahre später

Februar 1968

Grace kauert sich, gegen die Kälte in viele Schichten gehüllt, in einer Ecke des Unterstandes an der Aberavon Promenade zusammen. Der Wind ist eisig, doch nichts kann ihre aufgeregte Freude dämpfen. Sie zieht ihren dunkelblauen Lederhandschuh ein Stück zurück, um auf die Uhr sehen zu können. Es ist immer noch früh, zu früh, um Angst zu haben, dass er nicht kommt. Wobei das natürlich durchaus möglich ist. Sie weiß nichts über seine Absichten. Sie weiß nur, dass er vor drei Tagen bei der Beerdigung ihre Nachricht fest umklammert hielt. Und sie ist hier, wie sie es versprochen hat.

An einem freundlicheren, sonnigeren Tag wäre dieser Unterstand mit seinen Holzbänken und den Milchglasscheiben ein perfekter Ort, um gemütlich über den Bristol Channel zu blicken und zuzusehen, wie die Feriengäste am Aberavon Beach Sandburgen bauen und ins Meer springen.

»Ich hab einen Schirm mitgebracht, wobei der Regen sich ja bisher zurückgehalten hat«, sagt eine Stimme.

Sie dreht sich um, und da steht er.

»John«, flüstert sie. Sie umarmen sich eine kleine Ewigkeit lang. »Komm, setz dich«, sagt sie. »Ich habe was Warmes zu trinken mitgebracht.«

Anfangs liegt eine leichte Hysterie zwischen ihnen in der Luft – sie können kaum glauben, dass ihnen dieses Treffen tatsächlich gelungen ist.

»Das hätten wir schon vor achtzehn Jahren tun sollen«, sagt er.

»Besser spät als nie!«, scherzt sie im Versuch, die schmerzhafte Erinnerung an jene furchtbare Nacht zu überdecken.

»Wir wussten nicht, was passiert ist«, sagt er. »Wir dachten einfach, du hast es dir anders überlegt.« Seine Miene ist traurig.

»Nicht«, sagt sie sanft und berührt seinen Arm. »Jetzt haben wir uns ja wiedergefunden, nicht wahr? Das ist alles, was zählt.«

Dann schenkt sie ihnen zwei Tassen Kaffee aus der Thermoskanne ein.

»Auf alte Freundschaft«, sagt sie.

»Und Neuanfänge … hoffe ich.«

John erklärt, dass Cissie und er damals nicht mehr nach Hause hatten zurückkehren können. Wie sie Arbeit gefunden und zwei Zimmer in einem Haus in Cardiff gemietet hatten.

»Das muss schrecklich gewesen sein.«

»Es ging schon. Wirklich. Außerdem waren wir nicht lange dort. Cissie hat jemanden kennengelernt, musst du wissen. Einen netten Kerl. Sydney. Älter als sie, aber sehr nett. Und nach ihrer Heirat …«

Als er den Blick abwendet, berührt sie seine Hand. »Ist schon gut, John. Ich habe damit gerechnet.«

»Also, nach ihrer Heirat haben sie dieses alte Haus draußen an der Westküste gekauft. In einem Ort namens Dylan's Quay.«

»Klingt hübsch.«

»Es ist wirklich atemberaubend schön dort, Gracie, ehrlich. Und es ist gewissermaßen auch einer der Gründe, weshalb ich hier bin.«

Verwirrt lauscht Grace, während er ihr berichtet, was er sich vorstellt.

»Hör zu … als ich die Todesanzeige deines Mannes gelesen habe, da kam es mir vor, als sollte es so sein. Weil sich zeitlich alles fügt. Natürlich war mir klar, dass deine Lebensumstände jetzt ganz anders sein würden, und es war ein Risiko, zur Beerdigung zu gehen. Ich wusste ja nichts über dich, oder was du denken würdest. Alle meine Annahmen basierten auf dem Leben damals, aber das ist achtzehn Jahre her – deine Gefühle können sich ja genauso gut geändert haben …«

»John, meine Gefühle haben sich nie geändert«, erklärt sie mit Nachdruck.

»Da bin ich sehr froh.« Er wendet sich ihr mit dem breiten Lächeln zu, das sie nie vergessen hat. »Cissie wird – nun, ich glaube, ihr werden die Worte fehlen.«

»Ich kann es gar nicht erwarten, sie zu sehen«, sagt Grace leise, und Tränen treten in ihre Augen.

»Ich weiß«, flüstert er. »Und das musst du auch gar nicht.«

Er beugt sich zur Seite und klopft an die Milchglasscheibe des Unterstands. Grace glaubt, ihr Herz würde aufhören zu schlagen. Nein. Das kann nicht sein. Oder etwa doch?

Sie sieht, wie ihre Freundin zögerlich um die Ecke kommt.

Dann steht sie da, eingepackt in einen Wintermantel mit Schal, und ihre blonden Locken tanzen im kalten Wind.

»Oh meine liebste, liebste Cissie!«, flüstert Grace.

Sie klammern sich aneinander fest, als hinge ihr Leben davon ab, während die grauen walisischen Wellen hinter ihnen an die Küste branden und die Promenade wie leer gefegt daliegt, abgesehen von zwei Spaziergängern mit Hund, die den Kopf zum Schutz gegen die Kälte gesenkt haben und nichts von dem wunderbaren, lange überfälligen Wiedersehen mitbekommen, das nur wenige Meter von ihnen entfernt stattfindet.

2022

79
Alys

Sie gingen gemeinsam zu Fuß zur Kirche. Alle drei: Alys, Elin und Beca. Sie hielten sich an den Händen und trugen farbenfrohe Kleidung. Darum hatte Grace in ihrem Brief gebeten, der *An meine Familie – im Falle meines Todes zu lesen* adressiert war. Sie fanden ihn auf einem Stapel mit anderen Briefen – Dutzende, die Grace im Lauf der Jahre geschrieben hatte: *An Alys, wo immer du auch sein magst.* Nach dem ersten Schock waren sie für Alys ein großer Trost. Beginnend im Juli 1992 waren sie nach Datum sortiert, bis zum letzten, der vor weniger als einem Monat verfasst worden war. Sie halfen ihr, die große Kluft zu füllen, die sich im Lauf der Jahrzehnte zwischen ihnen aufgetan hatte.

Der Brief an die Familie enthielt praktische Instruktionen. Grace hatte ihn einige Jahre zuvor geschrieben, ungefähr zu der Zeit, als John Cissie ins Cadwallader House gefolgt war. Darin stand detailliert, was im Falle ihres Ablebens zu tun war, bei welchem Notar ihr Testament hinterlegt war, wo sich all ihre Passwörter und Kontonummern befanden, sowie Informationen über das Haus. Sie erklärte sogar, wo der Sicherungskasten und der Absperrhahn waren und von welchem Anbieter sie Gas und Strom bezog.

Was mein Testament betrifft, so werdet ihr sehen, dass alles ziemlich einfach geregelt ist, aber ich möchte, dass ihr ein paar Dinge wisst. Elin, ich hinterlasse dir alles, weil du die Vernünftigste bist und die Dinge wahrscheinlich am besten organisierst.

Für John und Cissie muss gesorgt sein, und es müssten genügend Ersparnisse da sein, um diese Kosten zu decken. Sollten sie aus irgendeinem Grund hundertzehn werden, dann musst du eben Sŵn-y-Môr verkaufen und das Geld dadurch auftreiben. Aber den beiden darf es niemals an etwas fehlen. Sie sind mir beide unendlich wichtig.

Was Sŵn-y-Môr betrifft, so überlasse ich dir, was du damit anstellen willst. Natürlich gefällt mir der Gedanke, dass das Haus in der Familie bleibt, aber darauf kann ich nicht bestehen. Dylan's Quay ist ein wunderbarer Ort zum Leben – selbst wenn es nur für einige Wochen im Jahr ist, wobei ihr meine Meinung zu Ferienhäusern kennt.

Mit etwas Glück werde ich euch keine losen Enden oder komplizierten Probleme hinterlassen. Ich wünsche mir von ganzem Herzen, Alys wiederzusehen, aber bisher ist es ihr gelungen fernzubleiben. Falls sie doch noch auftaucht, dann musst du, Elin, dich um sie kümmern. Was auch immer du über sie denkst, was auch immer sie getan hat, sie ist immer noch deine Mutter. Und ich möchte, dass du ihr sagst, dass ich nie aufgehört habe, sie zu lieben, genau wie ich dich und Beca immer geliebt habe.

Bevor ich noch sentimental werde, beende ich diesen Brief lieber, aber eines möchte ich euch noch mit auf den Weg geben: Ich hatte ein gutes Leben, trotz einiger Höhen und Tiefen, und habe aktuell hoffentlich noch ein paar Jahre vor mir. Ich hatte das große Glück, zu lieben und geliebt zu werden, und ich hoffe, diese Welt ist ein besserer Ort, wenn ich gehe. Bitte zieht euch zu meiner Beerdigung etwas Fröhliches an und gedenkt meiner mit einem Lächeln. Spielt etwas Jazz, erzählt euch lustige Geschichten, aber werdet bitte nicht rührselig meinetwegen. Lebt euer Leben weiter! Es gibt noch so viel zu tun!

Dann hatte sie schwungvoll unterschrieben.

Als sie die Kirche erreichten, warteten vor dem Gebäude bereits eine Menge Leute, und Alys' erster Gedanke war, dass irgendetwas schiefgegangen war. Greg und Soozi waren da, um alle in Empfang zu nehmen, nachdem sie sich um John gekümmert und ihm einen Platz ganz vorne gesichert hatten.

»Was ist denn los?«, wollte Elin wissen. »Warum lassen sie die Leute nicht rein?«

»Das tun sie«, antwortete Greg. »Das hier sind die, die keinen Sitzplatz mehr gefunden haben.«

»Die Kirche is zum Bersten voll, B!«, rief Soozi und griff nach Becas Hand.

Alys spürte, wie ihre Knie weich wurden, als sie begriff, wie sehr man Cissie und Grace in der Stadt geschätzt hatte.

Heute wäre Grace' neunzigster Geburtstag gewesen. Sie hätten ein anderes Datum für die Beerdigung wählen können, aber irgendwie lag auch eine gewisse Schönheit in der Symmetrie, sie heute abzuhalten – als hätte sich für Grace der Kreis des Lebens geschlossen. Und da sie so eine praktisch veranlagte Person gewesen war, waren sich alle einig, dass Grace auch nicht gewollt hätte, dass sie die Überraschungsparty absagten. Obwohl sie paradoxerweise, wäre sie noch am Leben gewesen, vermutlich nicht daran hätte teilnehmen wollen! Aber warum all die Mühe vergeuden, die Elin sich mit der Organisation gemacht hatte? »Verwandelt es doch einfach in eine Abschiedsfeier!«, hatte Alys vorgeschlagen. Sie konnte sehen, dass Elin den Vorschlag zuerst irgendwie respektlos fand, doch es brauchte keine großen Überredungskünste, sie umzustimmen. Und so behielten sie die Reservierung im Brookfield Hotel und luden die Trauergäste ein, sich dort nach dem Gottesdienst zur Familie zu gesellen.

Gemeinsam gingen sie den Gang hinunter, zu dritt. Grace' Wunsch nach farbenfroher Kleidung hatte sich herumgesprochen, sodass die Gemeinde eine optische Freude war – blau und rosa und gelb und grün. Eine Person hatte sich sogar als Papagei verkleidet. Was Alys zuerst zum Lachen und dann zum Weinen brachte. Mum hätte das sehr gefallen, dachte sie. Die Kirche platzte fast aus allen Nähten vor Wohlwollen und Feierstimmung, denn die ganze Stadt war gekommen, um sich zu verabschieden. Der Männerchor des Ortes stand mit fünfundzwanzig Mann in schicken Sakkos vorne vor der Gemeinde. Auf ein Signal hin stimmten sie die walisische Hymne »*Calon Lân*«

an, während zwei elegante, identische Weidensärge, geschmückt mit wilden Rosen und Wicken, nach vorne getragen wurden.

Der Großteil des Gottesdiensts verging wie in einem Nebel. Neeta vom Café las eine Laudatio auf die beiden, und Greg sprach für die ganze Familie. Alys sah, wie Elin ihn durch ihre Tränen hindurch anlächelte, und sie hoffte inständig, dass die beiden wieder zusammenfinden würden. Wenn es eines gab, was Elin in letzter Zeit hoffentlich gelernt hatte, dann, dass es nicht für alles ein Regelbuch gibt und man manchmal die Dinge einfach für sich klären muss. Einen Tag nach dem anderen, dachte Alys bei sich.

Es gelang ihr, bis kurz vor dem Ende die Fassung zu wahren. Doch dann verkündete der Pfarrer: »Wir beenden unseren Gottesdienst heute mit einem besonderen Musikstück, komponiert von Grace' Enkelin Beca.« Er nickte Beca zu, die aufstand und nach vorn ging. Sie hatte ihnen erzählt, dass sie etwas zu Ehren von Grace beitragen würde, Genaueres jedoch unter Verschluss gehalten. Meine Enkelin ist eine wunderschöne junge Frau, dachte Alys, als sie beobachtete, wie sie Soozi zu sich winkte. Die beiden wechselten einige Worte, dann nahm Beca am Flügel Platz. Alys wusste, dass Beca spielen konnte, doch bisher hatte sie sie noch nie gehört. Es gab so vieles, was sie über ihre Enkelin noch nicht wusste, und sie hoffte sehr, dass es noch nicht zu spät war, um sie richtig kennenzulernen.

Ein kurzes Tippen aufs Mikrofon.

»Alles klar?«, fragte Soozi, etwas unbeholfen und nervös, aber hinreißend in einem violetten Minikleid aus Seide und kniehohen Stiefeln. »Mein Name is Soozi Cole, und ich gehör zu Beca.« Dann sah sie zu Beca hinüber, die zurücklächelte. »Jedenfalls is das so, sie und ich, wir waren so was wie ein Duo, auch musikalisch – also, ich meine, jetzt nich mehr, weil ich nämlich auf Tour bin, morgen geht's ab nach Belgien, aber ihr versteht schon, was ich meine.«

Alys musste ein Kichern ob Soozis Einleitung unterdrücken, doch Elin beugte sich zu ihr herüber und flüsterte: »Sie hat eine unglaubliche Stimme, wirklich.«

»Und ich muss euch sagen, also, diese coole Frau da drüben« – Soozi zeigte auf Beca, die dunkelrot anlief – »die is echt der Megawahnsinn, also echt, der totale Hammer.«

Alys lachte laut heraus. Sie mochte Becas Freundin auf Anhieb!

»Sie hat dieses Gedicht gefunden. Von irgendeinem toten Typen, auf den ihre Grama Grace total stand. Und Cissie auch. Ihre wunderschöne Frau. Jedenfalls hat sie sich hingesetzt und dieses Gedicht in Musik verwandelt! Und als sie's mir geschickt hat, da hab ich gedacht, verdammte Sch… also, boah Mann, das hat mich echt umgehauen. Sie hat mich gefragt, ob ich das heute singen würde. Für ihre Gigi. Die übrigens ein verdammt krass cooles Weib war. 'tschuldigung. Jedenfalls is sie zu schüchtern, um was zu sagen, stimmt's, Kleines? Aber ich sag euch was, sie hat ihre Grama Grace verd… also, echt verehrt. Das hier is für sie. Und für Cissie natürlich auch.«

Mit diesen Worten nickte Soozi Beca zu, die begann, ein unglaublich bewegendes, melodisches Stück auf dem Klavier zu spielen, mit exquisiten verminderten Akkorden und einer schwermütigen, eindringlichen Jazz-Melodie.

»Es heißt ›A Marriage – Eine Ehe‹«, erklärte Soozi, »von R. S. Thomas.« Und dann begann sie zu singen.

»We met
under a shower
of bird-notes.
Fifty years passed,
love's moment
in a world in
servitude to time …«

Alys fasste nach der Hand ihrer Tochter, drückte und küsste sie und flüsterte: »Was für eine tolle Mutter du doch bist, meine liebe Elin, so einen hinreißenden Menschen wie Beca großgezogen zu haben.«

Elin wirkte schockiert über das Lob, doch sie strahlte vor Stolz. »Danke, Mum«, flüsterte sie zurück, während Soozi weitersang.

»She was young:
I kissed with my eyes
closed and opened
them on her wrinkles.
Come, said death,
choosing her as his
partner for
the last dance, And she,
who in life
had done everything
with a bird's grace,
opened her bill now
for the shedding
of one sigh no
heavier than a feather.«

Als die Musik verklang, breitete sich Stille aus. Beca ging zu Soozi hinüber und umarmte sie, ehe sie zu ihrem Sitzplatz zurückkehrte, wo sie die Hand ihrer Mutter hielt.

»Ich bin so stolz auf dich«, flüsterte Elin.

Dann begann ein einzelnes Klatschen, das von einer zweiten und dritten Person aufgegriffen wurde, bis die ganze Gemeinde sich zu lang anhaltendem Beifall erhob, während Alys, Elin und Beca sich fest in einer drei Generationen umspannenden Umarmung hielten.

EPILOG

Grace

Sie wandert ungesehen zwischen den Trauergästen umher und belauscht die Unterhaltungen. Die Leute sagen solch nette Dinge. Ihr Fensterputzer erzählt John, dass »Mrs. M« die freundlichste und lustigste alte Dame war, der er je begegnet sei, und er manchmal dachte, dass er sie lieber mochte als seine eigene Mutter! John setzt eine tapfere Miene auf, der Arme.

Liebster John, es wird leichter werden, *cariad.*

Dolly Hughes vom Yoga zeigt der Leiterin von Cadwallader House einen reich verzierten Love-Spoon, den sie von Elin geschenkt bekommen hat. Die beiden bewundern die Handwerkskunst, vor allem die kleine Ergänzung, die Elin letzte Woche vor der Beerdigung hat machen lassen: ein geschnitztes Holzherz, auf dem Cissies Name steht und das mit einem Kupferring am »Narzissenstiel« des Löffels befestigt ist. Grace hat ihrer Enkelin inzwischen verziehen, dass sie gegen ihren Willen eine Überraschungsparty geplant hat, und freut sich einfach nur, dass diese Mühe nicht verschwendet wird.

Auf einem Tisch mit Leinentischdecke prangt stolz ein Schokoladenbrunnen. Grace sieht zu, wie Beca lachend einen Marshmallow in den Fluss taucht und ihn dann Soozi hinhält, die ihn mit einem pelikanähnlichen Happs am Stück verschlingt. Andere machen es ihnen nach, was Elin sehr zu freuen scheint. »Siehst du!«, sagt sie zu Greg. »Ich hab doch gesagt, es ist eine gute Idee.« Er legt seiner Frau den Arm um die Schultern und zieht sie an sich. »Ach, sei still und fahr mit mir nach Wien«, raunt er und küsst ihren Hals. »Nur für ein Wochenende.«

Grace wartet hoffnungsvoll auf eine zustimmende Antwort. *Mach schon, Elin, Schatz, gib ihm noch eine Chance, ja?*

Der verschämte Blick ihrer Enkelin sagt alles. Genau wie der Kuss, den sie Greg als Antwort gibt.

Ihr zwei kriegt das hin.

Neben dem Kuchentisch in der Ecke prahlt Neeta vor Alys mit ihren Backkünsten. Alys betrachtet die kleine Marzipanfigur, die sie selbst darstellen soll und die an der Seite dieser Kuchenkreation steckt. »Die sieht mir überhaupt nicht ähnlich«, beschwert sie sich mit gespielter Empörung. »Meine Nase ist gar nicht so groß.«

»Tja, nun, es war letzten Endes doch ein bisschen schwieriger, als ich dachte«, verteidigt sich Neeta. »Und ich hatte ja auch nicht viel Vorlage. Schließlich habe ich dich nur einmal getroffen!«

Der Kuchen ist ein voller Erfolg, wie versprochen von Neeta geschmückt mit allen wichtigen Menschen aus Grace' Leben. Nur die Worte »Alles Gute zum Neunzigsten« wurden durch »Ruht in Frieden, Grace und Cissie« ersetzt.

So was geht auch nur in Wales, denkt Grace mit einem Lächeln.

»Und, was hast du jetzt vor?«, erkundigt sich Neeta bei Alys. »Bleibst du in Dylan's Quay?«

Das will ich doch schwer hoffen! Hast lange genug gebraucht, um nach Hause zu kommen, da kannst du jetzt nicht gleich wieder abhauen!

»Ja, ich glaube schon«, sagt Alys. »Wir überlegen gerade, Sŵn-y-Môr als Gästehaus wieder zu eröffnen.«

»Oh, was für eine wunderbare Idee«, freut sich Neeta.

Das ist es in der Tat!

»Dann kann ich keine anderweitigen Dummheiten anstellen, und außerdem kann ich ein bisschen nach John sehen. Ich glaube, das würde Mum gefallen«, sagt Alys.

Ja, das würde es!

»Ich weiß, dass zumindest meine Tochter es so sieht.« Sie blickt zu Elin hinüber, winkt und erkundigt sich tonlos: »Alles in Ordnung?« Elin antwortet mit Daumen hoch. Nie hätte Grace gedacht, dass sie so eine Szene mal miterleben würde.

Ach, meine geliebten Mädchen.

An einem Ende des Raumes befindet sich eine kleine Bühne, auf der Beca ihr Keyboard aufgebaut hat und Soozi ihr Mikro testet. Sie werden gleich noch mal spielen, und es liegt bereits erwartungsvolle Spannung in der Luft. Ein Fest, kein Leichenschmaus. *Genau so sollte es sein.*

Die Türen zur Veranda sind offen.

Direkt dahinter wartet geduldig lächelnd in der Sonne: Cissie.

Bist du bereit, mein Liebling?

Bin bereit, meine Liebe.

Grace geht auf sie zu und wirft einen letzten Blick zurück, ehe sie nach Cissies Hand greift.

Sie verlassen die Party, wo ohne sie weitergefeiert wird, gerade als Beca und Soozi zu singen beginnen.

Danksagung

Dieses Buch zu schreiben war eine ganz besondere Reise. Und ich stehe in der Schuld von vielen lieben Menschen, die mich unterwegs ermutigt haben.

Als Erstes möchte ich mich bei den Lesern von *Never Greener – Alles Begehren* und *Us Three – Nur Wir Drei* bedanken, deren positives Feedback eine große Rolle bei der Entscheidung gespielt hat, noch ein Buch zu schreiben. *Love Untold – Für immer Wir* würde ohne meine wunderbaren Leser nicht existieren. Und natürlich geht ein großes Dankeschön an alle Buchhändler und Online-Fans dort draußen, an die kleinen unabhängigen Buchhandlungen, die Buchhandelsketten und Großhändler.

Ich bin meinem Agenten, Jonny Geller, zu sehr viel Dankbarkeit verpflichtet, denn seine Unterstützung und Begleitung waren wie immer von unschätzbarem Wert. Ich danke dir, Jonny, für alles, was du getan hast – deine Ruhe, Weisheit und deine Erkenntnisse waren ein Segen, ebenso wie dein herrlicher Sinn für Humor. Es ist mir eine Ehre, dich zu kennen und mit dir arbeiten zu dürfen. Ich danke von Herzen allen Kollegen bei Curtis Brown, vor allem den wunderbaren Frauen Viola Haydn, Ciara Finan und Sophie Storey, ebenso Kate Cooper und Nadia Farah Mokdad, die so einen tollen Übersetzungsjob machen.

Mein Lektor, Frankie Gray, ist schlicht großartig. Frankie, du hast mich bei *Never Greener* und *Us Three* unglaublich unterstützt, aber dieses Mal hast du dich selbst übertroffen! Es war eine absolute Freude, bei diesem Roman so eng mit dir zusammenzuarbeiten, und ich kann dir nicht genug danken. Du bist einfach fabelhaft. Du bist scharfsinnig, aufmerksam, immer offen und ansprechbar, und deine Geduld und Unterstützung beim Lösen von Problemen sind einzigartig. Ich bewundere dein Talent, wirklich.

Mein Dank geht selbstverständlich auch an das tolle Team bei Transworld – meine geschätzten Verleger, angeführt von Larry Finlay, dessen positive Reaktion auf diese Geschichte mich einfach umgehauen hat. Ich schätze außerdem sehr die Arbeit von Alison Barrow und Vicky Palmer, die ich beide unheimlich gern mag, und nach den Zoom-Chats während Pandemiezeiten ist es genial, sich wieder persönlich treffen zu können. Danke, dass ihr so unglaublich tolle Arbeit leistet, um meine Bücher zu bewerben und zu vermarkten.

Außerdem möchte ich mich bei Hayley Barnes, Bill Scott-Kerr, Imogen Nelson, Tnelle Ottley-Matthew, Hana Sparkes, Emma Burton und Rosie Ainsworth bedanken, sowie meiner adleräugigen, brillanten Zweitlektorin Kate Samano, den Korrekturleserinnen Clare Hubbard und Sarah Coward, bei Beci Kelly für ihr hinreißendes Cover Design, bei dem tollen Vertriebsteam – Tom Chicken, Emily Harvey, Laura Garrod, Louise Blakemore, Laura Ricchetti und Natasha Photiou – sowie dem erstklassigen Hörbuch-Team: Alice Twomey, Oli Grant und Charlotte Davey. Ihr alle seid die Besten!

Ich möchte mich von Herzen bei allen Freund*innen, Autor*innen und Journalist*innen bedanken, die sich die Zeit genommen haben, frühe Fassungen zu lesen. Mein besonderer Dank gilt Nicola Merrigan und meiner Schwester Maria Cronjé für ihre hilfreichen Anmerkungen und ihr Feedback. Meiner Nichte Nousha danke ich, dass sie geduldig wahllose Fragen einer älteren Person an eine junge Person beantwortet hat, und meinem Neffen Isaak für seine Beratung in Sachen Pizza. *Diolch hefyd, i Aran Jones a Catrin Lliar Jones am helpu fi gyda'r Cymraeg!* Und ein großes Dankeschön an James Gordon, dessen Liebenswürdigkeit keine Grenzen kennt.

Meine wunderbare Familie, ich danke euch wie immer für eure Liebe und eure Unterstützung, vor allem dem jüngsten Familienzuwachs, Baby Frida, die uns allen so viel Freude bringt und deren Lächeln die Welt erobert.

Doch vor allem danke ich meinem Ehemann, David, der während des gesamten Schreibprozesses für mich da war. David, deine Lösungsvorschläge, dein Humor, deine ermutigenden Worte und deine Liebe haben mich stets bei der Stange gehalten, vor allem wenn ich wegen der Rückblicke unter Druck stand. Danke, dass du mir während der schwierigen Passagen beigestanden hast und meine Freude geteilt hast, wenn ich's hingekriegt habe.

Obwohl *Für immer Wir* eine erfundene Geschichte ist, habe ich mich ein bisschen von meinem eigenen Leben inspirieren lassen: Das Städtchen Dylan's Quay zum Beispiel basiert auf dem Ort New Quay in Pembrokeshire, den ich das erste Mal während der Dreharbeiten zu *Who Do You Think You Are?* für die BBC besucht habe. Meine Vorfahren stammen von dort, und ich war seither noch mehrmals zu Besuch. Es ist eine wunderschöne Stadt. Und ich glaube, die Erfahrung, dort zu filmen und mehr über meinen Großvater mütterlicherseits herauszufinden, hat viel zu dem Wunsch beigetragen, etwas zu schreiben, das mehrere Generationen umspannt. Außerdem ist mein Vater, Richard, 1947 mit dem *Golden Arrow* und *La Flèche d'Or* nach Frankreich gefahren, um seinen Brieffreund Pierre zu treffen. Er war damals gerade mal achtzehn, der Krieg war gerade erst vorbei, und das Ganze war ein Unterfangen, das ich gar nicht richtig zu würdigen wusste, als er mir das erste Mal davon erzählte. Nun weiß ich, was das für eine außergewöhnliche Leistung war. Dad, ich vermisse dich. Es gibt so viele Fragen, die ich dir jetzt gerne stellen würde.

Und zu guter Letzt: Im Gegensatz zu Beca habe ich meine Urgroßmütter nie kennengelernt, aber ich stelle mir gerne vor, dass die Figur von Grace die Zähigkeit, den Optimismus und unnachahmlichen walisischen Humor beider meiner Großmütter, Gwen und Anita, verkörpert, ebenso wie mein liebste Mutter, Hannah, der dieses Buch gewidmet ist. Was hat unsere Familie doch für ein Glück, über die Generationen hinweg mit solch starken, inspirierenden Frauen gesegnet zu sein – denen, die jetzt leben, und jenen, die vor uns kamen. Sie machen mich alle sehr stolz.